HEYNE BÜCHER

Fantasy

Herausgegeben von Friedel Wahren

Von ANDREW HARMAN erschienen in der Reihe HEYNE SCIENCE FICTION & FANTASY:

Der Appendix des Zauberers · 06/5394
Die Frösche des Krieges · 06/5395 (in Vorb.)
Das Wurmloch ins Biblioversum · 06/5489 (in Vorb.)
Hundstage · 06/5534 (in Vorb.)
Fahrenheit 666 · 06/5633 (in Vorb.)

Weitere Romane in Vorbereitung

ANDREW HARMAN

DER APPENDIX DES ZAUBERERS

Roman

Aus dem Englischen übersetzt
von
JAKOB LEUTNER

Deutsche Erstausgabe

WILHELM HEYNE VERLAG
MÜNCHEN

HEYNE SCIENCE FICTION & FANTASY
Band 06/5394

Titel der Originalausgabe
THE SORCERER'S APPENDIX
Aus dem Englischen übersetzt von
JAKOB LEUTNER
Das Umschlagbild malte KRZYSZTOF WLODKOWSKI

Umwelthinweis:
Dieses Buch wurde auf
chlor- und säurefreiem Paier gedruckt.

Redaktion: Friedel Wahren

Erstausgabe bei Arrow Books Limited (Legend Paperback edition),
Random House, London

Printed in Germany 1996
Umschlaggestaltung: Atelier Ingrid Schütz, München
Technische Betreuung: M. Spinola
Satz: Schaber Satz- und Datentechnik, Wels
Druck und Bindung: Elsnerduck, Berlin

ISBN 3-453-09484-0

INHALT

Für Jenny, ohne die …
Liebe noch immer
ein Geheimnis wäre

I

KHUCAPH

Es waren vier. Vier Männer. Sie saßen im Halbdunkel, im Düstern, im Zwielicht, in dem nur hin und wieder ein paar Kerzen aufleuchteten und wild in der Zugluft flackerten, und schmiedeten finstere Pläne.

Generationen von Königen hatten in diesem Raum finstere Pläne geschmiedet. Hatten niederträchtige Gemeinheiten ersonnen, satanische Listen und allumfassende, blutsaugerische Besteuerungssysteme, um die königlichen Speisekammern randvoll und das Volk unter dem königlichen Daumen zu halten. Es war der Konferenzsaal von Schloß Isolon, ein Raum, in dem man nicht zum Vergnügen weilte – es sei denn, man war einer jener Menschen, die ihren Spaß daran haben, sich zweiunddreißig verschiedene Einsatz- und Anwendungsmöglichkeiten für Daumenschrauben auszudenken, die heiße Lust empfinden beim Niederbrennen armseliger Dörfer, die kribbelnde Wonnen verspüren, wenn sie dem Vertragstext für ein schamlos erpresserisches Wuchergeschäft die letzte Klausel anfügen.

Im Mittelpunkt des Raumes stand seit Jahrhunderten schon breit und klobig ein mächtiger Eichenholztisch. Zahllose Pläne waren an diesem Tisch entworfen, zahllose Vereinbarungen an diesem Tisch gebrochen worden, mit zahllosen Fäusten hatte man aus Wut oder Enttäuschung – häufig auch aus Wut *und* Enttäuschung – auf ihn eingeschlagen. Hinter dem Tisch ragte drohend, schmucklos und streng ein hoher schwarzer Monolith auf: der Thron, von dem in dichten Wellen eine kalte, erbarmungslose Graumsamkeit ausströmte. So massiv stand er da, daß man hätte glauben können, er sei aus einem einzigen Block schwarzen Schiefergesteins gehauen. Er war es tatsächlich.

Dieses Fluidum der Grausamkeit emanierten – ganz so, als wären sie in unheilvoller Seelenverwandtschaft miteinander verbunden – auch die Wände des Konferenzsaals. Rings um den Tisch hingen, angeordnet mit kalter, geometrischer Präzision, Folterwerkzeuge; an der Rückwand präsentierten sich dicht an dicht in lockerer Reihung Instrumente der Qual und tödliche Vernichtungswaffen: Dort mischten sich Schwerter mit Turnierlanzen, kamen die Ketten schwerer Streitkolben (Fünfzehnpfünder) den Schäften von Wurfspeeren nahe, standen Armbrüste zum Bolzenschuß auf Gefechtsrüstungen bereit, die fertig zum Einsatz in den Saalecken standen. Die dadurch erzielte Wirkung war gleichermaßen düster wie geschmackvoll grausam und geradezu schneidend intensiv. Oder anders gesagt: Hätten ein manisch aggressiver mongolischer Kriegshäuptling, ein psychotischer Killer mit einer Vorliebe für Duschvorhänge und ein viktorianischer Prostituiertenmörder ein Haus für drei gesucht, und wären sie bei Durchsicht der Immobilienseite auf ein Objekt dieser Art gestoßen – es wäre ihr Traumobjekt gewesen, perfekt bis ins kleinste Detail.

Bei der Auswahl der Raumausstattung hatte König Klemm, der erste und bis dato grausamste König von Isolon, auf den Vorschlag seines Innenarchitekten geantwortet: »Gobelins, GOBELINS!? Pah! Was glaubst du, was ich bin? Eine Prinzessin? Heiß ich Sissy?« Der Innenarchitekt war entlassen worden. Fristlos und für immer.

Und jetzt, Jahrhunderte danach, saßen vier Gestalten in diesem Raum und debattierten hitzig. Der Saal brummte beinahe – es war das Geräusch, mit dem sich all die Niedertracht und Gemeinheit äußerte, die sich seit seiner Erbauung in ihm angesammelt hatte.

»Und wenn wir das Essen besteuern würden, Sire?« fragte Börrnhadt, Mitglied der Schwarzen Garde von Schloß Isolon, den eben – was nur selten vorkam – ein Anfall von Klarsicht gestreift hatte.

»Tun wir doch schon!«

»Hä?« Die Wirkung der Raumatmosphäre ließ bereits nach, Börrnhadt fiel wieder auf jenes mentale Aktivitätsniveau zurück, das seinem Normalzustand entsprach.

»Idiot! Wir erheben bereits Lebensmittelsteuer!« antwortete Swinehunt, der Erzkanzler, der für den schwerfälligen Schloßrausschmeißer nicht viel übrig hatte.

»Oh!« Börrnhadt war ein bißchen verstimmt, weil sein Einfall, seine glänzende Idee, so jäh und in einem so zarten Stadium der Entwicklung abwürgt worden war.

Lastendes Schweigen lag über dem Raum.

Doch plötzlich – es schien fast, als wolle die Raumatmosphäre nicht so einfach aufgeben – kam in Börrnhadts Kopf etwas in Bewegung. Genau so, wie bestimmte Konzertsäle Tourneekünstler zu Meisterleistungen animieren können, wie gewisse Sportpaläste oder -arenen verläßlich dafür sorgen, daß genau dort immer wieder neue Rekorde erzielt werden – in genau derselben Weise wirkte jetzt der Konferenzsaal mit seiner alten, ganz speziell ihm eigenen Magie auf Börrnhadt ein. Seine Augen weiteten sich, und ein kleiner Schimmer Tageslicht schlich sich unter die schnurrbartdicken Augenbrauen. Der Zeigefinger der rechten Hand zuckte und streckte sich, die Hand zitterte, die Augen drehten sich langsam nach oben und veranlaßten den schweren Kopf, das gleiche zu tun. Das Stoppsignal, das den Lauf seiner Gedanken angehalten hatte, zeigte jetzt Grün, und seine Eingebung donnerte, getrieben vom heißlaufenden Motor der Inspiration, fahrlässig einen extrem gefährlichen Steilhang hinab. Ein Anflug von Panik zuckte über sein hochrotes Gesicht. Schweißperlen traten ihm auf die wuchtige Stirn, die Lippen zuckten.

Swinehunt blickte von seinem in schwarzes Leder gebundenen Buch auf.

Es war still im Saal ... Nur das Brummen des Bösen war noch zu hören. Ganz leise war es zu hören – im Frequenzbereich von etwa 50 Dezübel.

Börrnhadt begann zu zittern. Die Inspiration bemächtigte sich seines rechten Arms, der Arm schoß nach oben ...

»Aber wir ...«

Wie die Dampfwolke eines Geysirs schoß es mit eruptiver Wucht aus ihm heraus.

Fünf Augen waren auf Börrnhadt gerichtet. Klebten regelrecht an ihm ... erwartungsvoll ...

»W-w-wir könnten ...«, plagte er sich. Dann brach er wieder ab. Zu mächtig und ungewohnt war die Kraft der Inspiration.

Schweigen. Erwartungsvolle Stille ...

»Wir, wir könnten das Essen besteuern – und – und – und zwar höher!« platzte er schließlich heraus. Und brach zusammen – die abnorme geistige Hyperaktivität hatte ihn überanstrengt.

»Du meine Güte«, murmelte Mattsches, die andere Hälfte der Schwarzen Garde.

»Schlimm, schlimm«, sagte der König.

»Ich hatte ihn ja gewarnt«, feixte Swinehunt. »Übermäßiges Denken verträgt er nicht. Dazu ist er nicht geboren!«

Börrnhadt stöhnte.

»Aber vielleicht ist seine Idee ja gar nicht so schlecht.« Mattsches unternahm einen schüchternen Versuch, seinen Kollegen zu unterstützen.

»Maul halten!«

»Aber ...«

»Maul halten!« wiederholte Swinehunt und wippte drohend mit dem stahlkappebewehrten spitzen Stiefel.

»Aber ... Mmmpfff!«

Mattsches hätte es wissen müssen. Jetzt hockte er da und rieb sich das übel zugerichtete, schmerzhaft pochende Schienbein, den unglücklichen Adressaten eines gekonnt ausgeführten Stiefeltritts. Leise brummelte er unflätige Verwünschungen vor sich hin. Der Erzkanzler trug mörderisches Schuhzeug.

»Swinehunt!« schnauzte der König. »Wie hoch ist gegenwärtig die Besteuerungssumme für Lebensmittel?«

»Könntet Ihr Eure Frage ein wenig genauer formulieren, Sire?«

»Wie?«

»Tja also, Sire, meint Ihr etwa die Gemüsesteuer? Wenn ja, dann müßte man unterteilen hinsichtlich der Besteuerung von (1) Freilandgemüse, in welchem Falle die drei Unterklassen (a) Anbausteuer, (b) Düngesteuer und (c) Erntesteuer zu bedenken wären; oder (2) Gewächshausgemüse, in welchem Falle vier Unterklassen zu unterscheiden sind: (a) Putzsteuer, (b) Schälsteuer, (c) Zubereitungssteuer, (d) Verzehrsteuer. Meint Ihr aber die Fleischsteuer, dann müßte folgendermaßen differenziert werden: (1) Geflügel – hier sind die Unterklassen (a) Legebatteriehühnchen-Steuer, (b) Freilauf ...?«

»Aus! Schluß!«

»Sire?«

»Insgesamt! Alles in allem!«

»Global, Sire?«

»Summa summarum.«

»Inklusive NwSt*, Sire?«

»Ja.«

»Einschließlich saisonaler und klimatischer Ausgleichsregelungen?«

»JA!«

»Wertzuwachsrate bei Zucht und Anbau in schwierigem Gelände mit eingerechnet?«

»Wollt Ihr mir jetzt endlich die Summe nennen?!« brüllte der König.

»Ähemm ... Alles in allem beläuft sich der Lebensmittelsteuersatz, so wie von Eurer Majestät, dem König von Isolon, am 14. Januar im Jahre 1038 MEZ** selbst festgelegt, in Übereinstimmung mit den Königlichen Gesetzen, erlassen von Eurer Majes ...«

---

* NwSt: Nährwertsteuer

** MEZ: Mittlere Erdschwere-Zeit: ein Kalender- oder Zeitrechnungssystem, eingeführt von einem Philosophen namens Grienietzsch. Im folgenden eine kurze Skizze seiner Argumentation. Wirft man ein unbelebtes Objekt, etwa einen Ziegelstein, aus dem Fenster eines sehr hohen Gebäudes, dann geschieht zweierlei: 1) Es fällt, und 2) es fällt immer schneller – beides, wie Grienietzsch meinte, infolge der Erdanziehungskraft. Das Phänomen der Beschleunigung erklärte er folgendermaßen: »... und weil es dem Ziegelstein, einem vernunftlosen Ding, nicht gegeben ist, sich selbst vorwärtszutreiben, fällt er der allmächtigen Erdschwere, i.e Gravitation zum Opfer. Beschleunigung ist Änderung der Geschwindigkeit in der Zeit. Da aber der Ziegelstein seine Geschwindigkeit nicht durch eigene Willenskraft ändern kann, gilt: Zeit ist ein Produkt der Erdanziehungskraft. Ergo muß hinfort jede Zeitrechnung als konstante Größe einen Gravitationsattraktor ansetzen, und jedwede Messung der Zeit muß abgestimmt werden auf jenen Zeitwert, der an einem sonnigen Tag auf Meereshöhe ermittelt wird. Diese Zeitrechnung soll fortan ›Mittlere Erdschwere-Zeit‹ genannt werden.«

Wie sich später zeigte, war die durch die Erdanziehungskraft verursachte Veränderung der Zeit lächerlich gering und, wenn auch nicht ganz, so doch weitestgehend irrelevant. Der Gravitationsattraktor wurde schleunigst aus allen Zeitrechnungsverfahren gestrichen. Das Kalendersystem MEZ ist allenfalls noch von historischem Interesse; es wurde zu Ehren seines Begründers in ›Grienietzsch-Zeit‹ umbenannt.

»DIE ANTWORT!«
»Vierundsiebzig Prozent, Sire.«
»Vielen Dank.«
»Keine Ursache, Verheerungswerte Souveränität.«
»Schluß mit den Schmeicheleien.«
»Zu Befehl, Königliche Erhabenheit.«
»Scht!«
»Sire«, flüsterte Swinehunt.

Börrnhadt setzte sich auf. Er war noch immer etwas verwirrt, war infolge der gewaltigen intellektuellen Anstrengung ein wenig bleich im Gesicht. Mattsches rieb sich nach wie vor das pochende Schienbein und äußerte stille Zweifel bezüglich Swinehunts Abstammung.

»Vierundsiebzig Prozent Lebensmittelsteuer«, grübelte der König.

Börrnhadt sah ihn erwartungsvoll an.

»Nun denn – ich denke, fünfundsiebzig Prozent würde die Rechnerei etwas einfacher machen.«

»Durchaus, Sire.«

Börrnhadt kratzte sich den Kopf.

»Also – dann macht es so«, entschied der König.

»Sehr wohl, Sire.« Swinehunt nahm die Feder, setzte sich seinen Steuerberaterhut auf den Kopf ... »Ein weiser Entschluß, Sire« ... griff nach dem Tintenfaß ... »Ein Entschluß, der von einem exzellenten Urteilsvermögen zeugt, wenn Ihr mir erlaubt, das zu sagen, Sire.«

»Nehmt es ganz einfach zu Protokoll. Seid so nett.«

»Selbstverständlich, Sire.«

Mattsches rieb sich das Bein und blickte Swinehunt finster an.

Der Erzkanzler schlug das riesige ledergebundene Protokollbuch auf, rückte die lederne schwarze Augenklappe zurecht, knackte geräuschvoll mit den Fingern und begann zu schreiben.

Börrnhadt lächelte und lauschte dem kratzenden

Geräusch, mit dem die Feder über das rauhe Pergament schabte.

Sein Einfall: Er war festgehalten, war dokumentiert, stand geschrieben – schwarz auf weiß!

An einem Tag im Spätfrühling kurz nach Mittag sah der Junge die Gelegenheit, auf die er gewartet hatte. Er zögerte keine Sekunde lang: Sein Arm schoß nach vorn, er schnappte sich Meister Lampe, den Hasen. Riesig lag die Hand auf dem winzigen Häschen, mühelos riß sie die wehrlose Kreatur brutal nach oben. Meister Lampe ließ es ohne Gegenwehr geschehen – Meister Lampe konnte sich nicht wehren.

Und dann geschah, was geschehen mußte: Das Häschen landete umgehend in Firkins anderer Hand, wo es sich zu seinen Brüdern Löffel und Puschel gesellte. Damit hatte Firkin drei. Jetzt brauchte er nur noch einen. Er gab Reineke ab, den Fuchs, schnippte ihn mit einer lässigen Handbewegung weg.

Hogshead beobachtete, wie sich der Fuchs überschlug, dann weiterpurzelte und schließlich auf dem schmuddligen Bettuch landete. Er blickte verärgert auf, sah Firkin finster an und verpaßte damit seinen Einsatz.

Dawn holte sich den Fuchs. Sie lächelte schwach und steckte ihn zu den drei anderen. Dann warf sie den Wolf Isegrimm ab und präsentierte ihrem Bruder und Hogshead, seinem besten Freund, das komplette Füchsequartett.

»Gewonnen«, sagte sie schlicht. Dann schüttelte sie ein Hustenanfall, die Farbe wich aus ihren Wangen, sie krümmte sich auf dem Bett zusammen.

Firkin sah seine Schwester mitleidvoll an. Er sah keine Möglichkeit, wie er ihr hätte helfen können. Und das bedrückte und deprimierte ihn. Seine Hilflosigkeit machte ihn wütend: Es ärgerte ihn, daß er verloren hatte. »Und ich war schon so nahe dran! Nur noch einen von diesen blöden Hasen und …«

»Nützt nichts – ich hab gewonnen!« sagte Dawn, nachdem sie kurz wieder zu Atem gekommen war.

»Noch ein Spiel«, bettelte Hogshead, der unbedingt auch einmal gewinnen wollte. »Ich gebe.« Ungeduldig sammelte er die Karten auf Dawns Bett zusammen.

»Tut mir leid. Heute nicht mehr«, erklärte Dawn schwach. »Vielleicht ein andermal wieder, ja?«

Achselzuckend sammelte Hogshead die restlichen Karten ein.

»Komm schon«, sagte Firkin und dirigierte Hogshead hinaus, »Dawn braucht jetzt Ruhe.«

Und wie zur Bestätigung hörten sie sie erbärmlich husten.

Dawn war das jüngste Opfer einer Krankheit, die Khucaph heimsuchte, eine winzige Gemeinde hoch oben in den Krapathen. Ein Großteil der Kinder und einige ältere Leute waren dieser Krankheit bereits erlegen.

Dabei war es keineswegs so, daß es sich um eine unheilbare Krankheit gehandelt hätte. Ganz im Gegenteil: Hätten die Leute in Khucaph vernünftig zu essen gehabt, dann hätte es diese Krankheit nicht gegeben. Das war das ganze Geheimnis. Die jüngste Steuererhöhung, die der König von Isolon erlassen hatte, setzte dem Dorf zu wie die Wirkung eines lähmenden Gifts. Es war schon schwer genug, in diesem unfruchtbaren, vom Heidekraut überwucherten Bergland ausreichend Nahrungsmittel für den Eigenbedarf zu erzeugen. Daß man davon aber auch noch beinahe drei Viertel an den König ins Tal abliefern mußte, das war kein Spaß mehr. Drei Viertel – soviel verlangte der König als ›Zehnten‹. Daß diese Abgabenmenge als ›Zehnter‹ bezeichnet wurde, das hatte (abgesehen davon, daß es sich einfach besser anhörte als ›Steuer‹) nur den einen Grund: Man hatte sich im Lauf der Zeit daran gewöhnt, es war eine Sache der Tradition. Ursprünglich hatte es sich tatsächlich um ›den zehnten Teil‹ gehandelt. Aber dann war die Abgabenhöhe weit über diese wörtlichen zehn Prozent gestiegen, und nur die Bezeichnung hatte man beibehalten. Zum einen um keine Verwirrungen aufkommen zu lassen, hauptsächlich aber deshalb, weil es den Steuereintreibern der Schwarzen Garde ziemlich schwergefallen wäre, zwischen drohend gefletschten Zähnen Wendungen wie ›Den Sechskommasiebten!‹ oder ›Den Dreikommafünften!‹ hervorzustoßen.

Im Dorf fehlte es inzwischen an allen Ecken und Enden. Die meisten hatten seit Wochen, manche sogar seit Monaten keine anständige Mahlzeit mehr zu sich genommen, die Folgen waren allmählich nicht mehr zu übersehen.

Eifersüchtig beobachtete Dawn, wie die beiden Jungen durch das winzige Krapathendorf Khucaph rannten.

›Dorf‹ ist in diesem Fall vielleicht ein großes Wort. Es gibt nur leider kein kleineres. Würde man statt dessen eine Bezeichnung wie ›Weiler‹ verwenden, dann hätte man zwei Schwierigkeiten: Erstens war Khucaph tatsächlich größer als ein Weiler, und zweitens beschwört man mit diesem Wort eine Vorstellung herauf, die viel zu heimelig ist, viel zu idyllisch für diese schäbige Ansammlung windschiefer Holzhütten hoch oben in den Bergen der Krapathen. Gäbe es eine Luftbildaufnahme von Khucaph, dann wäre darauf etwas zu sehen, das sich in etwa so ausnähme, als hätte ein sehr großer und ganz besonders ungeschickter Rabe wiederholt den Versuch unternommen, ein Nest zu bauen. Und zwar erfolglos.

Die ›Hauptstraße‹ von Khucaph, das war jene längliche Strecke zwischen den Hütten, auf der kein Schutt herumlag. Diese Anlage war allerdings nicht das Ergebnis eines bewußt durchgeführten straßenbaulichen Projekts – man hatte es bisher nur einfach noch nie geschafft, irgend etwas darauf abzuladen. Und im Augenblick konnte man sogar mit einiger Berechtigung von ›Straße‹ reden. Hätte es geregnet… nun ja – ›Morast‹ wäre wohl eine leicht untertriebene Bezeichnung dafür.

Links und rechts der Hauptstraße standen die ›Häuser‹. Um der Wahrheit die Ehre zu geben, sahen die meisten allerdings weniger so aus, als stünden sie dort, sondern eher so, als wären sie dort zusammengeklappt. Sie wirkten wie die hastig aufgeschichteten Bruchholzhaufen für das große Freudenfeuer nach einem verheerenden Hurrikan. Eines der prächtigsten Exemplare dieses bei den Dorfbewohnern so außerordentlich beliebten Baustils war die Hütte, die Franck gehörte. Und dorthin waren Firkin und Hogshead unterwegs.

Sie stießen die klapprige Tür auf, die – so schien es zumindest – nicht mehr von Türangeln, sondern durch Zufall gehalten wurde, traten in ein staubig-trübes Zimmer und schielten ins Dunkel. Mysteriöse Flaschen standen in langen Reihen auf wackligen Regalen, ein Mörser, in dem irgend etwas zu einem merkwürdig riechenden Pulver zerrieben worden war, balancierte gefährlich nahe an der Kante eines wurmstichigen Schrankbretts. Alles, was zum Instrumentarium des Zaubererhandwerks gehörte, schien hier versammelt: In Marmeladegläsern, deren Etiketten mit merkwürdigen Kennzeichnungen in merkwürdiger Schrift versehen waren, lagen noch merkwürdigere, gepökelte und konservierte Kreaturen, deren Schicksal seit langem schon besiegelt war. Im Unterschied zu einigen Einmachgläsern, die nur sehr schlecht verschlossen und schon gar nicht versiegelt waren: Bei einigen älteren Exemplare war ein klebriger Saft an den Wänden herabgetropft und zu einer zähen Kruste erstarrt. Überall in den Ecken und Winkeln standen und lagen geheimnisvolle Metallkonstruktionen, deren Zweck den Jungen ein Rätsel war: Theodoliten, ein Sextant, zwei Wünschelruten und eine Gerätschaft, die aussah, als sei sie aus den dicken Glasböden zweier grüner Bierflaschen und diversen Drahtstücken zusammengebastelt worden. An einer Stelle lag ein Stückchen Feuerstein, das golden glitzerte und funkelte. Überall dort, wo es eine ebene Fläche gab, standen Schalen, in die verschiedene farbige Pulver gefüllt waren, von denen ein öliger Dampf aufstieg. Jedesmal wieder würgte es die Jungen, wenn sie diesen Geruch in die Nase bekamen. Kurz gesagt: Der ganze Ort strömte ein außerordentlich geheimnisvolles Fluidum aus und machte zudem den Eindruck, als sei hier die Futterzentrale, die von sämtlichen Motten der Umgebung angeflogen wurde. Ob eine Motte allerdings so ausgehungert oder so verrückt wäre, daß sie auch nur kurz in Erwägung zöge, etwas zu fressen, das in irgendeiner Form mit Franck zu tun hatte – das war eine Frage, die nicht so einfach zu beantworten war.

Im hintersten Winkel der Hütte lag ein Haufen dunkelgrauer Lumpen. Genauer gesagt sah es aus, als sei ein Haufen Lumpen über einen Tisch geworfen worden und hänge bis weit auf den Boden herab. Die Luft war stickig und trocken, die Jungen husteten und störten das dumpfe Schweigen.

»Hä, hä? Wassn los, wassn los?«

»Hallo, Franck«, sagte Firkin aufs Geratewohl. Vielleicht ließ sich so ja feststellen, aus welcher Ecke dieser Aufruhr kam.

»Hä? Hä! Wassolln, wasissn?«

»Bist du es, Franck?« versuchte es Hogshead.

»Hä, hä, w-w-was solln der Radau?« antwortete der Lumpenberg und wirbelte eine kleine Staubwolke auf.

»Ich bin's, Franck – Firkin.«

»Wa … Ah … Oh. Komm schon rein.«

»Bin ich schon.«

»Was?«

»Drin.«

»Oh!«

Schweigen. Nichts rührte sich.

Es war wieder still geworden in der Hütte. Das ganze Interieur wirkte wie erstarrt. Zäh zog sich die Zeit, zäh wie die Farbe auf einem Ölgemälde, das noch nicht ganz abgetrocknet ist. Alles war leblos und dabei seltsam spannungsgeladen. Die Jungen hatten das Gefühl, sie studierten ein Stilleben, auf dem irgendwo die Figur von Franck versteckt war ... Man mußte nur lange genug und sehr genau hinsehen ...

Hogshead dauerte es zu lange. Er fing an, sich die Seele aus dem Leib zu husten.

»Nein, nein! Nicht noch einer ... ah ... Oh! Oh!« schrien die Lumpen, schossen in einer Staubwolke stocksteif in die Höhe und enthüllten Franck, den Zauberer, der sich mit wütendem Gefuchtel vor den Hunderten von Dingsdas zu schützen versuchte, die in seinem Traum auf ihn herabstürzten.

»Wer hustet'n da?« wollte er wissen.

»Entschuldigung. Es ist nur Hogshead«, sagte Firkin.

»Hogshead ... Unnwaswiller?« Franck rieb sich verschlafen die Augen.

»Er ist mit mir gekommen.«

»Unnwaswolltihr?« Er gähnte ausdauernd.

»Dich besuchen.«

»Ah so ... Warum?« Franck schlug endlich die Augen auf.

»Wir dachten, du könntest uns vielleicht eine Geschichte erzählen.«

»Laßt mich erst mal aufwachen und ...«

»Was heißt ›Nicht noch einer‹?« unterbrach ihn Hogshead, nachdem er endlich seinen Hustenanfall überstanden hatte.

»Hä?«

»Du hast gesagt ›Nicht noch einer‹, und dann hast du dich aufgesetzt.«

»Oh. Hab ich …?« Franck hatte sich zwar aufgesetzt, war offensichtlich aber noch nicht ganz auf der Höhe. Staubflocken hingen ihm in dem zerrupften, schmutzigen Bart. Er verdrehte die Augen, strengte sich gewaltig an, die Erinnerung an seinen Traum wieder zu finden. Und dann sah er es wie im Schnellrücklauf aufs neue: Hunderte gelblicher Nagetiere, deren Augen in rasender, selbstzerstörerischer Leidenschaft leuchteten, warfen sich auf ihn. Dicke Tropfen kalten Schweißes traten ihm auf die Stirn. »Äh … Nix. Keine Ahnung«, log er. »Komisch.«

»War's ein – war's ein magischer Traum?« drängte ihn Hogshead ungeduldig.

»Hä? …« machten Franck und Firkin gleichzeitig und sahen den kleinen Dicken an, der aufgeregt auf und ab hüpfte.

»Ein Traum, ein magischer Traum, ein Traum über Magie, mit Magie drin … Ich mag Magie, Magie ist so aufregend. Firkin glaubt ja nicht an Magie. Ich schon – war's ein magischer Traum? He, war's … Au!« Mit einem Tritt gegen Hogsheads Schienbein brachte Firkin den brabbelnden Spinner zum Schweigen.

Hogshead war eigentlich nur ein Spitzname – unglücklicherweise sah Billy Hopwood einem gedrungenen kleinen Faß verblüffend ähnlich.*

»Wie war das, Firkin?«

»Äh, was, Franck?«

»Mit dir und der Zauberei?«

»Äh … Ja, also …«

»Er glaubt nicht an Magie«, erklärte Hogshead, rieb

---

* Hogshead: 1. Hohlmaß, bes. für alkoholische Getränke; 2. allg. großes Faß;
Firkin: (Holz-)Fäßchen

sich das Schienbein und streckte Firkin die Zunge heraus. »Hat er mir heute gesagt.«

»Stimmt das?« Franck fummelte an seiner Brille herum.

»Ja«, sagte Firkin bestimmt. »Ich hab's noch nie gesehen, und ich glaub nicht dran.«

Franck beugte sich über den Tisch, sah Firkin an und hörte genau zu.

»... und diese ganzen Geschichten mit Zauberei sind blöd! Einmal kurz den Zauberstab geschwungen, und die Helden sind wieder aus dem dicksten Schlamassel raus – alles nur Schwindel. Fauler Zauber, Schund, Hokuspokus! Zauberei gibt es nicht!«

»War's das jetzt?« fragte Franck. Firkin hatte sich so in Rage geredet, daß ihm der Kopf glühte.

»Ja.«

»Also dann werd ich dir jetzt mal was über Zauberei erzählen.«

»Bitte nicht!« bettelte Firkin. »Ich will lieber etwas Handfestes hören. Erzähl uns was ... äh ... so was wie ... Ach, irgendwas, nur nichts mit Magie!«

Hogshead schüttelte ungläubig den Kopf. Franck war zwar ein guter Geschichtenerfinder, aber eine Geschichte ohne Zauberei war einfach langweilig. Ohne Zauberei geschah nichts Aufregendes. Nie.

»Und ...«, fuhr Firkin fort. »Keine erfundene Geschichte Die Wahrheit. Ich will Tatsachen. Fakten.«

Hogshead schnappte nach Luft.

»Fakten! Du lieber Himmel«, stöhnte Franck. »Fakten, hä? Soll das etwa heißen, Firkin wird erwachsen? Darf ich das so verstehen, daß meine Geschichten von Rittern, Magiern, Drachen und Jungfern nicht mehr erwünscht sind ...«

»Nein! Äh, ich meine doch ...«, fing Hogshead an.

»... daß das Garn, das ich gesponnen habe, dünn geworden ...«

»Nein!« Hogshead hatte die Augen weit aufgerissen. Er liebte die großartigen Geschichten von Franck.

»... daß ich nicht länger mehr ein begierig lauschendes Publikum habe ...?«

»Aber nein, Franck«, sagte Firkin. »Ich mag deine Geschichten. Ich will nur etwas, das ein bißchen ... ein bißchen ... also ...«

»... realer ist«, beendete Franck.

»Genau«, nickte Firkin.

»Na gut, na gut«, seufzte Franck und gab sich geschlagen.

Die Jungen machten es sich gemütlich und warteten darauf, daß er zu erzählen anfinge.

»Was ihr jetzt hören werdet, ist ein Geheimnis. Niemand außer mir kennt die wahre Geschichte von der Hochzeit des Prinzen Chandoon.« Wäre es möglich gewesen, das Licht zu dämpfen, unheilvolle leise Musik erklingen und Nebelschwaden aus Trockeneis wabern zu lassen – jetzt wäre genau der richtige Zeitpunkt dafür gewesen. »Es ist dies eine merkwürdige Geschichte. Eine Geschichte von Abenteuern, Reichtum und Glück und – Schuhgrößen.«

Die Jungen saßen mit weitaufgerissenen Augen vor ihm. Franck hatte das Register gewechselt. Er sprach sein pseudohistorisches Kauderwelsch, und das war üblicherweise ein äußerst vielversprechendes Zeichen.

Franck starrte die Jungen einen Augenblick lang unbewegt an (er tat das nur, um die Spannung ein wenig zu steigern), holte dann tief Luft und sprach die legendären, altehrwürdigen Worten: »Es war einmal vor langer, langer Zeit ...«

Laut hallten König Klayths Schritte durch den Korridor. Laut und leer.

Leer wie der Korridor selbst.

Leer wie die vielen anderen Korridore und meilenlangen Flure und Gänge in Schloß Isolon.

Nackte Steinfußböden verliefen zwischen endlos langen nackten Steinmauern. Kahle Fluchten, nur gelegentlich von einer Tür unterbrochen, die in ein leeres Zimmer führte; kahle Fluchten, nur gelegentlich von einem anderen Korridor gekreuzt, der wie alle anderen Korridore war: leer.

Das ganze Schloß war leer.

Seit er denken konnte, war das so.

Und doch mußte es einmal anders gewesen sein.

Ganz schwach erinnerte er sich an eine Zeit, als das Schloß voll Leben war, an eine Zeit, als mehr als dreieinhalbtausend Menschen hier gelebt hatten. Alle möglichen Menschen: vom ewig rußschwarzen kleinen Kaminkehrer über die Stubenmädchen, Köche, Kammerdiener bis hin zur kraftstrotzenden Formation der schwarz uniformierten Schloßwache.

Doch jetzt... Klayth stand in dem leeren Korridor und horchte. Stille. Tiefe, absolute Stille, greifbar wie Watte, drückend und lastend wie die Stille vor einem Gewitter an einem schwülen Sommertag. Es war so still, wie es damals, in jener wunderbaren Zeit, als er noch klein war, nie gewesen war, als selbst mitten in der Nacht das Leben niemals ganz verstummte. Wo mehr als dreieinhalbtausend Menschen lebten, war es nie totenstill. Irgendein Geräusch war immer zu hören: das leise, von einem parfümierten Kopfkissen sanft gedämpfte Atmen eines jungen Mädchens; die unruhigen Atemstöße eines Schläfers, der im Traum auf einem hohen Berg stand und gegen einen Drachen kämpfte; das Schnauben und Prusten des Kochs, der wie eine Dampfmaschine schnarchte... es war ein fortwährendes, nie endendes Summen und Brummen.

Tagsüber, wenn jedermann geschäftig seiner Arbeit nachging und eine der unzähligen Aufgaben erledigte, die für den reibungslosen Ablauf des Schloßbetriebs unverzichtbar waren – tagsüber herrschte ein ohrenbetäubender Lärm.

Der eindrucksvollste Trubel hatte wohl damals geherrscht, in den letzten Tage vor dem Krieg mit dem benachbarten Königreich Cranachan, als die Leute durcheinander- und zusammenliefen, als man zum letztenmal alles überprüfte, als die letzten Vorbereitungen getroffen wurden. Natürlich hatte Klayth nicht verstanden, worum es ging. Er konnte das Wort ›Krieg‹ nicht einmal buchstabieren – ganz zu schweigen davon, daß er gewußt hätte, was es bedeutete. Für ihn hatte das aber auch keine Rolle gespielt: Die Leute gingen eben fort. Warum sie das taten – um das zu verstehen, dafür war er zu klein. Er erinnerte sich nur dunkel daran, daß er stumm und verwundert durch den Trubel gewandert war, daß er immer nahe dabei gewesen und doch nie und nirgends dazugehört hatte, daß es ihn wie ein Blatt im Herbstwind ziellos hierhin und dorthin getrieben hatte. Aufregung lag in der Luft, eine elektrische Spannung – so als hätte eine große Gottheit das Schloß genommen, an einem riesigen Wollpulli gerieben und dann versucht, es an die Decke zu kleben. Doch diese Aufregung war anders als alles, was er bis dahin erlebt hatte. Sie war quälend und dauerhaft und endgültig. Es war eine Aufgeregtheit, die wochenlang in einer raffiniert zusammengesetzten starken Beize aus Traurigkeit, Verzweiflung und ganz gewöhnlicher, banaler Angst gelegen hatte.

Und dann war es plötzlich still geworden: Im Jahr 1025 MEZ gingen alle Männer fort. Die Frauen blieben noch für ein paar Tage. Nach den turbulenten Wochen der Kriegsvorbereitung waren sie verstört; sie standen in kleinen Gruppen in Ecken und Winkeln zusammen und weinten leise. Allmählich verschwanden auch sie. Nur ein paar blieben noch zurück, um den Schloßbetrieb aufrechtzuhalten und den König zu versorgen. Das alles war vor dreizehn Jahren geschehen, Klayth war damals gerade vier geworden. Seit dieser Zeit lebte er im Schloß, hatte gesehen, wie nach und nach alle Angestellten weggingen, bis sie schließlich nur noch zu sechst übriggeblieben waren – in einem Haus, das für mindestens viertausend Menschen erbaut worden war. Es überraschte daher nicht übermäßig, daß die meiste Zeit über der größte Teil des Schlosses im wesentlichen leer war.

Im Augenblick stand Klayth in einem der unzähligen Korridore in einem der oberen Stockwerke und dachte an die wenigen, die mit ihm zurückgeblieben waren. Zwei Leibwächter: Börrnhadt und Mattsches. Beide waren – wenn es ihnen vielleicht auch an einer gewissen geistigen Behendigkeit fehlte – bestimmt kräftig genug, um ihn zu beschützen, selbst vor einem entschlossenen gedungenen Mörder. Sie waren zuverlässig und Klayth treu ergeben. Und waren bestimmt auch bereit, für ihn zu sterben ... schlimmstenfalls ... wenn es einmal gar nicht anders gehen sollte ... ihr Wunsch war es sicher nicht. Seiner auch nicht.

Dann der Koch, Val Jambon, den er nur selten sah, der ihm aber immer die erlesensten Mahlzeiten und Imbisse lieferte. Val Jambon hatte eine Tochter, Courgette, ein kleines Mädchen mit fuchsrotem Haar. Auch sie sah er kaum jemals. Nur manchmal beobachtete er vom Fenster aus, wie sie sich in den nahen Wald davonschlich.

Und dann gab es noch Swinehunt, den Erzkanzler.

Er hatte (die Reihenfolge der Aufzählung hat keine Bedeutung) das Amt des Obersten Militärberaters inne, das Amt des Obersten Rechnungsführers, Buchhalters und Steuerberaters, das Amt des Obersten Lehrmeisters ... es war eine beinahe endlose Liste. Aber, dachte Klayth, bei Erzkanzlern ist das wohl so.

Er zuckte die Achseln und ging durch den leeren Gang in die Bibliothek.

»›Diejenige, deren Fuß in diesen winzige Schuh paßt, soll Königin sein in meinem Reich‹, verkündete Prinz Chandoon mit lauter Stimme.

Alle Festgäste drängten sich vor, und jeder versuchte, lautstark auf sich aufmerksam zu machen. Der Prinz war der begehrteste Junggeselle des Königreichs. Er war eine stattliche, hochgewachsene Erscheinung, so groß, daß er selbst ohne Turnierstiefel die meisten anderen Männer turmhoch überragte. Er hatte wallendes dunkles Haar; jeder, sei's Ritter oder Gemeiner, und nicht wenige der Hofdamen beneideten ihn um seine schwarze Mähne. Er war ein Held, der ungeschlagene Held auf dem Turnierplatz, der jeden im ehrlichen Kampf besiegte, seine Heldentaten auf dem Schlachtfeld waren legendär.

Prinz Chandoon sah finster drein und flüsterte dem Obersten der Garde leise etwas ins Ohr. Darauf erhob sich ein großes Geschrei, es entstand ein Gedränge und ein Geschiebe, und die Garde sortierte alle männlichen Gäste aus der Bewerberschar aus.

›Jede von euch Frauen soll nun diesen Schuh anprobieren, und diejenige, an deren Fuß dieser Schuh paßt, die soll meine Gemahlin werden!‹ rief der Prinz, der für diese Gelegenheit seine prächtige Galarüstung angelegt hatte.

Jederman sprudelte vor Aufregung, und zwei Frauen wurden ohnmächtig. Und bald schon …«

»Warum?« fragte Hogshead.

»Hä?« antwortete Franck.

»Warum sind sie ohnmächtig geworden?«

»Ach … weil sie ihr Korsett zu eng geschnürt hatten. Unterbrich mich nicht immer, sonst höre ich auf. Also – wo war ich stehengeblieben?« Seine Augen wurden glasig, er zupfte sich am Bart ... »Ah ja. Und bald schon hatte jede Frau ihren Fuß in den Schuh gesteckt, doch er paßte keiner von ihnen. Nicht einmal den verheirateten Frauen.

Prinz Chandoon war enragiert ...«

»Was war er?« flüsterte Hogshead.

»Sauer«, antwortete Firkin leise.

Franck hatte weiter erzählt. »... und ließ deshalb sofort nach dem Zauberer Merlot schicken. Zwei Gardesoldaten rückten aus, um ihn für den liebeskranken Prinzen zu Hilfe zu holen.«

»Hast du nicht gesagt, diesmal sei's eine Geschichte ohne Zauberei?« unterbrach Firkin.

»Äh, ja, also, aber ...«, stotterte Franck aufgeregt.

»Du machst das immer so! Immer bringst du Merlot ins Spiel, damit er den Helden raushaut oder einen versteckten Schatz findet oder so was. Das ist gemogelt. Das ist einfach nicht wahr!«

»Firkin! Es ist doch nur eine Geschichte. Und mir gefällt sie. Also laß Franck jetzt zu Ende erzählen«, maulte Hogshead, den Firkins Einwände ärgerten.

»Ich weiß sowieso, wie die Sache ausgeht!« sagte Firkin, verschränkte die Arme und schmollte.

»Magie ist wirklicher, als du denkst, junger Mann«, erklärte Franck. Seine Stimme klang seltsam ernst, er blickte Firkin tief in die Augen. »Du wirst es noch früh genug erfahren. Du bist von ihr umgeben. Wenn du nur genau hinschaust, wirst du's auch sehen.« Und ein wenig sanfter fügte er noch hinzu: »Aber dann sag mir doch: Wie geht die Geschichte aus?«

»Also«, begann Firkin großspurig, »Merlot kommt rein und findet mit seiner Zauberkraft das Mädchen, dem der Schuh paßt, und dann leben sie alle glücklich bis ans Ende ihrer Tage.«

»Und welches Mädchen ist es?« fragte Hogshead.

»Welche wird's schon sein?« schrie Firkin. »Die, die

zu Hause bleiben und den Ofen saubermachen mußte.« Er grinste selbstgefällig und lehnte sich zurück.

Franck strich sich über das Kinn: »Dann sag mir noch eines, Firkin: Wie gut, glaubst du, gefiele einem zukünftigem König, dessen Jagd- und Turniergeschick legendär war, die Vorstellung, ein Mädchen zur Frau zu haben, die ihr Leben mit Ofenputzen, Sockenstopfen und dem Flicken von Geschirrtüchern verbracht hat, hä?«

»Nun ja … äh … möglicherweise nicht sehr …«

»Aha. Sie würden also nicht glücklich und zufrieden bis ans Ende ihrer Tage leben, oder?«

»Äh … glaub ich nicht.«

»Du hast also nicht den richtigen Schluß gefunden, nicht wahr?«

»Hmmm … glaub ich nicht.«

»Was ist der richtige Schluß, Franck?« fragte Hogshead gespannt. »Erzähl schon. Bitte!«

»Tja also – ihr erinnert euch doch noch, daß man Merlot eine Botschaft schickte?«

»Ja«, sagte Hogshead.

»Ja«, sagte Firkin skeptisch. Er war neugierig, was sich Franck jetzt wieder ausdächte.

»Und wißt ihr auch, was in dieser Botschaft stand?«

»Nein. Hast du uns ja noch nicht gesagt.«

»Nun, es war eine Botschaft und eine Drohung. Merlot kam schleunigst an den Hof des Prinzen und gehorchte gern – weil er nichts lieber tat, als andere Menschen glücklich zu machen. Der Schuh war inzwischen in Fetzen gegangen, weil eine ganz besonders fette und gierige Frau dreimal versucht hatte, ihren Fuß hineinzuzwängen. Merlot brachte den Schuh wieder in Ordnung, und zwar genau so, daß er genau an den Fuß der Prinzessin Davina paßte, die der Prinz liebte, weil sie schön, klug und reich war – und weil ihrem Vater das beste Turniergelände weit und breit gehörte. Sie heirateten und schmissen ein Riesenfest, zu dem alle eingeladen waren.«

»Und was war mit dem anderen Mädchen?« fragte Firkin.

»Die … also die … äh … die wurde Brautjungfer.«

Firkin sah Franck an und schüttelte den Kopf. »Du kannst es einfach nicht lassen, oder? Du kannst einfach keine Geschichte ohne Zauberei und Magie erzählen. Auch wenn es überhaupt nicht nötig ist. Ein Schuster hätte den Schuh genauso gut richten können. Wie ich schon sagte: Ich glaube nicht an Magie, und es bräuchte einiges mehr, um mich vom Gegenteil zu überzeugen.«

Franck verschränkte die Arme, lehnte sich auf seinem Stuhl zurück und grinste blasiert. »Man wird sehen«, sagte er. »Man wird sehen.«

Seltsamerweise wurde Firkin dabei unbehaglich zu Mute.

Irgendwann später an diesem Tag, nachdem ihnen Franck noch die eine oder andere Geschichte – beziehungsweise die eine oder andere private Version der einen oder anderen Geschichte – erzählt hatte, stieß Firkin die Tür zu der Hütte auf, in der er mit seinen Eltern wohnte, und wußte noch im selben Augenblick: Es gab Rübeneintopf. Der Geruch war übermächtig.

»Hallo, Mama.«

»Oh, hallo, Kleiner. Wo warst du denn?«

»Bei Franck.«

»Wasch dir die Hände, Kleiner. Mittagessen ist fertig.«

»Er hat uns von Vampiren erzählt und daß sie tagsüber nicht rauskönnen und keinen Knoblauch mögen …«

»Komm schon, beeil dich. Es gibt Rübeneintopf, dein Lieblingsessen.«

»… und daß sie Leute in den Hals beißen und Blut trinken und rumfliegen wie Fledermäuse …«

»Nun mach schon. Hast du dir die Hände gewaschen? Das Essen steht auf dem Tisch.«

»Fein.« Er war nur mäßig begeistert. »Wie geht's Dawn heute?«

»Nicht sehr gut, Kleiner. Eigentlich nicht anders als gestern.«

Firkins Mutter stand am Herd und rührte in einem Topf, in dem etwas Dickflüssiges brodelte und blubberte: der immer gleiche, immer vorhandene, sich unentwegt wie von selbst wieder auffüllende Rübeneintopf. Schurl war nicht unbedingt eine erfinderische Köchin. Allerdings gab es in Khucaph auch keine sonderlich üppige Auswahl an Rohprodukten.

»Ich schau nur schnell bei ihr rein.«

»Essen ist fast fertig. Sag Vater Bescheid.«

»Bescheid geben oder Bescheid stoßen?« Firkin sparte sich den Witz. Seine Mutter hätte ihn sowieso nicht gehört. Im Augenblick drehte sich ihre Welt um den Topf mit kochendem Rübeneintopf. Und darum, wie sie ihn am besten unter die Mitgliedern der Familie verteilen sollte. Darüber hinaus spielte im Moment kaum etwas eine Rolle.

Firkin ging durch die Hintertür hinaus in den Garten.

»Hallo, Paps! Mama sagt, du sollst zum Essen kommen.«

»Ha, wird höchste Zeit, daß du dich mal blicken läßt! Willst mir vielleicht bißchen helfen? Nicht? Dacht ich mir. Dabei tät dir ein bißchen Gartenarbeit ganz gut. Wär ganz nett, wenn du auch mal bißchen zupacken würdest. Bist schließlich kein Kleinkind mehr.«

Sein Vater und der Garten – es war immer dasselbe. Wenn er tonnenweise klebrige schwarze Erde bewegt hatte und dann wieder einmal nur auf eine hauchdünne Schicht verschimmelten Mutterboden gestoßen war, dann brauchte er jemanden, an dem er seine Enttäuschung auslassen konnte. Und dieser Jemand war sehr häufig Firkin. Wylff, Firkins Vater, glaubte hartnäckig, daß das Zeug hinter der Hütte Humus sei. Nichts konnte ihn von dieser Überzeugung abbringen: Es lag auf dem Boden und man ging drauf, Teppich war es nicht, also mußte es Humus sein. Obwohl manchmal... Manchmal beschlichen ihn auch gewisse Zweifel. Manchmal glaubte er fast, daß er mit einem Restposten gut gewässerten Teppichbodens mittlerer Qualität größere gärtnerische Erfolge erzielen könnte.

»Ich nehm mir nur schnell ein Geschenk für Dawn.«

»Nehmen, nehmen, nehmen: Was anderes hast du nicht im Kopf. Wie wär's, wenn du mal bißchen mit anpacken würdest? Aber nein! Fällt dir ja gar nicht ein. Nie. Als ich noch klein war, da mußten wir...«

Sein Vater redete und redete, immer das gleiche und immer wieder von vorn. Firkin, der über den sumpfigen Gartenfleck patschte, hatte das Genörgel schon oft und oft gehört: Heutzutage wurde nichts mehr hergestellt, das noch länger als zwei Tage hielt, das Leben war viel zu unruhig geworden, und früher enthielt die Wurst auch mehr Fleisch...

Es war beinahe ein Wunder: In der morastigen schwarzen Öde blühten zwei Schneeglöckchen. Sie hatten es, obwohl alles dagegen sprach, geschafft und Blüten getrieben. Wunderschöne Schneeglöckchen. Eigentlich hätte Firkin das als Symbol auffassen müssen, als gutes Omen... Aber das konnte er nicht. Immerhin: Dawn würde sich bestimmt darüber freuen. Er bückte sich, pflückte sie und trug sie vorsichtig ins Haus. Blumen für Dawn. Zum Geburtstag. Sie würden ihr bestimmt gefallen. Darüber freute sich auch Firkin. Und gleichzeitig bedrückte es ihn, daß er ihr nicht mehr schenken konnte. Und daß er nichts dazu tun konnte, damit es ihr wieder besser ging.

Er klopfte an die Tür und trat leise ein.

»Hallo, wie geht's dir denn?«

»Blääauuu!« antwortete sie ausdrucksvoll.

»Ich habe dir was mitgebracht. Alles Gute zum Geburtstag.« Er überreichte ihr die zwei winzigen Blümchen. Es war eine klägliche Geburtstagsüberraschung. Fand er.

»O Firkin – die sind wunderschön. Danke.«

Er zupfte an seinem Hemd herum und blickte verlegen auf den nackten Bretterboden.

»Mehr habe ich leider nicht ... Ich wollte dir mehr bringen ... aber ... nun ja ... tut mir leid«, schloß er mit einem müden Achselzucken.

Seine kleine Schwester lächelte schwach.

»Ist schon in Ordnung«, krächzte sie. »Ich versteh schon.«

Firkin sah sie traurig an. Er hätte so gern etwas getan, um sie wieder gesund zu machen. Er sehnte sich nach der Dawn, die auf Bäume kletterte; er sehnte sich nach der Dawn, die den Berg hinunterrannte; er sehnte sich sogar nach der Dawn, die den Berg hinunterrannte und kreischend lachte. Er vermißte den Spaß, den sie zusammen erlebt hatten.

Wenn es ihr doch nur wieder besser ginge!

Hätte er doch nur irgend etwas dazu tun können, damit es ihr wieder besser ginge! Sie hätte lediglich ein paar vernünftige Mahlzeiten gebraucht, dann wäre sie im Handumdrehen wieder gesund geworden. Und nicht nur sie: Ganz Khucaph hätte ein paar vernünftige Mahlzeiten gebraucht. Sie hatten so wenig und mußten das meiste davon auch noch an den König abgeben. An diesen ... König!

Der Zorn drängte jetzt die Niedergeschlagenheit rücksichtslos aus dem Weg, Firkins Gefühlshaushalt geriet gewaltig in Aufruhr. Es war alles die Schuld des Königs. Er haßte den König. Er sah ihn vor sich: einen fetten, aufgeblähten Freßsack, der sich Trauben in den Mund stopfte, der raffgierig riesige Lebensmittelvorräte hinter hohen Mauern hortete, während das ganze Land Hunger litt! Er haßte den König. Wozu war er eigentlich da? Warum gab es ihn überhaupt? Schmarotzer!

Der Zorn trat wieder von der Bühne ab und überließ seinen Platz der Enttäuschung und der Ohnmacht, die jetzt ihr Lieblingsduett anstimmten:

»Aber was kannst du schon dagegen tun?«

Firkin kam sich unnütz vor.

Er wußte genau, was ihm fehlte, er träumte oft davon: eine Schar tapferer Männer, die unter der Führung eines glorreichen Ritters das Land von der Tyrannei erlösten. Er träumte von besseren Zeiten. Aber was konnte er unternehmen? Was konnte er tun?

Er lächelte seine Schwester matt an und ging aus dem Zimmer.

Was konnte er tun?

Es war hoch oben in den Vorbergen der Krapathen. Der Dieb beobachtete sein Opfer – aufmerksam, gespannt. Er beobachtete es schon einige ganze Weile. Er duckte sich hinter einem Felsen nieder und wartete nur noch auf den richtigen Moment. Er hatte einen langen Weg hinter sich, hatte sich hinter moosbewachsenen Steinen versteckt, hatte sich mühsam durch hüfthohes Gras geschlagen und war dann endlich an dieser Stelle angekommen. Das Schwerste stand ihm noch bevor: der letzte, endgültige, wilde Sprung, der Sprung, in dem sich die aufgestaute Spannung und Aufregung entladen sollten, der Sprung, mit dem er sich den Schatz schnappen wollte. Aber dieser Moment war noch nicht gekommen. Noch hieß es abwarten. Noch war es nicht soweit!

Allmählich taten ihm von der Hockerei die Beine weh. Lange durfte es nicht mehr dauern. Wenn sein Opfer doch endlich einmal in die andere Richtung sähe!

Dann konnte er vielleicht losspringen, zupacken und abhauen.

Aber sein Opfer bewegte sich nicht. Es stand wie angewurzelt da und blickte über das Tal. Reglos beinahe.

Der Dieb rückte unbehaglich hin und her. Da! Sein Opfer hatte sich umgedreht und sah weg. Darauf hatte er gewartet. Jetzt! Er stand auf, hetzte tief gebückt über die kleine Heidefläche, schnappte sich den Schatz und rannte schon wieder davon – noch bevor sein Opfer überhaupt etwas von der Gefahr bemerkt hatte.

»Hab ihn, hab ihn!« schrie der Dieb und rannte den Berg hinunter. Blickte über die Schulter zurück, erwartete, daß ihn sein Opfer verfolgte, ihm nachhetzte... Nichts. Er lief ein wenig langsamer... wunderte sich...

»Warum verfolgt er mich nicht?«

Der Dieb blieb stehen und sah den Berg hinauf. Da stimmte etwas nicht. Sonst verfolgte er ihn doch immer. Er wartete noch einen Augenblick lang und ging dann langsam wieder zurück. Spähte vorsichtig hinter einem Felsblock vor... Sein Opfer stand immer noch an derselben Stelle und starrte unverändert reglos über das Tal.

Er muß mich doch bemerkt haben! Warum rennt er nicht hinter mir her?

Er stand auf und ging auf sein Opfer zu.

»Warum spielst du nicht mit?«

»Äh?« machte Firkin geistesabwesend.

»Ich hab den Schatz. Ich hab gewonnen«, erklärte Hogshead, warf den Kiesel hoch und fing ihn wieder auf.

»Ah ja... gut gemacht«, antwortete Firkin zerstreut.

»Was'n los mit dir? Du kannst es doch sonst nicht verputzen, wenn ich gewinne.«

»Tut mir leid. Ich bin nicht in der Stimmung.«

»Warum?«

»Wegen Dawn. Ich kann es nicht mehr mitansehen,

wie es ihr geht. Ich möchte irgendwas tun, ich will ihr helfen und weiß nicht wie.« Er hockte sich auf einen Felsenbrocken und umklammerte seine Knie.

Hogshead überlegte angestrengt. »Was würde Prinz Chandoon tun?« fragte er nach ein paar Minuten.

»Ich meine es ernst«, blaffte Firkin. »Meine Schwester ist krank, und mit ihr beinahe das ganze Dorf, und du redest von Märchen.«

»War ja nur eine Frage ... Ich dachte nur, vielleicht brächte uns das auf etwas ... Schließlich rettet er ja unentwegt Maiden, die in Bedrängnis geraten sind ... und, na ja, deine Schwester ist hübsch ... äh, in Bedrängnis ... und als Maid, denk ich, geht sie ganz bestimmt auch durch. Ich weiß zwar nicht, was man eigentlich sein muß, wenn's um Maidenschaft geht, aber ich ...«

»Könntest du vielleicht kurz mal die Klappe halten – ich denke.«

»Oh.«

»Eben ...«

Hogshead glaubte beinahe, Firkins zerebrales Getriebe knirschen zu hören – sein Gehirn schmiedete Pläne.

»Ja, so könnte es gehen. Genau! So könnte es klappen. Ha!« Firkin stand auf und rannte den Abhang hinunter.

Hogshead sah ihm zu, wie er davonlief ... wie er ... davonlief! »Firkin! ... He, wart auf mich!« schrie er.

»Und du glaubst wirklich, daß es klappt?«

»Selbstverständlich glaub ich, daß es klappt«, antwortete Firkin nach ein paar Minuten. Er flüsterte heiser. »Wenn der Karren hier einmal abgefahren ist, sieht kein Mensch mehr rein.«

»Woher willst du das wissen?«

»Ist doch wohl klar ... oder nicht?«

»Und was passiert, wenn der König dahinterkommt? Dann schickt er die Schwarze Garde, und wir werden alle …« Hogshead versagte die Stimme, er konnte nur noch ängstlich flüstern.

»Der König kommt nie dahinter, weil ich nur sehr wenig nehme. Und außerdem gehört es ja sowieso uns. Jetzt komm schon.«

Firkin kroch dicht an der Rückwand des aufgelassenen Räucherschuppens entlang und suchte nach dem losen Brett, das hier irgendwo sein mußte.

Dreizehn Jahre amtlich verordneter Vernachlässigung hatten viele Bretter im Räucherschuppen gelockert. Firkin kannte aber nur dieses eine, ganz unten am Boden. Fast alle Kinder von Khucaph hatten gelegentlich im Räucherschuppen gespielt. Doch irgendwann war das Betreten verboten worden. Offiziell wurde es damit begründet, daß der Schuppen ›einsturzgefährdet‹ sei und daß es ›niemandem – ich betone *niemandem* – erlaubt ist, denselben zu betreten, außer um den Zehnten dort anzuliefern‹. Aber wie jedes Verbot machte auch dieses Verbot den Schuppen für die Kinder von Khucaph nur um so anziehender.

Vorsichtig schob Firkin das Brett zur Seite und kroch durch das Loch in den dunklen Raum. Hogshead kroch ihm nach und setzte das Brett wieder ein. Dann warteten sie bis sich ihre Augen an die Dunkelheit gewöhnt hatten. Strahlenbündel fielen durch die Löcher im Dach, der aufgewirbelte Staub trieb blitzend und funkelnd durch die Lichtbalken. Die Wände waren mit Regalen und Hängegestellen bestückt, an der Rückwand standen noch Reste des alten Räucherofens. Nicht mehr viel – man hatte ihn geplündert und mit dem Material Bauschäden an den Hütten repariert und ausgeflickt.

Firkin und Hogshead kannten das alles und nahmen es eher gleichgültig wahr. Ihr Augenmerk galt dem Karren, der im Schuppen stand.

Die Ladung war mit einer großen Plane abgedeckt, die an den Wagenseiten fest verschnürt war. Nur die Rückseite stand noch offen. Der Karren war noch nicht zur Abfahrt bereit, die fällige Zehntenlieferung war noch nicht vollständig.

Plötzlich flutete wie bei einer Explosion eine Lichtfülle in den Schuppen. Die Eingangstür öffnete sich, drei Silhouetten standen vor dem Licht. Drei Männer. Firkin kannte sie.

»... in Ordnung«, sagte Angus, der Fuhrmann. »Legt sie einfach da hinten dazu. Hoffentlich sind sie diesmal sauber!« Er kontrollierte seine Liste und hakte die Lieferung ordnungsgemäß ab.

Die zwei Dörfler legten ihren Zehnten unter die Plane und machten sich murrend davon. Angus ging wieder seine Liste durch, zählte nach und hakte ab. »Dreiundvierzig!« brummelte er vor sich ihn. »Warum können die ihre Rüben bloß nicht sauberer lagern? Bäh!« Er wischte einen Schwung winziger Rübenschädlinge ab, zerquetschte dabei einige, und ging dann, um sein Pferd zu holen.

Als die Tür zufiel und das Vorhängeschloß dagegen rasselte, rannte Firkin los. Er suchte unter der Plane herum, zog eine Schachtel heraus und rannte wieder zurück.

»Mir gefällt das nicht«, flüsterte Hogshead. »Das ist Diebstahl!«

»Freilich! ... Und was ist dann der Zehnte?«

»Äh ... ja also ...«

»Wir holen uns etwas zurück, das uns gehört. Und das nennst du Diebstahl? Also hör mal!«

Als Angus zum zweiten Mal die Tür aufsperrte und mit seinem müden alten Pferd in den aufgelassenen Räucherschuppen kam, schlichen sich zwei Gestalten davon, die etwas mit sich nahmen, das sie zuvor noch nicht besessen hatten.

Dawn riß vor vor Aufregung und Überraschung die Augen weit auf. Firkin hielt ihr den Mund zu, legte sich den Finger an die Lippen und gab ihr zu verstehen, daß sie stillhalten sollte. Vorsichtig stellte er die Schachtel auf das Bett und nahm langsam die Hand von Dawns Mund.

Dawn starrte erst die Schachtel, dann Firkin an und murmelte ein leises »Waa ...?«

»Alles Gute zum Geburtstag«, flüsterte Firkin. Er grinste.

»Aber ...«

»Ist für dich.«

»Wie ... Wo ...?«

»Keine Fragen mehr. Sonst glaub ich noch, du willst es gar nicht.«

»Doch, doch doch.« Dawn hustete sich die Seele aus dem Leib und hielt krampfhaft die Schachtel fest.

»Dann mach schon. Schnell, mach auf!« drängte Hogshead und blickte ängstlich zur Tür. Ihm war bei der ganzen Sache von Anfang nicht recht wohl gewesen. Und eigentlich hatte er auch gar nicht mitmachen wollen. Aber nachdem er nun schon einmal so weit gegangen war, konnte er es genausogut auch bis zum Ende durchhalten. Es war schon richtig: *Ende gut, alles gut* ... Nein, das war überhaupt nicht richtig, das war das falsche Sprichwort. Es gab da noch ein anderes, ein passenderes. Und das hieß ... und das hieß ... ah ja: *Mitgeschenkt, mitgehenkt* ...?

Dawns Gesicht leuchtete auf. Sie ahnte etwas und spähte neugierig in die Schachtel. Ihr kleiner Finger schlängelte sich über die Kante, tastete suchend herum – in der Schachtel war ein kleiner Topf. Als sie die Hand wieder zurückzog, zeigte ihr kleiner Finger ein Häubchen aus weißem Schaum.

»Ist das wirklich ...?« fragte sie, und ihre Augen wurden noch größer, als sie schon waren.

Firkin zuckte die Achseln.

»Firkin! Ich glaub, es ist es tatsächlich! Oooh!« flüsterte sie und steckte den Finger in den Mund.

Es war ›es‹.

Dawn lächelte und steckte den Finger sofort wieder in das Töpfchen. ›Es‹ – das war ihr Lieblingsdessert. Eine Spezialität aus der Milch eines in der Gegend heimischen Nagetiers, aromatisiert mit diversen Gewürzen und Kräutern unbekannter Herkunft. Eine Rarität – immerhin war es nicht ganz einfach, die erforderliche Menge Milch zusammenzubekommen. Dawns Finger grub eine dritte Portion Lemming-Mousse aus dem Topf, steckte ihn in den Mund und lächelte breit.

Ein paar Tage nach diesen Ereignissen saß der König von Isolon, angetan mit seinem nietenbeschlagenen schwarzglänzenden Lederornat, im Konferenzsaal und hörte, unbewegt beinahe, was ihm sein Berater, der Erzkanzler Swinehunt zu erzählen hatte.

»Sire! Wäre es nicht anzeigt, ein Exempel zu statuieren? Wäre es nicht klug, diesen Ungehorsam sofort niederzuschlagen? Ihn im Keim zu ersticken? Ihn auszumerzen?«

»Seid Ihr wirklich sicher, daß sie es vorsätzlich getan haben?«

»Ja, kaiserliche Hoheit.«

»Aber gleich ein ganzes Dorf?«

»Eine zur Sicherung unserer Herrschaft unumgängliche Maßnahme! Wenn erst einmal andere Dörfer erfahren, daß man mit so etwas ungestraft davonkommen kann, dann werden bald alle damit anfangen. Und wie wird es enden? Unsere Zehntscheuern werden leerstehen, und wir werden Hunger leiden!«

Der König beugte sich vor, der Königsornat knarrte.

»Und, mein guter Swinehunt? Wie lautet Euer Vorschlag?«

»Niederbrennen! Das Dorf niederbrennen!« schrie Swinehunt und schlug mit der Faust auf den schweren Eichenholztisch. »Ausräuchern, das Pack!«

»Gibt es denn keine andere Möglichkeit?«

»Steu-Steu-Steuererhö-höhung!« platzte Börrnhadt los, immer noch beflügelt von seinem jüngsten Erfolg.

»Maul halten!« brüllte Swinehunt und landete geschickt einen Stiefeltritt. Der massige Schloßwärter zog ein finsteres Gesicht.

»Swinehunt! Wie groß ist im Augenblick die Gefahr, daß wir Hunger leiden müssen?«

»Könntet Ihr Eure Frage ein wenig genauer formulieren, Sire?«

»Wie?«

»Tja also, Sire, meint Ihr etwa ...«

»Nein, bitte nicht schon wieder! Sagt mir ganz einfach, wie viele Lebensmittelvorräte in unseren Zehntscheuern lagern.«

»Inklusive Gemüse, Sire?«

»Alles.«

»Natürlicher Schwund und Welke eingerechnet und berücksichtigt?«

»Ja«, seufzte der König matt. »Eine einfache, kurze Antwort, wenn's möglich ist. Ja?«

»Vierhundertvierunddreißig Tonnen Gemüse, davon vierunddreißig Tonnen Rüben, siebenundzwanzig Tonnen Karotten, je vierzehn Tonnen diverse Kartoffelsorten, sechs Tonnen ...«

»Halt!« Der König verdrehte überdrüssig die Augen.

»Sire?«

»Sagt mir ganz einfach, wie lange die gesamten Nahrungsmittel in den Zehntscheuern – das gesamte Gemüse, Vieh, Geflügel – ALLES!!! ... Wie lange wird es uns reichen?«

»Für uns alle, Sire?«

»Für alle hier im Schloß.«

»Inklusive der Küchenbelegschaft?«

»Ja.«

»Beide?«

»Ja!« Die Stimme des König hallte durch den bedrückenden Raum.

Swinehunt verstummte und kritzelte aufgeregt auf einem Pergamentbogen. Börrnhadt fühlte sich unbeobachtet und flüsterte lautlos Gemeinheiten vor sich hin, die in den meisten Fällen körperliche Mißhandlung zum Thema hatten und alle Swinehunt betrafen. Nach einigen Minuten endete das Gekritzel, der Erzkanzler sah auf …

»Sire! Das Ergebnis: Der gesamte, in den Zehntscheuern lagernde Nahrungsvorrat reicht, wenn er (die augenblicklich übliche Konsumtionsrate vorausgesetzt) von den gegenwärtig hier Anwesenden, plus der Küchenbelegschaft (nicht anwesend) konsumiert wird, in etwa sechshundertundsiebenundvierzig Jahre, acht Monate und zwei Tage, Sire.«

»WAS?«

»Sechshun …«

»Ja, ja, ich habe schon verstanden. Ich bin nur etwas überrascht.«

»Nun, wenn Eure Majestät genauere …«

»Nein … nein … äh … laßt mich überlegen.« Es wurde sehr still. »Ihr sagt also, daß wir ausreichend Lebensmittel besitzen, um mehr als sechshundert Jahre damit auszukommen, und …«

»Sechshundertundsiebenundvierzig, Sire«, unterbrach ihn Swinehunt.

»… und wir haben eben noch die Steuern erhöht, und Ihr verlangt von mir, daß ich ein ganzes Dorf niederbrenne, weil seine Zehntenlieferung unvollständig war?«

»Es fehlte ein ganzer Topf Lemming-Mousse, Sire«, präzisierte Swinehunt.

»Ich weiß, ich weiß.«

»Eine Eurer Lieblingsspeisen, Sire.« Meine auch, dachte er.

»Ja, ich weiß. Aber …«

»Aber Ihr müßt etwas dagegen unternehmen, Sire. Es ist unbedingt erforderlich, die Ordnung aufrechtzuerhalten. Wie ich eben schon ausführte: Wenn einmal ein Dorf ungestraft davonkommt – wo soll das hinführen?«

»Ich denke nicht daran, ein ganzes Dorf niederbrennen zu lassen, nur weil seine Zehntenlieferung ein wenig mager war. Wir haben sie schließlich bekommen, nicht wahr?«

Swinehunts gesundes Auge glühte und bildete einen leuchtenden Kontrast zur schwarzen Augenklappe.

»Sire! Ihr werdet doch nicht etwa weich werden?« fauchte er.

»WEICH? Wie könnt Ihr es wagen, so etwas zu sagen?« tobte der König. Börrnhadt lächelte. Er hatte es gern, wenn der König mit Swinehunt böse war.

»Nun, Sire, zu Zeiten Eures Vorgängers wäre, wenn in der Zehntenlieferung auch nur eine Karotte gefehlt hätte, das betreffende Dorf nebst der drei Nachbardörfer niedergebrannt worden! Wollt Ihr Euch etwa gegen diese ehrwürdige, von Eurem Vater begründete Tradition stellen?«

»Wir brauchen die Lebensmittel nicht. Wir haben tonnenweise …«

»Euer Vater hätte dergleichen nie gesagt!«

»Ich … Wir …« Der König verhaspelte sich. Swinehunt hatte wieder einmal seine Trumpfkarte ausgespielt. Klayth hatte seinen Vater kaum gekannt – Swinehunt wußte das. Der alte König, König Kharthezsh war vor dreizehn Jahren in den Krieg gezogen, zusammen mit allen Männern, die stark genug oder zumindest zum Kampf gegen Cranachan bereit gewesen waren. Er hatte seinen Sohn auf dem Thron zurückgelassen, zusammen mit den beiden Leibwächtern Börrnhadt und Mattsches und dem Stammpersonal der Küche. Die Männer waren nie zurückgekehrt.

Niemand wußte, wo sie geblieben waren.

Warum der Feind nie einmarschiert war – auch das war nach wie vor ein Rätsel.

Das alles machte die Last der Herrschaft, die allein auf den zarten Schultern des jungen Königs Klayth lag, drückend und schwer.

Er mußte Härte zeigen. Er war der König.

Er mußte die Schreckensherrschaft aufrechterhalten. Er war der König von Isolon.

Er mußte mit eiserner Faust regieren. Das erwartete man von einem König von Isolon!

Verlangte zumindest Swinehunt.

»Beweist mir, daß Ihr sein Sohn seid! Zehnten-Säumige müssen bestraft werden. Umgehend!« Die schrille Stimme des knochendürren großen Mannes riß Klayth aus seiner Träumerei.

»Was werdet Ihr also unternehmen?« kreischte Swinehunt gellend.

»Ausräuchern«, grinste Mattsches.

»Genau! Ausräuchern.« Börrnhadt nickte beifällig.

»Jjjjahhaaa!« pflichtete Swinehunt bei und starrte den König wütend an.

»Na dann, Böörnie«, kicherte Mattsches. Und weil er alles liebte, was swingte und rockte und Grooof hatte, wechselte er flugs ins Idiom der populären Musikkultur und schaffte sich so richtig rein: »A-wann, A-tuu, a-wnn tuu … Böörnie, Böörnie, Böörn! A-Böörnie, Böörnie, Börn …«

Börrnhadt war sofort dabei: »A-Böörnie, Böörnie, Böörn, a-Böö …«

Der König hieb mit der Faust auf den Tisch und stand zornbebend auf.

»Nein! Nein! Nein! Ich dulde kein sinnloses Niederbrennen.« Sein Lederharnisch knarzte böse.

Börrnhadt verstummte.

»Was würdet Ihr denn dann *dulden*… Sire?« feixte Swinehunt und spuckte das letzte Wort regelrecht aus.

»Kanzler!« Der Zeigefinger des König, in schwarzes Leder gehüllt, zittert nur wenige Zentimeter vor Swinehunts Nase. »Ihr werdet mir ein Dekret erlassen! Mit der Drohung, das Dorf niederzubrennen, falls der Zehnte noch einmal unvollständig sein sollte. *Drohung* habe ich gesagt! … Habt Ihr verstanden?«

»Verstanden, Sire!«

»Schön.«

»Ich fürchte nur, daß das ein wenig schwach ist, wenn man dagegen die …«

»Was?« brüllte der König. Börrnhadt fummelte beinahe verschüchtert an seiner Rüstung herum. Klayth konnte wirklich sehr laut brüllen.

»… die von Eurem Vater bevorzugte Politik der Eisernen Faust bedenkt, Sire.«

»Der König bin ich! Verfaßt das Dekret! Auf – der – Stelle!« Er hämmerte im Takt der Anordnung auf den Tisch ein.

Swinehunt lief eine Spur röter an, japste aufgeregt »ja, Sire« und verließ die Königliche Ratskammer.

Von Zeit zu Zeit bleibt einem eben nichts anderes übrig, als klarzustellen, wer der Herr im Haus ist und wer wen herumkommandiert. Und wenn das nicht hilft, dann gibt es nur eines: Brüllen.

Börrnhadt und Mattsches standen stumm in der Ecke und wären am liebsten im Erdboden versunken.

»Und was Euch angeht – ich bin empört! *Böörnie, böörnie, böörn* – was habt ich euch bloß dabei gedacht?!«

Mattsches rappelte sich als ersters auf und murmelte: »Tschulligung …«

»Tschulligung … Sire«, schloß sich Börrnhadt schon ein wenig zuversichtlicher an.

»Die Konferenz ist hiermit beendet. Laßt mich allein.«

Es wurde sehr schnell still im Saal. Der König wand sich knarrend aus seinem Sessel, ging langsam zur Rückwand des Konferenzsaals, vorbei an einem geschmackvoll angeordneten Gesteck aus Turnierlanzen, und verließ den Saal durch eine winzige Tür, die hinter dem Thron versteckt war.

»Konferenz beendet«, murmelte er müde vor sich hin.

»Backe, backe Kuchen! (links rum)
Der Bäcker hat gerufen. (rechts rum)
Firkin kommt gelaufen, (Hüpfen!)
Will sich einen kaufen. (links)
Doch da hat er sich geprellt – (rechts)
Er hat ja gar kein Ge …«

Firkin blieb mitten in der Drehung stehen und wackelte unsicher auf einem Bein hin und her.

Hogshead sah vom Boden auf, wo mit weißen Steinen zehn saubere Quadrate ausgelegt waren, und schielte neugierig in die Richtung, aus der der Lärm kam.

Ein Menschenhäuflein hatte sich beim Nachrichtenstab versammelt, rempelte, stieß, gestikulierte und lärmte. Es klang wie das empörte Geschrei von Menschen, die man zu Unrecht beschuldigte.

Der Nachrichtenstab, gewissermaßen das Postamt von Khucaph, war ein hoher dünner Stab, der fest in den schlammigen Boden gerammt war und als bemerkenswert leistungsfähiges Kommunikationszentrum fungierte: Wer eine Nachricht weitergeben wollte, die lesenswert war und jeden im Dorf anging, heftete einen Zettel oder ein kurzes Briefing an den Nachrichtenstab, stellte sich davor auf und gab damit zu verstehen, daß er etwas zu melden hatte. Genaugenommen war diese Einrichtung mittlerweile eigentlich überflüssig – Khucaph hatte nur noch so wenige Einwohner, daß der direkte, mündliche Nachrichtenaustausch beinahe schneller war. Der Nachrichtenstab war allerdings auch jene Stelle, wo Meldungen hinterlegt werden konnten, die von außerhalb des Dorfes kamen... poste restante sozusagen.

Firkin war neugierig geworden und trat etwas näher an den Nachrichtenstab heran, vor dem dicht gedrängt mehrere Dorfbewohner zusammenstanden, die aufgeregt auf ein Stückchen vergilbendes Pergament starrten, das in der kühlen Bergluft leicht flatterte. Es war ein Rätsel, wie es dorthingekommen war – es mußte in der Nacht angeschlagen worden sein. Und es sah beunruhigend aus: Ein blaues Band hing daran, festgeklebt mit einem kleinen roten Wachsfleck – dem Siegel des Königs von Isolon.

Firkin drehte den Kopf hin und her und schnappte einige Gesprächsfetzen auf.

»... ich hab mein's alles reingelegt...«

»... so ungerecht...«

Firkin konnte nicht sehen, was auf dem Zettel stand. Er war zu klein.

»... nicht meine Schuld. Mein's war komplett. Könnt ruhig die Alte fragen...«

»... mach das mal der Schwarzen Garde klar...«

»... oder dem König...«

Firkin schlängelte sich durch die dichte Menge.

»... säbeln dir die Rübe ab, eh du noch...«

Er starrte auf das Dekret und las stumm. Rund um ihn wurde weiter aufgeregt und entrüstet debattiert.

»... aber wir hab'n immer voll bezahlt...«

»... soll'n wir vielleicht alle drunter leiden, bloß weil einer...«

»… und was ist, wenn sich der König verzählt hat?«

»… nein. Er ist vielleicht hart … aber er ist gerecht …«

»Nein, ist er nicht. Oder handelt so vielleicht ein gerechter König?«

»… er droht ja nur, das Dorf niederzubrennen …«

»Ach! Und deswegen isses in Ordnung? Weil's bloß eine Drohung ist?«

Firkin las zu Ende und wurde käsebleich. Niemand bemerkte, wie er heftig schluckte, die Fäuste ballte und sich langsam abwandte. Er zwängte sich zwischen den aufgeregt diskutierenden Menschen durch. Hogshead wartete schon auf ihn.

»Gute Nachrichten?« fragte er gespannt.

»Nicht unbedingt«, antwortet Firkin matt.

»Hä? … Was steht'n drauf?«

»Er hat's gemerkt.«

»Wer? Was?«

»Der König … Die Sache mit dem Zehnten.«

»Achso das … Achso *das?!*«

Firkin war wie vor den Kopf geschlagen. Er starrte benommen zu Boden und ging nach Hause. In einem Zeitraum von nur wenigen Minuten war die ganze Welt auf den Kopf gestellt worden. War bei den Füßen gepackt, herumgewirbelt, durchgeschüttelt und dann in die Ecke geschleudert worden. Und es war alles seine Schuld. Sein Vergehen, so klein und unbedeutend es auch war – es hatte Folgen. Folgen für seine Mitmenschen. Alles seine Schuld. Er fühlte sich miserabel. Tränen stiegen ihm in die Augen.

Er war ein Verbrecher.

Ein Krimineller, der sich schuldig gemacht hatte, weil er ein Delikt verheimlichte und damit das ganze Dorf in Mitleidenschaft zog.

Und das konnte er nicht mehr ertragen …

Hogshead sah hilflos zu, wie Firkin sich flüchtig über die Augen wischte und davonrannte.

Mitten in der Nacht von einem Fremden rücksichtslos aus dem Schlaf gerissen zu werden, eine Hand auf dem Mund zu spüren und nicht schreien zu können; bewegungsunfähig daliegen zu müssen, weil einen ein gefährlicher Irrer mit eisernem Klammergriff festhält – darauf ist man üblicherweise am allerwenigsten gefaßt.

Mitten in der Nacht wurde Hogshead plötzlich rücksichtslos aus dem Schlaf gerissen, mit eisernem Klammergriff festgehalten und sehr nachdrücklich daran gehindert, um Hilfe zu schreien. Erschrocken starrte er in das Gesicht eines gefährlichen Irren, das nur wenige Zentimeter von seinem Gesicht entfernt war. Panisches Entsetzen brach wie eine riesige Flutwelle über ihn herein und schleuderte ihn hilflos hin und her wie eine Dosenschildkröte in einem Tsunami. Schweiß tropfte ihm von der Stirn, ein eisiger, arktisch kalter Schauer lief ihm über den Rücken, ungezählte bange Fragen stürmten auf ihn ein, schossen ihm durch den Kopf, wo sie sich rüde in die vordersten Reihen vordrängten und lautstark Antwort forderten. Zweifel mischten sich darunter, Zweifel bezüglich seiner unmittelbar bevorstehenden Zukunft, Vorstellungen von dünngeschliffenen langen Dolchen, von unsäglicher Folter und Qual …

»Lieg endlich still, du Dummkopf!« hörte er das rauhe Flüstern seines Angreifers. »Und hör mit dem Gezappel auf!«

»Mmfllbff!« setzte Hogshead dagegen.

»… und sei leise!«

»…!«

»Ich – ich wollte dich wirklich nicht aufwecken. Ich muß dir nur sagen, und zwar von Angesicht zu Angesicht …« Die Hand wurde von Hogsheads Mund genommen, der Eindringling richtete sich auf und stand als dunkle Silhouette im Mondlicht, das durch das Fenster ins Zimmer fiel. »Ich hab's einfach nicht fertiggebracht, einfach fortzugehen und dir einen Zettel zu hinterlassen. Aber ich kann nicht mehr so weitermachen. Jetzt nicht mehr.« Firkin hatte große Mühe, ruhig und gefaßt zu sprechen.

»Warum fällst du eigentlich wie ein Irrer über mich her?«

»Das will ich dir doch gerade erzählen.«

»Was?«

»Ich hab keine andere Wahl. Ich habe die Sache nicht mehr in der Hand. Ich kann so nicht mehr weitermachen.«

»Hä ... Was?«

Firkin schluckte aufgeregt, seine Stimme zitterte. »Mir bleibt nichts anderes übrig. Es gibt keine andere Möglichkeit. Ich habe mir das lange und sehr genau überlegt. Versuch nicht, mich zurückzuhalten. Es ist alles ganz allein meine Schuld. Ich ... Ich hasse es, so ... auf diese Art fortzugehen ... einfach so zu verschwinden. Es gäb soviel, was ich ihr erklären müßte. Soviel, was ich ihr noch sagen wollte, bevor ich ... Ich weiß, daß es feige ist, sich so davonzumachen, heimlich und stillschweigend und mitten in der Nacht. Es wird heißen, ich hab's nur getan, um Aufsehen zu erregen. Aber sie werden mich nicht aufhalten. Verstehst du – ich hab einfach keine andere Wahl. Keine andere Wahl.« Er stand auf und ging rasch davon. Nur mit großer Mühe konnte er noch verhindern, daß der Damm brach, hinter dem sich ein Tränensee staute. An der Tür blieb er noch einmal stehen, drehte sich um und flüsterte: »Sag ihr, daß ich ... ich ...« Er drehte sich um und rannte davon.

»Und was soll ich ihr sagen ... Und warum?«

Hogsheads Frage war an einen vom Mondlicht beschienenen Fleck gerichtet, an den Fleck, an dem Firkin eben noch gestanden hatte. War es nur ein Traum gewesen? Hatte Firkin das wirklich alles gesagt? Warum

›hatte‹? Warum dachte er in der Vergangenheitsform? Es konnte kein Traum gewesen sein! Dafür war alles viel zu klar, viel zu deutlich, viel zu handfest. Zum Beispiel sein Arm: er tat weh.

Und plötzlich schlängelte sich, zunächst noch schwach und undeutlich, ein schrecklicher Gedanke durch den chaotischen Wildwuchs in seinem Kopf. »Hat er wirklich gemeint, was ich meine, daß er gemeint hat: … ›kann so nicht mehr weitermachen‹ … ›keine andere Wahl‹ … ›feige, sich so davonzumachen‹ … ›Sag ihr, daß ich … ich …‹?« Dann fingen dröhnend alle Alarmglocken zu läuten an, so laut, daß Firkins letzte Worte in diesem Lärm untergingen.

Mit einem Satz war Hogshead aus dem Bett, warf sich seine Jacke über, fuhr in die Schuhe, rannte zu Firkins Hütte hinüber, spähte nur wenige Minuten danach durchs Fenster und sah ein leeres Bett in einem sauber aufgeräumtem Zimmer. Es stimmte tatsächlich. Er wollte es wirklich tun.

Hogshead mußte ihn finden. Und zwar schnell. In Zeiten wie diesen durfte man Firkin nicht alleinlassen. Er sah sich um und überlegte. Wo war er hingegangen? Wohin?!

Hogshead drehte beinahe durch. Dann rannte er los und lief, so schnell er konnte.

Hoffentlich in die richtige Richtung!

Hoffentlich konnte er seinen Freund noch einholen …

Langsam stand Dawn am Morgen nach dieser Nacht auf.

Sie schleppte sich aus ihrem Zimmer und hielt dabei krampfhaft den winzigen Papierfetzen fest, den sie unter ihrem Kopfkissen gefunden hatte. Literweise stauten sich die Tränen hinter ihren Augen, sehr dicht hinter ihren Augen.

»Wyllf? Hast du Firkin heute morgen gesehen?« Schurl spülte das Frühstücksgeschirr ab.

»Nein.«

Dawn blieb stehen. Sie horchte an der Tür. Sie zwang sich, ganz ruhig zu bleiben; bemühte sich, zu verdrängen, was sie glaubte, aber nicht glauben wollte.

»Er war nicht beim Frühstück, und sein Bett ist gemacht.«

»Hm«, grunzte Wyllf.

»Das ist sehr merkwürdig.«

»Wahrscheinlich ist er wieder bei diesem Franck. Hört sich bestimmt wieder den Schund an, den der zu erzählen hat.«

»Sonst geht er aber ohne Frühstück nicht aus dem Haus.«

»Schurl! Ich weiß nicht, wo unser Sohn ist. Ich weiß nur, wo er nicht ist: im Garten, um mir zu helfen. Er ist ja nie im Garten und hilft mir.«

Plötzlich flog die Tür auf, und eine pummelige rotgesichtige Frau platzte wie ein Wirbelwind in die Küche.

»Soll das vielleicht ein Scherz sein?« kreischte sie und wedelte mit einem schmuddeligen Fetzen Papier.

»Guten Morgen, Frau Hopwood. Wie geht's denn so?« fragte Schurl.

»Was soll das heißen? Ich hab mein Lebtag noch nie so was Geschmackloses gelesen. Ein übler Scherz. Widerlich.«

»Moing«, grunzte Wyllf.

»Das wird noch einmal böse enden. Sie werden schon sehen!«

»Was schwafelt die eigentlich«, wollte Wyllf wissen.

Schurl zuckte die Achseln. »Wart einen Moment, bis sie sich beruhigt hat. Dann wird sie's uns schon erzählen.«

»Wenn das die Garde spitzkriegt, dann sind wir geliefert.«

»Jetzt beruhigen Sie sich doch! Was ist denn eigentlich los?« versuchte Schurl ihre Nachbarin zu besänftigen.

»Das ist los! Ihr Sohn bringt meinen Billy auf die schiefe Bahn!« schrie Mrs. Hopwood und wedelte wieder mit dem Zettel.

»Immer langsam. Wie sollen wir's denn lesen können, wenn Sie dauernd damit in der Gegend rumfuchteln?«

Mrs. Hopwood knallte den Zettel auf den Tisch.

Verdutzt starrten sie ihn an.

Eine kurze handschriftliche Notiz.

Aber was sollte das heißen?

Auf dem Zettel stand nur:

Libe Mam und Paps,
Bin weck. Mus Firkin suchn.
Kom bald wider.
Libe Grüse
Billy

Die drei sahen sich stumm an.

»Also?« schrie Mrs. Hopwood. »Was soll das heißen, bitteschön?«

»Woher soll'n ich das wiss'n, verdammt noch mal?« brüllte Wyllf. Es war nicht unbedingt ein erhellender Beitrag.

»Na, na, na – was sind denn das für Ausdrücke?« zischte Schurl.

»Wenn sie auch ewig unsern Firkin beschuldigt, alles mögliche anzustel …«

»Er bringt meinen Sohn auf die schiefe Bahn!« kreischte Mrs. Hopwood.

»So ein Quatsch – bringt Ihr'n Sohn …«

Dawn hatte genug gehört. Wo Firkin und Hogshead waren, das schien keinen wirklich zu kümmern. Nur, wessen Schuld es war. Und das wußte Dawn allerdings. Sie wußte sehr gut, wer schuld daran war, daß Firkin fortgegangen war. Langsam schleppte sie sich wieder in ihr Bett.

Den Zettel hielt sie fest umklammert. Firkins Abschiedsbrief.

Als ihr die Schneeglöckchen wieder einfielen, rollte ihr langsam eine Träne über die Wange.

Es war, als hätte Firkin ein riesiges Loch hinterlassen. Alles war so leer, nachdem er fort war. Ihre Schultern begannen zu zucken. Sie vermißte ihn schon jetzt, dabei war er noch gar nicht lange weg. Sie schniefte. Wieder lief ihr eine Träne über die Wange, wieder war ihr plötzlich etwas eingefallen. Etwas, das sie aufwühlte. Es war etwas, das sie in jeder anderen Situation überglücklich gemacht hätte. Jetzt aber bewirkte es nur, daß sie den Verlust um so schmerzlicher spürte: Im Moment des Abschieds hatte der verzweifelte Firkin an allererster Stelle an Dawn gedacht und *ihr* einen Abschiedsbrief geschrieben. Ihre Unterlippe begann zu zittern.

Es war zuviel. Langsam und ganz, ganz still sank Dawn zusammen.

II

DIE KRAPATHEN

Fünfzehn Jahre vor diesen Ereignissen und etwa 315 Meter von der Stelle entfernt, an der Dawn schluchzte, lag am Ende eines einsamen Tals in den krapathischen Bergen ein Haufen Lumpen. Ein kalter Wind blies durch das Tal, zauste das Heidekraut und die zwergwüchsigen Bäume – es sah aus, als wäre die kümmerliche Bergvegetation in helle Aufregung geraten. Die Lumpen bewegten sich ein wenig.

Ein großer, schwarzer, nicht näher zu beschreibender Vogel zog hoch über der nahen Bergkette seine Kreise. Eine kleine Schar gelblicher Nager huschte aufgeregt davon und ging schleunigst in Deckung. Kalt blies der Wind durch das Tal – und wieder rührten sich die Lumpen.

Daß es sich bei diesem Haufen Lumpen in Wahrheit um ein Zelt handelte, das hätte jemand, der mit einer begnadeten Vorstellungskraft und einer Glaubensstärke von geradezu biblischem Ausmaß gesegnet war, möglicherweise erkannt. Es war tatsächlich ein Zelt, ein Gebilde, das sich so sicher hielt, wie ein betrunkener Volksliedfreund eine Melodie hält: immer in etwa richtig, immer kurz vor dem Absturz und insgesamt eher von langjähriger Gewohnheit geleitet als von Musikalität und solider Intonationssicherheit.

Als sich der Wind vorübergehend legte, wurde es gespenstisch still in dem kleinen Krapathental. Auch das Zelt bewegte sich nicht mehr. Dann tauchte langsam eine Hand in der Öffnung auf und wand sich wie der Tentakel eines neugierigen Kraken um die Steinbrocken vor dem Eingang. Planmäßig tätschelte die Hand die flechtenüberzogenen Steine, schien sie nach einem ganz bestimmten Schema abzutasten. Sie suchte.

Rechts von der Stelle, wo sie sich eben bewegte, nur Zentimeter entfernt, lag ein merkwürdiges kleines Instrument, ein raffiniert konstruiertes Gerät, gefertigt aus Drahtstückchen und den Glasböden zweier grüner Bierflaschen. Die Hand stieß dagegen, holte es blitzartig von dem Stein, auf dem es am vergangenen Abend achtlos deponiert worden war, und war sofort wieder verschwunden. Der Wind kam wieder auf, und im Innern des Zelts kam etwas in Bewegung. Und dann – nach einem mühevollen Kampf, nach einer gewaltigen Plackerei, welche die mit ihr verbundenen arthritischen Qualen erahnen ließ – spie das Zelt unter ersichtlich großen Mühen ein kleines, immens schäbiges Männlein aus, das durch etwas hindurchlinste, das einer Brille mit dunkelgrünen Gläsern nicht unähnlich war. Verschlafen kratzte es sich am Kopf und gähnte. Blinzelte ins Morgenlicht, steckte die Hände tief in die Taschen seines schmuddeligen Mantels und seufzte schwer. Es war der Seufzer eines alten und müden Prospektors, der sein Leben mit der erfolglosen Suche nach Gold zugebracht hatte. Er kramte in der Manteltasche und holte heraus, was ihm noch geblieben war. Es war erbärmlich wenig: eine staubtrockene Brotkruste, bröselig wie ein Stück Bimsstein. Sehnsüchtig dachte er an Frühstücksspeck. An kroß gebratenen Frühstücksspeck. Mit Eiern. Er blickte über das öde Tal und spuckte aus.

Und dann schrie er zum Himmel: »Einen Tag noch! Nur einen einzigen Tag noch! Mir reicht's!«

Glück und Erfolg – für den Prospektor hatten sie jedesmal hinter dem nächsten Hügel gelegen, oder gleich da, hinter diesem Felsbrocken, oder dort drüben, in diesem Bach ... Nur niemals dort, wo seine Spitzhacke auftraf.

Nur einmal – ein einziges Mal nur – war es anders gewesen.

Es lag wohl zwanzig Jahre zurück, als es passierte. Im Vorübergehen hatte er es gesehen, ganz zufällig. In den Bergen, nicht weit von hier, war er tatsächlich auf Gold gestoßen. Er hatte eine Quarzader entdeckt, die sich quer über eine Felswand zog und silbrig-weiß glitzerte und schimmerte. Bis er dann kurz stehenblieb: Kein Glitzern mehr. Das heißt: kein silbrig-weißes Glitzern mehr, sondern ... Er blieb genauso stehen, wie er stand, und lehnte sich zurück. Sah sich die silberweißen Glitzerlichter genau an und zählte ab: silberweiß, silberweiß – *Gold!* Er merkte sich die Stelle, wo der goldene Funke aufgeblitzt war, nahm seine Spitzhacke und rannte auf die gewaltige Felswand zu. Nach ein paar Sekunden hatte er sie gefunden. In seinem Kopf überschlugen sich die Gedanken, er sah eine ergiebige Hauptader vor sich, die sich meilenweit bis tief ins Innere des Bergs zog, er sah sich Tonnen von Gold fördern, sah sich als Besitzer sagenhafter Reichtümer ...

Er hielt den Atem an, hob die Spitzhacke und schlug zu. Ein Quarzstück, groß wie ein Handteller, löste sich von der Felswand, und auf diesem Quarzstück saß ein winziges Stück Gold. Ungläubig starrte er darauf. Er kniff sich in den Arm, rieb sich die Augen und fluchte ein- oder zweimal. Für alle Fälle. Dann sah er wieder hin.

Tatsächlich: Hier, in seiner Hand, lag das Element, nach dem er gesucht hatte, der Gral seiner selbstauferlegten Suche, der Stoff, aus dem seine Träume waren. Eigentlich hätte er sich jetzt freuen müssen. Er hätte sich nicht nur freuen müssen, er hätte hingerissen sein müssen, glücklich, glückselig!

Nun ja – er war es ja auch. Er wäre nur noch erheblich glücklicher gewesen, wenn er ein kleines bißchen mehr gefunden hätte. Nicht viel. Er war nicht habgierig. Aber so, wie es aussah, würde sein Fund allenfalls die Schmelzmenge für einen Ring liefern. Mit ein wenig Dehnen und Strecken vielleicht auch für zwei Ringe. Gerade genug, um – wenn es schon sein mußte – heiraten zu können.

Er drehte das Stück Quarz in der Hand hin und her und kehrte aus seiner Träumerei wieder in die Wirklichkeit zurück.

Im Lauf der Jahre war dieses Stückchen Gold, das nicht größer war als die Schuppe eines Schmetterlingsflügels, zu seinem Talisman geworden. Einmal hatte er Gold gefunden. Es war also möglich.

Dieser Gedanke hatte ihn weitermachen lassen.

Bis heute.

Aber die Zeit war nicht spurlos an ihm vorbeigegangen. Er war müde, er hatte die Nase voll, und jetzt – jetzt kam er sich alt vor, uralt. Sorgfältig verstaute er seinen Talisman tief in der schmuddeligen Tasche seines schäbigen Mantels, klappte das Zelt zusammen, schulterte zum letzten Mal Hacke und Bündel und machte sich ein letztes Mal auf den Weg, um Gold zu suchen.

In drei Augenpaaren, die pechschwarz glänzten und in drei gelblichen Gesichtern saßen, spiegelten sich drei winzige Sonnenuntergänge. Auf jeder pelzigen Wange zuckten nervös feine silbrige Schurrbarthaare.

Tief in ihnen regte sich etwas.

Rastlos, unruhig.

Hinter ihnen raschelte es leise: vier weitere, gelbliche Nager. Und gleich dahinter wieder zwei, dann eine kleine Gruppe, und jetzt noch eine …

Aus allen Richtungen kamen sie, von weit, weit her und versammelten sich auf der Felskante. Es zog sie dorthin. Es trieb sie etwas, das so gegenstandslos war wie Rauch und dabei so unwiderstehlich wie die Fleischeslust. Alle, die sein Rufen vernommen hatten, folgten ihm.

Als der Tag zu Ende ging, als die Sonne glutrot die letzten Photonenstrahlen aussandte und hinter dem fernen Horizont versank, taperte eine zerlumpte alte Gestalt ins Tal zurück. Der Alte suchte sich einen geeigneten Fleck, warf sich das Bündel von der Schulter und errichtete aus Stecken und mottenzerfressenen Bettüchern ein windschiefes, wackliges Bauwerk, das ihm als Zelt diente. Einige hundert Augen sahen ihm dabei von hoch oben unverwandt zu – Augen, in denen nagetierische Neugier stand.

Sie hielten Wacht… Und als ein eiskalt glänzender Silbermond still zum Himmel stieg, da hielten sie immer noch Wacht… und gaben acht… die ganze Nacht. Sie warteten. Und beobachteten. Nichts bewegte sich. Nur eine Unmenge winziger Schnurrbarthärchen zuckte fiebrig, und hoch oben sorgte die kosmische Maschinerie wie immer für die Umgestaltung des Himmels und trieb die Gestirne an, die – ein jedes auf seiner Bahn – über das samtschwarze Firmament zogen.

Die Nacht verging schnell. Es gab keinen Grund, warum sie sich noch länger hätte aufhalten sollen.

Die Nager wachten noch immer. Da stahl sich schüchtern und ohne großes Tamtam und Trara ein orangeroter schwacher Schein über den Horizont. Gespannte Unruhe lief durch die wartende Menge. Rastlos scharrten winzige Pfoten. Dann rückte die Menge wie ein Mann ein paar Schritte nach vorn. Der orangefarbene

Schein verblaßte allmählich, verlor dabei aber nicht an Anziehungskraft. Die Felskante … sie lockte.

Kein Wort fiel, kein Kommandopiepser war zu hören, und trotzdem setzten sie sich in Bewegung. Alle ohne Ausnahme. Ein gelblicher Teppich rollte auf die steile Felskante zu. Langsam erst, dann immer schneller.

Im stillen, kalten Licht eines ganz gewöhnlichen Morgens stürzte sich hoch oben in den Krapathen ein Heer von Lemmingen quietschvergnügt von einer Felskante ins Nichts …

Wuumps … sssttt.

Der Prospektor zuckte im Schlaf.

Wuumps … sssttt.

Grunzte und rollte sich auf die Seite.

Wuumps … sssttt.

Fuhr erschrocken hoch, riß die Augen auf und horchte.

Es war hell. Seiner Meinung nach noch sehr früh. Kurz nach Tagesanbruch vielleicht. Er kratzte sich den schmuddeligen Bart und runzelte die Stirn. Irgend etwas hatte ihn aufgeschreckt. Kein Zweifel. Aber was?

Wuumps … sssttt.

Neugierig kroch er nach vorn und spähte hinter dem zerlumpten Lappen am Zelteingang nach draußen. Alles ganz normal. Er steckte den verstrubbelten Kopf hinaus und sah sich um. Nur Millimeter vor seiner Nase sauste wie ein Blitz ein gelblicher Strich vorbei. Er schrie erschrocken auf und war mit einem Satz wieder im Zelt. Er blieb einen Moment lang reglos sitzen, rieb sich die Augen, setzte sich die Brille auf und riskierte es ein zweites Mal. Sah alles gleich viel besser aus, wenn die Welt wieder den vertrauten Grünstich trug.

Ängstlich und sehr, sehr vorsichtig steckte er den Kopf erneut aus dem Zelt. Blickte nach oben – eine einsame Krähe begrüßte krächzend den neuen Morgen. Still und reglos lag das kleine Tal vor ihm.

Steifgliedrig zwängte er sich aus dem Zelt, richtete sich auf und vertrieb durch ausgiebiges Strecken die Schmerzen, die er sich durch eine weitere Nacht auf felsigem Boden zugezogen hatte. Er gähnte laut. Dann schlug er die Augen auf. Dann *riß* er die Augen auf! Die Arme noch weit ausgestreckt, versuchte er zu verstehen, was er vor sich sah.

Er hatte schon des öfteren erlebt, daß sich Berge und Täler über Nacht verfärben konnten. Insofern war das, worauf er jetzt so ungläubig starrte, im Prinzip nicht neu für ihn. Berge und Täler waren oft über Nacht weiß geworden – doch das war dann lediglich Schnee gewesen. Kleine Wiesentäler waren ihm gelegentlich silbern erschienen – doch das war bloß besonders starker Tau gewesen. Aber noch nie, kein einziges Mal, hatte er von einem Tal gehört – geschweige denn eines gesehen –, das zu Gold geworden war! Es war ein Wunder! Und alles ganz für ihn allein!

Er sah zum Himmel auf, lachte und schrie: »Danke!«

Und wie zur Antwort kam ein weiterer Goldklumpen auf ihn zugesegelt und landete – *Wuumps ... ssssttt* – auf seinem Zelt. Blanke Verwirrung trat auf sein Gesicht, dann tiefe Bestürzung: Er sah, wie das Nugget über das Zeltdach herunterrutschte, sah, wie es sich schüttelte und dann erleichtert piepsend mit Volldampf davonflitzte.

Das machte ihn mit einem Mal mißtrauisch. Er dachte angestrengt nach, er wurde zornig, und tiefe Falten gruben sich in seine Stirn. Und dann hob er einen Goldklumpen auf ... und ließ ihn auf der Stelle wieder fallen! Er fiel auf die Knie, kreischte und hämmerte wütend und enttäuscht mit beiden Fäusten auf den Fels ein.

Noch nie in seiner ganzen Prospektorenkarriere war ihm Gold von dieser Sorte untergekommen.

Die Menschen suchten aus allen möglichen Gründen nach Gold. Aber nie, niemals in seiner Laufbahn, hatte er von jemandem gehört, der sich für Gold interessiert hätte, weil es sich so angenehm warm anfühlte.

Beziehungsweise so schön puschelig.

Es dauerte nicht lange, bis er seine Habseligkeiten zusammengepackt hatte. Er stopfte das zerlumpte Zelt in den ebenso zerlumpten Rucksack, fluchte zum fünfzigsten Mal, machte sich auf den Weg ins Tal und kehrte murrend den Bergen den Rücken. Er grübelte über die Ungerechtigkeit der Welt nach – alles, ohne Ausnahme alles war ihm verhaßt! Dieser Stein zum Beispiel, der da mitten auf dem Weg lag – er war ihm unsympathisch! Einfach deswegen, weil es ihn gab! Er kickte ihn aus dem Weg und sah zu, wie er im hohen Bogen über eine kleine Schlucht segelte, dann einen Geröllhang hinunterhüpfte, einen Haufen Staub aufwirbelte und einen kleineren Erdrutsch auslöste. Der Prospektor war, was die Menge der von ihm ausgestoßenen Spitzenqualitätsflüche anging, mittlerweile gut und gern im Bereich der dreistelligen Zahlen angelangt. Er trat gegen einen anderen Steinbrocken, sah zu, wie er verschwand, und dachte an Lemminge.

»Geschieht ihnen recht!« schrie er seinen nicht vorhandenen Begleiter an. »Ich hasse dieses eklige Kroppzeug. Ich hasse es! Ich hasse es! Schmeißen sich über die Kante und einfach auf mich drauf! Ich hasse sie! Hasse sie!«

Den größten Teil seines Lebens hatte er auf der Suche nach Gold in den Krapathen zugebracht. Und hatte die Berge schon beinahe als seine Freunde betrachtet. Aber jetzt, nachdem sie ihn mit Hunderten finanziell absolut uninteressanter Nager beworfen hatten, jetzt reichte es endgültig. Und das war das Ende einer wunderbaren, wenn auch einseitigen Freundschaft.

Macht nichts. Er war sowieso nur deswegen hierhergekommen, weil er Gold finden und reich werden wollte.

Zutiefst enttäuscht streckte er der gesamten Bergkette die berühmten zwei Finger hin, fluchte noch einmal (die Tausendergrenze war mittlerweile auch überschritten), drehte sich um und machte sich traurig wieder an den Abstieg.

Aufgebracht trat er wieder nach einem Stein und stieß einen gellenden Schrei aus. Er untersuchte seinen Stiefel und fluchte: Ein schmerzhaft pochender roter Zeh grinste ihm aus der Stiefelkappe entgegen.

Es war wohl wieder einmal ›einer von diesen Tagen‹. Obwohl, wenn er es genau bedachte, dann war im Vergleich zum heutigen Tag jeder ›von diesen Tagen‹ ein Festtag.

»Und dabei liefern sie noch nicht mal einen vernünftigen Balg! Sogar meiner wär da noch besser!«

Er fluchte wieder und humpelte murrend weiter.

Plötzlich blieb er wie angewurzelt stehen. Seine Augen umwölkten sich und schwammen wie zwei träge Schildkröten unter dem grünem Glas. Dann und wann zuckte seine Hand. In seinem Kopf ging Seltsames vor sich. Sein Denkprozesse wurden umgepolt. Es war, als wäre ein bösartiger Kobold in die Vermittlungszentrale des Fernsprechamts einbrochen, risse ganze Hände voll bunter Drähte aus den Steckkontakten und stöpselte sie wahllos an anderer Stelle wieder ein. Funken flogen. Sicherungen brannten durch, andere Sicherungen meldeten mit einem hohen Sirren, daß der nächste Kurzschluß bevorstand. Der Kobold kreischte wild und warf Unmengen bunter Kabelstränge wahllos und unbekümmert über Kreuz.

Es gab einen blendend hellen blauweißen Blitz, dann einen schallenden neuronalen Donnerschlag… es roch schwach nach Ozon ... Der Kobold hatte eine Überkreuzung zuviel verursacht. Ein vollkommen neues Verbindungsnetz war entstanden.

Wäre dies hier kein Buch, sondern ein Comic, dann könnte auf dieser Seite statt der beiden vorangehenden Absätze eine mit leichter Hand hingekritzelte kleine Zeichnung stehen, ein Bild, auf dem über dem Kopf des Prospektors eine Glühbirne schwebt.

Der Prospektor lächelte und machte sich wieder an den Abstieg. Er lächelte das Lächeln eines Mannes, dem plötzlich klargeworden war, was er zu tun hatte.

Sein ganzes Leben lang hatte er nur einen Wunsch gehabt: Er wollte reich sein. Er hatte festgestellt, daß die Leute Gold kauften. Also, hatte er gefolgert: Gold besitzen heißt reich sein. Sein Vorsatz ›Ich will reich sein‹ hieß von da an ›Ich brauche Gold‹. Und diese Folgerung hatte gewirkt, als hätte man ihm Scheuklappen aufgesetzt. Von diesem Augenblick an hatte er nicht mehr nach links oder rechts gesehen und war nur noch geradeaus gelaufen – in die Berge.

Doch jetzt, vor wenigen Sekunden, hatte sich das alles geändert.

Die Neuorganisation seines Denkvermögens hatte in etwa folgenden Gedankengang ausgelöst:

Seit Jahrhunderten machen die Menschen Mäntel aus Ziegenfell, Hosen aus Hirschleder, sogar Handtaschen aus Schlangenleder. Die Menschen lieben Kleidungsstücke, die aus der Haut anderer Lebewesen gemacht sind. Und – ganz wichtig! – die Menschen *kaufen* Kleidungsstücke, die aus der Haut anderer Lebewesen gemacht sind. Warum soll ich also das lukrative Leder- und Pelzgeschäft nicht um Lemmingpelz erweitern? Was spricht eigentlich dagegen?

Je länger er darüber nachdachte, um so besser gefiel ihm seine Idee.

Vor allen Dingen auch deswegen, weil die Sache bei näherem Zusehen nur Vorteile zu haben schien. Und diese Vorteile waren in etwa folgende:

1. Problemlose Beschaffung: Das Zeug fällt einem buchstäblich zu.
2. Kein Kapitalaufwand für teure Fallen und Fanggeräte – die Mistdinger brauchen nur aufgesammelt zu werden.
3. Garantiert keine Probleme mit Tierschützern! Wenn die Lemminge sich unbedingt umbringen wollen – wie käme ich dazu, sie davon abzuhalten? Und schließlich:
4. So übel ist es hier im Tal doch auch wieder nicht. Oder?

Und so wurde, in diesen wenigen Sekunden, in seinem Kopf der Same gelegt, der rasch wachsen und aus dem schließlich die erste Lemmingpelz-Handelsgesellschaft entstehen sollte.

Es ging dann allerdings nicht ganz so schnell. Die Zeit der Keimung dauerte schließlich doch ein wenig länger. In dieser Zeit hatte der Prospektor buchstäblich Hunderte von kleinen gelblichen Nagern gehäutet und die Häute gesäubert und getrocknet. Er hatte sich dafür einen kleinen Ofen gebaut, in dem etwa dreißig bis vierzig Felle getrocknet werden konnten. Und hatte außerdem mit der Materialverwendung begonnen. Die erste urkundlich überlieferte Verwendung von Lemminghaut fällt in das Jahr 1023 MEZ, und der erste Anwender war der Prospektor selbst: Er flickte seinen Stiefel mit einem Lemmingfleck.

Er lächelte still, als er jetzt wieder an der ›Geistesblitzklamm‹ vorbeikam, und kickte – der alten Zeiten gedenkend – einen Stein in sie hinunter. Noch nie im Leben hatte er soviel gearbeitet wie in den zurückliegenden Wochen. In seinem Rucksack aus Lemming-Leder trug er nur einen kleinen Teil der Arbeit mit sich, die er geleistet hatte. Der große Rest war in einer kleinen Höhle in der Felswand versteckt.

Mit dem erhebenden Gefühl, etwas vollbracht zu haben, stieg er ins Tal hinab. Eine Idee hatte einer bald. Er aber hatte diese Idee beim Schopf gepackt, hatte daran gearbeitet und hatte ein – wie er sich in aller Bescheidenheit zugestehen durfte – glänzendes Ergebnis erzielt. Er war mächtig stolz auf sich, stolz darauf, was er geleistet hatte. Aber er war nicht nur stolz – er hatte auch eine Heidenangst. Eine schwere Last lag auf seinen Schultern: Wie sollte er es anstellen, wie sollte es ihm gelingen, eine ahnungslose Welt mit Lemmingfell zu beglücken?

Diese Sorge hatte ihn die letzten Wochen über nicht mehr losgelassen. Er hatte nach einem Namen gesucht, einem kurzen griffigen Namen, der sich leicht durchsetzen und die Phantasie der Kunden beflügeln würde. ›Lemmingpelz-Gesellschaft‹ hatte er zuerst gedacht. Aber dann … die Abkürzung … LPG … er war nicht so recht glücklich damit gewesen. Er hatte es mit einer Herkunftsbezeichnung versucht: *Krapathen, krapathisch* – alles zu umständlich, zu wenig einprägsam. Es mußte kürzer sein, prägnanter. ›Krapath GmbH‹ vielleicht, oder ›Krapa‹ … Krapa, Krapa: Mit diesem Namen, so war ihm eingefallen, ließen sich möglicherweise Werbeveranstaltungen in Privatwohnungen durchführen, sogenannte ›Krapa-Parties‹ … Schließlich hatte er sich aber ganz einfach für *Krapathische Pelzhandelsgesellschaft mbH* entschieden – eine grundsolide, konservativ-gediegene Firmenbezeichnung.

Er hätte sich keine Sorgen machen müssen. Innerhalb weniger Monate hatte sich Lemmingfell durchgesetzt. Aus Lemmingfell wurden die verschiedensten Kleidungsstücke einschließlich der dazugehörigen wichtigen Accessoires hergestellt, Lemming war *Dernier cri*. An allen Ecken und Enden der Welt schossen Verkaufsstellen wie Pilze aus dem Boden, lieferten warme Unterwäsche für die verängstigten Stämme, die die schrecklichen Eiswüsten der Angstartik bewohnten; Kampfbikinis für die Frauen der Kanutenvölker in der Östlichen Lausee; gepolsterte Knieschoner für die Kooperativen der fliegenden Mönche im Gagalaya; strapazierfähiges Schuhwerk mit weichen Sohlen für die Tanzenden Derwische im Winduhusch – um nur einiges zu nennen. Jeder, der etwas darstellte, hatte etwas in Lemming. Selbst diejenigen, die nichts darstellten, hatten etwas in Lemming. Und alle wollten etwas in Lemming. Die Preise schnellten in die Höhe, und das Geld regnete vom Himmel – wie die Fallschirmspringer in den Nördlichen Wüsteneien von Tschkk, die so prächtig anzuschauen waren in ihren Lemmingfell-Fezen und ihren zeremoniellen Flugdrachen.

Schon bald zogen Menschen in das Tal, gründeten eine kleine Ansiedlung und bereiteten sich auf die zweite Saison vor. Der Prospektor hatte Angestellte. Er war glücklicher als je zuvor. Er hatte einen festen Wohnsitz, ein ordentliches Bett, und sein Leben hatte einen Zweck.

Endlich, nachdem er es jahrzehntelang versucht hatte, endlich hatte er etwas zustande gebracht.

Er hatte es geschafft.

An einem hellen Sommerabend saß der Prospektor hoch oben in den krapathischen Bergen an seinem Lieblingsplatz, auf einem Felsbrocken vor der Felswand und blickte hinab auf die Menschen drunten im

Tal. Er nahm noch einen Schluck von seinem neuen Lieblingscocktail, *Lemmo mit Schuß**, und sagte sich: Nur noch ein paar Minuten – dann geht's bergab.

Tief unter ihm, in dem sauber herausgeputzten und frisch gestrichenen kleinen Dorf, das sich im Schatten der riesigen Felswand zusammendrängte, wuchs die Spannung. Der ganze Ort war wie ein Theatersaal vor einer Premiere, jeder wartete nur noch auf den Moment, in dem sich der Vorhang heben sollte. Das anschließende Schauspiel würde allerdings eine Richtung nehmen, die der Aufwärtsbewegung des Vorhangs genau gegenläufig war. Die Vorbereitung waren getroffen, die Öfen in den Darren geschürt, alles war mindestens dreimal sorgfältig überprüft und kontrolliert worden. Jeder starrte wie gebannt auf die Abbruchkante hoch oben an der Felswand.

Nur einer nicht: ein hochgewachsener, hagerer, schwarzgekleideter Mann, der langsam im Dorf umherwanderte. Geräuschlos drehten sich die Augen in den Höhlen, peilten um Ecken, spähten unter Verhülltes, lugten durch Türen, die offenstanden. Sie forschten, sammelten Informationen, registrierten Wissenswertes.

---

* *Lemmo*: Umgangssprachliche Kurzform für *Lemminade*, die mit einem Spritzer Lemmonensaft geschmacklich verfeinert wird. *Lemmo mit Schuß* war eine regionale Spezialität, ein Mixgetränk auf Alkoholbasis, das aus etwa dreißig natürlich-pflanzlichen Ingredienzien, einschließlich Wacholderbeeren, Koriander, Chinin und einer besorgniserregend großen Menge Alkohol angesetzt, auf Eiswürfeln und mit einem Spritzer Lemmonensaft serviert wurde. Die Einheimischen wußten sich sagenhafte Geschichten zu erzählen von der Wirkung, die dieses Getränk bei Konsumenten verursachte, die mit ihm nicht vertraut waren. Verleitet von seiner gefälligen Süffigkeit, wurden sie blitzschnell in einen Zustand beinahe vollständiger Trunkenheit versetzt. *Lemmo mit Schuß* sollte an einem kalten dunklen Ort und möglichst in einem luftdicht verschlossenen Gefäß gelagert werden.

Hätte ihn jemand schon früher an diesem Abend einmal beobachtet, dann hätte er wahrscheinlich verwundert gesehen, wie dieser Mann ein merkwürdiges Meßinstrument aus seiner Tasche nahm, auf dem eine Vernierskala und ein winziges Okular angebracht waren. Und vermutlich hätte er sich noch mehr gewundert, wenn er gesehen hätte, wie dieser Mann den Sextanten ans Auge hob, die Felswand entlangblickte, das Instrument dann wieder absetzte, einen Kompaß und eine Sternkarte konsultierte und etwas in ein kleines schwarzes Buch schrieb. Und vermutlich hätte den Beobachter ein unbehagliches Gefühl beschlichen, wenn er gesehen hätte, wie sich der hochgewachsene hagere Mann mit einem zufriedenen Grinsen und kaum verhohlener Gier die Hände rieb, die in schwarzledernen Panzerhandschuhen steckten.

Das lag mittlerweile mehrere Stunden zurück. Jetzt stiegen, schüchtern beinahe, die ersten schwachen Strahlen des kalten Lichts der Morgendämmerung über den Horizont. Unten im Tal warteten der Prospektor und die Dorfbewohner und blickten gebannt und stumm vor Aufregung auf die Felskante hoch über ihnen. Es herrschte eine beinahe religiöse, adventliche Stimmung, die Menge verharrte in Erwartung der Wiederkunft. Ihre Motive waren allerdings alles andere als fromm.

Plötzlich schoß eine Hand empor und zeigte nach oben. Mit angehaltenem Atem beobachtete die Menge, wie ein winziges gelbliches Nageltier sacht trudelnd zur Erde stürzte. Dann ein zweites. Winzige Pfoten stemmten sich mit vergeblichem Fuchteln gegen den brausenden Luftstrom ... ein drittes ... und dann:

Wuumps ... ssssttt!

Es hatte begonnen.

Und während die Aufmerksamkeit der Dörfler fest auf die Kaskade aus purzelnden und sich überschlagenden Nagern gerichtet war, machte sich die hochgewachsene hagere Gestalt heimlich daran, ein kleines Lagerhaus zu plündern.

Am Tag darauf und achtunddreißig Meilen hinter den krapathischen Bergen stürmte eine hochgewachsener hagerer Mann durch die Korridore in einem der oberen Stockwerke des befestigten Reichspalastes von Cranachan. Laut hallten seine Schritte, als er an kahlen Wänden vorbeijagte, dumpf klangen sie dort, wo Gobelins in endlosen Reihen die Mauern bedeckten und den Schall schluckten. Auf riesigen Flächen leuchtend farbigen Tuchs waren alle die kulturellen Großtaten dargestellt, die die Herrscher in der Historie des Reichs unternommen und durch die sie die nachbarschaftlichen Beziehungen zu den umliegenden Königreichen nachhaltig gefestigt hatten: Belagerungen, Schlachten, Plünderungen… Der junge Mann beachtete sie nicht, er rannte weiter und hielt das Bündel gelblicher Kleidungsstücke fest an sich gepreßt. Tief in seinen Augen funkelte ein irres Glitzern.

Der junge Mann war der Chef der cranachischen Innenpolitik. Er war der jüngste Innenminister in der Geschichte Cranachans und hatte diese Position erreicht, weil er sich beflissen jener gediegen altmodischen und durch die Tradition geheiligten Hilfsmittel bedient hatte, die da sind: harte Arbeit, Bestechung, Erpressung und nackte Habgier. Seltsamerweise hatte er (ein schwerwiegendes Versehen der Personalabteilung!) bei seinem Amtsantritt keine exakt formulierte Aufgabenbeschreibung erhalten. ›Eine vage Definition ist eine flexible Definition‹ hatte er sich deshalb zum Motto gemacht und war unverzüglich und skrupellos daran gegangen, seine Machtbasis auszubauen. Jedes Amt, und war es noch so unbedeutend, hatte er, wenn es nicht niet- und nagelfest abgesichert war, gnadenlos seinem sich rapide vergrößernden Imperium einverleibt. Unbedarften Vorsitzenden wurde der Sitz weggezogen, auf dem sie vorsaßen, Köpfe rollten, wurden mit beinahe chirurgischer Präzision abgetrennt, nichts und niemand war vor ihm sicher. Nie.

Er feixte höhnisch und blickte verschlagen auf das Bündel Kleidungsstücke, das er bei sich hatte. Zwei baumlange Wächter, Angehörige der Königlichen Garde, versperrten mit ihren Streitäxten die massive zweiflügelige Eichenholztür. Nervös fingerten sie an den Axtstielen, als jetzt die schwarzgekleidete Gestalt auf die Tür des Sitzungssaals zustürmte. Ein Wink mit dem Handschuh jagte sie aus dem Weg, der Cranachische Innenminister platzte wie ein kleiner, aber todbringender Wirbelwind in den Sitzungssaal der Handelskammer.

Der König – er saß auf seinem hohen Stuhl am Kopfende des gewaltigen Eichenholztisches – blickte auf. Drei weitere Köpfe wandten sich um und starrten den ein wenig kurzatmigen Ankömmling an.

»Ihr habt Verspätung, Fisk!« dröhnte seine Hoheit, der König von Cranachan.

»Ich weiß, Sire! Erlaubt mir dennoch, meine überaus nichtswürdigen und abscheulichen Entschuldigungen vorzubringen und auf die Gräber all derer zu spucken, die in Eure Königlichen Fußstapfen treten«, entgegnete der Innenminister. Er tat es mit der uralt überlieferten Begrüßungs- und Entschuldigungsfloskel.

»Ich hoffe für Euch, daß Ihr mir einen verdammt guten Grund nennen könnt.«

»Selbstverständlich, Sire. Natürlich, Sire«, sagte der Innenminister auffallend ruhig. Inwendig aber, in seinem innersten Innern und ganz tief unten, herrschte ein Aufruhr, als hätte man dort einen Hummelschwarm eingesetzt und dann die Öffnung versiegelt.

»Setzt Euch. Wir werden uns später um Euch kümmern.«

»Selbstverständlich, Sire.«

Der König wandte sich an den dicklichen Mann zu seiner Linken, dessen Mund noch immer offenstand und dessen wuchtige Stirn von einem glänzenden Schweißfilm überzogen war.

»Gympl«, brüllte der König, »macht schon weiter! Wir haben schließlich nicht den ganzen Tag lang Zeit!«

Der Minister für Handel und Gewerbe klappte den Mund zu, schluckte nervös und tupfte sich die Stirn.

»Äh ... hm. Wie ich eben schon, bevor man mich so rüde unterbrach, sagte« – Gympl schoß giftige Blicke auf Fisk, der auf seinem Stuhl Platz nahm und geräuschvoll mit seinen Papieren raschelte –, »müssen wir einen Zeitraum von mindestens zwei Jahren veranschlagen! Doch ohne einen angemessenen Finanzierungetat ist das Projekt zur Erschließung des Krapathischen Ödlands zum Scheitern verurteilt, und der Ertrag der Hochlandmaisernte wird geringer ausfallen als die veranschlagte ...«

»Mir hängt dieses Gewinsel zum Hals heraus. Was brauchen wir denn einen eigenen Getreidebau?« wetterte der Oberste Chef des Ministeriums für Sicherheit und Kriegsführung.

»Ha! Und was schlagt Ihr statt dessen vor?« brüllte Gympl den hochverheerenswerten Thatarr an.

»Das weißt du verdammt genau. Draufhaun und einsacken!« wurde Gympl angefaucht.

»Warum willst du es nicht einmal mit einer friedlichen Lösung versuchen? Und langsam vorgehen, schrittweise, Stück für Stück?«

»Stück für Stück? Gefällt mir. Gefällt mir ganz ausgezeichnet«, sagte Thatarr. »Hier ein Stück von einem Königreich und da ein Stück von einem anderen Königreich – ha, ha, ha!« Der Oberste Chef des Ministeriums für Sicherheit und Kriegsführung warf den kurzgeschorenen Schädel in den Nacken und lachte brüllend.

Gympl blickte ihn finster und wütend an. Fisk beobachtete still und grinste machtgierig.

»Frandl! Was meint Ihr dazu?« flehte Gympl. »Ich kann mich mit diesem Verrückten nicht vernünftig unterhalten.«

Der Erzkanzler von Cranachan schlug das große Buch auf, das er vor sich liegen hatte, und studierte die Zahlen. Er rieb sich die lange Nase und dachte angestrengt nach.

»Bitte, Frandl! Was meint Ihr?« Gympl wischte sich die Stirn.

Der Erzkanzler sah auf und blickte über die Ränder seiner Lesebrille, die bedenklich nahe an die Nasenspitze gerutscht war.

»Zwei Jahre?«

»Das sagte ich doch«, antwortete Gympl aufgebracht.

»Also gut. Ihr könnt den Bauern mitteilen, daß sie das Geld haben können ...«

Der Minister für Handel und Gewerbe seufzte tief und erleichtert. »Danke.«

Thatarr sah finster und wütend drein.

»Unter einer Bedingung«, fuhr Frandl fort. »Die Arbeiten müssen so ausgeführt werden, daß auf dem Ödland nach zwei Jahren tatsächlich Getreide geerntet werden kann. Wenn nicht, dann mag unser sehr Verheerenswerter Freund hier ruhig das seine dazu tun, daß das Projekt Ödlanderschließung ... äh ... verödet.« Gympl schluckte erschrocken, als sich Thatarr grinsend mit dem Zeigefinger über den Hals strich.

»Dann wäre das also erledigt«, erklärte der König. »Sonst noch was?«

Das war der Moment, auf den der Chef der Cranachischen Innenpolitik gewartet hatte. Ruhig hob er die Hand, die in einem schwarzem Handschuh steckte.

»Ihr habt das Wort, Fisk!« brüllte der König. Und fügte dann leise hinzu: »Darf ich Euch noch einmal daran erinnern, daß Ihr hoffentlich etwas Vernünftiges mitzuteilen habt?«

»Danke, Sire. Ich habe es nicht vergessen.«

Er nahm ein Paar gelblicher Hosen, die er neben sich auf dem Tisch liegen hatte. Sie schimmerten und glänzten wie ein teurer Pelzmantel. Er räusperte sich. Eigentlich nur, um der Sache Gewicht zu verleihen.

»Mein Lehnsherr, hochverehrte Mitglieder des Rates, ich darf doch annehmen, daß jeder von Euch weiß, was das hier ist?«

Schweigen.

»Und das?« Ein Hemd.

»Das?« Ein Hut.

»Das da?« Ein Paar Pantoffeln.

»Die hier? Das? Und dieses?« Bald lag ein großer Stapel gelblicher Kleidungsstücke auf dem Tisch.

Thatarr trommelte sichtlich gereizt auf den Tisch.

»Ja und?« schrie er.

»Was«, fragte Fisk gelassen, »was haben alle diese Dinge gemeinsam?«

»Sie sind gelb«, antwortete der Oberste Chef des Ministeriums für Sicherheit und Kriegsführung spöttisch. »Müssen wir uns eigentlich diesen Bockmist anhören?«

»Sie sind alle aus Lemmingfell«, antwortete Gympl. »Ich habe zwar schon davon gehört, aber noch nie eines gesehen. Wo habt Ihr die Sachen her?«

»Nun, sagen wir einmal: Ich habe sie erworben. Aber … Kann mir vielleicht irgend jemand sagen, woher sie stammen?« fragte Fisk selbstgefällig.

»Von Lemmingen!« schrie Thatarr spottriefend.

»Aus Isolon. Knapp hinter der Ostgrenze«, beeilte sich Gympl zu antworten, der vor dem Innenminister nicht das Gesicht verlieren wollte.

»Dort werden sie getrocknet und zu Kleidungsstükken verarbeitet, richtig. Ich will meine Frage noch einmal stellen: Woher stammen die Pelze? Wo *wachsen* sie?«

»Fisk«, brüllte der König, »jedem von uns ist bekannt, daß sie auf dem Rücken von Lemmingen wachsen. Das hier ist keine Schulstunde in Biologie, und was das ganze mit Innenpolitik zu tun haben soll, leuchtet auch nicht unbedingt ein. Ich wäre Euch daher überaus dankbar, wenn Ihr uns ermöglichen könntet, den tieferen Sinn Eurer Ausführungen zu verstehen – was Euch bis jetzt nicht gelungen ist und weswegen ich allmählich meine Geduld verliere!«

»Bei allem gebotenem Respekt, Sire – aber es handelt sich tatsächlich um eine innenpolitische Angelegenheit.«

Es wurde totenstill. Fisk sah vier verdutzte Gesichter vor sich – er hatte sie am Haken.

»Ich will es genauer erklären. Diese Kleidungsstücke wurden aus den Fellen von Lemmingen hergestellt. Aus den Fellen von Tieren, die sich – warum, das wissen sie wohl am besten – in großer Zahl von Felswänden stürzen. Die von ihnen für diesen Zweck bevorzugte Felswand liegt knapp hinter der Grenze, in der Nähe eines kleinen Dorfes in Isolon. Dort werden alle Lemmingfelle verarbeitet. Und dort wird das Geld gescheffelt. Thatarr, habt Ihr in letzter Zeit einmal den Zustand unserer Ostgrenzen kontrolliert?«

»Nein. Dort gibt es nicht viel zu kontrollieren. Es handelt sich um eine natürliche Grenze – keine Armee könnte diese Felswände erklimmen!«

»Gympl«, fragte Fisk, »wie steht es mit unserem Abkommen, das den Export von Nutzvieh nach Isolon regelt?«

Gympl sah ihn verwirrt an. »Es gibt keines.«

»Frandl«, fragte Fisk, »muß der unerlaubte Export von Nutzvieh aus cranachischer Zucht nach Isolon nicht eigentlich als Viehdiebstahl bewertet werden – ein Verbrechen, auf das die Todesstrafe steht?«

Thatarr bekam leuchtende Augen.

»Ja doch! Verstehe ich richtig: Die Lemminge, aus denen alle diese Kleider hier gemacht sind, diese Tiere, die soviel Geld einbringen – sie leben gar nicht auf isolonschem Hoheitsgebiet?«

»Sehr richtig, Erzkanzler. Sie leben im cranachischen Teil der Krapathen. Rechtmäßig sind also alle Lemmingsfelle, die in dieser Region wachsen und illegal aus Cranachan ausgeführt werden, *unser* Eigentum. Ergo gehört auch das Geld, das durch ihren Verkauf erlöst wird, uns. Meine Herren: Wir werden um unser Geld betrogen!« Seinen Ausführungen folgte ein mehrminütiges Schweigen, da jeder erst verarbeiten mußte, was man von Fisk erfahren hatte.

»Ein ernstes Problem«, bemerkte der König und rieb sich das Kinn. »Und wie sollten wir Eurer Meinung nach vorgehen?«

»Nun, Sire – ich habe da eine Idee ...«

Es war ein milder Abend. Die Stadtbewohner eilten geschäftig durch die Straßen und drängten sich durch das Gewühl – genauso, wie Stadtbewohner auch anderswo geschäftig hin und her eilen und sich durch das Gewühl drängen. Sie waren nur etwas wachsamer. Es gab zwei Arten von Wachsamkeit, derer sich die Bewohner von Guldenburg befleißigten, wenn sie geschäftig hin und her eilten und sich durch das Gewühl drängten: einmal die Wachsamkeit derjenigen, die auf der Hut waren vor unerwünschten, diebischen Fingern, die ihnen erkleckliche Teile ihres Vermögens aus der Tasche ziehen wollten. Dann gab es die Wachsamkeit derjenigen, die Ausschau hielten nach jenen, die sich nicht vor unerwünschten, diebischen Fingern in acht nahmen, die ihnen erkleckliche Teile ihres Vermögens aus der Tasche ziehen wollten. Im letzteren Fall handelte es sich in der Regel um die Leute mit den unerwünschten, diebischen Fingern. Wobei die natürlich ihre Finger eher als Werkzeuge ansahen, mit denen eine flinke und gerechte Vermögensumverteilung erreicht werden konnte. Zu ihren Gunsten.

Hoch am Himmel stand der Vollmond und schien auf heruntergekommene Dächer, und Myriaden von Sternen hielten ungerührt Wacht – wenn auch nicht ganz so wachsam wie die Menschen tief unter ihnen. Man schrieb das Jahr 1024 MEZ, und der Herbst war nahe. Allerdings spielten für den Großteil der Einwohnerschaft von Guldenburg Fragen der jahreszeitlichen Abfolge keine große Rolle, für sie waren Nebensächlichkeiten wie ›Natur‹ oder der Wechsel von Frühling, Sommer, Herbst und Winter, von Tag und Nacht mehr oder weniger bedeutungslos. Wenn man nicht sieht, was das Wirken der Natur im Jahreslauf für Flora und Fauna bedeutet, was kümmert es dann, ob Frühling oder Winter ist? Das heißt nicht unbedingt, daß die Bewohner und Besucher der Stadt naturfeindlich gewesen wären. Es gab nur einfach zu wenig Natur in Guldenburg. Und daher kümmerte man sich auch nicht sonderlich um sie.

Aber damit kein Mißverständnis aufkommt: Es gab in Guldenburg wilde oder wildlebende Tiere – neben den Einwohnern. Auf den Straßen trieben sich Heerscharen streunender Katzen herum, Ratten und der eine oder andere räudige Köter – Existenzen, die ein Leben am Rande tollwütiger Verworfenheit fristeten. In ihren verwahrlosten Hinterhöfen hielten sich die Menschen kleinere Menagerien, darunter (weil sie wahrhafte und begeisterte Anhänger der Künste der Haute Cuisine waren) auch ein paar Schweine. Die meisten Gebäude waren gastliche Herbergen für eine oder zwei kleinere Kellerasselkolonnien und Kakerlaken der unterschiedlichsten Art. Nur – durch die Beobachtung der Lebensgewohnheiten dieser Geschöpfe war es nicht möglich, genauere Vorstellungen und Eindrücke vom jahreszeitlichen Rhythmus zu gewinnen.

So ist zum Beispiel das Phänomen einer sich alljährlich immer wieder ereignenden weiträumigen Frühjahrswanderung bei Kellerasseln nicht bekannt.

Und beinahe ebensowenig bedeutete den Bewohnern von Guldenburg der Wechsel von Tag und Nacht. Die Häuser lehnten ihre Giebel so nahe zueinander und standen so eng zusammen, daß vom Himmel über ihnen nur noch ein verschwindend schmaler Spalt sichtbar blieb, durch den nur sehr wenig Licht ins Dunkel fiel. Selbst am Mittag des hellsten, sonnigsten Tages wagten sich nur die tapfersten oder leichtfertig-verwegensten Photonen in die Welt, die zwischen und unter den Dachgiebeln lag. Und wenn, dann nur im Rudel. Die Leute von Guldenburg lebten im immerwährenden Zwielicht. Keine Sonne, kein Mond diktierten ihnen die Zeit, und so ging das Leben mit Volldampf Tag für Tag buchstäblich rund um die Uhr und ohne Ende weiter.

Guldenburg war eine Stadt für eilig durchreisende Kaufleute. Unter den verschwindend wenigen, die regelmäßig und dazu freiwillig wiederkamen, war ein gewisser Vlad Langschwein, Freiherr seines Zeichens. Niemand wußte genau, welche Geschäfte er betrieb, und doch tauchte er, pünktlich wie ein Maurer, regelmäßig einmal im Monat auf, um sich einen angenehmen Abend zu machen. Seit Jahren war das schon so, solange man denken konnte.

In dieser Nacht (zumindest außerhalb Guldenburgs war es offensichtlich Nacht) schlich er sich verstohlen durch die Seitenstraßen und ging auf der Suche nach dem Einen an unzähligen offenen Türen vorbei. Instinktiv hielt er sich dabei im Schatten, er scheute das helle Licht. Schließlich lenkte ein herzförmiger Türrahmen in schreiendem Rosarot seine Aufmerksamkeit auf sich. Er verließ die düstere Straße, trat durch die geöffnete Tür ins ›Lustschlößchen von Daisy und Maisy‹ ein, in dem es sogar noch düsterer war. Vlad schritt über dicke weiche Teppiche, suchte nach der kleinen Tischglocke und meldete seine Ankunft an. Bilder sahen ihn aus der rosafarbenen Finsternis an, Bilder, auf denen spärlich bekleidete Frauenkörper zu sehen waren, die mit allerlei Posen versuchten, ihr sinnliches Naturell vorteilhaft und in Frontalansicht zur Geltung zu bringen. Vlad leckte sich anerkennend und von Vorfreude erfüllt die kalten Lippen. Er hörte das Klappern spitzer Stilettoabsätze, eine junge Frau kam auf ihn zu und keuchte leise und auf eine Art, die – wie sie glaubte – heiß und verführerisch wirkte.

»Was sollsn sein?«

Vlad überhörte ihren Akzent, so gut es ihm eben möglich war, verbeugte sich und flüsterte: »Gutän Abänd. Stäht mäglicherweise Freilein Meisi, äh, zur Värfigunk?«

Fünf anstrengende, aufregende Tage, fünf Tage, in denen sie geschlitzt, zerteilt, geputzt, gesäubert und getrocknet hatten, gingen jetzt rasch zu Ende. Die Einwohnerschaft des kleinen Dorfs hatte buchstäblich pausenlos durchgearbeitet, um die Lemmingfelle so schnell wie möglich zu präparieren und zu verarbeiten. Das Dorf sah aus, als hätte man eine Herde Schweine hindurchgejagt. Wahrscheinlich würde es noch einmal fünf Tage dauern, bis dieser Saustall wieder in Ordnung gebracht war. Fünf Tage – wenn sie Glück hatten.

Doch das war im Augenblick das letzte, was die Dorfbewohner kümmerte. Ihre ganze Aufmerksamkeit war auf einen einzigen Punkt gerichtet, und dieser Punkt lag schon ganz nahe vor ihnen: der weiche pelzige Bauch des letzten Lemmings dieser Saison.

Dem Prospektor oblag die Ehrenpflicht (es war eine Pflicht, die er sich selbst auferlegt hatte), diesen letzten Nager ins Jenseits zu befördern. Er schwelgte in der Ausübung dieser Pflicht, er spielte sein Spielchen mit dem Publikum, bezauberte es und schlug es in Bann. Er jonglierte mit dem Messer, gab vor, sich einen Finger abzuschneiden, und heuchelte tiefen Schmerz darüber, daß wieder einmal ein bepelztes Lebewesen hinüberwechselte in das große kosmische Laufrad. Sein Publikum konnte nicht genug davon bekommen.

Dann rauschte tosender Beifall auf – der Prospektor hatte den letzten Schnitt geführt und hielt den glitzernden Balg hoch in die Luft. Es war ein Ritual von urzeitlicher Kraft, ein Ritual, das jedem kundtat: Die Arbeit ist getan. Die Menge rannte auseinander, Tische wurden gerückt, Platz wurde geschaffen, eine Vielzahl bunter Tunken angerichtet und in Streifen geschnittenes Gemüse danebengelegt. Auf wundersame Weise war wie von selbst ein Fest entstanden.

Aus einer der Hütten wurde eine gewaltige Schüssel geschleppt und vorsichtig auf einen langen Schanktisch gestellt, der auf Böcken stand. Und dann wurde eingeschenkt. Der Prospektor hielt eine kurze Ansprache, die Dörfler brachten Trinksprüche aus und prosteten sich mit ihren Gläsern zu, die randvoll mit Lemmo mit Schuß eingeschenkt waren. Das Fest hatte begonnen.

Ein ganzes Dorf, eine komplette Arbeitskolonne, streckte am Ende einer im Wortsinn blutig harten Woche metaphorisch gesprochen alle viere von sich und ließ die ebenso metaphorischen fünf gerade sein. Es lief ausgezeichnet. Innerhalb kürzester Zeit stand niemand mehr völlig sicher auf den Beinen. Keiner hörte mehr auf das Gedudel der Musikanten, als unzählige Fässer mit schäumendem Bier angezapft wurden. Der Prospektor lehnte sich (nicht zum ersten Mal!) in seinem Stuhl zurück und grinste stolz. Sehr stolz und glücklich. Die Häute waren abgezogen und hingen in den Trockenöfen, das Bier war angezapft und rann in Strömen durch die Gurgeln (nur ein paar unverbesserlich puritanische Temperenzler standen abseits), jeder genoß das großartige Fest. Was, fragte sich der Prospektor, was kann daran schon unrecht sein?

Und beinahe im selben Augenblick noch, mit jenem Zeitgefühl, das einen so häufig befällt, wenn man dergleichen das Schicksal herausfordernde Fragen stellt – beinahe im selben Moment wünschte sich der Prospektor, er hätte sich das nicht gefragt. Auf irgendeine Weise hatte seine harmlos unbedachte Selbstzufriedenheit das empfindliche Gleichgewicht des Schicksals nachhaltig zu seinen Ungunsten verlagert – es war ein Vorfall, wie er bekannt ist aus jener Tradition, die einst ein übelwollender Eisberg und ein ›unsinkbares‹ Schiff begründeten. Das bärtige Lächeln des Prospektor erlosch, riß ab wie ein zu lange von der Sonne beschienenes Schneebrett. Ein ehrfürchtig scheues, drückendes Schweigen lief durch die feiernde Menge, die Musik brach stotternd ab, der Bierstrom versickerte, und die ausgelassen feiernde Menge stellte ihr ausgelassenes Feiern ein. Die Dorfbewohner wandten sich um, blickten der näher rückenden Gefahr ins Auge und wichen langsam immer weiter auseinander – wie eine einsame Welle auf einem riesigen Ölteppich, die sich zäh vom Mittelpunkt zum Rand wälzte. Vier gepanzerte Reiter rückten Schritt um Schritt bedrohlich immer weiter vor und spielten vielsagend mit ihren Waffen. Die Masken, die sie vor den Gesichtern trugen, waren wie die ihrer Pferde mit metallenen Knöpfen und Nieten beschlagen. Der Halbkreis, in dem die Menge auseinanderrückte, dehnte sich weiter und immer weiter aus, bis er schließlich wie ein überdehntes Gummiband riß und den Weg freigab. Der Reitertrupp rückte vor und hielt vor einem auf Böcke gestellten niedrigen Tisch, an dem einsam ein kleiner alter Mann saß. Der Prospektor blickte den Reitern, die turmhoch vor ihm aufragten, ins verhüllte Gesicht. Er hatte das sichere Gefühl, daß er sich schon sehr bald wünschen werde, daß das, was jetzt passieren sollte, nie hätte passieren dürfen.

Eine behandschuhte Hand streckte sich zu ihm herunter und hielt ihm eine Pergamentrolle hin. Der Mund des maskierten Gesichts, zu dem die Hand gehörte, öffnete sich und bellte: »Du hast genau einen Tag Zeit!« Der Lederhandschuh zog sich zurück.

Die Worte hallten mit unheilvoller Endgültigkeit durch das Tal. Der Reitertrupp machte elegant und militärisch exakt kehrt und ritt davon – schwarz, düster und tödlich still.

Der Prospektor starrte die Pergamentrolle an, die harmlos vor ihm lag. Und dann wurde ihm plötzlich flau, besorgniserregend übel.

Die rosafarbenen Satinlaken des herzförmigen Betts knisterten verführerisch, als Maisy die Bettdecke zurückschlug. Sie lächelte geistlos lüstern und fummelte geziert an den oberen Knöpfen ihrer Bluse. Es war eine Fingerübung, gewissermaßen ein Etüde in professionell-amateurhafter Verführungskunst.

Vlad zog die dunklen Vorhänge zur Seite und blickte hinaus auf den kalten Silbermond, der rund und voll über Guldenburg am Himmel stand. Das Mondlicht fiel ins Zimmer, beschien seine steile Stirn und hob das dünne Haar und den hohen Haaransatz hervor. Seine Haut hatte einen leicht blaßblauen Anflug und bildete einen harten Kontrast zum hochgeschlossenen Kragen seines langen schwarzen Umhangs, der wie ein Paar ledriger Flügel schlaff von den krummen Schultern herabhing. Langsam drehte er sich um, hielt die Hände steil gefaltet vor sich, so daß Fingernagel an Fingernagel lag, ein jeder lang und grau. Wäßrig-bleiche Augen blickten aus verschatteten Augenhöhlen und glitten über Maisys jungen weichen Körper. Eine Augenbraue hob sich in stummer Bewunderung.

Maisy stand sittsam geziert am Bett und versuchte verlockend jungfräulich auszusehen. Sie hatte es oft und oft geübt. Sie ließ einen seidenen Träger von der Schulter herabgleiten und spitzte hingebungsvoll die Lippen, die genau in jenem Ausmaß befeuchtet waren, daß sich erwachsene Männer bei ihrem Anblick in hoffnungslos sabbernde Wracks verwandelten. Eine Kellerassel zockelte über den Teppich, war auf nächtlicher Reise unterwegs zu einem Ziel, das nur sie allein kannte. Sie knirschte leise unter Vlads Schuhsohle, als er auf Maisy zutrat und sie an den nackten Schultern packte. Lange graue Fingernägel gruben sich in weiches Fleisch. Der Griff wurde fester – Maisy schauderte vor Abscheu.

»Omeiomei – was hassn du füa kalte Hände!«

»Domit ich dich bässa packän kann«, flüsterte Vlad und grinste im Mondschein.

Mühelos hob er die junge Frau hoch und trug sie zum Bett. Sie sank in die weichen warmen Daunenmatratzen. Ihr Keuchen schaltete, sorgfältig berechnet, in den nächsten Gang. Sie war ein Profi, eine echte Professionelle. Fachfrau.

Vlad öffnete eine kleine Spange an seinem Mantelkragen und warf schwungvoll sein Cape ab. Dann stand er vor Maisy, scharf abgehoben gegen das kalte Licht des Mondes, mit nichts am Leib als einem tückischen Grinsen im Gesicht und einem kompletten Smoking, inklusive Gamaschen. Ein Einstecktüchlein spitzte elegant aus der Brusttasche. Er beugte sich über sie und starrte mit Blicken, die aus grundlosen Tiefen zu kommen schienen, in Maisys große braune Augen.

»Omeiomei – was hassn du füa große Aug'n!«

»No – domit ich dich bässa sähän kann!«

Vlad strich dem Mädchen die Haare vom Hals und leckte sich erwartungs- und unheilvoll die kalten grauen Lippen.

»Omeiomei – was du füa große Zähne ... oh-ha!«

Blau glitzerte das kalte Licht des Mondes auf zwei rasiermesserscharfen Zähnen, die hinter dem fischblütigen Lächeln der Kreatur sichtbar wurden.

»Hob keinä Angst, mein Turtälteibchän, es tut kein bissl wäh ...«

Für Maisy war es – wie für viele andere ihres Gewerbes – ganz plötzlich zu spät ...

Die Feststimmung lag zusammengeschrumpft wie ein uralter Luftballon und restlos erledigt am Boden. Brütendes, lastendes Schweigen hing über dem Dorf und machte die Feier zu einer Totenwache. Schwerfällig schüttelte der Prospektor den Kopf und reichte müde die Pergamentrolle weiter. Erst hatte er noch gedacht, es handele sich möglicherweise um einen Scherz. Er hatte weitergelesen, aber die geistreiche Pointe, auf die er insgeheim gehofft hatte, sie war nicht gekommen. Statt dessen hatten ihn am Ende des Textes Unterschrift und Siegel des Königs Erdrosselbart von Cranachan entgegenstarrt. Nachdem er fertiggelesen hatte, zog er die Lippen über die Zähne und fing irre zu kichern an. Er wehrte sich dagegen, er wollte nicht wahrhaben, was da stand. Konnte sich nur um einen Schwindel handeln, oder? Er kratzte an dem Siegel herum und bohrte die Finger in das rote Wachs. Die Unterschrift allerdings widersetzte sich hartnäckig, sie ließ sich nicht verschmieren. Erst jetzt gab er auf. Es war tatsächlich wahr. Er zog ein langes Gesicht, die Dorfbewohner standen um ihn herum und zappelten nervös. Er brachte kein Wort über die Lippen. Er konnte es nicht glauben.

Er sah es genau vor sich. Vor seinem geistigen Auge sah er seine Zukunft im Sturzflug nach unten gehen. Der Magen drehte sich ihm um, der Steuerknüppel klemmte, die Motoren heulten, und der Boden, dieser riesige, furchterregend solide Boden raste ihm immer schneller entgegen. Mit zitternden Händen griff er nach dem Gashebel und packte, die Fingerknöchel weiß vor Entsetzen, den Steuerknüppel. Irre kreischte es in stummen synaptischen Spalten, als er hart an ihm riß. Als sich das Querruder der Inspiration aufstellte, zerriß ihn beinahe der harte Ruck, mit dem sich Depression und panische Angst der Bewegungsänderung widersetzen wollten. Er zog wieder. Noch fester diesmal. Der Erdboden vor ihm sackte unmerklich ein kleines Stück nach unten. Und wieder ziehen und festhalten. Hart bissen die Zähne aufeinander, an Wangen und Kiefer standen Muskelstränge vor. Langsam und gegen alle Wahrscheinlichkeit – noch hallte in seinem geistigen Ohr das häßliche Geräusch sich verformenden Metalls – zog er hoch und fing den Sturzflug ab. Und dann leuchtete klar und blau ein winziger genialischer Funke über ihm auf und stand strahlend und hell glänzend vor den dunklen Wolken des Verderbens. Er biß die Zähne zusammen, zielte mitten ins Schwarze und gab Gas.

»O nein! Das werden sie nicht!« schrie er. »Kommt überhaupt nicht in Frage!«

Das versammelte Dorf sah den alten Prospektor, der wütend vor sich hinbrüllte, verwundert an.

»Ausgeschlossen. Auf keinen Fall. Für wen, zum Teufel, halten die sich eigentlich? Meine Lemmingfelle! Meine – nicht ihre!«

Von heftiger Erregung geschüttelt, stand er auf, setzte sich die flaschengrüne Brille auf die Nase und stürmte zum Trockenschuppen.

»Steht nicht einfach so rum!« schrie er über die Schulter zurück. »Macht schon! Wir haben zu tun!«

Weit von diesem Schauplatz entfernt, in einer der zahllosen Seitenstraßen von Guldenburg, schleppte sich eine bleiche, krumme Gestalt im Mondschatten dahin. Sie trat nach einem Hund, der vor ihren Füßen dahintorkelte, und fluchte enttäuscht und angeekelt, als sie nicht traf. Sie zog den schwarzen Umhang fester um sich und starrte zum Mond hinauf.

Där Mond, dachte sie für sich, *ich folgä dem Mond. Ainmal im Monat packt mich där Drang, und ainmal im Monat folgä ich ihm. Iss immär dos gleichä. No, dos Mädl iss viellaicht net immer dos gleichä, oba wos passiert, iss immer dos gleichä: Ma fummelt wie verrickt, dann a bissl knabbern, dann der flichtige Augenblick der Lust, diesäs warmä, kläbrige Gäfihl … oba dann? ›Värzeihunk, mein Lieblink, oba jetz muß ich wieda waitafliegn.‹ Wos hob ich davon? Es muß doch noch mehr gebn im Läben … No, natirlich – viellaicht bin ich jo, wenn man's wärtlich nähmen will, nicht dirket läbändik, oba wän interessiert dos schon? Äs gäht ums Prinzip, wenn Sie värstähän, wos ich meinä. Läbänsqualität – dos gilt auch fir die … no ja … fir die Untotän äbän.*

Es war mitten in der Nacht. Alles war totenstill, nur der Magen des Untoten knurrte hörbar. Vlad brauchte etwas Gehaltvolles, Festnahrung. Tief deprimiert steuerte er die flimmernden Neonlichter eines kleinen Restaurants in einer Seitenstraße an.

Wenige Straßen weiter warf sich Maisy, Mitglied einer Elitegruppe von Fachfrauen, bekannt unter dem Namen *Die Guldschätzchen von Guldenburg* unruhig im Bett hin und her. Die rosafarbenen Betttücher knisterten leise, wenn sie sich von einer Seite auf die andere wälzte. Ihr letzter nächtlicher Besucher hatte ihr am Hals sein Andenken hinterlassen: zwei kleine Flecken getrockneten Blutes. Ein schäbiges Andenken.

Am Morgen würde sie sich ein wenig müder fühlen als sonst, ein wenig benommener, ein kleines bißchen anämisch und sehr, sehr hungrig. Doch das würde bald wieder vorübergehen.

Wie alle anderen würde auch sie sich nicht im geringsten mehr an Vlad Langschwein erinnern.

Schon früh am Morgen danach saß Vizehauptmann Schikaneder, Rittmeister der 6. Division der Cranachischen Reichsgarde, hoch auf seinem Roß, das seinerseits hoch oben an der Grenze zu Isolon stand. Schikaneder schnupperte die frische krapathische Bergluft und hustete bellend. Sein Pferd kaute ein Maulvoll mageres Gras. »Trup«, brüllte Schikaneder dröhnend, »was hab ich dir zum Thema ›Rauchen im Dienst‹ gesagt? Los, ausmachen!«

Unteroffizier Trup sah sich verwirrt um.

»Bist du taub?« bellte Barak. »Ausmachen! Auf der Stelle!«

»Aber … ich rauche doch gar nicht, Hauptmann.«

»Also – irgendeiner raucht, und ich bin's nicht. Müßt ich doch wissen, wenn's ich wär. Hab ich recht, Trup?« Er drehte sich um und musterte die 6. Division der Reichsgarde.

»Jawoll, Herr Hauptmann.« Das ist ein Hauptmann, dachte Trup. Wirklich ein scharfer Kopf!

»Also, Männer«, brüllte Schikaneder, »wenn ihr's jetzt zugebt, will ich noch einmal Gnade vor Recht ergehen lassen. Ihr kennt die Vorschriften. Also: Wer von euch raucht da im Dienst?«

Er starrte jeden genau an. Irgendwo mußte doch der dünne Rauchfaden einer hastig versteckten Zigarette aufsteigen …! Schweigen.

»Ihr macht es euch damit nur schwerer!«

Schweigen. Die 6. Division schluckte nervös.

»Hör ich endlich ein Geständnis?« Schikaneder verlor in Windeseile das bißchen Geduld, über das er verfügte. »Sonst werde ich andere Saiten aufziehen! Issasklaa??«

Ängstlich hob sich eine Hand in der hintersten Reihe. Schikaneder stieg aus dem Sattel und stampfte bedrohlich los. Die 6. Division bildete eine Gasse. Nach all den Jahren, die sie unter diesem besonders kurz geratenen

Vizehauptmann, der allmählich auch noch eine Glatze bekam, gedient und katzbuckelt hatten, wußten sie, wie man Schikanederschen Schikanen aus dem Weg ging.

»Aha. Soldat Abkrieger«, flüsterte Barak, zum Steinerweichen sanft. »Darf ich die Tatsache, daß du die Hand hebst, so verstehen, daß du um Erlaubnis zur Bedürfniserleichterung nachsuchst, oder« – er holte tief Luft, blickte Soldat Abkrieger scharf an und brüllte – »WILLST DU MIR VIELLEICHT SAGEN, WER HIER RAUCHT? HÄ?«

Soldat Abkrieger strich sich die zerzausten Haare glatt und hauchte: »Jawoll.«

»Jawoll … JAWOLL *WAS*?« brüllte Barak, lief rot an und spannte und dehnte die Brust so weit, bis sie nur noch wenige Zentimeter von der Magengrube des zitternden Soldaten entfernt war.

»Jawoll … Herr Hauptmann.«

»Was willst du mir sagen? Überleg jetzt ganz genau, bevor du mir antwortest. Könnte nämlich sein, daß ich sonst ein ganz klein wenig UNLEIDLICH WERDE!« Zur Verdeutlichung des Gesagten verfärbte sich sein Gesicht puterrot.

»Jawoll, Herr Hauptmann.«

»Ich bin ganz Ohr, Soldat … und wenn du's mir jetzt nicht endlich sagst, WIRST DU BALD GAR NICHTS MEHR SAGEN KÖNNEN!« Der Vizehauptmann lächelte wie ein Krokodil, zog sein Messer und streichelte es zärtlich.

»Es iss …«, zitterte Abkrieger, »es iss … keiner von uns, Herr Hauptmann.«

»Wie bitte? Mach die Sache nicht noch schlimmer. Ich kann sehr wohl Rauch riechen. Und wenn ich Rauch rieche, dann RAUCHT DA AUCH JEMAND. Rauchwolken segeln nicht so mir nichts dir nichts, im Gebirge herum. Und versuch bloß nicht, mir weiszumachen, sie treiben sich schon so früh am Morgen in den Bergen rum, weil sie ein bißchen frische Luft schnappen wollen. Nein, Soldat Abkrieger…«

Der zitternde Soldat schluckte einen Schluck, der – so befürchtete er – möglicherweise sein letzter Schluck war.

»…ich frage dich noch einmal, und ich frage dich ganz ruhig: WER RAUCHT DA?«

»K… K… K… Keiner von uns…«

Das Gesicht des Vizehauptmanns nahm eine Rotschattierung an, die ihm – wäre er eine Begonie gewesen – auf jeder Gartenschau den ersten Preis eingebracht hätte. Er faßte nach oben, packte Abkrieger am Hals und schüttelte.

»HAUPTMANN! Er hat recht, Herr Hauptmann!« schrie Trup und zeigte zur Felswand.

»Sehen Sie doch, Herr Hauptmann!«

Hauptmann Schikaneder hielt den würgenden Soldaten weiter fest im Griff und drehte sich um. Eine Rauchwolke schwebte über dem kleinen Dorf tief unten im Tal.

Es brannte.

»Oh, Schei…« Schikaneder ließ los, kümmerte sich nicht weiter um Soldat Abkrieger und stieg wieder auf sein ruhig grasendes Pferd.

»Mir nach, Männer!« brüllte er, galoppierte davon und ritt den kaum sichtbaren schmalen Pfad hinunter, der über die steile Felswand führte, die die Grenze bildete.

Abkrieger kroch matt auf dem Felsgrat entlang. Warum hatte er bloß nie die Kunst erlernt, das Maul zu halten…

»Was soll das heißen: ›Keiner da‹?« bellte Vizehauptmann Schikaneder kurze Zeit später. Sie standen in dem kleinen Dorf, durch das der Rauch zog.

»Keiner heißt keiner… Alle weg. *Wuff!*« Der Prospektor machte eine Handbewegung, als wäre eben etwas explodiert.

»Was soll das heißen: *Wuff*? Es geht hier um Lemminge, nicht um Hunde! Also was: *Wuff*?«

»*Wuff*: als hätte jemand versehentlich eine größere Menge hochentzündlicher Flüssigkeit über sie verschüttet, dann achtlos eine brennendes Streichholz fallengelassen ... *Wuff!* Wirklich äußerst bedauerlich.«

»Und was ist mit der Botschaft auf der Pergamentrolle? Gestern ...? Nein, sag jetzt nichts ... Laß mich raten: *Wuff*?«

Der Prospektor nickte weise und sah ihn durch flaschengrüne Brillengläser an.

Schikaneder geriet in Panik. Irgend etwas lief falsch.

»Aber das kannst du doch nicht gemacht haben. Ich habe schließlich einen Befehl auszuführen. Und Befehl ist Befehl.« Ein jämmerlich flehender Ton schlich sich in seine Stimme.

Der Prospektor sah mitleidvoll auf den Scheitel des Vizehauptmanns hinab.

Insgeheim aber rieb er sich die Hände. Es lief alles ganz genau so, wie es laufen sollte.

»Wie ist der genaue Wortlaut Eures Befehls?«

Schikaneder sah vom Boden auf, den er angestarrt und erfolglos angefleht hatte, er möge sich auftun und ihn verschlingen. Sein Blick wurde glasig, es sah aus, als finge er an, im Innern seines Kopfs zu lesen.

»Beschlagnahme und Rückführung aller aus der Verarbeitung von illegal importiertem Nutzvieh Klammer auf Nagetiere Klammer zu stammenden Erzeugnisse.«

Der Prospektor lächelte. »Wenn's weiter nichts ist. Warum habt Ihr das nicht gleich gesagt?«

»Wie bitte?« fragte der verzweifelte Schikaneder.

»Ich will damit sagen, daß Ihr Euch keine Sorgen zu machen bracht. Wenn Ihr ein, zwei Stunden warten könnt, vielleicht drei, möglicherweise auch vier – Ihr versteht schon: bis die Öfen ausgekühlt sind –, dann könnt Ihr es haben. Gehört alles Euch.«

Schikaneders betrübte Miene hellte sich auf. »Wie? Einfach so? Kampflos?«

»Ihr seid uns«, lächelte der Prospektor mit gespielter Unterwürfigkeit, »eindeutig haushoch überlegen. Statt ein Blutbad zu riskieren und unausweichlich von Euch niedergemetzelt zu werden, werde ich den ehrenvollen Rückzug antreten und mich kampflos der überlegenen Macht unterwerfen.«

Nickend und mit geschwellter Brust nahm Schikaneder die Unterwerfung an. »Angenommen. Hocherfreut, feststellen zu dürfen, daß Ihr Vernunft zeigt. Ein kluger Entschluß.«

»Darf ich Euch, während die Öfen auskühlen, die Gastfreundschaft unseres bescheidenen Dorfs anbieten?«

»Nun … ich …«

»Wie wär's mit einem kleinen Schluck, Herr Vizehauptmann?«

»Tja, also … hmm … Normalerweise würde ich ja … Aber unter den gegebenen Umständen …«

»Und den Männern?«

»Ich wüßte nicht, was dagegen sprechen sollte. Sehr liebenswürdig!«

Scheinheilig legte der Prospektor dem Vizehauptmann den Arm um die Schulter und nahm ihn mit, um ihn ausführlich und umfassend einzuweisen in die Geheimnisse jenes Mixgetränks, das als regionale Spezialität galt.

Am nächsten Tag war Schikaneder wieder zurück in Cranachan. Er fühlte sich wie eine aufgewärmte Leiche. Zu sagen, daß er Kopfweh hatte, wäre so unangemessen gewesen, als wolle man anläßlich eines gewaltigen tropischen Hurrikans, der seine Spur durch kleine Küstendörfer fräst und im Umkreis von zehn Kilometern um sein Epizentrum alles niederreißt, was sich ihm in den Weg stellt, von einer kleinen Unannehmlichkeit sprechen. Außerdem war er erschöpft, weil er beinahe die ganze Nacht geritten war. So lange hatten sie gebraucht, bis sie wieder zurück waren. So lange hätten sie in keinem Fall brauchen dürfen, selbst dann nicht, wenn sie rückwärts geritten wären. Doch irgendwann hatte Soldat Abkrieger erklärt, er wisse jetzt, wo sie seien. Und wenn man dort hinunter reite, dann hinter diesem Hügel durch ein kleines Tal, dann läge genau dort drüben dieser Steinhaufen, von dem aus man den Palast sehen könne. Es sei eine Abkürzung, durch die man einige Kilometer sparen könne. Unglücklicherweise hatte sich dieser Vorschlag im Zustand kollektiver Trunkenheit wie eine außerordentlich gute Idee angehört. Viel besser, als sie es dann tatsächlich gewesen war. Innerhalb weniger Minuten hatten sie sich verirrt, innerhalb weniger Stunden hatten sie sich vollkommen verirrt, und dann hatte sich – und das machte alles noch viel schlimmer – allmählich auch die Wirkung des Cocktails verflüchtigt. Endlich, nachdem sie stundenlang in den Bergen herumgelärmt hatten und wieder so weit ausgenüchtert waren, daß sie sich nur noch im Zustand leichter Berauschtheit befanden, hatte Trup tatsächlich wiedererkannt, wo sie sich befanden, und hatte sie zum Palast zurückgeführt. Wobei Soldat Abkrieger schwer unter dem Gewicht diverser Satteltaschen voll Lemmingartikeln gestöhnt hatte.

Das war gestern gewesen. Und jetzt, nach einer viel zu kurzen Nacht, in einem Zustand, in dem jeder von ihnen einige hundert Tassen starken schwarzen Kaffee gebraucht hätte – jetzt klopfte Vizehauptmann Schikaneder, Rittmeister der 6. Division der Reichsgarde, schüchtern an die zwei riesigen Eichenholztüren, die

Türen der Handelskammer. Er zählte bis drei, ließ die mächtigen Messingringe gegen das Holz fallen und stolperte, gefolgt vom der Rest der 6. Division, in den Sitzungssaal. Es geschah nicht oft, daß die 6. Division zu einer persönlichen Audienz bei König Erdrosselbart antrat und ihm von Angesicht zu Angesicht gegenüberstand. Jeder von ihnen wäre außerordentlich glücklich gewesen, wenn dieses seltene Ereignis nicht ausgerechnet heute hätte standfinden müssen.

Aber wenn die Audienz so verlief, wie Schikaneder befürchtete, dann wäre es mit ziemlicher Sicherheit sowieso ihre letzte gewesen.

»Hoheit, hochverehrte Mitglieder des Kabinetts«, wisperte Schikaneder. Die Torturen einer zwei Wochen lang dauernden Trepanation schienen lächerlich verglichen mit der geistig-körperlichen Verfassung, in der er sich befand. »Melde gehorsamst: Auftrag, ähem, ordnungsgemäß ausgeführt.« Die letzten Worte flüsterte er noch um einiges leiser als den vorangegangenen Teil der Sentenz. Wie auf Kommando setzten die Männer der 6. Division ihre Fracht auf dem spiegelblanken Marmorboden ab. Ein diesig-schwarzes Wölkchen stieg unheilkündend aus den Satteltaschen auf.

»Alle aus der Verarbeitung von illegal importiertem Nutzvieh Klammer auf Nagetiere Klammer zu stammenden Erzeugnisse akquiriert und retourniert, Sire.« Er salutierte schlapp – erst vor dem König, dann vor dem Obersten Chef des Ministeriums für Sicherheit und Kriegsführung. Tief drinnen, in den tiefsten Tiefen seines Herzens, war ihm zumute wie einem Wassertropfen, der sich unvorsichtigerweise auf eine heiße Herdplatte gewagt hatte.

»Ausgezeichnet.« Der König beugte sich vor, um besser sehen zu können.

»Irgendwelche Widerstandsaktionen?« schnauzte der sehr Verheerenswerte Thatarr.

»Keine, Verheerenswertester.« Schikaneder schluckte aufgeregt.

»Nicht einmal eine klitzekleine nette Keilerei?«

»Nichts, Verheerenswertester.« Schikaneder starrte auf einen Punkt knapp zehn Zentimeter über dem Kopf des Obersten Chefs des Ministeriums für Sicherheit und Kriegsführung. Äußerlich war nur eine winzige Andeutung jener entsetzlichen Angst zu sehen, die ihn quälte: eine Ader pochte rhythmisch auf seiner Stirn. Hätte er die Zeit zurückdrehen können, er wäre zu jenem Moment zurückgegangen, als Trup geäußert hatte: »Es mag ja vielleicht unerheblich sein, Hauptmann, aber, was unseren Befehl angeht... Denkt Ihr nicht, daß damit Akquirieren und Retournieren *intakter* Erzeugnisse aus der Verarbeitung illegal importierten Nutzviehs Klammer auf Nagetiere Klammer zu gemeint war...? Ist alles in Ordnung mit Euch, Hauptmann? Ihr seid plötzlich so blaß.« Er hätte Trup irgendwie ablenken können, er hätte ihn verletzen oder notfalls auch umbringen können. Er hätte auf irgendeine Weise verhindern können, daß diese beiläufige Bemerkung gemacht wurde, und stünde jetzt unbefangen vor dem Cranachischen Rat und wäre sich der ungeheueren Diskrepanz gar nicht bewußt, die zwischen den Erwartungen der Ratsmitglieder und der furchtbaren Realität bestand, die jetzt ans Tageslicht sollte.

Thatarr war begeistert von Schikaneders leichtem Sieg. »Sieht mir ganz so aus, Hoheit, als hätten diese erbärmlichen Kreaturen in Isolon schließlich doch einsehen müssen, daß sie der Überlegenheit unserer Streitmacht nichts entgegensetzen können!« Seine Augen schwenkten seitwärts, er flüsterte Schikaneder zu: »Gut gemacht, alter Knabe. Könnte eine anständige Belohnung für dich rausspringen.«

Schikaneder rannte schreiend und wild mit den Armen fuchtelnd aus der Ratskammer. Zumindest sein

Verstand tat das. Tatsächlich aber schluckte er lediglich langsam und in höchstem Maße verängstigt. So, wie jemand schluckt, den man eben davon in Kenntnis gesetzt hat, daß in seiner Hose eine pfundschwere Ladung TNT versteckt ist.

Die Ader auf seiner Stirn pulste ein klein wenig lebhafter.

Der Minister des Innern rieb sich leise und gierig die Hände.

»Sire«, hob er an. Er sprach mit dem Pathos eines Mannes, der glaubt, eine Rede von historischer Bedeutung zu halten, »mit diesen bescheidenen Satteltaschen, die wir hier vor uns liegen sehen, wird die komplette Jahresproduktion Lemmingfelle ihrem rechtmäßigen Besitzer zurückgegeben. Damit sind wir Zeugen einer Tat, durch die dem Königreich Cranachan die Mittel und Möglichkeiten gegeben werden, von heute und jetzt an, hinfort und in Zukunft die Kräfte von Angebot und Nachfrage zu regulieren. Von diesem Augenblick an kontrollieren wir weltweit den Markt...«

»Äh, Entschuldigung, wenn ich das frage«, meldete sich Gympl, der Minister für Handel und Gewerbe, »aber so unheimlich viel scheint mir das ja nicht zu sein.«

Fisk hatte sich mittlerweile in einen rhetorischen Rausch gesteigert und überhörte die Frage.

»... was uns ermöglicht, ein absolutes Monopol für Lemmingpelz zu errichten. Ein Monopol, das uns in die Lage versetzt, die Preise zu diktieren, die Kontrolle über ...«

»Ein ganzes Jahr ... da drin?« grübelte Frandl und kratzte sich versunken an der Nase.

»... das Regiment zu führen, die Einkünfte des Staates zu erhöhen und unsere Kriegsmaschinerie ...«

»... in fünf Taschen?«

»... uns die finanzielle Ausstattung verschafft, den Palast neu zu streichen und alle umliegenden ...«

Niemand hörte dem delirierenden Fisk noch zu.

»Ich muß zugeben«, sagte der König zu Frandl, »ich habe mir das Ganze ein wenig, äh, umfangreicher vorgestellt.«

Fisk war blind und taub für die Tatsache, daß Zweifel gesät war und daß diese Saat rasch keimte.

»... und das erforderliche Investitionskapital für jedes erdenkliche Straßenbau- und/oder Agrarprojekt: jetzt und für die Generationen von Cranachiern, die nach uns kommen werden!« Fisk blickte um sich und wartete auf den Applaus. Die Augen aller im Raum Anwesenden waren auf die fünf staubschwarzen Satteltaschen gerichtet, die man so unfeierlich vor ihnen abgeladen hatte.

»Schikaneder, alter Knabe«, säuselte Thatarr, »möchtest du nicht so freundlich sein und eine von diesen Satteltaschen für uns öffnen?«

Oneinoneinoneinoneinonein! wollte Schikaneder sagen. Statt dessen fiepte er: »Fiep.« Schweißtropfen traten ihm auf die Stirn, die Ader legte ein paar Taktschläge pro Minute zu. Er bückte sich und fummelte an den Schnallen herum.

»Schikaneder«, rief der König und winkte gebieterisch mit dem Zeigefinger, »hier aufmachen!«

So schnell wie ein Mensch, der weiß, daß am Ziel seines Wegs der sichere Tod auf ihn wartet, so schnell setzte sich Schikaneder in Bewegung.

Als er seine Ladung vor dem König auf den Tisch stellte, stieg eine kleine schwarze Staubwolke aus den Satteltaschen auf. Schikaneder grinste verloren. Umständlich hantierte er an den Riemen und Schnallen herum, versuchte das Unvermeidliche noch etwas hinauszuzögern und hoffte, daß sich durch irgendein Wunder die Asche in prächtig schimmerndes Lemmingfell verwandelt hatte.

»Aufmachen, Schikaneder!« verlangte der König.

Der Vizehauptmann schluckte heftig, holte tief Luft, hielt den Atem an und drehte, wie es der König verlangte hatte, die Satteltaschen um. Eine Staubexplosion füllte den Raum mit schweren schwarzen Wolken, im Handumdrehen war es stockfinster. Es war, als hätte man die Ratskammer in Sekundenschnelle auf die ganz besonders aktive, auf die ganz besonders mächtig dampfende Spalte einer vulkanischen Quelle verpflanzt. Schwarze Wolken walzten und drehten sich in einem hemmungslos wirbelnden wahnsinnigen Tanz, verstopften die Lungen und trieben Tränen in die Augen. Und irgendwo in diesem lautlosen kreiselnden Mahlstrom hörte man Schikaneder, Vizehauptmann a. D. der 6. Division der Cranachischen Reichsgarde, kläglich wimmern: »Hoheit, ich kann das erklären ...«

Im Jahr 1024 MEZ ratterte im Schutz einer wolkenverhangenen Nacht ein klappriges hölzernes Fuhrwerk über einen Berg in den Ausläufern der Krapathen zu Tal. Der Prospektor stellte sich das Gesicht von Vizehauptmann Schikaneder vor und grinste still in sich hinein.

»Wuff!« flüstere er leise und gluckste.

Er zog die Zügel an, dirigierte das Pony ein wenig nach links und lenkte es auf den kaum sichtbaren Weg, der aus Khucaph hinaus und ins Tal führte. Das schwerbeladene Fuhrwerk quietschte. Es klang beinahe vergnügt: als wüßte es, daß einzig und allein auf ihm die gesamte Jahresproduktion Lemmingpelz zu finden war.

Nur gut, daß ich mich an diese Höhle erinnert habe, dachte der Prospektor zum x-ten Mal. Und dann: Bin neugierig, wieviel ich für diese Ladung bekomme.

Wieder zog er an den Zügeln, manövrierte das Gefährt zwischen zwei Felsbrocken hindurch und zockelte im Schutz der dunklen schwarzen Nacht davon.

III

VLAD

Firkins Nerven waren gespannt wie Stahltrossen, als er durch die enge Schlucht und an der schlafenden Gestalt vorbeikroch. Er zitterte am ganzen Körper. Noch so ein Schock, nur noch der winzigste Schreck, und es war um seine Courage geschehen: Sie würde unaufhaltsam wie auf einer Geröllhalde den Steilhang des Schreckens hinabsausen und in die finstere Klamm des Entsetzens stürzen.

Aber, versuchte er sich zu trösten, es könnte schlimmer sein.

Es könnte noch Nacht sein. Es könnte noch dunkel sein. Es könnte sich – so, wie es in der Nacht immer geschehen war – etwas hinter ihm aufrichten, etwas mit langen knochigen Fingern und riesigem, weitaufgerissem, lechzendem Maul, erwartungsvoll und hungrig und …

HALT! Aufpassen! Abwarten, bis das Schnarchen wieder zu hören ist. Schritt. Schnarchen. Schritt. Er konzentrierte sich so stark, daß ihm der Schweiß auf die Stirn trat.

Er stand kurz vor dem Durchdrehen.

Als er in der vergangen Nacht Khucaph verlassen hatte, war er noch voller Courage gewesen, bis zum Kragen voll mit Adrenalin und gestärkt durch eine gehörige Portion Unzurechnungsfähigkeit. In den ersten Stunden, als er sich auf dem Trampelpfad, der aus

Khucaph herausführte, seinen Weg gesucht hatte, war alles gutgegangen. Er hatte sich allenfalls Sorgen gemacht, daß er über einen Stein stolpern und sich den Knöchel verstauchen könnte. Aber je weiter er abgestiegen, je weiter er in unbekanntes Gelände vorgedrungen war, desto empfindlicher und aufnahmefähiger waren seine Wahrnehmungsorgane geworden, und er hatte hunderterlei im Dunkel der Nacht verborgene Aktivitäten und Geräusche wahrgenommen. Seine Phantasie hatte ihm böse Streiche gespielt, hatte harmlose Baumstämme in häßliche Scheusale verwandelt, in ekelhafte, feindselige Drachen, die, Mord und Totschlag im Sinn, im Dunkel lauerten. Und immer wenn er die Augen zusammengekniffen und angestrengt versucht hatte, genauer zu sehen, war alles um ihn nur grau und verschwommen gewesen.

Und dann, nachdem er mehrere Stunden lang durch pechschwarze Nacht gegangen war, hatte er plötzlich bemerkt, daß ganz in seiner Nähe etwas schnaufte. Ein schweres rauhes Schnaufen in der Stille der Nacht... ganz nahe... viel zu nahe... beunruhigend nahe. Nur mit äußerster Mühe hatte er die panische Angst unterdrückt, war stehengeblieben, hatte den Atem angehalten und gehorcht... In seinen Schläfen dröhnte und hämmerte der Pulsschlag, rundumher war tiefe Stille. Kurz bevor seine Lungen geplatzt wären, hatte er ausgeatmet. Langsam, ganz langsam – er fürchtete, der Brustkorb könne infolge der Überanstrengung zusammenbrechen. Der kalte Schweiß brach ihm aus, als das Schnaufen wieder einsetzte. Er hielt inne. *Es* hielt inne. In seinem Kopf überschlugen sich die Gedanken. Er sah nichts. Er hörte nichts. Er atmete wieder ein. Dann hörte er es wieder... Und plötzlich verflog das Entsetzen, er war so erleichtert, daß er beinahe laut aufgelacht hätte: Laut hörte er den eigenen Atem in der Stille der Nacht.

Er faßte wieder Mut und brach auf.

Ein paar Stunden lang kam er trotz der Dunkelheit ganz gut voran. Bis er plötzlich Schritte hörte. Schritte, die lauter wurden. Er ging weiter. Die Schritte wurden lauter. Und lauter.

»Das sind meine Schritte«, sagte er sich. »Was ich da höre, das sind meine Schritte.«

Und um sich von der Richtigkeit seiner Annahme zu überzeugen, blieb er stehen und horchte. Stille. Tiefe, dunkle, beruhigende Stille. Abgesehen von den Schritten, die auf ihn zustapften.

Eiskalt lief es ihm über den Rücken, die Nackenhaare stellten sich auf – wie bei einem zu Tode erschrockenen Stachelschwein. Er hechtete geräuschvoll ins Unterholz, hielt sich dann mucksmäuschenstill und horchte. Er sah nichts. Die Schritte wurden lauter. Es hat mich gehört. Ist in den Bäumen, dachte er. Wieder fehlte nicht viel, und er wäre durchgedreht. Die Schritte wurden lauter und lauter. Es kommt!

Reglos und schmerzverzerrt, so wie er gelandet war, lag er im Gebüsch und litt Höllenqualen. Nur noch drei Milligramm Adrenalin mehr, und der Starrkrampf würde einsetzen. Er wagte nicht, sich zu bewegen. Wagte nicht zu atmen. Die Schritte kamen näher und immer näher, wurden lauter und lauter und … gingen vorbei.

Er horchte, bis ihn die Ohren schmerzten.

Reglos lag er da, eine Ewigkeit lang, wie es ihm schien. Dann atmete er aus, beruhigte sich wieder so weit, bis ihn nur mehr eiskalte Furcht im Griff hielt. Die Schritte hatten nicht angehalten. Vielleicht war *es* gar nicht hinter ihm her? Oder wartete *es* auf ihn? Er blieb noch für ein paar Minuten still liegen, bis er einen Zustand milder Panik erreicht hatte, und stand dann so leise wie möglich auf. Er strengte seine Augen aufs äußerste an und suchte nach irgendeinem Hinweis auf den oder das, dessen Schritte er gehört hatte. Nichts, keine Gefahr. Nachdem er sich davon überzeugt hatte, ging er, zunächst sehr vorsichtig, unbeschreiblich vorsichtig weiter.

Das alles lag jetzt Stunden zurück. Inzwischen war die Sonne aufgegangen. Der Himmel war klar, und die Vögel sangen. Gelegentlich zirpte eine Grille, und Firkin, der tapfere Held, unterwegs in edler Mission, erschrak wieder einmal fürchterlich.

Er bog um eine Kurve und blieb stocksteif stehen. Am Wegrand lag ein fester kleiner Schuh. In dem Schuh steckte so etwas wie ein kräftiger kleiner Fuß. Firkin war sich sehr sicher, daß dieser Fuß zu einem Körper und daß zu diesem Körper sehr wahrscheinlich noch ein zweiter Fuß gehörte. Doch das konnte er nicht sehen. Was immer es war, was da lag – es lag im hohen Gras am Wegrand verborgen und schnarchte laut in der kühlen Morgenluft. Firkin horchte auf die regelmäßigen Schnarchtöne und bedachte sorgfältig seine gegenwärtige Lage.

Es war eine Zwangslage: Der Pfad führte durch eine steile enge Schlucht. Die bemoosten hohen Wände hätten es selbst dem erfahrensten Kletterer unmöglich gemacht, seitlich um das Hindernis herumzuklettern. Wenn er zurückginge und einen Umweg suchte, dann käme er ohne Kompaß und Karte leicht vom Weg ab und fände möglicherweise nie wieder zurück. Es blieb nur eine Möglichkeit. Genaugenommen natürlich zwei… Aber zurück nach Hause, wo eine kranke Schwester und ein höchstwahrscheinlich sehr zorniges Elternpaar auf ihn warten und ihm Löcher in den Bauch fragen würden – diese Möglichkeit war nicht nach seinem Geschmack. Also entschied er sich dafür, geradeaus und um den Schläfer herum zu gehen (er tat es nur sehr ungern – der Adrenalinspiegel stieg wieder rapide an).

Um ihn nicht aufzuwecken, mußte er lediglich die Füße immer genau dann aufsetzen, wenn der Schläfer schnarchte. Also: schnarchen, auftreten … schnarchen, auftreten …

Er biß die Zähne zusammen und stakste auf Zehenspitzen voran. Wieder wuchs die Spannung, jeder Muskel schmerzte. Schnarchen, auftreten. Er wagte nicht, auf den Körper zu sehen, der links im Gras lag. Schnarchen, auftreten. Und so ging es weiter, geräuschlos beinahe – das Geschnarche übertönte jeden Laut. Schnarchen, auftreten.

Firkin war so nervös wie eine Schar Kopfschmerzen, die sich versehentlich in eine Apotheke verirrt hat. Am ganzen Körper zitternd schlich er durch die enge Schlucht, vorbei an dem Schläfer … nur der kleinste Schock noch, ein winziges Erschrecken, dann …

Plötzlich explodierte der Himmel: Flügel flatterten, Blätter wirbelten durch die Luft, eine Ringeltaube brach krachend durch das Blätterdach. Firkin erstarrte zur Salzsäule, die Adrenalinmaschine schaltete auf Overdrive.

Der Schläfer fuhr entsetzt auf, saß bolzengerade und schrie gellend: »Firk …!« Firkin klappte zusammen.

Hogshead stand auf, verwirrt und gleichzeitig ungeheuer erleichtert, daß sich seine schlimmsten Befürchtungen als unbegründet erwiesen hatten. Er ging an die Stelle, wo es Firkin umgeworfen hatte.

Im Bergkönigreich Cranachan ging das Jahr 1025 MEZ ohne größere Zwischenfälle vorbei. *Ohne größere Zwischenfälle* – das ist ein relativer Begriff. Das Leben in einer Tyrannei, vor allem das Leben in *der* Tyrannei, an deren Spitze König Erdrosselbart und seine finsteren Kohorten standen, war – im Vergleich zu jeder anderen Gesellschaftsform, in der annähernd normale Verhältnisse herrschen – alles andere als frei von größeren Zwischenfällen.

In den wenigen Monaten nachdem Fisk, Minister des Innern, widerstrebend die Entschuldigungen von Vizehauptmann Schikaneder angenommen und dann bereitwillig dessen Gesuch um Versetzung in den Ruhestand angenommen hatte, hatten sich in Cranachan etliche Zwischenfälle ereignet. Dreiundvierzig Kleinkriminelle waren wegen diverser kleinerer Delikte (vorsätzliche Mißhandlung, Verletzung der Sorgfaltspflicht durch achtloses Herumwerfen tollwütiger Tiere, Verschandelung öffentlicher Straßen und Plätze mit Abfall und Müll) hingerichtet worden. König Erdrosselbart hatte eine Kampagne gegen Abfallsünder initiiert. Er war der festen Überzeugung, daß ordentliche Dörfer und saubere Städte reiche Touristen nach Cranachan bringen würden. Wodurch ihm die Mühe erspart bliebe, beschwerliche Reisen in fremde Königreiche unternehmen zu müssen, um an deren Geld zu kommen. Zu Hause war das viel einfacher zu bewerkstelligen. Bemerkenswerterweise schienen die reichen Touristen den Werbebroschüren tatsächlich zu glauben, die ihnen Cranachan als eines der sichersten Königreiche für einen Kurzurlaub vorstellten. *Genießen Sie,* hieß es dort, *das bunte, abwechslungsreiche Unterhaltungsprogramm, das Ihnen die Einheimischen auf den nächtlichen Straßen bieten: atemberaubend das traditionsreiche Messerwerfen, unvergeßlich die hohe Kunst des Schwertkampfs und die meisterhafte Handhabung der Streitaxt. Wochenenden mit rätselhaften Mordfällen können jederzeit arrangiert werden – die Wahl des Mordopfers bleibt Ihnen überlassen! Die Zugriffsgewährung auf Ihre Barmittel und Ihren Schmuck ermöglicht Ihnen überall in Cranachan bequeme Zahlungsmöglichkeit. Besuchen Sie Cranachan – Sie werden es nie wieder verlassen wollen!*

Mehrere kleinere Volkserhebungen waren im Keim erstickt und die Täter (einschließlich einer Anzahl unschuldiger Zuschauer) umgehend einkerkert oder hingerichtet worden. Wobei noch einmal erwähnt werden muß: Was man in Cranachan ›unschuldig‹ nannte, hätte vermutlich überall anders ›schuldig‹ geheißen.

In all diesem Trubel hatte Gympl eine außerordentliche Entdeckung gemacht.

Es sah ganz so aus, als sollte sich das Leben dramatisch ändern – für Cranachan, für Isolon und nicht zuletzt für den cranachischen Minister des Innern.

Fisk klopfte an die riesige Eichentür der Handelskammer und wartete auf Einlaß, aufmerksam beobachtet von den beiden Gardesoldaten, die mit der profihaften Lässigkeit von Männern, die für ihren Beruf geboren sind, ihre Äxte wiegten. Fisk war ein wenig wacklig auf den Beinen. Er hörte ein röhrendes Brüllen durch die Kammer hallen, schluckte nervös, stieß die Tür auf und trat ein. Laut hallten seine Schritte, als er, wachsam verfolgt von den Blicken der Ratsversammlung, über den spiegelblanken Marmorboden schritt. Schließlich blieb er stehen und verbeugte sich tief.

»Ergebenster Diener, mein Lehnsherr. Ihr habt mich rufen lassen?.«

»Schleimer«, brummte Gympl leise.

»Was ist das da?« brüllte der König und hielt ein gelbliches Kleidungsstück hoch. Fisk blickte sich ängstlich um. Die Antwort war eindeutig. Aber – war sie auch richtig? Er sagte sie trotzdem.

»Eine Hose, Königliche Erhabenheit.«

Der König zuckte. Fisk hatte ein äußerst ungutes Gefühl.

»Richtig«, gab der König mit zusammengebissenen Zähnen zurück. »Was das anbetrifft, hast du recht. Trotzdem – ich frage dich noch einmal: Was ist das?«

Fisk wand sich verlegen. Plötzlich schoß es ihm durch den Kopf: Er erinnerte sich an eine ähnliche Unterredung, die vor mehreren Monaten hier stattgefunden hatte. Doch irgend etwas sagte ihm, daß die Unterredung dieses Mal etwas anders verlaufen und etwas anders enden werde.

»Äh, meint Ihr vielleicht: ›Woraus ist sie gemacht‹?«

Der König nickte gebieterisch und fletschte die Zähne. Und plötzlich erblickte Fisk jenes Bild wieder vor sich, das er als Kind einmal gesehen hatte: einen riesigen Löwen, dessen speicheltriefender Rachen weit aufgerissen war, in dessen Augen es gierig funkelte, der es kaum mehr erwarten konnte, dem erbärmlich kleinen Säugetier, das er mit zwei riesigen Pranken am Boden festgenagelt hatte, den Kopf abzureißen. Und jetzt wußte Fisk plötzlich ganz genau, wie diesem Säuger zumute war.

»Ich denke, Königliche Besti ... äh ... Hoheit, daß dieses Kleidungsstück, das Ihr in Euren Händen haltet« – Fisk war in heller Aufregung –, »aus Pelz gefertigt ist, aus mehreren Pelzen, aus den Pelzen mehrerer L ... L ... Lemminge.«

»Sehr richtig.«

»Aber, Sire ... Verzeiht meine offensichtliche Begriffsstutzigkeit ... Aber war nicht ich es, der Euch ursprünglich, vor einigen Monaten etwa, dieses Kleidungsstück präsentierte? In sehr ähnlicher Weise präsentierte? Womit ich natürlich keinesfalls Euren Präsentationsstil kritisieren wollte! Ganz bestimmt nicht, daran habe ich nicht im entferntesten gedacht. Hatte eigentlich auch gar nicht vor, darauf zu sprechen kommen, äh ...«, beendete er seine Ausführungen und lächelte. Es war ein erbärmliches Lächeln, Ausdruck der Empfindung, die ihn beherrschte: Angst. Große Angst.

»Es handelt sich um dasselbe Kleidungsstück.«

»Ah, ich verstehe.« Er verstand nichts. »Aber warum zeigt Ihr es mir?«

»Deshalb.« Der König griff hinter sich und legte ihm eine weitere Hose vor, die beinahe mit der ersten identisch war. Sie war allerdings ein wenig besser gearbeitet, war an allen Stellen, die besonderer Belastung ausgesetzt sind, zur Verstärkung mit Nieten beschlagen und war weniger verschossen. Kurz gesagt, sie sah so aus, als hätte der betreffende Schneider seit der Fertigstellung der ersten Hose mindestens ein Jahr lang geübt.

»Oho! Eine neue Hose. Wie, äh, wie schön. Wo habt Ihr sie her?« fragte Fisk und wollte die Antwort eigentlich gar nicht hören.

»Ich habe sie auf dem Markt gekauft. In Isolon«, erklärte Gympl selbstgefällig.

»Dann muß es eine Hose vom letzten Jahr sein«, konterte Fisk, der allmählich ärgerlich wurde.

Der König winkte ihn zu sich heran, wendete die Hose und zeigte ihm ein kleines weißes Schild, das in der Hosennaht eingenäht war: *Made in Isolon. Hergestellt aus 100 % reinem Lemmingfell, Produktionsjahr 1024 MEZ.*

Fisk blieb der Mund offenstehen.

»…?« wollte er wissen und starrte dumpf auf die beiden Hosen, die vor ihm lagen.

»Es war ein hübscher Betrieb auf dem Markt.« Gympl drehte sein Messer hin und her. »Erstaunlich breites Angebot. Ich habe also das hier gekauft und dann das, ein paar von diesen, die auch, dann das, dann eines von dem, diese …«

Eine Flut gelblicher Artikel quoll aus einem großen Sack, und schließlich hatte Gympl einen riesigen Stapel vor sich liegen.

»Es sieht ganz so aus«, hörte er Gympls Stimme hinter dem ansehnlichen Haufen, »als ob in Isolon das Geschäft mit Lemmingfell läuft und floriert. Und wenn man sich ansieht, welche Preise sie dafür verlangen … Es muß sehr, sehr einträglich sein, dieses Geschäft.«

Fisk riß sich zusammen, wollte das Wort ergreifen, »Aber …« Er fand keine Worte.

Der König hieb mit der Faust auf den Tisch und

schoß hoch wie eine Rakete. Die Krone auf seinem Kopf wackelte gefährlich.

»Genau: *Aber* … Aber wieso? Aber warum? Aber was gedenkst du dagegen zu unternehmen?«

»…«, würgte Fisk. Die Angst drückte ihm die Stimmbänder zusammen und wrang sie wie einen Putzlumpen.

»Jetzt geh und laß dir etwas einfallen«, knurrte der König.

Fisk konnte sich kaum im Gleichgewicht halten, als er sich lange und tief verbeugte und dann zur Tür schlich. Panische Angst! Eine Million Fragen! Alles drehte sich um ihn …

»Verlaßt Euch auf mich, Sire«, schaffte er es noch zu krächzen, als er kratzfüßig und Rücken voraus durch die riesige Eichenholztür trat. »Ich werde … will … werde mir etwas einfallen lassen.«

König Erdrosselbart, der vor Wut beinahe überkochte, bedachte ihn mit einem Grinsen, das flüssigen Stickstoff zum Gefrieren gebracht hätte. Eiskalt kreiste das Entsetzen im Blut des Innenministers und wurde mit dem Blutkreislauf zum Herzen transportiert, in dem von jeher arktische Temperaturen herrschten. Er spürte, wie er bleich wurde, er fühlte sich leer und ausgezehrt, vertrocknet wie die abgeworfene runzlige Haut einer vom Eis umschlossenen Eidechse.

So wie ein Nachbild auf der Netzhaut verbleibt, so setzte sich jetzt ein bestimmtes Gefühl in Fisks kalter Seele fest. Der Eishauch des königlichen Zorns war gewaltig wie der glaziale Schrecken, der die Seele eines Verdammten lähmt. Fisk sah sich am Fuß einer mehr als hundert Meter hoch aufragenden Eiswand stehen, sah sich hinaufblicken, dorthin, wo eine tonnenschwere Ladung Eis zitternd auf die Gelegenheit wartete, ihn zu zermalmen und für immer in einem eisigen Grab zu begraben.

Er schloß die Augen und bebte. Blankes Entsetzen schüttelte ihn.

»Sind wir jetzt da?«

»Was?«

»Ob wir jetzt da sind?«

»Nein!«

»Oh.«

Die Jungen stapften schweigend durch den Wald, in dem die Bäume turmhoch wuchsen, höher als alle Bäume, die sie jemals gesehen hatten, so hoch, daß sie sich unendlich klein vorkamen.

»Ich hab Hunger!«

»Was?«

»Ich bin hungrig, und die Beine tun mir weh und die Schultern, und meine Füße brennen und ich hab Durst und ...«

»Halt endlich die Klappe!« schnauzte Firkin. Er war immer noch wütend auf Hogshead, der ihm in der Schlucht solche Angst eingejagt hatte. Und Hogshead ärgert sich über Firkin, der ihn in Khucaph zu Tode erschreckt hatte. Zum Glück hatte sich Firkin ziemlich rasch wieder von dem Schock erholt. Allerdings wirkte er jetzt gespannt und argwöhnisch.

»Aber ...«

»Sei still! Ich kann dir nicht helfen. Ist ja schließlich nicht meine Schuld, daß du dir nichts mitgenommen hast, oder? Und jetzt komm endlich. Es kann nicht mehr weit sein.«

»Ich krieg Hunger, wenn ich Angst hab. Und gestern Nacht war's dunkel, und ich hab Angst gehabt, und – und – und ich hab Hunger. Deswegen.«

»Maul halten.«

»Find ich nicht nett, daß du das sagst.«

»Maul halten, Maul halten, Maul halten!«

Hogshead schnitt hinter Firkins Rücken eine scheußliche Grimasse und stapfte weiter durch den Wald.

Es wurde spät. Sie waren seit Stunden durch den Wald gezogen. Er hätte nie gedacht, daß ein Wald so groß sein könnte. Er hätte nie gedacht, daß der Weg in die Stadt so weit wäre. Anders gesagt: Er hatte sich eigentlich gar nichts gedacht. Pech für sie, daß sich Firkin etwa genausoviel gedacht hatte.

Khucaph hinter sich zu lassen, sich aufzumachen auf einen Kreuzzug – gestern nacht war ihm das als eine großartige Idee erschienen. Oder war es vorgestern gewesen? Es schien alles schon so weit weg und so lange zurückzuliegen.

Irgendwann zwischen Spätnachmittag und frühem Abend hatte sich das Waldland geändert. Aus dichtem dunklen Nadelwald war durchmischter lichter Laubwald geworden. Sie wanderten unter riesigen alten Eichen und Eschen dahin, zwischen denen Sträucher und Büsche wuchsen. Der Pfad war jetzt holpriger und sah stellenweise so aus, als würde er nur wenig oder schon seit langem nicht mehr begangen.

Es dämmerte, aus Grün wurde düsteres Grau, und Firkin sah allmählich kaum noch, wohin er trat. Er stolperte über Wurzeln, die sich über den Pfad schlängelten, und patschte in Pfützen. Es wurde Nacht. Und bald sah er nur noch dann etwas, wenn er die Augen fest zusammenkniff.

»Na schön«, sagte Firkin schließlich, »zünden wir die Laternen an.«

»Ja gut.« Hogshead hatte schon darauf gewartet. »Ich hab nur noch blaue Flecken an den Schienbeinen.«

»Also dann, mach schon! Ich kann die Hand nicht vor den Augen sehen.«

»Was?«

»Mach jetzt. Hol sie raus. Du weißt schon.«

»Ich?«

»Ja.«

»Äh ...« Hogshead holte tief Luft. Die Dunkelheit

nahm immer mehr und immer schneller zu. »Ich hab keine. Hast du welche?«

»Ach du meine Güte«, murmelte Firkin verlegen, als es jetzt auch bei ihm dämmerte: laternenlos – ein schweres Los. »Ach du meine Güte, ach du meine Güte«, sagte er wieder, als das letzte Photon des alten Tages hinter einem Baum hervorblinzelte und sich nach Hause ins Bett verzog. Er zwinkerte aufgeregt. Es half nichts. Die Dunkelheit hatte sich für eine weitere lange Nacht niedergelassen, und im Augenblick sah er etwa so viel wie ein Maulwurf in einem rußschwarzen Tunnel tief in einem Berg. Ein- und Ausgänge waren zugemauert.

In einem Häuschen, das auf einer Lichtung in eben diesem riesengroßen Wald stand, saß ein ausgemergeltes Individuum und war sehr, sehr düster gestimmt. Der Mann langweilte sich – und es ist keine Übertreibung, es so zu nennen – tödlich. Er blickte von dem Kartenspiel auf, das er vor sich auf dem Tisch ausgelegt hatte, und starrte auf den rostigen Herd, der sich in der hintersten Ecke des Zimmers versteckte. Er war in einem jämmerlichen Zustand. Jahre, wenn nicht Jahrzehnte war es her, seit das gußeiserne Ungeheuer zum letzten Mal schwarz gestrichen worden war, und vermutlich genauso lange war es her, daß etwas auf ihm gekocht worden war. Wobei das nicht ganz zutraf. Er kochte nach wie vor auf diesem Herd. Nur brauchte er dafür keine Kohlen mehr – er kochte nicht mehr *mit*, sondern eben nur noch *auf* dem Herd. Und verwendete dafür vorgekochte, portionsweise abgepackte, fetttriefende Fertiggerichte und eine Apparatur mit Glastür, die *Pling!* machte.

Eine tiefer Seufzer pfiff zischelnd durch zwei spitze Eckzähne, als er die Karten wieder zusammensammelte und im schwachen Licht der Kerzen weiterspielte.

»Passsiooosss! Passsiooossss! Äs stäht mir bis do! Ich breichte endlich wieder ein verninftiges Kartenspiel. Dings zum Beispiel... no... no, einfach irgendwos, wänn äs nur Karten sind!«

Wenig später, nachdem er wieder einmal verloren hatte, stand er auf, stapfte an den Herd und schaltete ein.

»Ach, du meine Güte, ach, du meine Güte«, flüsterte Firkin wieder. Er kam sich sehr verloren vor. Außerdem war er hungrig wie ein Wolf. Er hörte, wie es im Unterholz raschelte und krauchte, und strengte sich außerordentlich an, es nicht zu hören. Die Erinnerung an die vergangene Nacht war noch viel zu lebendig. Er duckte sich erschrocken, als plötzlich ledrige Flügel nur knapp an seinem Kopf vorbeiflatterten und in der dichten Schwärze verschwanden. Eine Eule schrie, viel zu laut und viel zu nahe. Sein überreizter akustischer Wahrnehmungsapparat verstärkte jedes Geräusch, das er in der Dunkelheit aufschnappte. Die Geräusche, die der Flügelschlag selbst des winzigsten Insekts verursachte, dröhnten wie der Fluglärm eines Geschwaders marodierender feuerspeiender Drachen. Das Rascheln der Spitzmäuse im hohen Gras klang, als nähere sich ein vor Hunger wahnsinnig gewordenes Rudel Hyänen, das Blut gerochen hatte. Blut. *Sein* Blut. Mit weitaufgerissenen Augen starrte er angestrengt in die pechschwarze Nacht.

»Siehst du das?« flüsterte Hoghshead.

»Wo?«

»Da drüben.«

»Ich seh nicht, wo du hinzeigst.«

»Da *drüben*.«

»Wo?«

Hogshead tappte so lange im Dunkel herum, bis er endlich Firkins Hand gefunden hatte. Er packte sie und hielt sie in die Richtung, in die er gezeigt hatte.

»Da drüben ... Siehst du das?«

»Was?«

»Findest du nicht auch, daß es da drüben ein klein weniger heller ist?«

Firkins Augen starrten noch angestrengter in das optische Vakuum.

»Äh ... könnte sein.«

»Stimmt doch, oder?«

»... könnte sein.«

»Was ist das?«

»Keine Ahnung. Lichter, schätze ich. Gehen wir hin und sehen's uns an.«

»Solln wir? Wirklich?« fragte Hogshead unschlüssig.

»Warum nicht?«

»Warum nicht, warum nicht? Warum *schon*?«

»Weil ich nicht dran denke, im Freien und im Dunklen rumzustehen, wenn da drüben« – es zeigte sinnlos irgendwo hin – »jemand ist, der Licht hat. Komm schon!«

Firkin tappte los. Vorsichtig und ganz, ganz behutsam – man konnte ja nie wissen, worauf man trat. Oder wo hinein man trat.

Äste, die sich ihnen aus dem Nichts entgegenstreckten, zerkratzen ihnen die Haut und schnappten nach ihren Kleidern. Dicht verknotete, kreuz und quer verschlungene Zweige versperrten ihnen den Weg, immer wieder stolperten sie übereinander. Schwarzer Efeu schlängelte sich um ihre Fußknöchel.

Sie kamen nur langsam voran. Aber dann standen sie schließlich, erhitzt, verschwitzt und keuchend, am Rand einer Lichtung. Auf der Lichtung war die Lichtquelle. Ihre Herzen hämmerten vor Angst und Anstrengung, als sie leise aus dem Dunkel traten.

Unglaubliches Entsetzen packte sie.

Mit offenem Mund standen sie da und blinzelten in das grelle Licht, das einmal rot und dann wieder weiß aufflammte.

»S … s … siehst du auch, was ich sehe?« flüsterte Firkin wie versteinert.

»Äh … Was siehst du denn?«

»Etwas … das … das es eigentlich gar nicht geben kann.«

»Ja.« Hogshead fiel die Kinnlade herunter. Erst rot, dann weiß …

»Hab immer geglaubt, so was gibt's nur im Märchen.«

»Ha.«

»Oh.«

Sie starrten über die blendendhell erleuchtete Lichtung. Harte schwarze Schatten fielen von ihren Füßen bis weit in den Wald hinter ihnen. Die Lichtung flammte rot, dann weiß.

»Ich glaub, ich spinne.«

»Ich auch.«

»Es klingelt schon wieder, Papa.«

»Was? Ach so, richtig.« Val Jambon sah auf. Er war in eine weiße Mehlwolke eingehüllt und rollte gerade emsig Teig aus.

»Beeil dich lieber. Sonst wird er noch böse.«

»Weiß schon. Reichst du mir die Krapfen rüber?«

»Die so schön klebrig sind?« fragte das Mädchen und piekte neckisch an ihnen herum.

»Ja die … Aber was machst du denn da, Kleines?«

»Der hier ist Ausschuß. Hat ein Loch, siehst du? Darf ich den haben?« Die Kleine grinste ihren Vater an, legte den Kopf schief und stellte, um die Wirkung noch zu steigern, die Fußspitzen im spitzen Winkel zueinander.

»Na gut, Courgette. Meinetwegen, du böses Mädchen. Und jetzt nimmst du zwei und legst sie auf einen Teller, ja?«

»Ffoffort«, kam es aus einem Mund, der vollgestopft war mit den Überbleibseln eines enorm großen und ungemein klebrigen Krapfens.

Das Serviertablett war schnell zusammengestellt: zwei

zuckersüße Krapfen, ein Glas Orangensaft und – als kleine Dreingabe – zwei Schokokekse. Val Jambon nahm es, ging zur Tür und machte sich auf den weiten Weg in die oberen Stockwerke.

Nachdem er mehrere lange Wendeltreppen hinaufgestiegen war und eine Strecke von vielen hundert Metern in leeren Korridoren zurückgelegt hatte, war er endlich am Ziel angekommen. Er klopfte forsch, stieß die Tür auf und trat ein.

Nach den kahlen, leeren Korridorfluchten traf es ihn jedesmal wieder wie ein Schock, wenn er die leuchtenden Farben in diesem Zimmer sah. Und dann der Teppich. Nirgendwo sonst gab es Teppiche. Keinen hübschen, weichen, gemütlichen roten Teppich wie diesen hier, auf dem Dutzende durchgesessener großer Sitzkissen lagen. Er stellte das Tablett mit dem Abendessen vorsichtig auf dem Tischchen ab, das mitten im Zimmer stand, und sah sich um. Eine Unzahl Papierflieger lag überall verstreut, in einer Ecke waren Spielplättchen vom Flohhüpfen verschüttet, er sah ein *Mensch-ärgere-dich-nicht*-Spielbrett, einen Schmusepinguin, mindestens ein halbes Dutzend Bücher und – ganz oben auf einem der Polster – einen ramponierten kleinen Teddybären. ›Heißgeliebt‹ – das ist vielleicht ein gutes Wort, um eine genauere Beschreibung dieses kleinen Bären einzuleiten: Es war einmal, vor langer, langer Zeit, da hatte der Bär einen lückenlosen dichten Pelz. Jetzt aber, nach all den Jahren, in denen er leidenschaftlich geknuddelt worden war und andere, weniger sanfte Sympathiezuwendungen erfahren hatte, war sein Pelz erheblich dünner und schäbiger geworden. Die Schnauze war platt, weil sich ein Großteil des Füllmaterials verflüchtigt hatte, und die meisten Nähte waren beängstigend dünn und fadenscheinig. Und trotzdem war er ein glücklicher Bär. Er hatte noch beide Augen, und selbst die Ohren waren noch dran. Gerade noch.

Der Koch, der seinen Auftrag erledigt hatte, drehte sich um, schloß die Tür hinter sich und machte sich wieder auf den langen Weg treppab in die unteren Stockwerke.

Der kleine Bär saß zuoberst auf einem Haufen Kissen, ließ den Kopf auf die dürftig behaarte Brust hängen und wartete darauf, daß jemand mit ihm spielte.

Das Ohrläppchen schmerzte ihn. Erstaunlicherweise freute sich Hogshead darüber. Er stand auf der Waldlichtung und leuchtete abwechselnd rot und weiß.

Normalerweise freute er sich nicht unbedingt, wenn sein Ohrläppchen brannte und scheußlich schmerzte. Zu dieser Sorte Menschen gehörte er nicht. Aber jetzt, in diesem Moment, auf einer Lichtung mitten in einem riesigen Wald, meilenweit von zu Hause entfernt, gab es kaum etwas, worüber er sich mehr gefreut hätte. Ausgenommen vielleicht über dampfenden Eintopf, ein anständiges heißes Bad, ein frisch gemachtes Bett, mehrere wirklich gute Märchenbücher, eine Kanne Tee und ein halbes Dutzend gut sortierter Fleischpasteten. Und darüber, nicht hier zu stehen, auf einer Lichtung mitten in einem riesigen Wald, mit einem schmerzenden Ohr und meilenweit von zu Hause entfernt.

Das schmerzende Ohr beruhigte ihn. Es bestätigte ihm, daß

(a) er am Leben war;
(b) Firkin am Leben war;
(c) immerhin ein Teil seines Gehirns noch einigermaßen normal funktionierte;
(d) das Gesetz von Ursache und Wirkung immer noch galt;
(e) er keine wilden Halluzinationen hatte und ihnen
(f) da drüben, am anderen Ende der Lichtung, tatsächlich und erwiesenermaßen und ohne jeden Zweifel etwas sehr, sehr Seltsames gegenüberstand.

»Firkin«, flüsterte er, »was habe ich gerade gemacht?«

»Mich gezwickt«, kam es einsilbig zurück.

So weit, so gut, dachte Hogshead. Und laut fragte er: »Und was hast du dann gemacht?«

»Dir eine geschmiert«, antwortete Firkin und starrte geradeaus. »War vermutlich dein Ohr, das ich getroffen habe.«

Hogshead war hocherfreut. Damit waren Hypothese (a) bis (e) doppelt geprüft und bestätigt. Er holte tief Luft und strahlte – erst rot, dann weiß.

Jetzt noch Hypothese (f), dachte er. In diesem Fall wäre es ihm lieber gewesen, wenn sie sich nicht bestätigte hätte.

»Firkin«, flüsterte er.

»Hmpf«, kam es geistesabwesend von Firkin, der erst rot aufleuchte, dann weiß.

»Was siehst du? Auf dieser Lichtung? Ganz genau, mein ich: Was siehst du da?«

Firkin schien sich um die Antwort drücken zu wollen. »Ja also ... da drüben, meinst du?«

»Genau.« Erst rot, dann weiß.

»... auf der anderen Seite der Lichtung?«

»Genau.«

»Meinst du das winzigkleine Haus?«

Damit war für Hogshead klar, daß Firkin es auch sah.

»Genau ... das winzigkleine Haus.«

Wunderbar, dachte Hogshead. Und jetzt noch die entscheidende Frage.

»Firkin! Überleg jetzt ganz genau, bevor du mir antwortest: Findest du zufälligerweise auch, daß da etwas ein wenig, wenn auch vielleicht nur ein ganz klein wenig, äh, tja also ... komisch ist ... an diesem klitzekleinen Haus?«

Firkin brauchte nicht lange zu überlegen. Noch im selben Moment, als sie auf die Lichtung getreten waren, war es ihm in die Augen gestochen. »Sagen wir mal so:

Man sieht ja nicht alle Tage ein Häuschen, bei dem die Fenster aus… aus…« Firkin wurde nicht fertig damit, er stotterte wie eine Nadel in einer defekten Plattenrille, bis ihm Hogshead schließlich das fehlende Wort lieferte: »… aus Kandiszucker bestehen.«

»Genau.«

»… und die Türen aus Marzipan.«

»Gen…«

»… und das Dach aus Zuckerguß…«

»G…«

»… und die Wände aus Pfefferkuchen.«

Firkin grinste schief, leuchtete rot auf, dann wieder weiß. »Du siehst es also auch«, sagte er. »Ha, ha, ha! Mann, mir fällt ein Stein vom Herzen! Ha. Hab schon gedacht, ich… ha… wär verrückt… Echt… echt verrückt. Wär ja auch wirklich blöd… ha… Wenn man sich vorstellt: ein Häuschen aus… ha… Pfeff… Pfeff… Pfeff… Lächerlich… Muß man sich mal vorstellen: Wenn's zu regnen anfängt!… Ha… Ha… Unmöglich. Kann nicht sein… Märchen… Hirngespinst… Völlig unmöglich. Es kann nicht…« Er brach ab. Zum ersten Mal seit dem Moment, als sie die Lichtung betreten hatten, sah er Hogshead an. Mit todernster Miene. Beide leuchteten sie im Gleichtakt auf, erst rot, dann weiß. »Es ist nicht wahr, oder?« Er sah ihn fast flehend an und packte ihn fest an den Schultern.

Hogshead war unsicher. Firkin hatte zwar gerade noch zugegeben, daß er – Firkin – sah, was er – Hogshead – ebenfalls sah. Und doch… Da gab es noch etwas, das nicht stimmte. Etwas, das ganz und gar nicht in Ordnung war. Rot, dann weiß.

Hogshead hatte das dunkle, sehr dunkle, aber nichtsdestoweniger ungemein sichere Gefühl, daß es sich bei diesem Häuschen um keine frisch renovierte Variante der üblichen hochgeschätzten Pefferkuchenimmobilie handelte. Im Augenblick konnte er aber nicht so recht begründen, was ihm daran verdächtig vorkam.

»Sag, daß es *nicht* wahr ist«, flehte Firkin wieder. »Es darf einfach nicht sein. Ist bloß eins von den Dingern, von denen uns Franck erzählt hat. Eine von diesen dämlichen Geschichten.« Erst rot, dann weiß.

Hogshead versuchte sich daran zu erinnern, wie Franck ihnen das Pfefferkuchenhaus geschildert hatte. Und plötzlich fiel der Groschen.

»Firkin, überleg jetzt erst ganz genau, bevor du mir antwortest. Wenn du an die Geschichten denkst, die uns Franck erzählt hat, kannst du dich dann erinnern, daß er einmal – vielleicht auch nur so am Rande einmal – etwas von dieser riesigen Leuchtreklame über der Tür erwählt hat, die dauernd aus- und wieder angeht?«

»Meinst du vielleicht dieses ESSEN BEI VLAD: ZUM REINBEISSEN GUT?«

»Genau.«

»Ja also, da du's jetzt erwähnst ...«

»Oder dieses GROSSE SPEZIALITÄTENAUSWAHL?«

»... ähemmm ...«

»... oder GÖNNEN SIE SICH EIN EINMALIGES ERLEBNIS?«

»Eigentlich ... eigentlich nicht.«

Ein feiner Hauch, ein würzig-appetitanregender Duft wehte aus dem Häuschen über die Lichtung. Es war beinahe, als wüßte der Duft ganz genau, wohin er wehen sollte. Ein Duft, der wußte, was er wollte. Rot, dann weiß. »Komisch, oder?« meinte Hogshead. »Es sieht Franck eigentlich nicht ähnlich, so etwas zu unterschlagen. Man sollte eigentlich annehmen, daß er uns diese Einzelheit bestimmt erzählt hätte. Er weiß doch genau, wie gern ich esse.«

Er schnupperte. Aromafühler jagten ihm die Nase hinauf und kitzelten die olfaktorischen Rezeptoren. Unbewußt trat er einen roten Schritt vor, dann einen weißen zurück.

»Riecht phantastisch ...« Sein Magen knurrte beifällig.

Die Fühler tasteten sich weiter. Schnappten nach Firkins Nase. Gefügig rückte auch er einen Schritt voran.

»... und ich komme fast um vor Hunger.«

»Wahrscheinlich gibt's meilenweit nichts anderes ...«

Zur Verdeutlichung knurrte auch Firkins Magen.

»... und unsere Tasche ist leer ...«

»... und wir sind heute sehr weit marschiert ...«

Alle Skepsis war erloschen, wie im Traum wandelten sie über die Lichtung und leuchteten abwechselnd rot, dann wieder weiß.

Geräuschlos drehte sich die Tür in gut geschmierten Angeln und schwang vor ihnen auf.

»... eine Rast täte uns wirklich gut ...«

»... und ein Happen ...«

»... nach Ihnen, Verehrtester.« Firkin verbeugte sich tief. Die Tür stand offen.

»Oh, danke. Sehr freundlich.«

Über den Fußabstreifer, der mit dem Willkommensgruß ›Tritt ain, tritt ain, bring Glick härain‹ bestickt war, traten sie in das menschenleere – fast menschenleere – Häuschen.

In den Amtsräumen des Innenministers herrschten chaotische Zustände. Ein gewaltiges Arbeitspensum war in den wenigen Tagen seit der Ratsversammlung an seinem Schreibtisch erledigt worden. Fisk hatte geschuftet wie ein Mensch, der wußte, daß es kein Morgen mehr gab. Wenn er nicht bald eine Lösung fände, könnte das durchaus zutreffen. Zumindest was ihn betraf. Ein gebellter Befehl von König Erdrosselbart, und Fisk würde das Jahr 1025 MEZ nicht überleben. Die Sache mit den Lemmingen geriet zusehends außer Kontrolle. Er mußte sich etwas einfallen lassen. Er mußte schnellstens eine Lösung finden. Oder seinen Paß. Und dann ein Einreisevisum für ein sehr weit entferntes Land beantragen. Verzweifelt blickte er auf das Chaos, das sich vor ihm ausbreitete.

Karten der cranachischen Ostgrenze stapelten sich auf Grundbuchauszügen, die Texte der Importabkommen und interne Aktennotizen zur genauen Festlegung des Grenzverlaufs. Das ganze Zimmer sah aus, als hätte ein begrenzter Atomschlag das Büro eines überaus vielbeschäftigten Rechtsanwalts getroffen, der auf Grenzprobleme spezialisiert war.

Fisk hatte mit einem starken Vergrößerungsglas jede Grenzkarte Zentimeter für Zentimeter abgesucht. Umsonst: Der Grenzverlauf wich an keiner Stelle von der Linie der Felskante ab. Dann hatte er es anders versucht, hatte sich in das Studium von Hunderten von Gesetzesunterlagen vertieft und nach einer Gesetzeslücke gesucht, durch die sich möglicherweise die Rechtsgültigkeit der ursprünglichen Grenzziehung hätte in Frage stellen lassen. Nichts. Der Fußboden war mit Pergamentfetzen übersät: Entwürfe und Überlegungen, die er zornig und enttäuscht weggeworfen hatte.

Ganz gleich, wie er die Sache auch gedreht und gewendet hatte (und er hatte sehr viel und auf jede erdenkliche Art gedreht und gewendet) – er war ausschließlich zu einem einzigen Ergebnis gekommen: Sobald die Lemminge einmal über die Grenze nach Isolon gewechselt waren, gab es für Cranachan keine Möglichkeit mehr, Anspruch auf sie anzumelden. Ganz zu schweigen davon, sie wiederzubekommen. Zumindest nicht legal. Erstaunlicherweise schätzte es Fisk trotz seines skrupellosen, herzlosen und gierigen Charakters, wenn alles mit rechten Dingen zuging. Legal. Vielleicht nicht unbedingt *ganz* legal, sondern mit genau dem richtigen Quantum Illegalität, das ihm erlaubte, seine Interessen durchzusetzen, ohne sich dabei allzu viele Probleme einzuhandeln.

Hauptsächlich aus diesem Grund und wegen des zu erwartenden Risikos sowie der damit verbundenen Kosten konnte er sich mit Thatarrs Vorschlag nicht anfreunden: einmal jährlich in Isolon einzufallen und die Felle im großen Stil zu stehlen. Ganz abgesehen davon, daß ein derartiges Vorgehen Schwerstarbeit bedeutete und jeglicher Finesse entbehrte. Nein, es mußte etwas Besseres geben.

Fisk ballte die schwarzbehandschuhte Hand zur Faust, drückte zu, schnippte ein weiteres Pergamentknäuel über die Tischkante und übergab es der Vergessenheit. Es war ein Akt, in dem der ganze in ihm angestaute Verdruß zum Ausdruck kam. Er sah zu, wie es im hohen Bogen durch die Luft flog, wie es sich anmutig im Kreis drehte und schließlich hinter der künstlichen Horizontlinie verschwand, die die Tischkante bildete. Er stand auf und sah in den Papierkorb. Nicht ein Treffer, alle waren sie über das Ziel hinausgeschossen. Murrend rückte er den Tisch um ein ganzes Stück zurück, setzte sich und feuerte eine neue Salve vergilbender Pergamentbällchen ab. Dann stand er auf, um sich ein Bild von seiner Zielsicherheit zu verschaffen, und grinste befriedigt: Fünf von acht waren ins Ziel, die restlichen drei immerhin nicht allzuweit danebengegangen. Er setzte sich wieder und kaute nachdenklich an seinem Federkiel.

Plötzlich streckte er die Hand aus, schnappte sich ein unbeschriebenes Blatt Pergament, knüllte es zu einem festen Ball zusammen und schnippte es dorthin, wo er auch die anderen hingeschnippt hatte. Beinahe ängstlich lugte er über die Tischkante: Volltreffer! Er schrie vor Freude auf, rannte wie ein Irrer aus dem Zimmer und warf dabei den Stuhl um.

Das war es! Problem gelöst!

Liebe geht durch den Magen, heißt es. Und zum Magen geht's durch die Nase. Kein Zweifel. Jeder, der etwas von Endoskopie versteht, kann das bestätigen.

Und ganz bestimmt traf es für Firkin und Hogshead zu. Beide hatte sie das geheimnisvoll-verführerische Aroma geködert, das ihnen aus dem winzig kleinen Haus entgegenwehte, und beide waren sie mit flatternden Nasenflügeln dem Gefälle dieses Dufts gefolgt, gehorsam wie Bienen, die der Lockung einer Buddleia folgten. Und als die Jungen jetzt auf roten Zuckerstangenstühlen saßen, die fest auf dem Zuckerglasurfußboden verschraubt waren, knurrten ihre Mägen und versuchten mit seismischem Gerumpel auf sich aufmerksam zu machen.

Die Illusion heimeliger Knusperhäuschenatmosphäre hatten sie, zusammen mit ein paar Zweiglein und der einen oder anderen grünen Blattlaus, endgültig hinter sich gelassen, nachdem sie über die Türschwelle getreten waren. Das Interieur hätte von einem anderen Planeten stammen können. Die Jungen hatten nie etwas Ähnliches gesehen und fühlten sich seltsamerweise dennoch fast wie zu Hause.*

Das Innere des Häuschens war mit knallbunten, schreienden Farben gestrichen, perfekt abgestimmt auf die Klientel, für deren Bewirtung es akribisch geplant und entworfen worden war. An den grellrot bemalten

---

* Es gilt als erwiesen, daß Kinder, läßt man ihnen die Wahl, die denkbar fetthaltigste, am meisten dickmachende Fertignahrung zu sich nehmen und dazu eimerweise konsumieren, was sie an Karies verursachenden, unmäßig gezuckerten Getränken bekommen können. Läßt man sie darüber hinaus auch die Umgebung wählen, in der sie diesen Konsumgewohnheiten nachgehen können, steuern sie ausnahmslos die am hellsten erleuchteten und denkbar geschmacklos ausgestatteten Örtlichkeiten an. Nach langen und intensiven Forschungen stimmt die Mehrzahl der mit diesem Problem befaßten Psychologen darin überein, ›daß derartige Umgebungen die Sehnsucht erfüllen, zurückzukehren in eine Umgebung und zu einer Lebensweise, die in den Tiefenschichten des Unterbewußten des kollektiven Gedächtnisses gespeichert sind‹. Andere sind dagegen überzeugt, daß das einzig und allein der Tatsache zuzuschreiben ist, daß man Kinder nicht in Lokale läßt, in denen es etwas Vernünftiges zu trinken gibt.

Pfefferkuchenwänden hingen leuchtendbunte Hochglanzphotos, auf denen Hamburger, Cheeseburger und paniertes, in Form gepreßtes Hühnerfleisch in Gesellschaft von Pappschachteln zu sehen waren, in die anämisch bleiche Fritten gefüllt waren. Die Decke des Speiseraums lag auf Eichenbalken aus Wackelpeter. Der Strom für die Zuckerwatteleuchtröhren kam aus Lakritzedrähten. In einer Ecke plätscherte sanft ein Brausepulverspringbrunnen, in dem Aquarium unter der Theke schwammen Gummibärchenfische. Firkin und Hogshead studierten versunken die Speisekarte aus Reispapier. Hogshead sabberte aufgeregt.

»Uiii ... mit Käse!« Er fuchtelte wild mit den Fäusten und grinste schwachsinnig.

Sie waren überrascht, wie reichhaltig die Speisekarte war, die Qual der Wahl war beinahe zu groß.

»... und Tomatensauce ...«

Firkin sah auf.

»Ich frag mich, wo die Bedienung bleibt.«

»... ohhh, Eiscreme ...«

»... kein Mensch weit und breit.«

»... Schokoladenkuchen ...«

Firkin sah sich um: ein halbes Dutzend gleicher Tische samt der dazugehörenden Stühle aus rotem Zuckerguß, alle ordentlich gedeckt mit Messern, Gabeln, Ketchupflasche, Schokoladensauce, Würfelzucker ... es war alles da, was zu einem anständigen Essen gehört.

Nur keine Menschen.

Er sah wieder in seine Speisekarte und versuchte, eine Entscheidung zu treffen. Das Angebot war überwältigend.

»Gutän Abänd, die Härren.«

Firkin und Hogshead fuhren erschrocken hoch.

»Willkommän in mainäm Rästorant.«

»W ... Was ... Wer ...?«

»Gästatten, daß ich mich vorställe: Vlad Langschwein, Bäsitzer dieses Ätablissemants.« Er verbeugte sich tief und blieb an ihrem Tisch stehen – ein wenig erwartungsvoll zwar, doch keineswegs aufdringlich.

Er war nicht sehr groß, sein Kopf steckte tief zwischen den hochgezogenen Schultern. Er trug einen schwarzen Anzug, weißes Hemd mit Stehkragen und umgelegten Kragenspitzen und eine schlampig gebundene Fliege, die nachlässig vor dem faltigen Hals baumelte. Ein schmuddeliges Handtuch, das über dem linken Arm hing, vervollständigte das Erscheinungsbild schäbiger Unterwürfigkeit. Was nicht dazu paßte, war die eigenartig graublaue Färbung seiner Haut.

Er beugte sich ein wenig näher zu Firkin heran und starrte ihn mit wäßrig-blassen Augen an.

»Wos darf ich die jungän Härren anbietn? Vielleicht bissl a jungäs Gämise? Chächächä.« Seine Schultern zuckten leicht, als er über seinen vertraulichen Scherz lachte.

»Ähh, hmmm, wir … wir haben uns noch nicht entschieden.« Firkin massierte sich den Hals, der sich plötzlich unangenehm eng anfühlte.

»Dorf ich Ihnän vielleicht bei der Auswahl bähilflich sain?«

»Was könnten Sie uns empfehlen, Herr Langschwein?« fragte Hogshead fröhlich. Die Aussicht auf ein anständiges Essen hatte seine Lebensgeister beträchtlich beflügelt.

»No bittä, bittä! Fir Ihnen ganz einfach Vlad. Iss doch viel freindlicher!« Der Gastgeber lächelte humorlos. Firkin stellte fest, daß er toten Fisch dachte.

»Unsere heitige Späzialität is ganz bäsonders, hmhm, appätitanregend und absolut ämpfählenswert«, triefte Vlad und rieb sich die Hände.

»Und was ist das?« fragte Hogshead und sabberte haltlos.

Die ausgemergelte Gestalt beugte sich vor und zeigte

mit einem langen grauen Fingernagel auf die Speisekarte.

»Ist es eine große Portion? Ich frag nur, weil Firkin und ich den ganzen Tag gelaufen sind und weil wir erschöpft sind, und weil ich am Verhungern bin ...«

»No, äs raicht fir maine ... äh, fir Ihre Bädirfnisse.«

»Ist es das, was vorhin so gut geduftet hat?«

»Sähr wahrschainlich, main Härr.« Die Mundwinkel zuckten leicht.

»Nehm ich. Und du, Firkin?«

»Äh, was ...? Ja gut. Ich auch«, sagte Firkin und sah von der Speisekarte auf.

»Iss alläs in Ordnunk, main Härr?«

»Doch, doch ... Ich bin nur ein wenig müde«, log Firkin.

»Zwaimal das Mänü. Kommt sofort.« Eine kurze schwungvolle Geste, und Vlad war in der Küche verschwunden. Die beiden Jungen waren wieder allein.

»Hat einen komischen Akzent. Scheint aber ganz nett zu sein«, meinte Hogshead, dessen Magen erwartungsvoll knurrte.

»Weiß nicht. Irgend etwas stimmt mit ihm nicht. Ich weiß bloß nicht, was.«

»Ziemlich fix für sein Alter. Hab gar nicht gehört, wie er raus ist. Oder wie er reingekommen ist.«

»Warum glaubst du, daß er alt ist?« fragte Firkin.

»Ja nun, er hat eine Glatze und nur noch zwei Zähne ... Da hab ich eben gedacht ...«

»Genau, ist mir auch aufgefallen. Und was hältst du von der Art, wie er ...«

»Ihre Bäställunk, maine Härren.« Vlad war wieder da, stellte zwei Tabletts voll dampfendheißem Essen auf den Tisch, holte Besteck und zwei Servietten aus der Tasche, wünschte »Bonn Appätiih!« und war wieder verschwunden.

Hogshead packte sein Besteck und machte sich hocherfreut über seine Portion her. Firkin starrte auf die Pommes, die Bohnen, auf die hübsch panierten Bällchen, bei denen es sich – so hoffte er inbrünstig – um Hühnchenfleisch handelte, und schnupperte mißtrauisch. Sah gut aus. Duftete ausgezeichnet. Sein Magen rumpelte ekstatisch.

»Kein Hunger?« mampfte Hogshead, der den Mund voll Bohnen hatte.

»Ich warte nur, bis es etwas abgekühlt ist… Übrigens: Was ist es eigentlich?«

»Weiß nicht genau«, antwortete Hogshead. »Tschikennagg… mäknag…, oder so. Irgendwas Amerikanisches, glaub ich.«

Firkin starb vor Hunger. Sein Magen knurrte. Irgend etwas stimmte nicht mit diesem Lokal. Er wußte nur nicht, was. Mit den Chicken-Nuggets war aber bestimmt alles in Ordnung. Oder…?

Die Gabel zitterte unschlüssig.

An den Chicken-Nuggets konnte es doch ganz bestimmt nicht liegen…

Der Magen siegte. Heißhungrig stürzte er sich auf das Essen.

Das Bemerkenswerteste an der Küche in Vlads Lokal war, daß sie keine Küche war. Vielleicht war sie es irgendwann einmal gewesen, vielleicht wird sie es irgendwann einmal auch wieder sein. Aber jetzt, in dem Augenblick, da sich Firkin und Hogshead ausgehungert im Raum neben ihr vollstopften, handelt es sich ganz entschieden um keine Küche. Sondern um eine Junk Food-Fabrik.

Um einen Platz, um etwas aufzuwärmen, um das aufgewärmte Zeug auf Teller zu laden, um die Teller auf so viele Tische wie möglich zu knallen und so viele Menschen wie irgendmöglich damit abzufüttern.

Vor wenigen Minuten erst war Vlad in diese ›Küche‹

gestürmt, hatte zwei tiefgekühlte Portionen Pommes und Hühnchen in das Ding mit der Glasscheibe geschoben und kurz gewartet, bis es *Pling* gemacht hatte. Dann hatte er noch drei Portionen kochendheiße Bohnen auf die Teller geschaufelt und war in das Restaurant zurückgewuselt.

Jetzt beobachtete er durch zwei kleine Löcher in der Rückseite eines Bildes die Jungen. Seine Zunge schoß in Erwartung dessen, was bald kommen sollte, über die bleichen grauen Lippen.

»Oioioi – wos fir hibsche Kärlchen«, wisperte er, »... und wos fir ain gäsunder Appätit!«

Vlad sah zu, wie Firkin den letzten Bissen verdrückte und sich zurücklehnte, dann stand er auf und wuselte hinaus.

Firkin legte die Gabel weg, wischte sich den Mund ab und lehnte sich zurück. Er war satt.

»Sind die Härren zufrieden?« zischelte Vlad, und Firkin fuhr wieder erschrocken hoch.

»War prima!« schwärmte Hoghshead. »Können wir vielleicht noch eine Nachspeise bekommen?«

»Ich sähe, der Herr hat einen gäsunden Appätit. Dos ist guttt. Weil gäsunder Appätit bedeitet wohlschmäkkender ... äh, gäsunder Körpär.« Er leckte sich die Lippen. Firkin wurde der Hemdkragen wieder unangenehm eng.

»Also, äh ... Ich bring kaum noch was runter.«

»No, vielleicht darf ich die Härren in Versuchunk fihren mit einem Stick Schwarzwälderkirsch? Odär vielleicht mit Zirtonänsorbä? Oder mit *La Mort au Chocolat*?«

»Danke. Für mich nicht«, sagte Firkin. »Ich kann nicht mehr.«

»Uiii ja. Bitte.«

»Und wos fir ein Dässär winscht der Härr?« fragte Vlad und kicherte leise vor sich hin.

»Das erste«, entschied Hogshead, ohne lange zu überlegen – er kannte keine der drei Nachspeisen.

»Ausgäzeichnät, main Härr. Obglaich gerade der *sißе Tod* sährr gern gewählt wird! Chichichi!« Weg war er wieder, schnell und lautlos und mitsamt den Tellern.

»Ich weiß nicht warum, Hogshead, aber mir gefällt es hier nicht. Ich bekomm eine Gänsehaut, wenn ich diesen Vlad sehe. Wenn wir nicht abhauen, kommen wir nie mehr zum Schloß. Ich glaube, wir sollten uns schleunigst auf die Socken machen …«

»Ihr Dässär, main Härr!« Vlad hielt Hogshead einen Teller unter die Nase und sah Firkin mißtrauisch an.

»Äh, nein. Danke. Wir wollten eigentlich ab … Au!«

Firkin hatte Hogsheads unter dem Tisch einen Tritt versetzt und gab ihm Zeichen, still zu sein.

»… warten. Ein wenig warten, wollte er sagen, bis er den ersten Gang verdaut hat, bevor, bevor, äh …«

»… ich meine Nachspeise esse«, brachte Hogshead hocherfreut den Satz zu Ende. Firkin grinste matt.

»Sähr schän. Lassen Sie sich ruhik Zait. Unnätige Hätze verdirbt Ihren Gäschmack – äh, Ihnen den Gäschmack, main ich«, verbesserte er sich eilends. »Nähmen Sie sich Zait, so langä Sie wollen. Vielleicht bissl Kaffä?«

Firkin nickte zustimmend. Eigentlich nur, um sich eine Verschnaufpause zu verschaffen. Hogshead war mit der mühsamen und beschwerlichen Aufgabe beschäftigt, ein riesiges Tortenstück wegzuputzen. Vlad wuselte davon, um den Kaffee zu holen.

»Vergiß das Zeug, Hogshead. Wir müssen raus hier.«

»Aber die ganze gute Schokolade …!«

»Wir müssen los! Mir gefällt das hier nicht.«

»… und schwarze Kirschen sind auch drin!«

»Komm jetzt! Vergiß die Torte!« Firkin zerrte Hogshead am Arm.

»Aber es schmeckt so …«

»Los, komm sch … oh!«

»Ihr Kaffä, maine Härren.« Vlad stellte zwei Tassen mit dampfendem Kaffee auf den Tisch und war wieder verschwunden.

Firkin setzte sich. Nicht zu glauben, daß Hogshead so dämlich war. Wollte bleiben und seine Nachspeise essen! Lächelte auch noch zufrieden. Verstand er denn nicht? Dieser Vlad – das steckte mehr dahinter!

Firkin griff geistesabwesend nach der Kaffeetasse und trank aus.

Hogshead grinste idiotisch und deutete mit dem Finger wirr in die Gegend. Und fing an zu lachen. Hysterisch zu lachen.

Hinter dem Bild lächelte Vlad, anheimelnd wie ein toter Fisch, und leckte sich die kalten grauen Lippen. Zwei spitze dünne Zähne glitzerten.

Hogshead verfärbte sich grün. »Wo kommt dieser Albatros her?« Firkin war leicht benommen. »Warum hängt an meiner Nase ein Elefant? Wer hat Hogshead meine Zehen an die Ohren gepflanzt?«

Alles begann sich zu drehen und … »Hallo, Teppich … Ich liebe dich, Teppich … nein, bitte … nicht weglaufen, bitte!«

Zu spät. Viel zu spät verstand Firkin, daß in seinem Kaffee mehr gewesen war als Kaffee, Milch und Zucker.

Die Farben verblaßten.

Alles um ihn wurde schwarz und weiß.

Dann nur noch schwarz.

Maney Hauweck stand auf einer kleinen Anhöhe über der Ostgrenze von Cranachan und richtete das Wort an die vielen hundert Männer, die vor ihm angetreten waren und erwartungsvoll zu ihm aufsahen. Männer in festen gelben Jacken, die meisten mit Spitzhacken gerüstet, manche mit Sprengkeilen und einige mit riesigen Vorschlaghämmern. Alle trugen gelbe Bauarbeiterhelme. Hinter ihm stand eine Reihe riesiger, leerer, gelber Metallcontainer. Das war der Bautrupp, der das gewaltigste Straßenbauprojekt des Jahres 1025 MEZ durchführen sollte.

»Männer«, brüllte Hauweck, als die Sonne verschlafen himmelwärts ruckelte, »ihr wißt, warum wir hier sind und was wir zu tun haben! Unser Auftrag: die Grenze, die ihr da vor euch seht. Viel Zeit haben wir nicht. Ich will daher Schweiß sehen, Schweiß und Hinklotzen. Von jedem! Viel Glück!« Und als er eine zerbeulte Pfeife aus der Tasche zog, hoben seine Männer die Werkzeuge und starrten auf die Grenzlinie, die parallel zur Felskante mäanderte. Es war nicht das erste Mal, daß sie eine dieser motivierenden Ansprachen gehört hatten; Maney Hauweck sah es als seine Pflicht an, vor jedem größeren straßenbaulichen Projekt zu seinen Männern zu sprechen. Insbesondere, wenn es sich wie im gegebenen Fall um ein wichtiges Unternehmen handelte, um das gewaltigste Vorhaben in diesem Jahr. Er holte tief Luft, setzte die Pfeife an den Mund und blies hinein. Der wuchtige Aufschlag mehrerer hundert fachmännisch geschwungener Pickel zerriß wie der Knall einer Explosion die morgendliche Stille. Maney Hauweck wäre vor Stolz beinahe geplatzt. Heute war er ganz besonders stolz auf seine Männer. Er befehligte dreihundertvierzehn Mann und hatte einen Auftrag zu erledigen, der für das Königreich von enormer Bedeutung war. Noch einmal dachte er zurück an jenen Augenblick vor gerader einer Woche, als ein hochgewachsener, hagerer, schwarzgekleideter Mann in sein Baustellenbüro geplatzt war. Dachte daran, wie er zuerst erschrocken war, als er erkannt hatte, daß der Minister des Innern vor ihm stand …

Hauweck nahm die Füße vom Tisch und setzte sich schleunigst auf, als Fisk über den nackten Bretterboden stiefelte, einen Stuhl packte und sich setzte. Die schwarzgekleidete Gestalt starrte verächtlich auf das Durcheinander aus Pergamenten, Katalogen und braunfleckigen Tassen mit kaltem Tee, das sich auf dem Schreibtisch des Bauingenieurs ausbreitete.

»Oh, hallo! Der Herr Minister«, faselte Hauweck, »Ihr kommt wahrscheinlich weg'n dem Bericht über den Stand der Arbeit im Projekt Ödlanderschließung. Hier, bitte schön: eben fertig geworden. War grade dabei, ihn, äh, eigenpersönlich zu ...«

»Das ist Gympls Lieblingsprojekt. Interessiert mich nicht. Aber die Männer: Ich interessiere mich für die Männer. Ich will sie haben!«

»Wie bi ...? A ... aber ich hatte ja keine Ahnung, Minister! Hab das immer für üble Nachrede gehalten. Denkt Ihr an einen bestimmten? Sie fühlen sich bestimmt geehrt durch Euer, äh, Interesse.«

»Wie? Nein: Ich will sie alle!«

»Gleichzeitig?« Die Augenbrauen des Bauingenieurs wanderten die niedrige Stirn hinauf bis hoch unter den Haaransatz.

»Natürlich. Es handelt sich doch um eine eingeschworene Mannschaft, nicht wahr?«

»Na ja, es gibt ein paar, die immer zusammenstecken. Aber ich glaub eigentlich nicht ...«

Fisk starrte voll Verachtung auf die zahllosen Kalender, die hinter dem übergewichtigen Bauingenieur an der Wand hingen: sinnlich-lüsterne Frauen auf Hochglanzpergament, die außer den diversen bauhandwerklichen Gerätschaften, für die sie warben, nur wenig am Leib trugen. Ganz besonders fesselte ihn das Mannequin mit dem Theodoliten.

»Was soll das Herumgerede? Willst du den Auftrag, oder willst du ihn nicht?«

»Auftrag? Ach, und ich dachte, äh ... Ach so, Auftrag. Ja.«

Mit großen Augen sah Hauweck zu, wie Fisk eine

Karte der Ostgrenze aufrollte und ihm eine Ermächtigungsurkunde überreichte, gezeichnet und gesiegelt von König Erdrosselbart persönlich. Noch größer wurden seine Augen, als er sich die genaue Beschreibung des Auftrags anhörte, die ihm der Innenminister lieferte.

»... und muß innerhalb von zwei Monaten erledigt sein. Schaffst du das?«

»Puh! Is ein Haufen Arbeit. Unmöglich, wenn ich nicht mehr Männer bekomme.«

»Ich frage dich noch einmal: Kannst du das schaffen?«

»Müßt ich die Männer vom Erschließungsprojekt abziehen.«

»Und dann könntest du es schaffen?«

»Denk schon. Klar, könnt Euch auf mich verlassen.«

»Ausgezeichnet.« Fisk rieb geräuschvoll die Panzerhandschuhe aneinander.

»Noch eins, Hauweck«, setzte er drohend hinzu. »Ich brauche dich doch nicht darauf hinweisen, daß wir in unserer kleinen Unterredung Informationen von äußerst, nun ja, delikater Natur ausgetauscht haben. Wenn etwas davon durchsickert, werde ich höchstpersönlich dafür sorgen, daß man dich auf dem Grund einer tiefen dunklen Ausschachtung wiederfindet. In tragischer Verfassung. Habe ich mich klar ausgedrückt?«

»Völlig klar, Minister, kristallklar.« Er schluckte nervös.

»Ich erwarte, daß unverzüglich mit der Arbeit begonnen wird.«

Im nächsten Moment war Fisk verschwunden. Hauweck sah blöde auf seine ausgestreckte Hand, die ungeschüttelt geblieben war, ließ sich schwer in seinen Stuhl fallen und wischte sich den Schweiß von der Stirn.

Irgendwo weit, weit entfernt veranstaltete jemand einen Höllenlärm mit einem Paar gigantischer, unvorstellbar riesiger Kesselpauken. Seine gewaltigen schweißglänzenden Arme hämmerten rhythmisch einen hirnzermarterndem Trommelwirbel aufs Fell. Beängstigend war, daß er näher zu kommen schien.

Draußen hing der Himmel gedrängt voller übergewichtiger Gewitterwolken, die mit grund- und bodenerschütternder, knochenzermalmender Wucht über ein Paar mittelgroßer Gletscher herfielen – es war ein Kampf, bei dem alle Regeln aufgehoben waren. Und sie kamen näher. Pangäa, Gondwanaland und mehrere kleine Kontinente spielten Bockspringen. Auch sie kamen immer näher.

So jedenfalls schien es Firkin, der mit fest geschlossenen Augen dalag und hoffte, daß das alles nur ein böser, sehr böser Traum war; ein Traum, der – so flehte er inständig – irgendwann wieder zu Ende gehen mußte.

Ein halbes Dutzend leichterer Erdbeben gesellten sich zu dem seismischen Gedränge, als er ein Auge aufschlug. Mehrere tausend tollwütige Weißschwanzgnus stürmten in panischer Flucht durch den Nebel in seinem Kopf. Womit habe ich das verdient? dachte er. Eine Zebraherde jagte hinter den Gnus her. Er lag wimmernd auf der Seite und hoffte, daß sich die tollwütigen Huftiere wieder beruhigten. Warum fühle ich mich wie von Hyänen durch den Dreck geschleift? Erinnerungsfetzen blitzten im sumpfigen Dunst seines Gehirns auf: Chicken Nuggets … Kaffee … ein Pefferkuchenhäuschen … und, ach ja, natürlich … Vlad Langschwein.

»Gutän Morgän, die Härren. Winsche, wohl gäruht zu habän«, sagte, nur wenige Zentimeter von Firkins Gesicht entfernt, ein Glatzkopf. Pfeifend strömte der Atem zwischen zwei winzigen nadelspitzen Zähnen hindurch, der Kopf lächelte kalt und fragte: »Frihstick?«

»Usssggrntbläärrch!« Etwas Besseres brachte Firkin nicht zustande.

»Werd ich bässer später wieder vorbaischaun.«

»Aarrrhh.«

Der Kopf drehte ab und hüpfte davon.

Firkin hörte das Geräusch eines Schlüssels, der sich in einer Metalltür drehte. Er hörte es überdeutlich: Es klang, als käme es aus einer bis zum Anschlag aufgedrehten 600 Kilowatt-Verstärkeranlage.

Dunkel dämmerte ihm, daß dieses verheerende Kopfweh möglicherweise etwas mit dem Pfefferkuchenhäuschen und Vlad Langschwein zu tun hatte; und dunkel ahnte er, daß es möglicherweise um seine Zukunft nicht zum besten stand.

Nach einer herkulischen Anstrengung und nachdem er noch einmal die panische Flucht mehrerer Huftierherden miterleben mußte, saß Firkin aufrecht und blickte benebelt um sich: ein Zimmer, ein zweites Bett, und in diesem Bett Hogshead, der noch schlief. Abgesehen von den zwei Betten war das Zimmer weitgehend leer und wirkte im großen und ganzen nicht unbehaglich. Sah man einmal von den vergitterten Fenstern und der großen eisernen Tür ab. In einem Wandschrank lagen ihre Rucksäcke.

Plötzlich erhob sich eine kleine, dabei aber keineswegs unwesentliche Frage über Firkins äußerst niedrigen geistigen Horizont. Ein sehr einfache Frage, aber sie traf ihn wie ein ganzes Bündel Blitzschläge. Die Frage lautete: Warum sind wir hier? Es handelte sich dabei nicht um jene tiefsinnige, philosophische Frage nach dem Sinn der menschlichen Existenz. Es handelte sich um eine sehr schlichte, pragmatische Variante dieser Frage, und die lautete so: Warum-werden-wir-hier-in-einem-kleinen-Zimmer-in-einem-kleinen-Haus-im-

Wald-von-einem-Glatzkopf-festgehalten-der-nur-noch-zwei-Zähne-und-einen-komischen-Akzent-hat?«

Firkin hatte das scheußliche Gefühl, die Antwort zu kennen. Er wollte sie aber nicht kennen. Er wollte nicht einmal daran denken.

Plötzlich hörte er unmenschliches Stöhnen: Hogshead kämpfte mit den Strapazen, die ein wiedererwachendes Bewußtsein verursacht. Firkin sah sich das Gesicht seines Freundes an und wußte, daß er nicht der einzige war, dem man bestimmte chemische Zusatzstoffe verabreicht hatte. Hogshead hatte einen Brummschädel.

Firkin hatte sich fast schon erholt gehabt. Aber jetzt erlitt er einen schweren Rückfall.

»Wer spielt'n da diese Kesselpauken?« ächzte Hogshead.

»Dein Schädel«, flüsterte Firkin.

»Aaahhh ... Schrei doch nicht so!«

»Ich flüstere.«

»Aber doch nicht durchs Megaphon! Mir geht's fürchterlich schlecht.«

»Ich weiß. Man hat uns gestern nacht unter Drogen gesetzt, und jetzt werden wir hier gefangengehalten.«

»Was ... Du und deine Witze! Ist doch bloß einer von deinen Witzen, Firkin ... Oder? Komm, sag schon, daß es nur ein blöder ... Ja? ... Bitte, sag's schon. Bitte!«

»Es ist die Wahrheit.«

»Oh. Bläärrr ...«

»Gutän Morgän, die Härren. Darf ich jetzt Frihstick bringen?«

»Nein«, sagte Hogshead.

»Oba warum denn nicht?«

»Ich will nicht noch eine Dosis *Wasimmereswar* mit Pommes!«

»Dos wird auch gar mehr nicht nätig sein. Die Härren sitzen hier fäst«, kommentierte er nüchtern. »Fristick?«

»Ich hab keinen Hunger. Raus!«

»Ässen Sie doch. Bissl wänigstens. Sie schmäcken dann, äh, fihlen sich dann gleich viel bässer. Ganz bästimmt. Gutes Fristick! Läcker, läcker!« Vlad schob das Tablett durch die Türklappe und verschwand wieder.

Und da stand es dann. Ihr Frühstück. Stand auf dem Boden vor ihnen und starrte sie an. Was sie bisher zum Frühstück gegessen hatten – es waren Häppchen gewesen im Vergleich zu diesem Festmahl. Man kennt vielleicht jene Orgie aus Gebratenem und Gesottenem, die man gemeinhin ›Englisches Frühstück‹ nennt: Speck, Eier, Würstchen, Bohnen, Blutwurt, Pilze, geröstetes Brot und so weiter. Alles das und noch einiges mehr, viel, viel mehr hatte man ihnen serviert. Berge von Essen, meisterhaft zubereitet, die nur darauf zu warten schienen, daß sich Firkin und Hogshead mit Messer und Gabel über sie hermachen und sie verschlingen würden.

Es war, als riefe ihnen jede Frühstücksportion zu: ›Iß mich, beiß rein, verschling mich. Es wird dir gleich viel besser gehen, wenn du eine Portion intus hast. Ich bin eigens für dich zubereitet worden, und seit Jahren ist es mein Wunsch, von dir – und nur von dir – gegessen zu werden. Ich bin genau das, was du willst, haargenau das. Und ich werde ebenso begeistert sein wie du, wenn du mich ißt, und werde mich freuen, daß es mir vergönnt war, dich sättigen und zufriedenstellen zu dürfen. Komm schon, hau rein!‹

Es war zuviel für sie. Sie erlagen der Versuchung und machten sich, ganz gegen ihren Willen, begeistert darüber her. Jeder Bissen schien besser zu schmecken als der vorangegangene, und jedesmal, wenn sie zubissen, schien das die Speisen so sehr zu beflügeln, daß sie vor Entzücken aufjauchzten (insbesondere die Würstchen machten das ganz ausgezeichnet).

Der knusprig gebratene Frühstücksspeck schien

ihnen förmlich auf die Gabel zu springen, die Bohnen traten in geordneten Reihen und gabelgerechten Grüppchen an und ließen sich mit aufmunterndem Hurrageschrei zum Mund führen. Und als alles Gebratene und Gesottene dahin war, waren Toast und Marmelade dran und machten auf sich aufmerksam. Erstaunlicherweise war tatsächlich jede Scheibe Toast warm.

Es dauert nicht lange, bis alles aufgegessen war. Die beiden Esser sanken auf ihre Betten zurück, sie waren satt. Zum Platzen voll. Firkin war überrascht, daß er soviel weggeputzt hatte, weil er doch eigentlich überhaupt nicht hungrig gewesen war.

An einem bestimmten, nicht weiter erwähnenswerten Morgen des Jahres 1025 MEZ ging die Sonne zur Begleitung eines Pfeifentons und dem wuchtigen, von 340 Straßenbauarbeitern geführten Schlag über den Krapathen auf. Die Bewohner von Khucaph wurden unsanft aus dem Schlaf gerissen und ihre Neugier dadurch gehörig angestachelt. Verschlafen stolperten sie in den ehedem so stillen Morgen hinaus, um nachzusehen, wer oder was diesen Höllenlärm veranstaltete.

Der Prospektor sah zur Felskante hinauf, die im hellen Sonnenlicht lag, und kratzte sich den Kopf. Der Felsgrat hatte sich einen Fransenbesatz zugelegt: winzige gelbe Männer, die energisch drauflos hämmerten und -pickelten.

Die Dorfbewohner sahen gelassen, mit beinahe akademischem Interesse zu, wie sich hoch über ihnen winzige Cranachier abwerkelten. Und bald schon, nachdem sich gezeigt hatte, daß da oben nichts sonderlich Aufregendes passierte, als allmählich die Genickstarre einsetzte, verzogen sie sich wieder und nahmen ihr Tagwerk auf. Mancher brummelte noch etwas über die Zurechnungsfähigkeit der Cranachier, andere waren der Ansicht, daß die Cranachier auf ihrer Seite der Grenze waren und deshalb – solange sie niemanden beeinträchtigten – tun und lassen konnten, was ihnen gefiel. Und außerdem: *Warum soll uns diese Graberei da oben eigentlich kümmern? Wahrscheinlich irgendeine Fundstelle von historischer Bedeutung oder so was …*

Der Prospektor hatte gewisse Zweifel hinsichtlich dieser Theorien. Zweifel, die durch ein enormes Mißtrauen genährt wurden, das er gegenüber allem und jedem hegte, was cranachisch war.

Er machte sich an den Aufstieg. Er wollte herauszufinden, was da oben gespielt wurde.

»Ich bau mir ein Schloß, so wie im Märchen …«, sang Courgette unbekümmert und hopste und hüpfte zum Ziehbrunnen im Wald. Das schulterlange, wehende Haar leuchtete feuerrot. Flammendrot – ein Eichhörnchen hätten alles darum gegeben.

Es war ein wunderschöner Morgen. Das Gras war noch feucht vom Tau, der funkelte wie glitzernde Perlen, und an manchen Stellen lagen wie kleine Polster Nebelschleier in den Bodensenken.

Ihr Vater hatte ihr einmal erzählt, diese Nebelschleier seien faule Wolken, die nicht aus dem Bett wollten. Sie hatte ihm das natürlich nicht geglaubt, aber es war ein sehr hübsches Bild. Sie kicherte leise, als sie sich vorstellte, wie die Wolken sich nachts in ihren Mulden verkrochen, wie manche von ihnen ihre dritten Zähne in ein Glas neben sich legten, andere den Wecker stellten und schließlich alle gemütlich einschliefen. In ihrem flinken, beweglichen Kopf wirbelten alle möglichen Vorstellungen und Phantastereien durcheinander. Träumen Wolken? Schnarchen sie? Was tun sie, wenn es friert? Sie lachte und schimpfte sich eine alberne Göre.

Recht hatte sie.

Als sie den Baum entdeckte, in dessen Rinde ein unauffälliges Zeichen, der Wegweiser zum Brunnen, eingeschnitten war, verließ Courgette den Waldpfad. Ihre Füße waren naß vom Tau und kribbelten. Sie liebte es, durch den Wald zu laufen, es gab ihr das Gefühl, lebendig und frei zu sein. Ganz anders als im Schloß zu sitzen, wo es finster war und kalt und leer. Irgendwo über ihr krächzte eine Krähe. Sie blieb stehen und horchte. Eine andere antwortete; rauh wie ein Reibeisen knarzte es durch den stillen Morgen. Sie bückte sich, brach einen großen Pilz ab und lief weiter zum Brunnen, kaute fröhlich und schwang ihren Eimer. Hopste über einen umgestürzten Stamm, dann an einem großen Baum vorbei und war schon bald darauf am Brunnen. Wer immer diesen Brunnen gebaut hatte, es mußte jemand gewesen sein mit einer Ader für klassische Gartenarchtitektur. Es war ein Brunnen, wie ein Brunnen zu sein hatte: klein und niedrig, rund, aus unbearbeiteten Steinen geschichtet und von grünen und gelben Flechten überwuchert. Er hatte sogar ein spitzes kleines Schieferdach. Sie schwang den Eimer über den Brunnenrand, ließ ihn fallen und beobachtete, wie sich die Kurbel schneller und immer schneller drehte, und horchte, bis sie das Geräusch hörte, wenn er tief unten auf dem Wasser aufschlug. Jedesmal schien es länger zu dauern, als sie erwartete. Schließlich hörte sie, wie er aufschlug, und dann hüpfte das Echo hallend den Brunnenschacht herauf. Sie nahm die Kurbel und drehte. Hatte es abwärts schon lange gedauert – aufwärts dauerte es noch länger. Sie zog und kurbelte den Eimer Zentimeter um Zentimeter hoch, packte ihn, als er über dem Brunnenrand auftauchte, und stellte ihn auf der Mauerkante ab.

Sie keuchte vor Anstrengung, trank einen Schluck und füllte das Wasser aus dem Schöpfeimer in ihren Eimer um. Dann wischte sie sich mit dem Handrücken über die Stirn und machte sich auf den Rückweg zum Schloß. Nur einmal blieb sich noch stehen und füllte sich die Taschen mit einer weiteren Ladung Pilze.

»Ich habe nachgedacht, Hogshead.«

»Mmmm. Was?«

»Weißt du noch, was du gedacht hast, als du zum ersten Mal dieses Häuschen gesehen hast?«

»Ich... ah, ich hab gedacht, es kann einfach nicht wahr sein. Muß ein Märchen sein.«

»Genau. Ist es auch. Weißt du noch, welches?«

»Äh, irgendwas mit zwei Kindern, die sich im Wald verlaufen und von der bösen Schwiegermutter dem Hungertod überlassen werden, dann an ein Pfefferkuchenhäuschen kommen und von einer Hexe eingesperrt werden... So ungefähr, glaub ich.«

»Richtig. Aber da war doch noch was, oder? Was ist mit den Kindern geschehen?«

»Die sind auf einer Ente davongeflogen.«

»Nein... Ich meine: Warum wollte sie die Hexe einsperren?«

»Ach so, das! Warum sagst du das nicht gleich? Sie wollte sie fressen...« Hogshead verstummte. Und wurde blaß. »Firkin! Firkin, du... du glaubst doch nicht etwa?... Nein...« Er schüttelte den Kopf und blickte seinen Freund beinahe flehentlich an.

»Und wie erklärst du dir dann die Sache mit dem Frühstück? Warst du etwa hungrig, bevor es serviert wurde? Ich nicht. Und trotzdem hab ich mehr gegessen als sonst in einer ganzen Woche!«

»Äh... aber...«

»... und sieh dir doch nur einmal die Tür an...«

Ein bißchen übertrieben für ein Zimmer in einer Pension – Hogshead mußte es zugeben. Sogar für ein Hotel, das äußerst großen Wert auf Sicherheit legt.

»O nein, o nein, o nein... Was sollen wir jetzt machen? Was tun wir jetzt? Wir müssen hier raus, ich will nicht gefress ...«

»Sprich's nicht aus! Es kann auch gar nicht passieren. Wir sind schließlich die Helden der Geschichte. Und die Geschichte kann so nicht aufhören. Außerdem ...«

»Was?«

»... keine Ahnung. Ich hab nur gedacht, mir fiele was ein, wenn ich lange genug weiterrede.«

»Oh!«

Sie schwiegen, jeder hing seinen Gedanken nach.

Hogshead war am Durchdrehen. Die Augen quollen ihm aus den Höhlen: Die Aussicht, gefressen zu werden, war scheußlich genug. Aber dann auch noch von jemandem gefressen zu werden, der so gruselig war ... Und Ausländer noch dazu! Äääähh! Er mußte hier raus. Aber wie?

Er sah sich im Zimmer um. Tür und Fenster waren vergittert. Bei ihrer Ankunft hatten sie die Gitter nicht gesehen. Er kam sich unsäglich dumm vor: vergitterte Fenster in einem Pefferkuchenhäuschen – das hätte ihnen auf alle Fälle auffallen müssen. Ein Pfefferkuchengefängnis! Moment: Das war's! Ein Pfefferkuchengefängnis war aus ... richtig: aus Pfefferkuchen! Sie konnten ausbrechen! Und er, Hogshead, wußte auch, wie!

»Ich hab's, ich hab's, ich hab's!« Wie ein Wilder kratzte er an der Wand.

»He, ganz ruhig ... Was hast du denn?«

»Die Antwort. Wir können fliehen«, brabbelte und scharrte er.

»Und wie?«

»... Pfeff ... Pfeff ... Pfeff ...«

»Was?«

»... Pfeff ... Pfeff ...«

Firkin starrte auf den Haufen Pefferkuchenkrümel am Boden, der immer höher wurde. »Pfefferkuchen kann man essen ... Genau! Wir können uns durchfressen!«

Mit einem Satz war er an der Wand, scharrte drauflos und biß zu.

Er konnte es nicht glauben – Hogshead hatte recht. Bis zu den Handgelenken wühlten sie in der Wand, scharrten und zerrten wie besessen und rissen gewaltige Brocken heraus. Widerspenstiges wurde durchgebissen. Innerhalb kürzester Zeit war an der Stelle, die sie bearbeitet hatten, ein tiefes Loch, und hinter ihnen türmte sich ein großer Krümel- und Bröselhaufen.

»Ha, ha! War doch so naheliegend. Hätten wir schon viel früher dran denken sollen!« jubelte Hogsheadt.

»Allerdings. Wenn wir so weitermachen, sind wir bald draußen!«

»Hi, hi. Auu ... Hier wird's aber ganz schön hart ...«

»Ja, bei mir auch.«

Sie rissen und scharrten weiter, und allmählich kam unter der dicken mürben Lebkuchenschicht eine ganz normale Hausmauer aus massivem Stein zum Vorschein. Auch wenn sie sich noch so große Mühe gegeben hätten – es war unmöglich, sich durch dieses Hindernis nach draußen durchzubeißen. Firkin fluchte, weil er nicht mit einem Stahlgebiß aus Wolframcarbid zur Welt gekommen war.

Hogshead wollte es einfach nicht glauben. Sein schöner Plan ... Alles hatte so ausgesehen, als stünden sie kurz vor dem Ziel. Er warf sich aufs Bett und begann vor Verzweiflung und Erschöpfung zu schluchzen.

»Wir sitzen in der Falle, in der Fa ... Fa ... Falle und werden au ... au ... aufgefr ... bääähh!« Er vergrub das Gesicht im Kopfkissen und weinte.

In einem anderen Zimmer schrieb Vlad eine Mitteilung auf einen kleinen Pergamentfetzen, der genau die richtige Größe hatte, damit er in eine Briefkapsel paßte, die ihrerseits wieder genau das richtige Format hatte, damit er sie problemlos am Bein einer seiner Brieftauben befestigen konnte. Es war ihm bewußt, daß er die Gefangennahme der Jungen schon früher hätte melden sollen – seinem Auftrag zufolge sofort nachdem ihm der Verdacht gekommen war, daß die beiden nach Schloß Isolon unterwegs waren. Aber andererseits war es in diesem Teil des Waldes die letzten Jahre über so ruhig gewesen, daß er sich nach ein wenig Gesellschaft sehnte. Die Arbeit, die mit seinem Auftrag verbunden war, füllte ihn nicht in dem Maße aus, wie sie ihn eigentlich hätte ausfüllen sollen. Welchen Zweck hatte es denn, für Swinehunt den Beobachtungsposten zu spielen, wenn es nichts zu beobachten gab? Es war einerlei, ob Swinehunt die Nachricht einen Tag früher oder später erhielt. Die Hauptsache ist, dachte Vlad, daß ich sie gefangengenommen habe. Und eingesperrt habe. Ausbruchssicher.

Er legte den Federkiel zur Seite und machte sich auf den Weg, um nach seinen Gefangenen zu sehen.

»Hallo! Schon zurück?« Val Jambon tätschelte seiner Tochter liebevoll den Kopf. Courgette stellte den Eimer neben dem Spülbecken ab. Über die Steinfliesen des Küchenfußbodens zog sich eine Spur aus kleinen nassen Fußstapfen, die immer dort, wo Courgette mit ihrem Eimer gewackelt hatte, durch eine Wasserpfütze markiert war.

»Schau, was ich dir mitgebracht habe!« piepste sie. Ihr Vater liebte Pilze. Courgette wußte, welche Freude sie ihm damit machte.

»Pilze!« Val Jambon zuckte zurück. Schon wieder diese verfluchten Pilze! Tag für Tag schleppt sie mir diese verdammten Dinger ins Haus.

Courgette räumte ihre Taschen aus, legte ihre Mitbringsel auf den großen Eichenholztisch, trat dann einen Schritt zurück und betrachtete stolz die Ausbeute.

Das, dachte Val Jambon, geht zu weit.

»Vielen Dank, Courgette. Sehr lieb von dir. Äh – wächst eigentlich sonst nichts im Wald?«

»Doch. Alles mögliche.«

»Hab ich mir doch gedacht. Und warum bringst du mir dann immer Pilze mit?«

»Weil du Pilze magst«, sagte sie und lächelte treuherzig.

»Paß auf, ich zeige dir jetzt mal was.« Val Jambon drehte sich um und öffnete einen Schrank. Eine Flut rundlicher weißer Pilze ergoß sich über den Fußboden, so lange, bis er knöcheltief in einem Berg davon stand. Courgette blieb der Mund offenstehen.

»Natürlich mag ich Pilze«, sagte Val Jambon und stieg aus dem wachsbleichen Haufen. »Aber nicht solche Mengen. Und auch nicht täglich. Vielleicht bringst du mir morgen einmal etwas anderes mit, ja?«

Sie nickte bemitleidenswert und starrte auf den Pilzhaufen.

Ich verrate ihr vielleicht besser nichts von den vierzehn Schubladen und den sechs Geschirrschränken, die voll sind mit dem verdammten Zeug, das sie mir angeschleppt hat ... Bräche ihr das Herz ... Irgendwann einmal wird sie schon vernünftig. Hoffe ich ...

Val Jambon war ein sehr aufgeschlossener und liebevoller Mensch, ein Mann, wie ihn jeder gern als Lieblingsonkel hätte. In gewisser Weise war er ein Kind geblieben und hatte wunderbarerweise nie gelernt, anderen Menschen wirklich böse zu sein. Beinahe sein ganzes Leben lang hatte er sich dem Kochen gewidmet. Hatte Jahre damit verbracht, die Kunst der Nahrungszubereitung zu erlernen, die Kunst der Dessertkreation und der Menüplanung, so daß es mittlerweile kaum mehr etwas gab, das er nicht mit vollendeter Perfektion kochen, schmoren, braten, rösten, frikassieren oder dämpfen konnte. Seine bevorzugten Schöpfungen aber waren mächtige, gehaltvolle, zuckersüße Kuchen und Nachspeisen. Zum seinem Glück schätzte die auch der König am allermeisten.

Val Jambon reichte Courgette ein Stück Apfelkuchen, verschwand im hintersten Winkel der Küche, stöberte in verschiedenen Schränken herum und ließ dabei die Kochtöpfe auf dem Kohlenherd vor sich hinköcheln und die Backöfen vor sich hinbacken. Courgette kaute geistesabwesend auf ihrem Apfelkuchen herum und dachte vermutlich an rosafarbene Kaninchen. Vielleicht aber auch an etwas ganz anderes.

In diesem Augenblick faßte viele Stockwerke über ihnen und weit hinten am anderem Ende des Schlosses eine Hand nach einer Klingelschnur und zog. Die rote Schnur straffte sich und übersetzte – über verschiedene Transmissionsscheiben und eine mehrere hundert Meter lange Strecke – die vertikal gerichtete Zugbewegung in eine horizontale und brachte damit eine Glocke in der Küche zum Klingeln. Val Jambon blickte auf die Glocke, dann auf die Uhr und dann zu Courgette hinüber.

»Frühstück für *Il Pipifax maximus*, denke ich.« Er stand auf, richtete eilig ein Tablett an und machte sich auf den langen Weg zur Schlafkammer des Königs.

Courgettes rosafarbene Kaninchen tobten ausgelassen über die kleinen grünen Wiesen ihrer Erinnerung.

Firkin stellten sich die Nackenhaare auf, als er den Atem hinter sich spürte.

»Ist ätwas nicht in Ordnunk?«

Firkin fuhr herum und blickte in die wasserblassen Augen von Vlad Langschwein, der durch die vergitterte Tür ins Zimmer blickte.

»Aber woher denn! Ich nehme an, es handelt sich um

eine absolut normale Reaktion. Das Übliche, wenn man so lange eingesperrt ist«, schnauzte ihn Firkin an.

»Kainer von mainen Opf… Gästän hat jämals eine so gewaltige säälische Erschittärung erlittän. Allerdinks hat auch noch kainer värsucht, die Wände zu ässen… Sind die jungen Härren etwa hungrik?«

»Nein. Bloß nicht noch einmal was zu essen!«

»Ich wärde die Wände wieder instandsätzen missen, wenn die Härren nicht mehr da sind.«

»Warum sind die Wände überhaupt aus Pfefferkuchen?«

»Damit die Täuschunk perfekter ist«, grinste Vlad hämisch. »Jeder kennt die Gäschichten, die ihm saine Mutter erzählt hat, als er noch ein Kind war: Gäschichten von Märchenschlässern und ainsamen klainen Heisern im dunklen Wald. Hätten die Härren etwa sonst so genaue Nachforschungen angästellt, wenn die Wände aus Stain gewäsen wären? Wären sie mir dann etwa in die Falle gätappt? Wie haißt es so schän: kaine Mausefalle ohne Käse!«

Die Antwort hätte Firkin beinahe entmutigt.

»Oba jätz iss hächste Zait fir Mittagässen!«

»Was soll diese dauernde Fütterei eigentlich? Warum werden wir gemästet?«

»No – schaut mir ganz so aus, als ob die jungen Härren diesbäziglich bisher bissl zu kurz gekommen wär'n.«

»Und Sie? Ich weiß genau, mit wem ich es zu tun habe: Sie trinken nur, sie essen nichts! Sie sind ein Vampir!« brüllte Firkin.

»Also bittä, bittä! Nicht diese vulgäre Ausdrucksweisä! Dos ist bäleidigend und entwirdigend! Mächt ich mir ja vorkommen wie irgend so ain Moskito oder… oder so ein scheißlicher Blutegäl! Pfui!« Er spuckte angewidert aus. »Ich mächte mich deitlich dagägen värwehren, mit därartigen Parasiten in ainen Topf gäworfen zu wärden!«

»Warum werden wir gemästet? Sie brauchen doch nur unser Blut!«

»No, dauernd diese Flissignahrunk – ich bin dos a bissl leid. Und immär der glaiche Trott, dieses äwige Einerlei... Oba doß wir uns nicht falsch värsteh'n«, sagte er überraschend redselig, »wie jädermann waiß auch ich ein zinftiges Knabberstindchen durchaus zu schätzen. Äs fällt mir nicht laicht, der Lockung zu widerstähen, die äs bedeitet, ain unschuldiges Mädel mit den Kräften der Hipnosä zu värfihren; dem Reiz zu widerstähän, sich iber ainen im sanften Licht des Mondäs schimmernden nackigen Hals zu beigen; der finalen Äkstase im Momänt des Zubeissssensss... Oba wänn man dos so drei-, vierhundertmal hinter sich hot, verliert sich der Reiz des Neien nach und nach. Ich hob es von hinten värsucht, mit Frau obän, sogar im Zugabteil... Oba lätztlich leift es doch immer wieder nur auf dos aine hinaus: bissl knuspär, knuspär, knuspär und dann *schlllupp!* ... Aufschlirfen!«

Den Jungen quollen die Augen über vor Entsetzen und Abscheu.

»Dos hot mir nicht mähr gänigt. Ich wollte mähr«, plauderte Vlad weiter. »Däswägen hobe ich dieses alte Haus umgäbaut und klaine Kinder häraingälockt. Und hobe schon bald Gäschmack gäfunden an ainer Ärnährungswaise, die bissl, no – handfäster iss.«

Hogshead fing an zu zittern, sein Mund klappte auf und zu: »Nein, nein, nein, nein!« flüsterte er tonlos.

»Mittlerweilä bäsitze ich schon ain richtiges Kochbuch!«

Hogshead starrte ihn mit entsetzt aufgerissenen Augen an.

Vlad sabberte schwelgerisch, die spitze graue Zunge zuckte von einem Mundwinkel zum anderen.

»Oba ihr seid noch nicht soweit!« setzte er hinzu – ein Hinweis, der Firkin nicht unbedingt aufmunterte.

»Also: weiterässen! Und keine Widerräde!« erregte er sich plötzlich. Seine Miene war jetzt deutlich frostiger. »Höchste Zeit fir Mittagässen. Anschließänd Tää und Kuchän. Ssss, sss, sss.« Weg war er. Firkin war speiübel. Er hatte eigentlich nicht wirklich geglaubt, daß Vlad ein Vampir war. Aber jetzt, nachdem er es gehört hatte... nachdem er erfahren hatte, daß es tatsächlich so war... daß dieses Individuum entschlossen war, sie aufzufressen... Er schauderte.

Keine Sekunde später war Vlad wieder zurück. »Ässen!« brüllte er, schob das Tablett durch die Türklappe und ließ sie wieder allein.

Es war unglaublich. Obwohl ihm speiübel war und trotz der Tatsache, daß man ihn vor wenigen Stunden erst bis zum Kragen abgefüllt hatte, sah Firkin gierig auf das Tablett, das unter einer Kuchenlast, einem Berg aus Dickmachern und Kalorienbomben ächzte, und konnte nicht widerstehen. Hogshead blickte auf und war auf der Stelle ebenso hungrig. Innerhalb weniger Minuten war alles aufgegessen, waren die Teller sauber abgeschleckt und ihre Bäuche proppenvoll.

Sie hatten gegessen, hatten Hogsheads Fluchtplan getestet – jetzt blieb ihnen nichts mehr, was sie noch tun konnten.

Sie lagen auf ihren Betten und starrten an die Decke. Hogshead war niedergeschlagen. Firkin war kribbelig. Er mußte sich irgendwie beschäftigen. Sein Hirn arbeitete besser, wenn er mit irgend etwas herumbasteln konnte. Er ging zum Schrank, kramte in seinem Reisesack herum und holte eine kleine rechteckige Pappschachtel heraus.

Er zwang sich zur Fröhlichkeit. Versuchte es wenigstens.

»Wie wär's mit einem Spielchen, Hogshead?«

»Was? Kartenspielen? Wie kannst jetzt nur an so was denken?«

»Beruhig dich wieder. Was sollen wir denn sonst tun? ... Und außerdem ...«

»Was?«

»... hilft es mir beim Denken.«

Firkin öffnete das Päckchen, nahm die Karten heraus und mischte. Dann schob er den Packen Hogshead hin, und der hob ab – zunächst allerdings nur widerwillig.

Nach ein paar Runden wurden sie allmählich ruhiger. Schon bald war nur noch das leise Schnippen zu hören, wenn die Karten ausgegeben wurden, und dann und wann ein kurzer Kommentar wie »Gewonnen« oder »Der geht an mich.«

Diese Geräusche wehten durch die Gittertür, schwebten weiter durch das Häuschen und erreichten schließlich Vlad – verlockend wie der Duft der Speisen. Vlad horchte auf. Wurde neugierig. Wurde noch neugieriger. Er kannte diese Geräusche, hatte sie schon einmal gehört, vor langer, langer Zeit. Er trat an die Tür ... Tatsächlich ...!

»Kartän!« flüsterte er. »Sie spielän Kartän!«

Vlad war ein leidenschaftlicher Kartenspieler. Es war schon so lange her – er mochte gar nicht daran denken, *wie* lange es her war –, daß er etwas anderes gespielt hatte als Patience. Und jetzt plötzlich das: zwei Partner! Zwei Gegner, und noch dazu zwei wehrlose Gegner! Wie gut, daß ich Swinehunt noch nicht benachrichtigt habe, beglückwünschte er sich zu seinem Versäumnis. Kartenspielen war viel wichtiger.

»Sähr gutt! Soll der Swinehunt ruhik noch bissl warten! Jätz wird erst Karten gäspielt mit die jungen Härren! Ssss, sss, sss!«

Er bibberte vor Aufregung, die Leidenschaft hatte ihn gepackt. Karten! Eine Partie Karten spielen! Er schloß die Tür auf und trat ins Zimmer der Jungen. Firkin sah sich zu ihm um und gab sich nicht im geringsten Mühe, seine Verachtung zu verhehlen.

»Was soll denn das?« schrie er. »Raus hier!«

»Ich... Ich sähe, die Härren spielen Karten.« Vlad rieb sich die kalten blauen Hände.

»Scharf beobachtet!« kam es sarkastisch zurück.

»Gästatten, daß ich mich bäteilige?«

»Was? Sie ham vielleicht Nerven!«

»Gästatten, daß ich mich bäteilige?« fragte Vlad wieder höflich an.

Dann wandte er sich um und blickte Hogshead an, der mit offenem Mund da saß. Er richtete die Augen auf ihn, die jetzt womöglich noch kälter und blasser waren als je zuvor, und... Hogsheads Schulter sackten nach unten, jede Gefühlsregung in seinem Gesicht war plötzlich erloschen, er schien nicht mehr zu erfassen, was um ihn herum geschah.

»Ich wirde es außerordäntlich zu schätzen wissän, wänn die Härren so freindlich sein kännten, mir zu ärlauben, in ihrem Bunde der Drittä zu sein«, wisperte der Vampir und starrte Hogshead hypnotisierend in die Augen.

»Selbstverständlich... bitte... setzen... Sie... sich... zu... uns«, sagte Hogshead mit monotoner, vollkommen ausdrucksloser Stimme.

»Dankä vielmals! Härzlichen Dank!«

Vlad setze sich, nahm die Karten und fing an zu geben. Hogshead sah verwirrt in die Runde, schüttelte den Kopf und stellte überrascht fest, daß Vlad mit am Tisch saß.

Firkin war wütend. Zähneknirschend nahm er den Eindringling hin.

Der Vampir schenkte ihnen ein kaltes graues Lächeln und mischte.

Woche um Woche verging, ohne daß sich allzuviel getan hätte – damals, im Jahre 1025 MEZ, im kleinen Dorf im kleinen Tal. Daß die Bewohner von Khucaph ein wenig reizbarer waren als üblich, lag allein an dem höllischen Radau, den der cranachische Straßenbautrupp Tag für Tag und Stunde für Stunde veranstaltete. Anfänglich hatte ein großer Teil der Einwohnerschaft immerhin eine beiläufige Neugier an den Vorgängen auf dem Felsgrat gezeigt… Man hatte Zeit, es gab schließlich im Moment nicht viel mehr zu tun, als auf die nächste Lemmingsaison zu warten… Doch allmählich, nachdem die Dörfler niemals größere und aufsehenerregende Veränderungen feststellen konnten – allmählich war aus Neugier Verärgerung und aus Verärgerung Enttäuschung geworden, bis schließlich nichts mehr geblieben war als wütende Empörung über den nichtendenwollenden, gnadenlosen Krach.

Man hatte verschiedene Theorien darüber aufgestellt, was dort oben vorgehen mochte, und hatte sie alle wieder verworfen. Die breiteste Zustimmung hatte die Theorie gefunden, daß es sich um ein Bergbauprojekt handle und daß nach irgendwelchen Bodenschätzen gegraben werde… Doch der Prospektor wußte besser als alle, daß es da nichts gab, das fördernswert gewesen wäre. Zumindest nichts Mineralisches.

Als es wieder einmal Abend geworden war über Khucaph, saß der Prospektor, wie so oft an den Abenden in letzter Zeit, mit einem Glas in der Hand vor seiner Hütte und starrte auf den gelbgesäumten und mittlerweile ein klein wenig tiefer gerutschten Felsgrat.

Sollte mich eigentlich allmählich drum kümmern, daß die Messer für die Lemmingsaison geschliffen werden, sagte er zu sich selbst. Muß Wylff fragen, vielleicht hilft er mir dabei. Wenn er sich von seinem Garten losreißen kann… Weiß gar nicht, warum er sich mit so was abplagt. Hat er doch nix davon! Außer Moos und nochmals Moos und Kreuzschmerzen…« Er nahm einen weiteren Schluck Lemmo mit Schuß und sah wieder nach oben.

»Verdammt lästig, diese Kulis. Wird höchste Zeit, daß sie verschwinden. Wenn sie noch lange da oben rumrandalieren, verscheuchen sie noch die Lemminge.«

Und dann – krampfhaft hielt er sein Glas fest – fielen ihm urplötzlich bestimmte Situationen wieder ein, wie eine schnelle Bilderfolge schoß es ihm durch den Kopf: eine Pergamenturkunde, das Ultimatum der Cranachier; der Abend mit Vizehauptmann Schikaneder. Und davor, schon vor diesen Ereignissen: die geheimnisvolle schwarzgekleidete Gestalt mit dem Sextanten... Und jetzt die Arbeiten auf dem Felsgrat...

Die Ahnung, daß alles miteinander zu tun habe, diese Ahnung hatte sich irgendwo in seinem Hinterkopf festgesetzt und für immer dort eingenistet. Hartnäckig und quälend wie der Juckreiz, der genau an der Stelle zwischen den Schulterblättern sitzt, die man trotz aller Verrenkungen nicht erreichen kann. Sie war der Stachel in seinem mentalen Fleisch, der wunde Punkt, der ihn nicht zur Ruhe kommen ließ. Und jetzt wußte er auch, warum.

Er schloß die Augen, konzentrierte sich und betrachtete noch einmal das Bild, das er vor seinem geistigen Auge sah. Die Brille rutschte ihm von der Nase, fiel auf den Felsbrocken neben ihm und zerbrach. Er bemerkte es nicht. Tief in Gedanken versunken sah er, wie seine Hände die riesige Karte glattstrichen, die auf dem Tisch vor ihm lag, sah sich selbst, wie er sich darüberbeugte. Die vertrauten Konturen der Bergzüge sprangen ihm ins Auge, südlich davon die Wälder im Flachland, die Bäche und Flüsse. Und da, kaum zu erkennen, eine gestrichelte schwarze Linie, die exakt einer braunen Umrißlinie folgte, dem Verlauf des Felsgrats.

Das Bild war komplett.

Er stieß gotteslästerliche Flüche aus, verwünschte

seine Dummheit und rannte in die Hütte. Warum war er nicht schon früher darauf gekommen?

Er mußte etwas unternehmen.

Und zwar schnell.

Vlad bibberte am ganzen Körper. Er saß mit den Jungen auf dem Boden und teilte die Karten aus. Selig strichen die kalten grauen Finger über die glatten glänzenden Kartenblätter. Im Augenblick hatte der Zeiger des Uhrwerks, der bisher unaufhaltsam auf das Stündlein vorgerückt war, das den Jungen schlagen sollte, vorübergehend angehalten. Im Augenblick rangierten sie auf Vlads Werteskala ganz oben – als Partner, die man pflegen mußte. Doch das konnte sich jederzeit wieder ändern. Es konnte sehr leicht passieren, daß sie von einer Sekunde auf die andere in die ihnen zugedachte Rolle zurückfielen und wieder die armen Würstchen waren, halbe Portionen nur, die zusammen gerade eben ein ordentliches Mittagessen ergaben. Es kam nur darauf an, wie sie ihre Trümpfe ausspielten.

Die Karten waren ausgegeben. Vlad sah die Jungen an und griente schief wie ein Plattfisch, der seit vier Wochen kein Wasser mehr gesehen hat. Dann drehte er seine Karten um und starrte ungläubig auf das, was er in der Hand hielt. Hogshead sortierte zappelig sein Blatt. Vlad rieb sich die Augen, starrte dann wieder auf seine Karten, die er ordentlich zu einem Fächer zusammengesteckt hatte …

Er war schon weit in der Welt herumkommen und hatte auf seinen ausgedehnten Reisen immer wieder einmal feststellen müssen, daß es, was Pik, Kreuz, Karo und Herz (seine Lieblingsfarbe) anging, alle möglichen Varianten gab. Aber das Blatt, das er augenblicklich anstarrte, verstieß gegen alle Regeln einer logischen Kartenbildgestaltung. Es gab keine Asse, keine Könige, es gab auch keine Damen oder Buben. Er hatte Bildchen in der Hand, nein, nicht einmal Bildchen, sondern ›Bilderchen‹! Lächerliche Bilderchen, auf denen allerlei merkwürdige Kreaturen dargestellt waren.

»Wos sind dänn dos fir Bildärchen?« schrie er verärgert. »Ich wollte Karten spielen! Kartän!«

»Das sind Karten.«

»Oba kaine ächten. Ich kennä kain ainziges Blatt! Iberhaupt nix!«

»Soll das heißen, Sie haben noch nie mit solchen Karten gespielt?« fragte Firkin.

»Allärdings! Wos red ich denn die ganzä Zait?«

Hogshead wandte sich um und erklärte Vlad – so gut er eben konnte – die Finessen des Spiels. Firkin hörte nur halb hin. Er versuchte angestrengt, jenen Geistesblitz festzuhalten, der kurz vor der Entladung stand und noch zwischen den Kontaktenden des synaptischen Spalts hin und her sauste.

Nach wenigen Minuten war es soweit: Das Spiel konnte beginnen. Es wurde ein langes Spiel... Es zog sich und zog sich, weil Vlad versuchte, alles genau so zu machen, wie es ihm Hogshead erklärt hatte. Weswegen er auch zwangsläufig verlor. Auch wenn er das nur sehr schwer verwinden konnte, teilte er sofort wieder aus. Er wollte gewinnen. Unbedingt.

»Is ja mäglicherwaise kindisches Zeigs«, tröstete er sich, »aber wänigstens is äs ein Kartenspiel.«

Diesmal verlor Firkin, der nicht bei der Sache war. Während der dritten Partie brummelte Vlad unentwegt leise vor sich hin, die Jungen schnappten immer wieder einmal ein vergnatztes »... kaine richtigän Kartän ...« auf oder ein gereiztes »... blädes Spiel ... däppärt ...«

Irgendwann kreischte Hogshead begeistert auf, schnappte sich fix eine Karte vom Stapel, der vor ihm lag, und gab bekannt, daß er gewonnen habe. Vlad fluchte ein wenig lauter.

Plötzlich kam Firkin die Erleuchtung. Mit einem Mal

war alles sonnenklar, er wußte, was er zu tun hatte. Er sammelte die Karten auf und teilte wieder aus. Adrenalin raste wie eine Sturzflut durch seinen Körper; nur mit Mühe konnte er verhindern, daß seine Stimme zitterte.

»Noch ein Spielchen?« fragte er beherrscht.

Und bevor Vlad noch hätte ablehnen können, waren die Karten ausgegeben, das Spiel hatte begonnen. Vlad, der inzwischen alle Figuren kannte, spielte recht gut. Glaubte er zumindest. Er brauchte nur noch eine Karte, um zu gewinnen: Reineke, den Fuchs. Nur eine einzige Karte! Trotz seiner Abneigung gegen dieses läppische Kindergartenspiel war er – jetzt, da der Sieg so nahe war – vor Aufregung ganz aus dem Häuschen. Jetzt, dachte er, will ich es ihnen zeigen!

Hogshead legte ab: Meister Lampe, den Hasen. Dann Firkin: den Harlekin, eine Figur aus dem Quartett ›Narren und Possenreißer‹. Vlad hätte am liebsten ausgespuckt. Eine Karte, er brauchte nur noch eine Karte, dann hatte er gewonnen. Er warf den Pierrot ab – ohne den Harlekin war der für ihn wertlos, nachdem er vorhin schon Kasper und Hanswurst abgeworfen hatte. Hogshead schnappte sich den Harlekin. Dann legte er – ganz langsam, sehr bedächtig, aufreizend gemächlich – seine Karten sauber gefächert auf dem Boden aus.

»Gewonnen!« säuselte er selbstgefällig.

Vlad explodierte. Er warf die Karten auf den Boden und stand auf. »Dos ist ain idiotttischessss Spiel! Iberhaupt keine verninftigen Karten! Drrrräckkk! Ein Däppenspiel für geistig Zurickgäbliebäne!« Er lief rot an, ballte die Fäuste und verfluchte sich selbst. Zwölf Jahre lang hatte er auf diesen Moment gewartet und hatte verloren. Gegen zwei Kinder. Viermal hintereinander! Welch eine Schande!

»Hätten wir ätwas Verninftiges gäspielt, etwas Säries, dann hättet ihr nicht die gäringste Chanze gähobt! Nicht die gäringste, ha!«

Das war Firkins Stichwort.

»Ach ja?« fragte er spöttisch. »Wer sagt das?«

»Ich sog dos!« brüllte ihr Gefängniswärter.

»Und was verstehen Sie unter einem ›seriösen‹ Kartenspiel? Vielleicht so etwas wie Poker?«

Vlad hörte auf der Stelle zu fluchen auf und starrte Firkin an. Seine Neugier war erwacht.

»Was host du gäsagt?« Seine Mundwinkel zuckten.

»Po ... ker!« flüsterte Firkin. Er spürte regelrecht, wie Vlads Stimmung blitzschnell umschlug.

»Du mächtest mir doch nicht erzählen, daß du dieses Spiel behärrschst?« Vlads blasse Augen leuchteten gierig auf, er starrte Firkin gespannt an.

»Ich bin der beste Pokerspieler der Krapathen! Sie können sich gern selbst überzeugen!« Firkin hatte seinen Köder ausgelegt. Äußerlich wirkte er vollkommen ruhig, innerlich bebte er: Adrenalin strömte brausend durch seine Adern, sein Puls raste.

Hogshead glaubte, nicht richtig gehört zu haben. Firkin wußte bestenfalls eines über Poker: daß es manchen Fällen empfehlenswert war, eine Miene dieser Art aufzusetzen. Aber gespielt – gespielt hatte er Poker im Leben noch nicht. Und jetzt forderte er jemanden zu einer Partie Poker, der ein Vampir war, noch dazu ein außerordentlich aufgebrachter und verärgerter Vampir. Das ist das Ende, dachte er. Damit ist es endgültig aus und vorbei. Firkin hatte sich einen Hirnschaden geholt, er tickte nicht mehr richtig. Der Druck war zu groß gewesen.

»No, ausgäzeichnät! Auf wos wartän wir noch? Du gibst.« Vlad rieb sich in gespannter Erwartung die kalten Hände.

»Ich kann nicht.« Laß ihn noch einmal an der langen Leine laufen, und dann schnapp ihn dir, dachte Firkin. Es dauert nicht mehr lange. Ruhig, ganz ruhig.

»Warum?«

»Ja also, als ich mich auf den Weg gemacht habe, bin ich davon ausgegangen, daß ich nur Hogshead als Begleiter hätte.« Schwatz nicht soviel! ermahnte er sich. »Nun ist Hogshead ja ein wunderbarer Gefährte – nur hat er bedauerlicherweise mit Poker keinerlei Erfahrung.« Ganz ruhig. Zeit lassen. »Ich habe es daher nicht für nötig erachtet, ein Päckchen ›richtige‹ Karten mitzunehmen.«

Hogshead wischte sich die Stirn. Firkin dachte also gar nicht daran zu spielen.

»Dos ist dos gäringste Probläm! Ich hob hier irgändwo ein Päckchen Spielkartän.« Drangekriegt!

Hogshead riß verwundert Mund und Augen auf, als Vlad aufsprang und aus dem Zimmer stürmte. Nur einen Sekundenbruchteil später war auch Firkin auf den Beinen.

»Was soll das, Firkin? Du hast noch nie Poker gesp ... Au.«

Firkin stieß Hogshead zur Tür. »Komm jetzt ... schnapp dir deinen Reisesack ... Tempo, Tempo!« Mit Rippenstößen und Fußtritten beförderte er Hogshead aus dem Zimmer, kehrte dann noch einmal um, schnappte sich die Karten und sauste hinter seinem Freund her.

Unterdessen wurden ein paar Türen weiter Schubläden herausgerissen und Schränke ausgeräumt, wurde aufgeregt gesucht und gewühlt und wie wild gestöbert.

»Wo hobt ihr eich bloß värstäckt, ihr Kärtelchen?«

Die Jungen spurteten mit rasender Geschwindigkeit in die entgegengesetzte Richtung, stürmten durch eine Flügeltür und platzten in den Restaurantbereich. Ihre Flucht blieb unbemerkt – Vlad riß geräuschvoll weiter Schublade um Schublade heraus, drehte dutzendweise Pappkartons um und warf den Inhalt auf den Fußboden.

Firkin blieb mit seinem Reisesack an einem Stuhl

hängen – das Möbelstück ratterte und schlitterte über den Zuckergußboden. Hogshead war als erster an der Tür. Er griff nach der Türklinke, drückte sie nach unten und rasselte – angetrieben von der kombinierten Schwungkraft seiner eigenen und Firkins Bewegung – gegen das Marzipanfurnier. Die Tür war verschlossen. Erschöpft brachen die Flüchtenden zusammen.

Tief drinnen im Innern des Häuschens ging die aufgeregte Suche ununterbrochen weiter, ein lautes Krachen zeigte an, daß wieder eine Pappschachtel ausgeleert worden war.

Firkin schüttelte benommen den Kopf, um wieder klar zu sehen. Dann ließ er die Tür Tür sein und taumelte durch das Restaurant. Er hob den Stuhl auf, rannte mit hochrotem Kopf auf das riesige Zuckergußfenster zu, holte weit aus und warf.

Was jetzt geschah, lief wie in Zeitlupe ab: Der Stuhl krachte durch das Fenster, und fünfzehn Millionen winziger Splitter spritzten in alle Richtungen auseinander. Firkin verlor auf dem spiegelglatten Zuckergußboden das Gleichgewicht und knallte gegen die Fensterbrüstung. Der Stuhl landete draußen auf der Lichtung, schlug einen doppelten Purzelbaum und blieb schließlich, sauber in drei Stücke zerlegt, vor einem Baumstumpf liegen. Hogshead nahm undeutlich wahr, daß es von einer Sekunde auf die andere totenstill geworden war.

»Ich hob sie, Kindär! Ich hob sie gäfunden!«

Firkin war als erster auf den Beinen. Obwohl er nach wie vor außer Atem war, schaffte es doch irgendwie, auch Hogshead wieder auf die Beine zu stellen, und war im nächsten Moment draußen in der Nachmittagssonne, zerrte Hogshead hinter sich her und rannte, stolperte und stürzte über die Lichtung, hinein in den Wald.

»Gäfunden!« schrie Vlad triumphierend. »Wos is Kindärchen? Kann's losgähän?«

Zweige schlugen ihnen ins Gesicht – sie achteten nicht drauf; der Puls raste hämmernd – sie rannten weiter, schlugen sich durch. Rannten in panischer Furcht noch schneller, als sie es hinter sich krachen und knallen hörten: Vlad schlug auf der Suche nach ihnen die Hütte kurz und klein. Sie rannten weiter. Hetzten dahin, bis sie irgendwann auf einem Abhang zusammenbrachen und keuchend liegenblieben. Sie hatten keinen Schimmer, wie lange sie gelaufen waren – im Zustand der Panik fließt die Zeit nicht, sie bewegt sich in Bocksprüngen fort. Sie wußten nur eines: Sie konnten nicht mehr weiter, ihr Körper machte nicht mehr mit.

»Puh! Hilft nichts: W-wir müssen w-weiter«, keuchte Hogshead und blickte mit weitaufgerissenen Augen zurück.

»Immer mit der Ruhe. Im Moment sind wir sicher.«

Hogshead sah ihn an.

»Was?«

»Solange es hell ist, kommt er nicht hinter uns her«, keuchte Firkin. »Kann er nicht.« Und dann sagte er noch, ganz leise und nur für sich: »Hat Franck wenigstens behauptet.«

Sie lagen am Boden, keuchten, schnappten nach Luft und wurden allmählich ruhiger.

Nach einiger Zeit rupfte Firkin einen Grashalm aus, steckte ihn in den Mund und kaute darauf herum. Dann wandte er sich um und stöberte seelenruhig in seinem Reisesack. Schließlich holte er das Kartenpäckchen heraus, zog Reineke, den Fuchs, aus dem Ärmel und steckte ihn vorsichtig zu den anderen Karten.

Hogshead sah in verwundert an.

»Du hast gemogelt?«

»Nur ganz bißchen.«

»Ich hab mir doch gleich gedacht, daß etwas nicht stimmen kann, wenn ich gewinne.«

Firkin – den Grashalm zwischen den Zähnen – lächelte.

»Tut mir leid. Aber du kannst ja zurückgehen, um die Sache klarzustellen.«

Hogshead wurde bleich. Er sah Firkin an und schüttelte entgeistert den Kopf.

Firkin grinste.

»Du Mistkerl! Laß diese Witze!« Halb im Spaß und halb im Zorn schlug er Firkin so fest wie möglich auf den Arm. Dann legte er sich ins Gras und sah zum erstenmal seit langer Zeit wieder zum Himmel hinauf.

»Weißt du«, sagte er nach ein paar Minuten, »eines versteh ich immer noch nicht.«

»Mmm?«

»Wie um alles in der Welt bist du eigentlich dahintergekommen, daß er ein Vampir ist?«

»Letztendlich, mein lieber Hogshead« – Firkin piekte ihn mit dem Grashalm –, »letztendlich deswegen, weil an dem Essen, das er uns servierte, nicht der winzigste Hauch Knoblauch war.«

IV

GULDENBURG

Tief im hintersten, finstersten Winkel des kalten Herzens von Guldenburg hielt sich ein dick aufgeblähter Klumpen Luft verborgen – warme, feuchte und klebrig-zähe Luft. Sie pulsierte, gleichmäßig und mächtig pulsten tiefe, beinahe grundlos tiefe Baßfrequenzen. Hätte sie Körperlichkeit besessen, sie hätte einen Bizeps gehabt, so dick wie ein Oberschenkel; hätte eine Vorliebe für nietenbeschlagenes Leder gehabt, für Hobbies wie Knüppelschwingen für Fortgeschrittene, wäre einer Teilzeitbeschäftigung als Schädelzertrümmerer nachgegangen und hätte sich gelegentlich in der Kunst der anatomischen Um- und Neugestaltung geübt. Sie hätte ein Erscheinungsbild geboten, so boshaft und gemein, daß selbst ausgewachsene menschenfressende Riesen sich heulend hinter den Rockschößen ihrer Mammi verkrochen hätten. Unnötig zu erwähnen, daß sie nicht immer so gewesen war. Einmal war sie gewesen wie alle anderen auch: ein unbeschwertes Lüftchen, das seinen Spaß daran hatte, den Menschen um die Füße zu wirbeln, mit ihren Haaren zu spielen und ab und an auch aus purem Übermut einen Schornstein abzudecken. Doch irgendwann einmal, nachdem die Ventilatoren in der Kneipe *Zum Silbernen Spucknapf* abgestellt worden waren – irgendwann damals hatte die Veränderung eingesetzt.

Luft ist ein gar flüchtig Ding, so flatterhaft und unbeständig, daß ihr Charakter nicht sosehr durch Erziehung, sondern durch die Umwelt geformt wird. Und Umgebung färbt ab. Es ist aber auch nicht leicht, bestimmte Charaktereigenschaften bestimmter Menschen nicht anzunehmen, wenn man sich tief drinnen in ihren Lungenbläschen aufgehalten hat. Und als dann eben im *Silbernen Spucknapf* die Ventilatoren einpackten, in dieser Kneipe, dem bevorzugten Aufenthaltsort des miesesten Packs, das sich in Guldenburg herumtrieb, wo Banditen, Halsabschneider und Attentäter im Verein mit käuflichen Killern, Mördern und anderen wilden Kerlen tranken, aßen und spielten – welche Chance hatten da ein paar Liter unschuldige Luft?

Sie wurde schnell groß, nachdem die Ventilatoren stillstanden. Die mangelnde Klimaanlage ermöglichte der Luft, ihre ganz besonderen, eigenen Anlagen zu entwickeln. Sie lernte, auf der Hut zu sein. Sie lernte zu rauchen und war jetzt vollgesogen mit Alkohol und anderen chemischen Zusatzstoffen. Sie war eine andere geworden, ein Wesen, auf das ihre Mutter nicht mehr stolz gewesen wäre. Sie war nicht mehr jenes unschuldig-unbeschwerte Lüftchen, das flatternd und raschelnd durch abgefallenes Herbstlaub strich. Sie war böse geworden, ja beinahe übelwollend. Wenn man ganz genau in einigen der dunkleren Winkel und Nischen nachgesehen hätte, insbesondere kurz bevor ein Streit oder eine Rauferei ausbrach, dann hätte man so etwas gesehen wie das breite Grinsen der Edamer Katze. Sie war nicht mehr einfach nur Luft. Sie war verdichtete Luft, war Luft unter Druck, breiig und breit. War Atmosphäre – *Schtimmung*.

Der alte Mann saß, mitten in einem riesigen Wald, am Boden, saß an einen Baum gelehnt und las. Im Licht der Spätnachmittagssonne glitzerten die Blitzstrahlen, die blechernen Monde und Sterne, die billig lackierten

Sternzeichen, der ganze Flitter auf seinem langen schwarzen Umhang und dem hohen, spitzen Hut. Neben ihm lag ein abgerissener, verknitterter Rucksack.

Dieser alte Mann war Whintz, einer der letzten Vertreter einer sterbenden Zunft: Whintz, der fahrende Zauberer, der wie seine wenigen noch übriggebliebenen Zunftgenossen von Stadt zu Stadt zog, hexte, beschwor und den Zauberstab schwang, Tränklein mischte und die üblichen Zauberkunststückchen vollbrachte, mit deren Hilfe sich das Leben ein wenig angenehmer gestalten ließ.

Im Augenblick war er, nachdem er einen anstrengenden Vormittag mit magischer Scherenschleiferei und parakosmischer Flickschusterei hinter sich gebracht hatte, mit seiner Weiterbildung beschäftigt. Vor langer Zeit, im Jahre 1034 MEZ, hatte ihn sein Vater für einen Fernlehrgang *Magische Kunst – Einführung und einfache Anwendungen* angemeldet. Manche Kurse waren ihm ganz brauchbar erschienen: *Taschenspielertricks für Anfänger* etwa, aber auch *Elementarhokuspokus* oder *Psychologie für Fortgeschrittene* – alles Fertigkeiten, die ihn in den Stand setzten, die erforderliche mystisch-magische Aura zu verstrahlen, wenn er tropfende Wasserhähne reparierte oder Warzen besprach.

Im Laufe der Jahre hatte er dann die Erfahrung gemacht, daß sich alle möglichen praktischen Tips und Tricks als Magie verkaufen ließen, wenn man nur entsprechend aussah und sich entsprechend auszudrücken wußte.

In einer vor kurzem erschienenen Veröffentlichung hatte die *Kommission Thaumaturgischer Philosophen und Psychologen* eine auf der Grundlage aktueller Datenerhebungen erarbeitete Untersuchung zur Evaluierung des Marktwertes des Dienstleistungsangebots des Gewerbes der Fahrenden Zauberer vorgelegt. Die Kommission war in dieser Studie zu dem Ergebnis gekommen, daß sich der Glaube an den Wert zauberischer Dienstleistung einem ganzen Bündel von Faktoren verdankt, das sich folgendermaßen zusammensetzt: Zu 15 Prozent basiert dieser Glaube auf einem tatsächlich erzielten Ergebnis, zu 38 Prozent auf der Wirkung der körpersprachlichen Mittel, die der Zauberer anwendet, und zu 54 Prozent auf der Wirkung, die er durch Stimme und Tonfall erzielt. Die Addition dieser Werte ergab in toto erstaunlicherweise einen Wert von 107 Prozent – ein augenfälliger Beweis dafür, daß manche Leute einfach übers Ohr gehauen werden wollen.

Whintz verstand sich vielleicht nicht übermäßig auf Magie und Zauberei. Dafür verstand er aber um so mehr von der Leichtgläubigkeit seiner Mitmenschen – er hatte geradezu einen Röntgenblick dafür. Und auf dieser Leichtgläubigkeit gründete sein beruflicher Erfolg.

Stoff der heutigen Hausaufgabe war das Kapitel *Beschwörungsformeln und Zaubersprüche für Fortgeschrittene.* Mit echter Magie hatte er sich zeitlebens schwergetan. Genauer gesagt: Er hatte sie eigentlich noch nie verstanden. Was – um es noch genauer zu sagen – allein daran lag, daß er die Zeichen der ASCII-Schrift* nie verstanden hatte.

Konnte er die einmal lesen, dann konnte auch er Zaubersprüche sprechen, mit denen sich etwas bewirken ließ – er war sich da ganz sicher. Und heute war es soweit. *Er* war soweit. Ganz bestimmt. Heute wollte er es versuchen.

---

* Die im **A**lmanach **S**eltener und **C**ryptischer **I**nitiale und **I**deogrammata (im Fachidiom von Magiern, Beschwörungs- und Zauberkünstlern kurz *ASCII* genannt) gelisteten Schriftzeichen, Logogramme, Symbole und Hieroglyphen sind urheberrechtlich geschützt und als solche geistiges und materielles Eigentum der **I**nternationalen **S**ozietät für **B**rachygraphischen **N**onsens (im Fachidiom von Magiern, Beschwörungs- und Zauberkünstlern kurz *ISBN* genannt.)

Er holte aus seinem Rucksack ein großes, in Leder gebundenes und überraschend schweres Buch, dessen Einband mit seltsamen Runen und ASCII-Zeichen verziert war. Alt sah es aus, uralt und außerordentlich magisch.

Und das war es auch.

Sein Großvater hatte es ihm gegeben, damals, als er noch viel zu klein gewesen war, um derartige Dinge verstehen zu können. »Hüte es wohl«, hatte er gesagt, »und verwahre es gut. Ich sehe schwere Zeiten kommen… Hör jetzt endlich auf zu gurgeln, Whintz! Schwere Zeiten… Krieg und Hungersnot werden über dieses Königreich kommen… Nein, ich will deine Rassel jetzt nicht!… über dieses Königreich kommen… Und in diesem Buch – du mußt es nur richtig zu gebrauchen wissen – ist eingeschlossen, was das Königreich retten und bewahren kann.« Dann hatte er geschwiegen, hatte gelauscht. Und – »Huiuiui, jetzt aber dalli, dalli!« – war er mit fliegenden Rockschößen aus dem Kinderzimmer gestürmt und im nächsten Augenblick im Korridor verschwunden, knapp gefolgt vom Getrampel von dreißig oder vierzig Paar schwer gestiefelter Füße, die im Sturmschritt hinter ihm dreinpolterten. Das war das letzte, was Whintz von ihm gesehen und gehört hatte. Woher oder von wem sein Großvater das Buch gehabt hatte, das hatte er nie erfahren.

Doch alles das lag lange zurück. Jetzt, auf dieser kleinen Lichtung im großen Wald, sollte geschehen, was ganz allein ihn anging. Heute war es endlich soweit, heute sollte geschehen, worauf sich Whintz all die Jahre vorbereitet hatte: Heute wollte er seinen ersten wirklichen und wahrhaft magischen Zauber wirken.

Er blickte sich um – die Luft war rein. Dann schlug er das große ledergebundene Buch auf und schlug in den *Gilben Seiten* nach. Holte mit einem geschichtsträchtigen Atemzug tief Luft und begann zu lesen. Er las langsam, andächtig und konzentriert, wanderte mit dem Zeigefinger Wort für Wort die Zeilen entlang und suchte aufmerksam die Seite ab. Versuchte angestrengt, jedes Wort lebendig werden zu lassen, drehte und wendete es im Mund hin und her und probierte es mit jedem Atemzug immer wieder aufs neue. Und dann setzte es ein. Schweiß, Zeugnis seiner konzentrierten Bemühungen, trat ihm in schweren Tropfen auf die hohe Stirn. Merkwürdiges geschah. Die Wörter kamen ins Laufen, verschoben sich langsam in alle möglichen Richtungen… Whintz erkannte die einzelnen Buchstaben, gelegentlich auch das eine oder andere Wort, insgesamt aber verstand er nur Bahnhof. Es war, als wolle er eine Zeitung lesen, die jemand auf den Grund eines Schwimmbeckens gepappt hatte.

Tief enttäuscht brummelte er vor sich hin und klappte das Buch wieder zu. Eines Tages würde er es schaffen – es war alles nur eine Frage der Zeit. Er war durchaus optimistisch. Erschöpft von den gewaltigen geistigen Strapazen, schloß er die Augen, um in aller Ruhe zu überlegen, was er falsch gemacht hatte. Es dauerte nicht lange, da wirkten der warme Sonnenschein, das leise Vogelgezwitscher und das besänftigende Summen der Bienen ihren ganz eigenen Zauber: Still und friedlich glitt Whintz hinüber ins Reich der Träume und schlief schon bald einen geruhsamen, leichten Schlaf.

Firkin und Hogshead stolperten müde und matt durch den Wald. Das wütende, enttäuschte Geschrei von Vlad war lange schon verklungen. Glücklicherweise hatte Firkin recht gehabt, was das Verhältnis von Vampiren und Tageslicht anging.

»Halt!« sagte Firkin. »Schau doch!«

»Was?«

»Da drüben.«

»Was? Ich seh nix. Nur so einen alten schäbigen Wegweiser.«

»Genau. Mein ich doch: den Wegweiser.«

»Ach so.«

Sie marschierten los. Firkin zog einen Ast zur Seite, wischte den Dreck von Jahrhunderten von der Tafel und las:

GULDENBURG 12 Meilen

Guldenburg. Ein Ortsname, der prächtige Bilder heraufbeschwor: massive Festungsbauten, die von den Ufern der Wallgräben hoch in den Himmel aufragten, Schutzmauern, mit Brustwehren gekrönt, auf denen dicht an dicht Elitetruppen in Garnisonsstärke standen. Wehende Fahnen. Fanfarenbläser, die mit schmetternden Klängen die Ankunft von Freunden vermeldeten, und Kolonnen von Bogenschützen, die – aufs äußerste gespannt – der Ankunft von Feinden entgegensahen.

Eine eindrucksvolle Vorstellung. Nur ...

Zugegeben: Es gab eine Burg in Guldenburg. Mitten in der Stadt stand einsam und verlassen eine jämmerlich kleine, heruntergekommene Ansammlung windschiefer Buden, errichtet zu einer Zeit, als Burgen *ein Muß!* waren, als jede Stadt, die etwas auf sich hielt und es sich leisten konnte, sich eine leistete. Sie war die erste in der Gegend gewesen. Damals eine einzigartige Attraktion, ein Magnet, der die Menschen anzog wie Motten das Licht. Immer fix dabei, wenn sich irgendwo ein paar Gulden machen ließen, warf sich die Gilde der Beutelschneider von Guldenburg – beflügelt von ihrem erwiesenermaßen nichtvorhandenen Urteilsvermögen in Sachen Qualität oder Geschmack und ihrem gleichermaßen radikal abwesenden handwerklichen Geschick – auf das Kunsthandwerk. Es gab nichts, was sie nicht verscherbelt hätten: Weidenkörbe, Katzenkörbchen, bunte, absonderlich geformte Wachskerzen, Seifen mit pflanzlichen Aromastoffen, Honig und Marmelade in winzigen Gläschen, Döschen mit Badeöl … Tonnenweise brachten sie das Zeug an den Mann, alles handgearbeitet, alles *made in Guldenburg*. In einem raren Moment kreativer kommunalpolitischer Inspiriertheit initiierte der Bürgermeister die Gründung einer Genossenschaft der Kunsthandwerker von Guldenburg, durch die die Voraussetzungen für einen flächendeckenden Produktabsatz und eine gerechte Preispolitik geschaffen und garantiert wurden. Ein Vertriebsnetz wurde eingerichtet, und bald schon trugen alle Waren, die zum Verkauf kamen das *HGB*-Gütesiegel: *Handwerk hat guldenen Boden*.

Die Touristikbranche florierte, Guldenburg blühte und gedieh.

Wobei man genau darauf achtete, daß sich die Entwicklung der Stadt in streng geregelten Bahnen vollzog. Über die Gestaltung des Stadtbilds wachte das Amt für Denkmalpflege, um sicherzustellen, daß – wie es der Bürgermeister so bildhaft-anschaulich formuliert hatte – »unserem lieben Guldenburg sein altererbtes, anheimelndes Wesen erhalten bleibe« (womit vor allem der unter hygienischen Gesichtspunkten absolut indiskutable architektonische Wildwuchs rund um die Burg gemeint war).

Dieser Zustand hatte ein paar gute Jahre lang angedauert, und nicht wenige hatten während dieser fetten Jahre entsprechende Gewinne gemacht und selbst Fett angesetzt. Sie hatten es allmählich ruhiger angehen lassen, erheblich ruhiger, waren, um es genauer zu sagen, träge und faul geworden. Und hatten erst viel zu spät festgestellt, daß mittlerweile auch andere Städte ihre Profithochburgen hatten – Guldenburg hatte seine Vorrangsstellung verloren. Der Touristenstrom verebbte beängstigend. Die Einwohnerschaft versuchte tapfer, über die Tatsache hinwegzusehen, daß die Einnahmen dahinschwanden, und vertraute darauf, daß die Welt Guldenburg nicht vergessen werde. Die Welt hatte ihr dieses Vertrauen nicht gelohnt: Das Geld war immer weniger geworden, die Touristen noch weniger... Jetzt war die Stadt ein erbärmliches Gemeinwesen, bevölkert von verzweifelten Handlungsreisenden, Kriminellen, Meuchelmördern, Halsabschneidern, Versicherungsvertretern und so weiter und so weiter...

Wovon Firkin und Hogshead natürlich keine Ahnung hatten. Verglichen mit Khucaph war Guldenburg eine reiche und prächtige Stadt, eine glanzvolle, leuchtende Metropole.

Nach stundenlangem beschwerlichen Fußmarsch durchschritten die Jungen am frühen Abend das Stadttor von Guldenburg. Die zwei gewaltigen Torflügel aus morschem Holz hingen in vier Angeln, die mittlerweile hauptsächlich aus Rost bestanden.

Von diesem Tor (einer Konstruktion, die wundersamerweise immer noch erstaunlich stabil war) zog sich die Hauptstraße den Burgberg hinauf, die *Via Malla**, an der sich zu beiden Seiten Laden und Lädchen drängten. Dort, wo sich das hölzerne Tragwerk im Laufe der Jahre verworfen und verzogen hatte, hingen die Giebelseiten der Gebäude so weit über die Straße, daß die oberen Stockwerke das Tageslicht aussperrten. Es sah beinahe so aus, als hätte der Erbauer dieser Häuser jenen kurzen Moment, bevor zwei gewaltige, aufeinander zulaufende Wellen übereinanderstürzen, architektonisch in Fachwerk verewigen wollen.

Langsam marschierten die Freunde die Straße hinauf und studierten dabei die Schaufenster.

»Aaahh! Zwei Herren mit Kennerblick, wie mir scheint! Kritisch und qualitätsbewußt, wenn ich so sagen darf! Und doch meine ich feststellen zu müssen,

---

* italo-amerikanisch für *Einkaufszentrum*

daß Ihnen eines noch fehlt zu Ihrem Glück. Und eben dazu kann ich den Herren verhelfen. Hier: Beeindrucken Sie die Damenwelt durch makellos gepflegtes Auftreten in jeder Lebenslage!« Der Verkäufer drängte Hogshead ein Holzkästchen auf und demonstrierte ihm die Vorzüge des *altbewährten Reisebegleiters* für den Herrn, Motto *Stets zur Hand und überall, selbst im schwersten Pflegefall!*

Hogshead sah staunend zu, als ihm der Inhalt des Kästchens vorgeführt wurde: Nagelknipser, eine Nagelfeile, ein niedlicher Zahnstocher, ein Instrument, mit dem sich eingetretene Steinchen aus der Schuhsohle lösen ließen, Messer in dreifacher Ausführung, eine Schere …

»… alles griffbereit, bequem transportabel und platzsparend in diesem wundervollen, aus Holz gearbeitetem Reisenecessaire. Für Sie nur …«

»Komm jetzt endlich!« Firkin packte Hogshead am Arm und zog ihn weiter.

»Er hat schon eins«, teilte der im Weiterstolpern dem Verkäufer mit.

Dann, nur ein, zwei Schritte weiter:

»›Wenn du denkst es geht nicht mehr, kommt von irgendwo ein Lichtlein her‹«, schallte es ihnen aus dem nächsten Laden entgegen. »Hier, bitte schön: Ihr guter Stern in finstrer Nacht …« Eine Hand schoß aus der Ladentür, hinterdrein ein abgerissenes Männlein, dem diese Hand gehörte, die eine Kerze hielt – ein grauenhaft ornamentiertes Stück Wachs, beinahe einen halben Meter lang und vermutlich einige Pfund schwer.

»Ein Meisterstück der Wachszieherkunst, ein Glanzstück für jedes Heim. Sparsamer Brennstoffverbrauch durch die neuartige und spezielle Konstruktion des Kerzensdochts, lange Lebensdauer und stimmungsvolle …«

»Nein, danke.«

»Wärme und Licht von einer Quelle …«

»Nein. Viel zu schwer für uns. Wir sind auf Wanderschaft.«

»›Gefährlich ist's, im Dunkeln zu geh'n. Ich spende dir Licht und helfe dir seh'n‹!« Der Verkäufer fuchtelte wild mit seinem Markenartikel.

»Nein«, sagte Firkin entschieden und bugsierte Hogshead weiter.

»Es wird euch noch einmal leid tun! Ihr werdet schon sehen!« Heimlich, still und leise zog der Händler ein zehn Zentimeter langes Messer und wiegte es vielsagend.

Die Darbietung wirkte nur mäßig bedrohlich. Firkin beachtete den Messerschwinger nicht weiter und ging.

»Ein faszinierender Ort.« Hogshead sah sich verwundert um. »Ein Paradies für die Kräm … die Dings … die Kräm …«

»… dö la Kräm …«

»Ha?«

»… die Kräm dö la Kräm des Einzelhandels?«

»Wie? Nein, das mein ich nicht. Ich meine …«

»Fällt es Ihnen schwer, die richtigen Worte zu finden? Leiden auch Sie sich mitunter an rhetorischer Obstipation?« schaltete sich jemand links von ihnen in ihre Unterredung ein. »Nun denn, meine Herren: Heute ist Ihr Glückstag! Ich kann Ihnen, und zwar hier und heute, anbieten, wonach Sie suchen: das umfassende, durchgesehene und brandneu überarbeitete Vokabularium im handlichen Taschenbuchformat! Und: Ihren alten Diktionär nehme ich gern in Zahlung – vorausgesetzt, Dixie ist absolut stubenrein, versteht sich! Ha, ha! Ha. Erfolg bei den Mädels als versierter Wortspieler, als einer, der sich drauf versteht, Liebesgedichte grammatikalisch korrekt zu flüstern – wie wär's damit, Jungs? Ihr seht mir ganz so aus, als wüßtet ihr genau, wann man was ausschlagen und wann man zuschlagen muß … Also, was is?«

»Ich hab's gelesen«, winkte Firkin ab. »Ziemlich langweilige Handlung.«

»Das Geschäft eures Lebens! Ihr solltet zuschlagen!«

»Weil grade von *zuschlagen* die Rede ist«, meldete sich Hogshead, »ich hab Hunger.«

»Wird sich bestimmt was finden lassen«, meinte Firkin aufmunternd. »Hier irgendwo.«

Auf dem Boden hockte ein abgemergelter kleiner Mann, der eine Kollektion von Portraitzeichnungen vor sich ausgelegt hatte.

»'Namt, die Herrn.«

»Guten Abend«, grüßte Hogshead höflich. »Schöner Abend heute abend«, plauderte er beredt weiter.

»Sieht mir aber doch sehr nach Regen aus …«, schaltete sich eine andere Stimme ein. »Da sollten wir doch zusehen, daß wir nicht naß werden, nicht wahr? Würd bei den Mädels sicher keinen guten Eindruck machen, wenn wir wie begossene Pudel dastehen, hab ich recht? Bloß gut, daß ich genau das Richtige im Angebot …«, hörten sie es ohne Ende brabbeln, als der Händler in seinem Laden verschwand.

»Wünschen der Herr vielleicht ein Porträt? Dauert nur eine Minute. Ein ideales Souvenir! Wenn Sie wünschen, kann ich es Ihnen auch rahmen. Wenn ich vielleicht ein erste Skizze … Au!«

»Halt den Rand, Dödel! Das sind meine Kunden!« schnarrte der Schirmherr und versetzte dem bedauernswerten Künstler einen Tritt. »Nun, äh, wie ich schon sagte, ähmm – die mobile Art, trockenen Fußes im Regen zu stehen! Ein faltfreudiges Gerät, leicht überspannt …«

»… so schnell hingeworfen, Ihr Gesicht! Nur wenige, grobe Züge …«

»… große Farbauswahl. Passend zur Kleidung. Modellschirme. Etwas Besseres werden Sie nirgends bekommen …«

»… Kohle, Tusche oder Farbstift? Wie hätten Sie's gern …«

»Schluß!« schrie Firkin. »Es reicht. Nein, ich brauche keinen Schirm, vielen Dank, und ein Porträt würde ich in meinem Reisesack nur zerdrücken.«

»Darf ich Ihnen vielleicht ein Papprolle für den Transport …«

»Nein! Dürfen Sie nicht! Vielleicht könnten Sie uns statt dessen sagen, wo wir eine Kleinigkeit essen können?«

Es hatte den Anschein, als würden die beiden Geschäftsleute darüber nachdenken.

»Also – ich sehe eigentlich keinen Grund, warum wir ihm das sagen sollten. Ich meine, schließlich hat er ja nichts gekauft, oder? Alles eine Sache von Angebot und Nachfrage, nicht wahr? *Ich* weiß, wo er essen kann – *er* weiß es nicht!«

»Genau. Sehr richtig. *Wir* wissen, wo die Kneipe ist – *er* nicht!« grinste Dödel.

»Also, ich bin der Meinung, wir sollte es ihm nicht sagen.«

»Ganz richtig. Bleibt unser Geheimnis, daß es da rüber ist und dann die erste links … Au!«

»Wie zum Teufel kommst du dazu, ihm das zu erzählen?«

»Is mir so rausgerutscht. Hab ich nicht gewollt.«

Man schrieb das Jahr 1025 MEZ. Im Antichambre des Konferenzraums von Schloß Isolon lief der Prospektor nervös auf und ab. Das Herz klopfte ihm so laut, daß es im ganzen Raum widerhallte – die deutlich hörbare Auswirkung jener Mixtur aus Courage und Angst, die seinen Körper mit einer Adrenalinflut überschwemmte. Kharthezsh, der König von Isolon war dafür bekannt, daß er von unnötigen Geldausgaben nichts hielt und daß er dieser Abneigung nicht selten rücksichtslos Ausdruck zu verleihen wußte. Nach dem Motto, so ging das Gerücht, ›... und seid ihr nicht willig, gebrauch ich Gewalt‹, vor allem dann, wenn es um die Anhebung der Zehntensätze ging.

Knarrend öffnete sich die Tür, eine Hand winkte den Prospektor in den Konferenzsaal. Er strich sich die Haare glatt, versuchte das gleiche mit der abgerissenen Jacke und folgte verängstigt.

Er marschierte an Wänden vorbei, an denen in langen, exakt geordneten Reihen Waffen und Kriegsgerät hingen, und blieb vor dem mehrere Jahrhunderte alten Tisch aus Eichenholz stehen, an dem der mehrere Jahrzehnte alte König sein Nickerchen hielt.

»Ähem! Königliche Hoheit ...? Sire!«

Der König schreckte aus dem Schlaf und blinzelte verstört in die Landschaft.

»Sire«, fing der Sekretär noch einmal von vorn an, »darf ich vorstellen: Franck von Khucaph, Prospecteur.«

Franck verbeugte sich vor dem alternden König und wartete. Und wartete ... Der König war beschäftigt. Er hatte eine kleine Schüssel vor sich stehen, sah sie mißtrauisch an und lud sich dann etwas auf den Löffel, das aussah wie Haferbrei. »Was'n los?« reagierte er gereizt auf das nervöse Gehüstel des Sekretärs, schielte über den Rand seiner Lesebrille und wischte sich mit einem schmuddeligen Taschentuch den Mund ab.

»Königliche Hoheit«, begann Franck verschüchtert, »ich ersuche um Anhörung in einer Angelegenheit von allerwichtigster und dringlichster königreichlicher Importanz.«

»Hä ... Was war das?« Der König setzte sich sein Hörrohr ans Ohr. »Los, raus damit! Hab schließlich nicht den ganzen Tag Zeit!«

»Sire, ich komme in einer Angelegenheit von dringlichster königreichlicher Importanz«, wiederholte Franck geduldig.

»Impotenz? Wer sagt das?«

»Importanz, Sire. Von außerordentlicher Wichtigkeit.«

»Will ich auch meinen! Kann ich nicht haben: Gerede, der König is impotent! Noch dazu, wo's gar nicht stimmt! Wohl noch nie mein Jungen gesehen?« Er kramte ihn seiner Tasche. »Hab eigentlich gedacht, das ganz Königreich weiß Bescheid. Ah, hier! Da isser ja!« Der König zeigte ihm stolz ein kleines Bild seines Sohnes in einem herzförmigen Rahmen.

»Prächtiger Junge, oder?«

Franck wußte nie so recht, was er auf derartige Fragen antworten sollte.

»Äh, ja, Sire. Ganz Eure Nase.«

»Meine Nase? Was ist mit meiner Nase?«

»Nichts, Sire. Ich wollte damit nur sagen, er sieht Euch ein wenig ähnlich.«

»Mmmmm.« Der König steckte das Bild wieder ein und blickte den Prospektor finster an.

»Was wolltest du gleich noch mal?«

»Sire, ich wollte eigentlich gleich und ohne Umschweife zur Sache kommen.«

»Ausgezeichnete Idee!«

»Ich befürchte, daß jenes Handelsgut, das innerhalb kürzester Zeit zum Stützpfeiler unseres Exports wurde, jenes von den Angehörigen aller Schichten und Klassen gleichermaßen begehrte Produkt, bei dessen Einführung und Durchsetzung auf dem Markt meine Person eine große und außerordentlich bedeutsame Rolle spielte, das zu einem weit über die Grenzen des Königsreiches hinaus bekannten Symbol überragender Größe geword ...«

»Zur Sache!« blaffte der König und zwirbelte gelangweilt seinen Schnauzbart.

Franck hüstelte und wählte ein anderes Register.

»Sire – dem Lemminggeschäft droht Gefahr.«

»Hä ... Was?« Zum erstenmal zeigte der König ernsthaft Interesse. »Was droht? Welche Gefahr?«

»Sire, ich habe allen Grund anzunehmen, daß Cranachan beabsichtigt, uns die diesjährige – und jede zukünftige – Jahresproduktion Lemmingpelz vor der Nase wegzuschnappen.«

Der König beugte sie über den Eichentisch, starrte dem Prospektor in die Augen und winkte ihn wortlos näher zu sich heran.

»Es liegt jetzt beinahe ein Jahr zurück, daß man mir das hier überreicht hat ...« Franck reichte dem Sekretär eine Pergamentrolle. »Der Besitztitel auf jene Gegend in den Krapathen, die Fortpflanzungs- und Aufzuchtrevier der Lemminge ist, mithin auch die Deklaration des Eigentumsrechts an deren Fellen.«

Der König sah auf. Und als er schließlich verstanden hatte, wurde er bleich im Gesicht.

»Rechtsverdrehergewäsch! Kann das Kauderwelsch nicht ausstehen! Aber ... Ist es wirklich so?«

»De jure ja, Sire. De facto aber haben sie keinen Anspruch auf die Felle, sobald die Lemminge einmal in den Luftraum von Isolon eingedrungen sind, weil a) letzere dieses aus freien Stücken tun und b) wir kein Import-Export-Abkommen mit den Cranachiern haben.«

»Dann ist ja alles in Ordnung, oder?

»Nun, Sire, das könnte es sein ... Es kommt aber noch schlimmer: In diesem Jahr wird – und das, Sire, zum erstenmal seit Menschengedenken – der Flug der Lemminge auf cranachischem Gebiet anlanden.«

»Jenseits der Grenze?«

Franck nickte gravitätisch.

»Gibt's nicht. Sie können den Grenzverlauf nicht einfach abändern. Nicht ohne meine Erlaubnis. Nicht einmal ich kann das ohne meine Erlaubnis. Und ich bin immerhin der König!«

»Sie haben die Grenze überhaupt nicht angetastet, Sire.«

»Versuch nicht, mich auf den Arm zu nehmen! Was geht da draußen vor sich? Was ist anders geworden? Was hat sich geändert?«

»Der Berg.«

Der König verstummte schlagartig. Als wäre ihm, der sich eben noch aufgeblasen und große Töne gespuckt hatte, urplötzlich die Luft ausgegangen. Er schielte über den Rand seiner Lesebrille, pochte mit dem Hörrohr auf die Tischplatte aus Eichenholz, hielt sich das Gerät dann wieder ans Ohr und fragte kaum hörbar: »Der Berg?«

»Der Berg«, bestätigte Franck.

»Also doch. Hab mir fast gedacht, ich hätte so etwas gehört.« Er zupfte sich am Schnurrbart.

Seine Hoheit, König Kharthezsh von Isolon, nahm seinen Löffel und rührte nachdenklich in dem mittlerweile lauwarm und ungenießbar gewordenen Haferbrei. In seinem Kopf wurden gealterte neuronale Bahnen, verstopft durch jahrelange mentale Vernachlässigung, von der Machete des gerechten Zorns freigeholzt. Sein Gesicht veränderte sich, es schien sich zu verjüngen, lebendiger zu werden.

»Verflucht noch mal!« sagte er. »Das ist einfach nicht drin!« Dumpf platschend klatschte der Löffel in dem Haferschleim, der Monarch erhob sich, richtete sich zu voller Größe auf, starrte den Sekretär an und brüllte: »Holt mir die Kriegsherren von Isolon herbei... Auf der Stelle!«

Nach einer flüchtigen Verbeugung in Richtung König rannte der Sekretär, schwindlig im Kopf von dieser Anordnung aus dem Saal. *Die Kriegsherren! Seit ewigen Zeiten hat es keine Versammlung der Kriegsherren mehr gegeben. Seit, oooh, nicht seit... muß vor meiner Zeit als Sekretär ge-*

wesen sein, und … und das war, nachdem ich … oder war's bevor ich … nein, nachdem ich, ganz bestimmt nachdem ich … wenn's andersrum gewesen wär, wär ich nicht … Mensch Meier, ist ewig lang her! Und während von allen Ecken und Enden und aus den hintersten Winkeln von Schloß Isolon die obersten militärischen Befehlshaber zusammengetrommelt wurden, setzte Franck den König über die ganze Angelegenheit genauestens ins Bild. Rollte Karten aus, legte Grafiken vor, nannte Verkaufsziffern, geplante Verkaufsziffern, zeigte Gewinnaufschlüsselungen und Verlustprognosen, jahreszeitlich bestimmte Arbeitslosenzahlen in der Krapathenregion. Informierte ihn über den Stand der cranachischen Straßenbauunternehmungen auf der Felskante, zog Pergamentrolle um Pergamentrolle aus den Futteralen und lieferte den schlüssigen Nachweis, daß der Lemmingsfellproduktion Gefahr drohte. Wenn nicht schnell und entschlossen gehandelt wurde, würde 1025 MEZ das letzte Jahr sein, in dem es Lemmingfell isolonscher Herkunft gab.

Nachdem Whintz, der Fahrende Zauberer, in der Nachmittagssonne eingenickt war, streifte sich sein Geist die Schuhe ab und tollte fröhlich über die blühenden Wiesen seiner Erinnerung. Stieß eine Tür auf, lugte in einen künstlich verdunkelten Raum und blickte über endlose Reihen magischer Hinterköpfe. Ganze vorn, an der Stirnseite des Raums, stand auf einem kleinen Podium eine Gestalt und ordnete raschelnd einen Stoß Papiere. Whintz' Erinnerung gab einem Magus, der ganz außen in einer Sitzreihe saß, per Gebärdensprache zu verstehen, ein wenig aufzurücken, und nahm dann Platz, um sich den Vortrag anzuhören. Auf die Wand hinter dem Vortragenden projizierte eine Laterna magica das Vortragsthema, das kurz und bündig folgendermaßen lautete:

EINIGE FAKTEN ÜBER MAGIE

Der Vortragsredner bat um Ruhe im Saal, er räusperte sich und – nachdem die Saalbeleuchtung noch etwas weiter gedämpft worden war – begann:

»Um wahrhaft Zauberer zu sein, um die Fähigkeit zu erlangen, Zaubersprüche und Beschwörungsformeln ohne Rückgriff auf Fachlexika und Fremdwörterbücher zu prononcieren, um die Wirklichkeit zu behexen und zu verdrehen und das Gesetz von Ursache und Wirkung um den sprichwörtlich kleinen Finger zu wickeln – dazu muß man nicht der siebte Sohn der einäugigen Schwiegermätresse eines Seehundes sein. Jeder hat die Möglichkeit, mehr oder weniger effektiv und erfolgreich die Kunst der Thaumaturgie zu erlernen.«

Erheitertes Gemurmel lief durch das Auditorium.

»Voraussetzung effizienter Magie ist die Fähigkeit zu ›verstehen‹. Im Grunde nicht mehr als die Fähigkeit, Worte so zu bilden und zu formen, daß sie die entsprechende Sorte Magie in einem bestimmten Subjekt bündeln, auch dann, wenn das betreffende Subjekt noch so abgeneigt sein sollte, dieses zuzulassen.

Zur Verdeutlichung ein Beispiel, das jedem vertraut ist: Biegt man einen Drahtkleiderbügel in der entsprechenden Weise und steckte ihn in ein kleines Transistorradio, dann kommt unten Musik heraus. Nicht anders verhält es sich mit der Magie.

Worte sind die Drahtkleiderbügel der Magie.

Wir sind von Magie umgeben. Magie ist überall und allerorten, ist eingeschlossen in Zeiten und Räumen, die neben und mit uns sind. Und um diese ätherische Kammern aufzuschließen, dazu bedarf es lediglich der Kunst der korrekten Anordnung der Worte.

Natürlich muß man wissen, was man tut. Der Schlüssel zu diesem überreichen ätherischen Reservoir uralter Macht ist eine Kenntnis, die weiter reicht als die Kenntnis von der inneren Natur der Sätze, die unmittelbarer wirkt als Stilistik oder Grammatik, die zutreffender ist als das Geflecht der Assonanz. Die weit älter und tiefer ist als jedes Werk der landläufigen Literatur. Wer die Kunst der Magie recht praktizieren will, muß Meister sein in der uralten Kunst des Formulierens.«

Eine Hand hob sich, meldete eine Frage an. Der Vortragende antwortete, noch bevor die Frage gestellt werden konnte.

»Nein, nein! Nicht jene Kunst, die auf die Beherrschung der Regularitäten der syntaktischen Oberflächenstruktur abzielt. Es handelt sich um etwas weit Umfassenderes, um etwas wesenhaft Ganzheitlicheres, Holistischeres. Um Meister in der Kunst wahren Formulierens zu sein, dazu bedarf es unbedingt fundierter Kenntnissse bezüglich Tempo und Geschwindigkeit, Absatz und Paragraphenfolge, adverbialer Konvolute und der die Infiltration Dritter bestimmenden Parameter.

Ansonsten könnte man sich genausogut ein Buch nehmen, es in einem sehr kleinen Raum in sehr kleine Fragmente zerkauen und auf die Gelegenheit warten, daß sich nach Ablauf einer bestimmten Prozedur die Fragmente wieder in der richtigen Weise anordnen.«

Whintz' Erinnerung verspürte ein seltsames Unbehagen – sie stand auf und schlich sich hinaus.

»Bist du sicher, daß er wirklich ›erste links‹ gesagt hat?« flüsterte Hogshead ängstlich.

»Ja. Hast du doch auch gehört, oder?«

»Hab ich zumindest gedacht. Sieht mir aber gar nicht so aus, als wären wir hier richtig. Ziemlich finstere Gegend.« Hogshead blickte sich nervös um und rückte näher an Firkin heran. Griesgrämig und gelangweilt schaute eine kleinere Ansammlung Ratten zu, wie die beiden Jungen die schmale Seitenstraße entlangschlichen. Das Straßenpflaster – wenn man diese großartige Bezeichnung auf den Streifen holprigen Boden überhaupt anwenden konnte, dessen traurige Aufgabe darin bestand, den Raum zwischen zwei schäbigen Häuserzeilen zu füllen – glänzte schwach im trüben Licht, das aus den Schaufenstern auf die Straße fiel. Die Tatsache, daß es glänzte, kam Hogshead äußerst merkwürdig vor: Seit Wochen hatte es nicht mehr geregnet, und selbst wenn es geregnet hätte, hätte es ihn gewundert, wenn der Regen die Straße überhaupt erreicht hätte.

»Hat er gesagt, wie weit wir die erste links runtergehen müssen?«

»Hat er nicht. Aber wenn wir nicht bald da sind, kehre ich um und ... Paß auf!«

Hoch über der Straße hatte jemand ein Fenster geöffnet, jemand, der einen großen Kübel in den Händen hielt. Zu spät, viel zu spät sah Hogshead hinauf. Wer immer dort oben stand, er stülpte – ohne seine Unterredung zu unterbrechen, die er mit jemand im Zimmer führte – gedankenlos den Kübel um, gleichgültig, wie man eben eine ärgerliche häusliche Pflicht erledigt. Zu spät, viel zu spät setzte sich Hogshead in Bewegung. Firkin wandte sich ab und krümmte sich, als sich ein Katarakt pikanter und weniger pikanter Hausmüllreste auf Hogshead ergoß. Das Fenster schloß sich wieder, niemand dort oben hatte bemerkt, was unten vorgefallen war. Hogshead stand da und glänzte wie Straßenpflaster. Eine spiralig geringelte Kartoffelschale hing ihm in die Stirn und rutschte, gefolgt von diversen Karottenschnipseln, schlängelnd nach unten. Angeekelt schüttelte er den Kopf und setzte dadurch weitere Kartoffelschalen in Bewegung.

»Solltet echt besser aufpassen, ihr Süßen! Besonners hier inner Gegend!« Eine große Frau trat aus dem Dunkel einer versteckten Pinte in das nicht ganz so finstere Dunkel der Seitenstraße und sah den begossenen Hogshead mitleidig an. »Treib'n sich Tiere rum hier, Schätzchen. Viehisch, sag ich euch.«

Und wie zum Beweis schlitterte eine ansehnliche Ratte von der Straße, die nur knapp dem mörderischen Tritt eines spitzen Damenschuhs entkommen war.

»Seid wohl nich ausser Gegend, ihr zwei?« fragte sie Hogshead, der sich bemühte, sein Erscheinungsbild wieder in Ordnung zu bringen.

»Nein«, antwortete Firkin. »Woran sehen Sie das?«

»Erst mal hättet ihr besser aufgepaßt, und außerdem hab ich euch zwei Hübsch'n noch nie in meim Revier geseh'n. Und in meim Revier gib's kein, den ich nicht kenn. Is ja schließlich mein Job, klar?« Sie sah den triefnassen Hogshead an und lächelte.

»Woll'n erst mal seh'n, daß wir dich wieder sauber krieg'n, Schätzchen.« Und ohne auf eine Reaktion zu warten, war sie im Dunkel verschwunden.

Hogshead sah Firkin verdattert an, und Firkin zuckte ebenso ratlos die Achseln.

»Mach schon, Kleiner. Ich weiß zwar nix von dir, aber die ganze Nacht hab ich auch nich Zeit.«

Die Jungen traten in das Dunkel und folgten der Frau, die sie durch enge Gäßchen führte, durch Lücken in Zäunen, um finstere und anrüchige Wohnblocks und plötzlich in einem eigentümlich rosafarbenem Hauseingang verschwand. Sie gingen ihr nach, ein wenig zögernd zwar, doch ohne sich etwas dabei zu denken. Firkin sah auf den verwahrlosten Bodenbelag – der Fußboden fühlte sich merkwürdig elastisch an. Ein langer dünner Finger tauchte aus einer Seitentür auf und winkte sie hinein.

Das Geräusch laufenden heißen Wassers und der Duft erfrischenden Badeöls begrüßten sie mit einem ungewohnten, aber angenehmen Aroma. Die Frau drehte das Wasser ab und ging auf Hogshead zu.

»Also gut, Herzchen. Dann woll'n wa mal loslegen. Am besten damit, oder?« Geschickt knöpfte sie Hogshead die Jacke auf.

»Bist ein kleiner Stinker, was, Schätzchen? Muß dir nix denken – dauert nicht lang, und du duftest wie eine Rose. Und du kanns mit Wondabra nach neb'nan geh'n«, sagte sie zu Firkin und einer anderen großen und bemerkenswert spärlich bekleideten Frau, die eben lächelnd ins Zimmer getreten war.

Der Schmutz der vergangenen Tage, das dämmrige Rotlicht und Hogsheads bekümmerte Miene – alles das verbarg die Tatsache, daß Hogshead für diese Art individueller Betreuung viel zu jung war. Im Duft der Badezusätze und aufgrund seiner völligen Erschöpfung bemerkte er überhaupt nicht, daß er im Handumdrehen vollständig und äußerst sachkundig entblößt worden war. Maisy lächelte ihn süß an, entfernte auch noch die letzten Kleidungsstücke und beförderte ihn in das heiße schäumende Bad.

»Ich laß dich jetzt allein und mach dein Zeuch sauber. Is alles inklusiv, Schätzchen!«

Sie schüttelte den Kleiderhaufen, horchte, ob irgendwo Bargeld klimperte, ging aus dem Zimmer und ließ den rapide erschlaffenden Hogshead allein.

Die Kriegsherren von Isolon – fürwahr ein prächtiger Titel: ein Name, der von Macht kündet, von kühnem Mut, von Ruhm und Ehre. Ein Begriff, der an eine Schar von Männern gemahnt, die sich beim geringsten Anlaß in die Schlacht stürzen, an Männer voll Angriffslust und bewaffnet bis an die Zähne. Männer, die den kämpferischen Genius des Königreichs repräsentierten, der strategische Gipfel von Isolon, der fleischgewordene Alptraum seiner Feinde. Nur in den schlimmsten Zeiten wurden sie zusammengerufen, die vier obersten militärischen Befehlshaber von Isolon, denen nachgesagt wurde, daß jeder einzelne von Natur aus ein höheres Aggressionspotential verkörperte als ein landläufiges gewappnetes Kriegsbataillon; daß ihre enge Zusammenführung eine instabile und extrem gefährliche Atmosphäre erzeugte, durch deren Wirkkraft – wenn man sich ihrer in der richtigen Weise bediente – jedwedem Krieg ein jähes und unwiderrufliches Ende bereitet würde. Etwa so, wie durch mehrere Kilogramm hochangereichertes Plutonium. Hauptsächlich aus diesem Grund waren die Konferenzsäle so weiträumig angelegt.

Und das war auch der Grund, warum jetzt, im Jahre 1025 MEZ, die Kriegsherren ohne Trara und Tamtam, ohne daß ihre Ankunft angekündigt worden wäre (auch ohne einen leise geflüsterten Willkommensgruß), in den Kongreßsaal einzogen, der mit Kartenpergamenten übersät war, in dem ein dünner Mann mit flaschengrüner Brille auf ein Diagramm mit Verkaufs- und Absatzprognosen zeigte und, in dem ihr König saß, der erstaunlich jung wirkte.

Franck sah zur Tür, um die Kriegsherren zu begrüßen. Und im selben Augenblick klappte ihm, ohne daß er es hätte verhindern können, die Kinnlade herunter.

Er brauchte nicht zweimal hinzusehen. Es gab keinen Zweifel: Der Jahrzehnte währende Frieden hatte einen verheerenden Tribut gefordert.

Drei alte Männer stolperten brabbelnd in den Konferenzsaal und schleppten sich zu ihren Thronsesseln. Dann noch einer, der vierte: Er kurvte in einem klapprigen Rollstuhl in den Raum.

»Was soll'n das eigentlich, hä?« raunzte Schlurf unwirsch. »Habe eben über einer zünftigen Partie Backgammon mit Kam'rad Rachitwitz gegessen. Hervorragendes Spiel: exzellente Trainingsmöglichkeit taktischer und strategischer Fähigkeiten! Hält kolossal fit!«

Rachitwitz nickte, hielt sich an seinem Stock fest und ließ sich – besorgniserregend hin und her schwankend – in seinem Sessel nieder.

Batteur, ein kregler Achtzigjähriger mit blitzenden schwarzen Augen, furchteinflößend scharfgeschnittener Hakennase und dichter rabenschwarzer Mähne, sah sich begeistert um.

»Außer mir noch einer für eine anständige Rauferei?« grölte er. »Würd mir ganz guttun, wieder mal richtig hinzulangen!«

»Dafür bräucht's aber einen, der früher aufsteht«, gackerte Brummas in seinem Rollstuhl.

»Klappe, alter Knacker!« brüllte Batteur und piekte Brummas mit seinem langen spitzen Krückstock.

»Hätt nur noch vier gebraucht. Nur noch vier, dann hätt ich gewonnen. Jetzt natürlich nichts mehr zu machen«, nörgelte Schlurf in einem fort. Er lebte in seiner eigenen Welt, und nichts konnte ihn da herausholen.

»Alt?« krächzte Brummas heiser, und seine Hängebacken wabbelten und schlackerten. »*Ich* alt? Ich bin taufrisch, fit wie'n Turnschuh und zu allem bereit!« Er warf sich mannhaft in die Brust und kämpfte tapfer den unmittelbar darauf einsetzenden Hustenanfall nieder.

»Bitte, meine Herren, bitte!« schrie König Kharthezsh. »Wenn Sie vielleicht Ihre Differenzen für einen Augenblick ein wenig zurückstellen könnten … Ich weiß, Sie haben sich lange Zeit nicht gesehen, ich kann verstehen, daß es da einiges nachzuholen gibt … Ich darf Sie trotzdem um Aufmerksamkeit bitten. Die Angelegenheit ist ernst.«

»Erinnert mich an ein Spiel … liegt jetzt schon ein paar Jährchen zurück. Hab nur noch vier gebraucht, damals. Und was war? Zweimal gewürfelt – nur zweimal! – und: Geschafft! Ich hab's geschafft! Mit zwei Wurfelwerf … äh … Würfelwürfen!«

»Ruhe jetzt, Schlurf!«

Nachdem sich der König mit diesem Machtwort bei der martialischen Seniorenrunde Aufmerksamkeit verschafft hatte, setzte er sie haarklein über die Situation ins Bild, in der sie sich befanden. Verwies auf die Diagramme, die Karten und detaillierten Prognosen, die Franck vorgelegt hatte, und schmückte, je länger er sprach, den Sachverhalt mit demagogischer Phrasendrescherei aus. Franck hörte ruhig zu und nickte gelegentlich. »... und frage Sie deshalb, meine Herren«, beendete der König seinen Vortrag, »was sollen wir Ihrer Meinung nach unternehmen?«

Leises Schnarchen schwebte an sein Ohr – es kam aus der Ecke, in der der Rollstuhl stand.

»Ist doch wohl sonnenklar!« schrie Batteur und fuchtelte mit seinem Krückstock.

Das plötzliche Geschrei riß Brummas aus dem Schlaf. Er fuhr hoch und sah entgeistert um sich.

»Was ist sonnenklar?« wollte Schlurf wissen.

»Daß es sich um einen Überfall handelt, wenn man uns unsere Dingsda stehlen will! Sire ...« brüllte Batteur mit schriller, heiserer Stimme. »Sire: Schlage vor, entsprechende Schritte zu unternehmen! Militärischer Natur, versteht sich! Ihnen eine handfeste Abfuhr erteilen! Ewig nicht mehr erlebt – so eine richtige Abfuhr!«

»Schon mal mit Abführtee versucht?« fragte Brummas kameradschaftlich.

Rachitwitz war plötzlich hellwach: »Soll das ... soll das heißen *Krieg*?«

»Nein, Backgammon«, gackerte Batteur sarkastisch. »Was sonst?«

»Nix sonst. Nur zwei Tassen. Aber die täglich. Wirkt hervorragend.« Brummas sprach aus Erfahrung.

»Meinst du nicht, daß das eine zu heftige Gewaltkur ist?« winselte Rachitwitz.

»Und so was nennst sich Kriegsherr!« explodierte Batteur und schlug mit der Faust auf den Tisch. Rachitwitz wurde kreidebleich.

»Was ist mit Ihnen, Schlurf? Was meinen Sie dazu?«

fragte der König und zwirbelte fröhlich seinen Schnauzer.

»Erprobung strategischer Planung in Feindesland … Muß zugeben, eine verlockende Herausforderung! Entscheidung, militärisch aktiv zu werden: Stimme zu.«

»Sehr gut. Damit wäre die Angelegenheit erledigt. Der Antrag, in den Krieg zu ziehen, ist angenommen«, erklärte der König und schielte über die Ränder seiner Lesebrille. »Gehen wir ans Werk!«

Franck, dem die Schnelligkeit der Entscheidungsfindung die Sprache verschlagen hatte, blickte verdutzt um sich. Er hatte nicht geglaubt, daß es dazu kommen würde. Zumindest nicht so rasch.

»Macht's Spaß, da drin?« Maisy hörte sich plötzlich beinahe gereizt an, ganz anders als bisher.

»O ja, danke der Nachfrage«, antwortete Hogshead höflich. Er saß in der Badewanne, rosaroten Schaum vor dem Mund.

»Alles wieder blitzsauber geschrubbt?«

»Glaub schon.«

»Wunderbar. Hier sind deine Klamotten. Und jetzt komm raus! Bißchen dalli!«

»Sind sie schon trocken? Ich frag nur, weil's nicht gesund ist, wenn man nasse Kleider anzieht. Vor allem nicht nachts, weil …«

Hogshead sah, daß Maisy verärgert das Gesicht verzog, und fing zu stottern an.

»Ich bin, äh, ich komm gleich raus. Sofort. Äh, könnten Sie mir vielleicht ein Handtuch … Ich würd mich erst gern abtrocknen …«

Maisy hielt ihm ein Handtuch hin, blieb stehen, wo sie stand, wartete und hampelte nervös herum.

»Würden Sie sich bitte umdrehen?« fragte Hogshead. »Ich komm jetzt raus.«

»Mach dir bloß keine Sorgen um mich, Schätzchen. Is mir nicht neu, was du zu zeigen hast.«

Hogshead wurde rot. Er hatte kapiert und stieg verschämt aus der Wanne.

»Warum sind Sie so böse?«

»Weil ich mit dir nur meine Zeit verschwende. Wenn ihr kein Geld habt, kann ich euch hier nicht gebrauchen.«

»Aber Sie haben uns eingeladen. Ich hatte keine Ahnung, daß wir dafür zahlen müssen.«

»War ja auch noch nix, was Geld gekostet hätte, Schätzchen. Dazu wär'n wir erst später gekommen.« Sagte es und zog einen Schmollmund. Ein klein wenig nur. Und selbst das war vergebliche Liebesmüh – pure Verschwendung, was Hogshead anging.

»Wir werden aber schon bald Geld haben, viel Geld. Deswegen sind wir hier«, sagte er fidel und rubbelte sich energisch die Haare trocken.

»Nein!« heulte Maisy verzweifelt auf. »Nicht noch einer, der hier sein Glück machen will! Hat sich wohl noch nicht bis zu euch rumgesprochen, daß die Zeit vorbei ist, wo man in Guldenburg sein Glück machen konnte. Ein Tip von mir, Schätzchen, weil du's bist: Hau ab, solang du noch kannst.«

»Nein, Sie haben mich falsch verstanden. Wir haben eine Mission zu erfüllen.«

Sie schlug die Hände über dem Kopf zusammen.

»Verdammt! Auch noch Missionare! Wird ja immer schöner. Hab doch gleich gewußt, daß ihr nicht aus der Gegend seid!«

Hogshead zog sich die Hose hoch.

»Nicht Missionare. Wir sind in geheimer Mission unterwegs.«

»Hör zu, Kleiner: Das kümmert mich nicht. Mich kümmert nur, daß du so schnell wie möglich draußen bist, damit ich einen anderen reinholen kann. Einen, der ein bißchen Geld hat. Ich hab schließlich einen Beruf.«

Maisy setzte den immer noch nicht ganz trockenen Hogshead an die feuchtkalte Spätabendluft und schlug die Tür zu.

»Moment! Nicht so schnell! Firkin!« Firkin, sein bester und – wenn man es genau betrachtete – gegenwärtig auch einziger Freund, war immer noch im Haus. Er trommelte gegen die Tür.

»Firkin! Mach auf!«

Die Tür flog auf, und ein ausgesprochen rabiat agierendes Mannweib warf den ebenfalls noch nicht ganz trockenen, hilflos zappelnden Firkin aus dem Haus.

»Moment! Warten Sie doch!« schrie Hogshead, als sich die Tür gerade schließen wollte.

Die Tür öffnete sich wieder ein wenig, sie hörten eine tiefe mürrische Stimme: »Is noch was?«

»Ich wollte nur wissen, wo wir übernachten können.«

»Habt ihr Geld?«

»Nicht viel.«

»Ist das vielleicht mein Problem?«

Die Tür knallte zu. Endgültig.

Firkin setzte sich stöhnend auf. »Was war das denn eigentlich?«

»Ich weiß nicht genau. Ich meine, Franck hat mal was von solchen Häusern erwähnt. Mir fällt nur nicht mehr ein, wie sie heißen.«

Firkin sah ihn verständnislos an.

»Überleg doch mal! Wir sind mit schmutzigen Kleidern rein und kommen sauber wieder raus … na?«

»Raus. Rein. Raus und rein. Rein … Und es wohnen ausschließlich Frauen in diesen Häusern!«

»Genau! Es liegt mir auf der Zunge.« Hogshead dachte angestrengt nach.

Firkin legte die Stirn in tiefe Falten, konzentrierte sich intensiv.

»Ich hab's!« schrie er, nachdem er ewig hin und her überlegt hatte.

»Was? Sag schon!«

»Wohnheim für Reinemachfrauen!«

Vermutlich hat Schloß Isolon nie in seiner Geschichte eine unruhigere Zeit erlebt als jene wenigen Wochen nach der Konferenz der Kriegsherren im Jahre 1025 MEZ. Aufregung herrschte in der königlichen Residenz und erfaßte wie ein ausgerasteter Dämon, der sich an Aufputschmitteln überfressen hat, jeden Winkel, jede Ecke. Es gab keinen, den dieses Fieber nicht angesteckt hätte – sogar das Rudel schwarzer Ratten, das in der Küche festen Wohnsitz genommen hatte, zuckte und zitterte ein wenig nervöser als sonst.

Es war die Aufregung, die die Kriegsvorbereitungen mit sich brachten. Hier galt es dieses zu überprüfen, dort sich von jenem zu überzeugen, gleichzeitig ein drittes zu erledigen und dabei jemanden mit der Ausführung von diesem, jenem oder dem dritten zu beauftragen, für das man selbst im Augenblick gerade keine Zeit hatte – es waren paradiesische Zeiten für jeden, der es verstand, dringende Arbeiten zu delegieren. Es war ein Tohuwabohu, jenem nicht unähnlich, das üblicherweise vor dem Aufbruch zur jährlichen Urlaubsreise herrscht. Nur etwas war anders, anders in zweierlei Hinsicht und grundlegend anders: Die Situation war ernst, und es war sehr gut möglich, daß einige von dieser Reise nie wieder zurückkehrten.

Durch den gewaltigen Rummel irrte ein kleiner Junge, ließ entzückt die Atmosphäre auf sich wirken und verstand ganz und gar nichts von all dem, was um ihn herum vorging. Prinz Klayth sah die Kolonnen der Infantrie vor den Zehntscheuern im Schloßhof aufmarschieren, sah in den Ställen die Kavallerie die Pferdegeschirre zurechtmachen, ließ sich von einer Gruppe zur anderen treiben, von denen jede aufgeregt zum Aufbruch rüstete, und hörte überall und immer wieder das eine Wort: Krieg.

Isolon befand sich in der Schlußphase der Vorbereitung zum Krieg mit dem benachbarten Königreich Cranachan. Seine Kriegsherren hatten Strategien entworfen und den Einsatz geplant, Brummas hatte einen eigens für diesen Anlaß konstruierten Kampfrollstuhl beantragt ... Dem Antrag war stattgegeben worden, Isolon war einsatzbereit.

Und dann plötzlich fiel Prinz Klayth auf, daß etwas anders geworden war. Eines Morgens wachte er auf und spürte, daß sich etwas verändert hatte. Er stieg aus dem Bett und schlich auf Zehenspitzen durchs Zimmer. Öffnete leise die Tür und stahl sich hinaus. Als erstes sah er ein Paar enorm großer schwarzer Stiefel, dann den langen wallenden Dienstumhang und schließlich das riesige bärtige Gesicht seines Vaters, das Gesicht von König Kharthezsh, der mit gequältem Lächeln durch die Gläser seiner Lesebrille zu ihn heruntersah.

»Hallo, Pappi«, flüsterte der kleine Prinz. »Was machst du denn da? Und wo ist Mami?«

»Deine Mami ist an einem sicheren Ort, mein Kleiner. Ganz sicher.« Der König bückte sich, nahm den jungen Prinzen auf den Arm und setzte sich mit ihm auf einen Stuhl.

»Warum?« fragte Klayth.

»Weil ich fort muß. Und du, mein großer starker Junge, du mußt jetzt ganz tapfer sein. Versprichst du mir das?«

Klayth blickte hoch und musterte das unrasierte Gesicht seines Vaters: Alt sah er aus, sehr alt ... Aber auch sehr stark ... Wie ein knorriger Baum. Baumstark.

König Kharthezsh hatte seinen Thron lange Zeit, beinahe fünf Jahre lang nicht verlassen. Fünf Jahre lang hatte ihn die Sorge gequält, er könnte für immer kinderlos bleiben und nie einen Sohn und Erben haben. Was nicht daran lag, daß er nicht alles versucht hätte – die Mehrheit der Hofdamen konnte ein Lied davon singen. Es war nur etwas schwierig gewesen, die Partnerinteressen in Einklang zu bringen. Ein Koordinationsproblem, wie so oft …

Doch dann war vor gut vier Jahren Klayth zur Welt gekommen, und der König war seine Sorgen los. Jetzt, da die Erbfolge geregelt war, konnte er sich endlich wieder auf alle jene Aufgaben stürzen, für die ein König tatsächlich zuständig war, und seinem Sohn ein Vorbild geben, dem dieser nacheifern konnte. Jetzt brauchte er nicht länger mehr im Schloß zu bleiben, jetzt hatte er wieder Zeit, sich um die Regierungsgeschäfte zu kümmern und getreu seinem Motto *Hart, aber gerecht* für den Fortbestand jener blutsaugerischen Schreckensherrschaft zu sorgen, die ihm so lieb und teuer war. Die mehrjährige Phase erzwungener Enthaltsamkeit (keine Schlachtfeste, keine Plünderreisen!) lag hinter ihm, *eine* Nacht voll Leidenschaft hatte genügt, sie zu beenden. Wie er das in seinem Alter hingekriegt hatte, war mehrere Wochen lang Geprächsthema Nummer eins gewesen. »Mein Sohn, du sollst jetzt für eine kleine Weile an meiner Statt König sein. Passieren kann dir nix – Mattsches und Börrnhadt passen auf dich auf.«

Mit Tränen in den Augen sah Klayth seinen Vater an. Er würde ihn wohl nie wieder sehen. Warum er das glaubte – er hätte es nicht sagen können. Und doch glaubte er es ganz bestimmt.

»Damit wäre das also auch erledigt«, sagte der König leise, setzte den Prinzen ab und ging aus dem Zimmer. Klayth sagte kein Wort. Was hätte er auch sagen sollen, wie hätte er auch dazu Stellung nehmen können – er, der keinen blassen Schimmer davon hatte, was sich um ihn herum abspielte?

Er zog sich in sein Zimmer zurück und starrte gedankenverloren aus dem Fenster. Nur wenig später sah er den König, die vier Kriegsherren und einen PRoSt* an der Spitze der ersten Marschkolonne zum Tor hinaus und über die Zugbrücke ziehen. Sie waren aufgebrochen, um in die Geschichte einzugehen. Für immer.

Klayth kam sich sehr klein und unbedeutend vor. Er wandte sich vom Fenster ab.

Whintz, der Fahrende Zauberer, schlief nach wie vor und ließ sich von den Strahlen der Spätnachmittagssonne wärmen. Der Mond auf seinem Umhang blitzte und funkelte im gleichen Takt, mit dem seine Brust sich hob und senkte. Neben ihm lag – zerknittert und verbogen, so wie es ihm vom Schoß gerutscht war – das altehrwürdige ledergebundene Buch. Der Mund war leicht geöffnet, der Magier schnarchte leise. Es war ein Bild voll tiefer Harmonie und glückseliger Weltvergessenheit.

Zum Glück für den Magus, dem so der Anblick jener widerwärtigen Kreatur erspart blieb, die auf der anderen Seite der Lichtung auf der Lauer lag. Hätte dieses Ungeheuer Lippen besessen, dann hätte es sich diese angesichts seiner Beute verlangend geleckt. Hätte sie Hände gehabt, dann hätte es sich dieselben erwartungsvoll gerieben. Wäre ihm ein erbarmungsvolles Herz gegeben gewesen, dann hätte es sich etwas in seiner Größe ausgesucht. Doch da drüben, direkt vor seinen Augen, lagen die nötigen Zutaten für ein Festmahl. Ein Festmahl, das nur darauf wartete, daß es sich bediente. Und das täte es führwahr – hungrig, wie es war. Die Augen der Kreatur taxierten die Entfernung, die zwischen ihr und ihrer Beute lag. Sie machte sich ein genaues Bild vom Streckenverlauf, sondierte die Stel-

* PRoSt: Panzer-Rollstuhl

len, wo sie in Deckung gehen, wo sie aus dem Hinterhalt angreifen konnte – alles bestens. Kein Problem. Bis auf diesen entsetzlichen Hunger …

Sie setzte sich in Bewegung und kroch langsam auf den unschuldig schlafenden alten Mann zu. Schlängelte sich leise und verstohlen über die Lichtung. Hielt sich tief am Boden und machte sich unsichtbar. Kam näher und immer näher, mit aufgeregt bebenden Kauwerkzeugen. Und als sie ihre Mahlzeit betrachtete, die wehrlos vor ihr lag, überflutete ein brodelnder Sturzbach aus Verdauungssäften ihren Magen. Sie arbeitete sich an den tief schlafenden und keine Gefahr ahnenden alten Mann heran, zog ihren Körper, der nichts Menschenähnliches besaß, mit schleifenden, ruckenden Bewegungen noch ein kleines Stück näher, hob den Kopf und … Wie ein letztes Lebenszeichen ersterbender Schönheit blitzte kurz vor dem Gemetzel vom speicheltriefenden Rachen im Licht der Sonne ein flüchtiges Leuchten auf, und dann … dann stieß der Kopf gnadenlos zu, stieß nach unten, fuhr nach links, nach rechts, stieß zu mit messerscharfen Zähnen, die tiefe Wunden schlugen. Fetzte und riß und schlang – mörderisch, rasend, vom Blutrausch besessen. Schleuderte in wilder Wut Zerstückeltes in alle Richtungen, um endlich, endlich den nagenden Hunger zu stillen …

Und als die Sonne mit rotfarbenen Strahlen den Schauplatz beschien, auf dem Blutgier und zerstörerische Lust ihr schändliches Werk verrichtet hatten, wälzte die Kreatur den aufgeblähten satten Leib zur Seite, um das deftige Essen besser verdauen zu können.

Einsam und verlassen strich ein kühler Windstoß über den schlafenden alten Mann und versetzte die Rockschöße in leichtes Flattern. Die Augenlider des Schläfers flackerten unwillkürlich, gräßliche Krämpfe schüttelten den Körper, als die allmählich abklingenden Feuerstöße der Nervenfortsätze das Ende eines Nachmittagsschläfchens ankündigten. Whintz gähnte ausgiebig, kratzte sich zwischen den Schulterblättern, leckte sich schmatzend die Lippen und streckte sich. Dann nahm er das ledergebundene alte, Buch, schlug es zu und steckte es vorsichtig wieder in den Rucksack. Schließlich stand er auf, streckte sich noch einmal, um die steifen Glieder ein wenig zu lockern, massierte sich den Rücken und machte sich auf den Weg zur nächsten Stadt. Zurück blieben ein Fleck an einem Baumstamm (leicht angewärmt), eine zerdrückte Stelle im Gras (in der sich die Konturen eines menschlichen Körpers abgezeichnet hatten) und ein winziges Häuflein altersgilbes Pergament (frisch zerkaut).

Eine sanfte Bö wirbelte die Schnitzelchen hoch und versteckte sie unter einem Haufen aus abgefallenem Laub, der seit einem Jahr schon an ein und derselben Stelle vor sich hin welkte.

Und nicht weit von dieser Stelle schnarchte ein Bücherwurm leise vor sich hin und verdaute sein nachmittägliches Festmahl.

Ganz hinten, am Ende einer finsteren, feuchten, mit Wackersteinen gepflasterten Gasse, in der verrufensten Gegend der Stadt, hatten sich Dutzende der übelsten Schurken von Guldenburg zum nächtlichen Krakeel versammelt.

Was nichts Besonderes war.

Sie versammelten sich Nacht für Nacht zum nächtlichen Krakeel.

Irgendein Anlaß ließ sich jedesmal finden.

Sie waren unglaublich einfallsreich, wenn es darum ging, einen Anlaß zu finden. Wenn es einmal nicht die Aufnahme eines eben aus dem Gefängnis ausgebrochenen Sträflings in ihren fidelen Verein war, die es zu feiern galt, dann konnte man immer noch den Jahrestag der Aufnahme eines damals eben aus dem Gefängnis ausgebrochenen Sträflings in ihren fidelen Verein feiern. Oder vielleicht einen erfolgreich ausgeführten Mord. Möglicherweise wollte aber auch ein überaus großzügiger Dieb seine Mitmenschen an seinem großen Erfolg teilhaben lassen und hielt seine Freunde frei. Im *Silbernen Spucknapf,* wo es überaus einfach war, Freunde zu finden: Jeder, der einem die Gurgel nicht durchschnitt, war ein Freund, jeder, der einem kein Messer in den Rücken rannte, war ein Freund, jeder der einem nicht ...

Die Guldenburgsche Unterwelt verstand es, Feste zu feiern. Rund um die Uhr hockte sie im *Silbernen Spucknapf* zusammen, im ›Spuckschloß‹, wie die Pinte liebevoll genannt wurde. Sie schätzte die *Schtimmung,* die dort herrschte. Und umgekehrt: Die *Schtimmung* schätzte auch sie.

Der Einladung zu einem Fest war Folge zu leisten. Ohne jedes Wenn und Aber. Entschuldigungen wurden nicht angenommen. Auch nicht im Fall von Mord und Totschlag. Selbst dann nicht, wenn es sich um die Ermordung des Eingeladenen handelte.

Wie immer waren auch heute abend wieder alle da, die immer da waren. Aezznaton, der Meuchelmörder, und Aknerr, der Rausschmeißer, spielten *Köpfeln**, ein Horde unbedeutender Straßenräuber und Diebe stand um sie herum und sah zu.

»Aufstellen!« überbrüllte Aezznaton den betäubenden Krach.

Aknerr bückte sich, steckte ein Geldstück in den Münzeinwurf am Spieltisch und stellte auf, was auf den Tisch kam.

---

* *Köpfeln* wird auf einer glatten Schieferplatte mit sechs Löchern gespielt, mit zwei Äxten und null Regeln. Genauer gesagt: Es gibt Regeln, wenn auch keine für jedes Spiel verbindlichen und unveränderlich geltenden Regeln. *Köpfel*-Regeln werden während des Spielverlaufs im Ad hoc-Verfahren formuliert, und zwar von dem Spieler, der a) am lautesten krakeelen kann und b) am meisten intus hat.

Raphgyr, der Wirt, war mit einer Anzahl mordlustiger Verrückter aneinandergeraten, die die Zeche bemängelt hatten, die er für die letzte Runde kassieren wollte.

Die Kundschaft, die sonst noch anwesend war, vergnügte sich entweder damit, die Entwicklung der Randale an der Theke zu begutachten, oder verzog sich an eines der vielen Tischchen, mit denen die trüb und schummrig beleuchtete Lokalität vollgestellt war, um sich dort mit tausenderlei Tricks und Schlichen gegenseitig auszunehmen und zu schröpfen. Die *Schtimmung* war hervorragend. Ganz besonders, wenn man eine schwarze Seele hatte.

»Ich bin dran!« schrie Aezznaton Aknerr ins Gesicht und säbelte – um Mißverständnisse erst gar nicht aufkommen zu lassen – drei Gelegenheitsdiebe um. In der Luft hing fahl ein böses Grinsen – die *Schtimmung* heizte sich auf.

»Aber ich hab doch aufgestellt.«

»Willst du dich etwa mit mir anlegen?« Aezznaton spielte lässig mit seinem dreißig Zentimeter langen Hackmesser.

»... Äh ...«

»Ich bin dran.« Aezznaton verstand es sehr gut, auf eine Art und Weise zu flüstern, daß ihn jeder verstand.

Auf der glatten Schieferplatte vor ihm waren fünf annähernd kugelförmige Objekte zu einer Figur gruppiert, die in etwa einem Dreieck glich.

Aezznaton richtete sich zu voller Größe auf (sein Kopf stieß dabei fast an die niedrige Balkendecke), biß die Zähne zusammen und ließ die Axt auf die Kugel niedersausen, die direkt vor ihm lag – ein lauter Krach, das abscheuliche Knacken splitternder Knochen, und die Kugel zersprang in tausend Stücke.

Begleitet vom lautstarken Beifallsgejohle der Diebe und Straßenräuber, vermischte sich die gräulichschwabbelige Masse mit dem fast schon geronnenen Blut, rieselte über die Schieferplatte und versickerte in den Löchern entlang der Bande.

»Nummer Eins! Uaahaha!« brüllte Aezznaton und machte sich zum zweiten Schlag bereit.

In dieser Runde zersplitterten zwei erst seit kurzem tote Totenköpfe. Die Diebe rasten vor Begeisterung und zeigten damit jenes Engagement, das von ihnen erwartet wurde: In der Gestaltung des Nachtlebens im *Spucknapf* spielte der Punkt ›Mitwirkung des Publikums‹ eine fundamentale Rolle. Wer nicht deutlich erkennen ließ, welchen Spaß er daran hatte, anderen beim Spielen zuzusehen, der konnte sehr schnell erleben, welchen Spaß die anderen daran hatten, ihr Spielchen mit ihm zu treiben. Oder wenigstens mit einem Teil von ihm …

Das wußten auch die Verrückten, die sich wegen der Zeche beschwert hatten. Raphgyr hatte den Aufruhr hinter der Theke niedergeschlagen, indem er den Randalierern eine einfache Rechnung präsentiert hatte: Er hatte mit Hilfe einer simplen Addition ihre Kopfzahl ermittelt. Aezznaton holte ein drittes Mal aus und … erstarrte. Er wollte seinen Augen nicht glauben: In der Tür standen zwei Unbekannte, die ihren Augen nicht glauben wollten. Einer von ihnen – der etwas pummligere – hüstelte. Es wurde schlagartig totenstill.

Die *Schtimmung* war spannungsgeladen.

Firkin und Hogshead waren ziemlich schnell dahintergekommen, daß es nicht sehr klug war, in der dreckigen Gasse vor *Daisy und Maisy's Lustschlößchen* im Rinnstein hockenzubleiben. Es war schlimm genug, weiß-Gott-wo in einer Stadt gelandet zu sein, die man nicht kannte (und möglicherweise besser auch nie genauer kennenlernen sollte). Sich dazu aber auch noch auf einer der schäbigeren von den vielen Vergnügungsmeilen von Guldenburg herumzutreiben, zu einer Tageszeit, da das Ende des Abends und der Einbruch der Nacht unmittelbar bevorstanden – das war nicht nur ›nicht sehr klug‹, das war selbstmörderisch.

Je später der Abend, desto zahlreicher die Gäste, die das rosarote Etablissement aufsuchten. Und so, wie die Zahl der Kunden beständig stieg, so stieg auch der Pegel ihrer durch den Konsum geistiger Getränke verursachten Vergiftung. Finsteres Volk tauchte auf, schwerkriminell und hünenhaft groß, grinste besorgniserregend bösartig auf die Jungen herab, die zwergenhaft klein vor ihnen standen, und hauchte ihnen alkoholgesättigte Dunstschwaden ins Gesicht. So faßten sie schließlich den Entschluß, weiterzuziehen. Nicht etwa deshalb, weil sie tatsächlich gewußt hätten, wohin sie sich wenden sollten. Was sie dazu veranlaßte, war eher jenes märchenhaft sichere Gefühl, das ihnen sagte: ›Etwas Besseres als das hier finden wir überall.‹

Anfänglich operierten sie auf ihrem Erkundungsgang mit jener Navigationstechnik, die dem Vorbild der Brownschen Molekularbewegung nachgebildet ist. Mit jener Methode, die Touristen auf der Suche nach Sehenswürdigkeiten von historischer Bedeutung planlos durch fremde Städte irren läßt, und deren Faustregel etwa folgendermaßen lautet: ›Stiefeln Sie einfach aufs Geratewohl drauflos, und zwar so lange, bis Ihnen irgend etwas, ganz gleich was, bekannt vorkommt.‹ Unglücklicherweise erwies sich dieses Verfahren in ihrem Fall (Firkin und Hogshead suchten etwas, von dem sie weder wußten, wie es hieß, noch wie es aussah) als absolut unzweckmäßig und schlechthin kontraproduktiv. Sie mußten eine Vorgehensweise finden, die es ihnen ermöglichte, ein klein wenig gezielter zu suchen. Und da sie ein Wirtshaus suchten, eine Einrichtung, deren ausschließlicher Unternehmenszweck es war, eine durstige und/oder alkoholsüchtige Kundschaft mit Wein,

Schnaps und nie versiegenden Bierströmen zu versorgen... Vielleicht war es ein gangbarer Weg, zunächst einmal Strömungsrichtung und Intensität der durch die Luft übertragenen Alkoholdünste zu ermitteln, dann entgegengesetzt zum Schwundgradienten der Dünste zu marschieren; vielleicht war es so möglich, nach kurzer Zeit schon ihren Ursprungsort zu entdecken und am Ziel anzugelangen. Sie zogen los. Immer der Nase nach.

Die Sache war nicht so einfach, wie sie gedacht hatten. Guldenburg war voller Gerüche, voll mannigfaltiger, gegensätzlicher und – schlimmer noch – ekelerregender Gerüche. Der Versuch, ausschließlich einem dieser Gerüche zu folgen, erwies sich als außerordentlich schwierig. Sie irrten durch dunkle Seitengassen, die sich an den Stadtmauern entlangzogen, beschleunigten jedesmal ihre Schritte, wenn sie an einer Gruppe höhnisch grinsender Mordbrenner vorbeigehen mußten, die merkwürdiges Zeug inhalierten, dessen geheimnisvoll bläulicher Rauch auf eine Art und Weise in der Luft hing, die geradezu locker und entspannt wirkte. Einige Male mußten sie, wenn sie wieder einmal in eine Sackgasse geraten waren, umkehren und denselben Weg zurückgehen – was ihnen vor allem dort des öfteren passierte, wo Gassen und Seitenstraßen an der Stadtmauer endeten. Und immer und ohne Ende wuselten ihnen Ratten um die Füße, die zu unbekannten Zielen unterwegs waren, und nie erstarb das Summen und Brummen um sie her, das von der lebhaften Betriebsamkeit in den Gebäuden am Straßenrand kündete. Von einem Leben in Häusern, in denen es von Kakerlaken wimmelte, wo auf ein Wirbeltier hundert Bewohner kamen, die wesentlich weniger Rückgrat aufzuweisen hatten.

Und als Firkin und Hogshead schließlich wieder einmal erschöpft in eine andere, ansonsten aber ebenso abstoßend wirkende Seitenstraße einbogen, sahen sie vor sich, auf der rechten Straßenseite, ein Haus, aus dem ihnen unerwartet lauter Lärm entgegenschallte: rauhes Lachen, gelegentlich das klirrende Scheppern von zerbrechendem Glas, wüstes Geschrei und tief darunter ein dumpfes rhythmisches Pulsen.

Über der Tür hing ein ramponiertes, im höchsten Maß reparaturbedürftiges Schild. Wenn man die Augen zusammenkniff und angestrengt ins Düstere schielte, konnte man die Aufschrift gerade noch entziffern: *Zum Silbernen Spucknapf*.

Angeblich war diese Namensgebung Resultat einer unglückseligen Verkettung gewisser Ereignisse, zu der es durch die Zusammenarbeit eines an Leseschwäche und teilweiser Taubheit leidenden Schildermalers, eines betrunkenen Amateurhistorikers und durch die zwar aufrichtige, im gegebenen Fall aber eher unpassende monarchistische Gesinnung des damaligen Gastwirts gekommen war. Dieser Gastwirt hatte beabsichtigt, seiner Verehrung für den König dadurch Ausdruck zu verleihen, daß er sein eben renoviertes Lokal in entsprechender Weise umbenennen wollte. Er hatte sich dunkel an jene Legende erinnert, derzufolge Könige zum sichtbaren Zeichen ihrer Würde mit irgendeinem Ding zur Welt kamen. Daß dieses Ding aus Silber war, das wußte er noch. *Was* es war, das war ihm entfallen. Weswegen er sich bei einem Freund (Amateurhistoriker und approbierter Trinker) Rat holte, der ihm versicherte, daß er das natürlich wisse. Woraufhin der Gastwirt ein neues Schild in Auftrag gab und sein Lokal umbenannte.

Der König war anwesend, als im Rahmen einer würdigen Zeremonie das neue Schild feierlich enthüllt werden sollte. Leider war an diesem Tag nicht alles so verlaufen, wie es geplant gewesen war. Nachdem der Gastwirt eine einigermaßen annehmbare Ansprache gehalten hatte, war er stolz zur Enthüllung geschritten. Daraufhin war dem König der Mund offenstehen geblieben, die Menge hatte vor Lachen gebrüllt, und der Gastwirt war von zwei Männern der Schwarzen Garde abgeführt worden. Man hatte noch gesehen, daß er sich gewehrt, daß er gezappelt und gestrampelt hatte... Aber das war auch das letzte gewesen, was man je von ihm gesehen hatte. Das Schild war auf Anordnung des König geblieben, wo es war – als eine Art Gedächtnishilfe, auf daß nie wieder vergessen werde, worin Königswürde zum Ausdruck kam: in Symbolen von *edler* Machart. So edel, daß man sie sogar unbedenklich in den Mund nehmen konnte. »*Löffel* zum Beispiel«, hatte er noch klargelegt, »silberne *Löffel!*« Und war herrisch auf- und anschließend davongestampft.

Was mit dem Gastwirt geschehen war, wußte keiner. Auf jeden Fall nichts, was man sich wünschen würde, wenn einem Gesundheit und Wohlergehen am Herzen liegen – so glaubten zumindest die meisten. »Er hat bestimmt«, so erzählten sich die Leute auf der Straße, »schon längst den Löffel abgegeben.«

Alles das war vor langer, langer Zeit geschehen, und möglicherweise war die ganze Geschichte auch nicht unbedingt wahr. Die Guldenburger erzählten sie sich trotzdem immer wieder sehr gern.

Firkin und Hogshead standen draußen vor der Tür und lauschten den zotigen Gesängen. Sie sahen sich an, holten tief Luft und traten in den *Silbernen Spucknapf*... ein.

Schlagartig verstummte die besoffene Kakophonie, erstickte wie unter einem schweren dicken Teppich. Die Jungen standen in der Tür, Hogshead hüstelte, die *Schtimmung* wurde feindselig.

Um einen großen Tisch mit Schieferplatte standen mehrere Männer, die Äxte in den Händen hielten und eben zum Schlag ausgeholt hatten. Andere, deren knarrende Rüstungen Rost angesetzt hatten, saßen in abgeschlossenen kleinen Nischen und tranken den einen oder anderen Eimer leer, in dem eine braune Flüssigkeit schwappte. Etliche Gäste hatten die Hände in den Taschen etlicher anderer Gäste stecken. Langsam trat Firkin an die Theke, vorbei an einer Gruppe von Männern, die so verdattert schienen, daß sie ihm anstandslos den Weg freigaben.

Er kletterte auf einen Barhocker, setzte sich und starrte mit großen Augen den verschwitzten Koloß an, der vor ihm aufragte: Raphgyr, der allerorts hochgeachtete, allenthalben immens gefürchtete und allseitig kolossal gerundete Kneipier.

»Herr Wirt«, sagte Firkin und bemühte sich um einen Tonfall, der – wie er hoffte – ›beherzt‹ klang, »wir ...«

Er hörte gehetztes Fußgetrappel, blickte sich um – Hogshead war ebenfalls an die Theke getreten.

»Wir möchten gern eine Kleinigkeit essen ... wenn es keine Umstände macht ... bitte ...«

»Sooo! Möchtet ihr? Möchtet ihr gern?«

Firkin spürte, wie ihm der Schweiß in dicken Tropfen auf die Stirn trat.

Der Wirt wuchtete seine bullige Statur ein klein wenig näher an ihn heran. Wischte sich die Hände an einem Handtuch ab ... Es war eine harmlose, an sich völlig unbedeutende Verrichtung. Für Firkin aber hatte sie eine Bedeutung. Keine gute. Für Firkin bedeutete sie ›Gefahr‹ – große GEFAHR! Raphgyr (er trug Schürze und Weste, und beide sahen aus, als hätte er sie seit Monaten nicht mehr ausgezogen) – Raphgyr stand dicht vor Firkin und füllte dennoch den Raum hinter der Theke. »*Wir möchten gern eine Kleinigkeit essen*! Echt? Ha, ha, ha!« Er brüllte vor Lachen. Ansonsten aber war es so still, daß man eine Stecknadel hätte fallen hören können.

»Ja, bitte.«

»Was heißt eigentlich ›wir‹?« Der Wirt linste über den Rand der Theke. »Wir ham's doch hoffentlich nicht mit'm Prinzn oder so was zu tun. Ho, ho, ho!«

Die anwesenden Meuchelmörder, Straßenräuber und sonstigen Berber, die für gute Unterhaltung immer zu haben waren, rückten auf ihren Sitzen ein Stückchen nach vorn.

»Äh, nein. Nur mit uns zwei.« Firkin zeigte auf den knallrot angelaufenen Hogshead.

»Und sonst? Nicht vielleicht noch eine ganze Wagenladung draußen? Echt bloß ihr zwei?«

In der hintersten Ecke blitzte ein boshaftes Grinsen auf.

»Echt. Bloß wir zwei.« Firkin schluckte beunruhigt.

»Oooh, is aber echt schade! Wo wir doch so gern Besucher hab'n. Hab ich recht, Gnorm?« Raphgyr stieß den Kleiderschrank, der links neben ihm stand, in die Seite.

Gnorm prustete los, nickte wie wild mit dem Kopf und sagte: »Arr.«

»Könnten Sie uns vielleicht sagen, was heute auf der Menükarte steht?« fragte Firkin.

»Ooooh, habt ihr gehört? *Menükarte* hat er gesagt. Nobel, echt nobel.«

Der Wirt amüsierte sich blendend. Er genoß die Situation wie ein Schauspieler, der spürt, daß er sein Publikum allmählich in den Griff bekommt. Mit theatralischer Gebärde lehnte er sich über den Tresen und sagte zu Firkin: »Aalsooo Menükarte – so was ham wir hier nicht. Und außerdem seid ihr schon hübsch spät dran. Müßt ich erst mal auf mei'm Speisezettel nachsehen … fürchte, ich hab nicht viel für euch übrig … Aber fragt mich ruhig.« Damit hatte er anscheinend etwas gesagt, worüber sich mehrere jugendliche Gelegenheitsdiebe irrsinnig belustigen konnten – sie gerieten vor Freude schier aus dem Häuschen.

Firkin war bei der Angelegenheit überhaupt nicht wohl, er hatte das ungute Gefühl, daß ihm die Sache aus der Hand glitt. Er schluckte wieder, holte tief Luft und …

»HamSiedenngarnixfürunsübrig, HerrWirt?« stotterte Hogshead, die Augen fest zusammengekniffen, los. Die Kneipe kringelte sich vor Lachen, und Firkin biß sich betreten auf die Lippen.

»Aber sicher, Jungs! Gut, daß ihr mich danach fragt!« lachte der Wirt und überreichte Firkin einen abgegriffenen Fetzen Pergament, der fettig glänzte und beinahe schon durchsichtig war. »Hier, bitte schön«, strahlte er sie an. »Hoffe doch, ihr nehmt uns unseren kleinen Scherz nicht übel. Es ist nur so, daß wir nicht allzuoft neue Gesichter bei uns sehen. Und wenn's schon mal passiert, dann woll'n wir auch das Beste aus der Sache rausholen. Hab ich recht, Gnorm?«

»Arr.«

Hogshead wurde von zwei riesigen Händen gepackt, hochgehoben und neben Firkin auf den Hocker gesetzt.

»Sagt mir einfach, was ihr wollt.« Raphgyr schob den Jungen zwei schäumende Gläser hin.

Jetzt fiel ihnen plötzlich wieder ein, daß sie fast einen ganzen Tag lang nichts getrunken hatten (von dem bißchen Badewasser einmal abgesehen, das sie geschluckt hatten. Das zählte nicht). Sie griffen sich die Gläser und schütteten den Inhalt in Sekundenschnelle in sich hinein. Schmeckte komisch. War aber immerhin naß. Und tat gut.

»Määnsch! Müßt ja richtig ausgetrocknet sein, Jungs!« Raphgyr schob ihnen zwei neue Gläser hin. Sie wurden genauso schnell weggeputzt und unverzüglich durch ein frischgefülltes drittes Paar ersetzt.

Mittlerweile hatte sich die *Schtimmung* wieder normalisiert. Am *Köpfel-Tisch* wurde wieder geköpfelt, und im *Spuckschloß* herrschte wieder die ganz normale, übliche dicke Luft, die zu 45 % auf Zigarettenrauch bestand, zu 20 % aus Pfeifentabak, zu 19 % aus Alkoholdünsten, zu 13 % aus den Aromen exotischer und sehr wahrscheinlich illegaler Rauschmittel und zu 3 % aus Sauerstoff. Womit bewiesen wäre, daß bei der Zusammensetzung eines gedeihlichen Klimas die Beimischung von Sauerstoff eine allenfalls übergeordnete Rolle spielt.

Firkin und Hogshead, die ihren Durst noch lange nicht gelöscht hatten, griffen zum nächsten Glas.

Wie jedermann weiß, richten sich Zeit und Gezeiten nicht nach den Uhren der Menschen. Die Welt ändert sich, neue Erfindungen werden erfunden, längst vergessene Entdeckungen neu entdeckt, uralte Städte, für die sich keiner mehr zuständig fühlt, werden baufällig und ruinös, Muskeln und Geschicklichkeiten bilden sich wegen mangelnden Trainings zurück und verkümmern, Zeitschriftenabonnements laufen aus. Und so mußte auch Batteur im Jahre 1025 MEZ feststellen, daß er es verabsäumt hatte, sein Abonnement auf die Monatszeitschrift *Der Stratege* zu erneuern.

Dieses Versäumnis war nur ein Symptom unter mancherlei anderen, an denen ersichtlich wurde, was all die Jahre einer selbstauferlegten Friedenszeit (jene Jahre, die der König auf die Erzeugung eines Sohnes verwendet hatte) der militärischen Größe angetan hatten, durch die sich die Kriegsherren von Isolon einstmals ausgezeichnet hatten. Was die anderen Symptome anging, so handelte es sich um die übliche Mischung aus Arthritis, grauem Star, grauem Haar und Altersschwäche. Allerdings konnte dieses Symptombild nicht in jedem Fall als eindeutiger Beweis für den behaupteten Ursache-Wirkungs-Zusammenhang gewertet werden: Rachitwitz etwa hatte zeit seines Lebens einen Sprung in der Schüssel gehabt.

Doch das Problem lag nicht nur darin, daß die Leistungsfähigkeit der militärischen Oberbefehlshaber auf Grund anhaltender Unterforderung verkümmert war. Das Problem lag auch und vor allem darin, daß die Welt in der ganzen Zeit nie aufgehört hatte, sich weiterzudrehen. Die Kriegskunst hatte Fortschritte gemacht. Man hatte neue und wirksamere Methoden entwickelt, durch die sich taktische Vorteile erzielen ließen; verbesserte Herstellungsverfahren ermöglichten die Produktion größerer, wirkungsvollerer und schwererer Waffen; zur Steigerung militärischen Könnens und soldatischer Tapferkeit waren spezielle Trainingsprogramme entworfen worden, die mittlerweile weite Verbreitung gefunden hatten.

Unglücklicherweise scheint ein vergreisender Geist eine ganz bestimmte Eigenheit nie zu verlieren: die Fähigkeit, sich zu empören, diese Empörung als ›gerechten Zorn‹ zu verstehen und zäh daran festzuhalten. Wenn mit zunehmendem Alter überhaupt noch etwas ›zunimmt‹, dann diese Eigenheit. Und zwar in außerordentlichem Maße. Und Empörung kann eine gewaltige Kraft sein.

Wie im Fall der Kriegsherren von Isolon ersichtlich: Nachdem ihnen zweiundzwanzig Jahre lang jede auch nur im entferntesten kriegerische Betätigung verwehrt gewesen war, reagierten sie jetzt wie ein in den Stall gesperrter Renngaul, der sich in die Trense verbeißt und nervös mit den Hufen scharrt – sie lechzten danach, bei der erstbesten Gelegenheit die Fackel des Krieges zu entzünden. Was sie auch taten und sich dabei böse die Finger verbrannten.

Zum ersten Mal nach zweiundzwanzig Jahren durften die Kriegsherren wieder erleben, was es bedeutet, Macht zu haben. Und was es bewirkt. Wie jedes anständige Suchtmittel stieg ihnen dieses Erlebnis blitzschnell und unmittelbar zu Kopfe: Sie schikanierten jeden, der ihnen unter die Augen kam, oder gingen ihm, wenn nötig, um den Bart; schickten Anweisungen mit höchster Dringlichkeitsstufe an diejenigen, die sie nicht fortwährend im Auge behalten konnten, und setzten so die vor sich hinrostende Kriegsmaschinerie schlagartig wieder in Bewegung. Es war ein Kaltstart, bei dem das Getriebe einige Male protestierend aufjaulte.

Blind vor Empörung stießen die Kriegsherren den Schlachtruf aus, ließen dem Chaos seinen Lauf und die Truppen von Isolon los. Zweieinhalb Minuten später mußten sie sehen, wie Isolons stolze Söhne zu Paaren getrieben wurden, und Batteur schwante, daß es vielleicht doch ein Fehler gewesen sein mochte, das Abonnement für seine Monatszeitschrift *Der Stratege* nicht verlängert zu haben.

Aber wenigstens, dachte er sich, als man ihn nach Cranachan schleifte, *ist damit klar, daß wir gar nicht gewinnen konnten. Woher hätten wir denn auch wissen sollen, daß wir zahlenmäßig unterlegen waren, daß wir mit der falschen Taktik und mit den falschen Waffen kämpften und ergo von vornherein auf der Verliererseite gestanden hatten?*

Die Cranachier hatten mit Hilfe eines brillanten taktischen Schachzugs einen außerordentlichen Sieg errungen. Alles war wie geplant abgelaufen:

Als die konzentrierte, bis an die Zähne bewaffnete, angriffsbereite Streitmacht von Isolon in geschlossener Formation durch ein ganz besonders enges Tal marschierte, war ein einzelner cranachischer Infanterist hurtig hinter einem kleinen Wacholderbusch hervorgesprungen und hatte (indem er sich der in aller Welt verständlichen Universalsprache der Pantomime bediente, deren Regeln in der Genever-Konvention* niedergelegt

* Genever-Konvention: Vorschriftensammlung zum Thema ›Gutes Benehmen in der Schlacht‹; eine berauschende, schwerverträgliche Mixtur aus Vorstellungen und Richtlinien, deren Lektüre garantiert rasende Kopfschmerzen verursacht.

sind), ein komplette, anrückende Armee angehalten. Er hatte zu den Bergwänden hinaufgezeigt und so – wie eine Stewardeß, die die Passagiere über die Lage der Notausgänge informiert – die kollektive Aufmerksamkeit der isolonschen Streitmacht während der ganzen Zeit ihres Marsches durch das Tal dirigiert und auf die cranachischen Soldaten gelenkt, die nach und nach und in immer größerer Zahl auf den Felswänden aufgetaucht waren. Eine anschauliche Darbietung zur Demonstration der Stärke durch nackte zahlenmäßige Überlegenheit, durchgeführt zu dem einen und einzigen Zweck: Sie sollte Eindruck machen. Sie hatte Eindruck gemacht: Das militärische Äquivalent des Lampenfiebers erfaßte die Reihen der isolonschen Truppen, sie winselten, bebten und gaben sich schließlich geschlagen.

Der Verheerenswerte Thatarr sah es mit ungeheuer Genugtuung: *ein leichter Sieg über diese rückgratlosen Kreaturen*, sagte er sich. *Ich frage mich, wie sie es überhaupt wagen können, sich zur Klasse der Wirbeltiere zu zählen.* Es war beinahe wie ein Feiertag: Nach den Wochen der Vorbereitung und Planung, nach den Tagen, an denen man wie ein kopfloses Huhn hin und hergerannt war – es hatte nur zweieinhalb Minuten gedauert, und alles, was übriggeblieben war, war einzig und allein die Erinnerung daran, daß es einmal einen Kriegsgegner gegeben hatte. *Zisch* – und weg war er! Wie ein Nachtfalter, der in einer Stichflamme verschmort. Schade nur, daß es keine Dokumentation geben würde. Es war alles viel zu schnell gegangen – kein Schlachtenmaler hätte so flink pinseln können.

Thatarr sah dem Almabtrieb noch ein paar Minuten lang zu, steckte dann die Augustnummer des *Strategen* in die Tasche und machte sich auf den Heimweg nach Cranachan.

»Und was führt euch zwei Hübschen eigentlich in unsere gemütliche Herberge?« fragte Raphgyr, der sich weit über den Tresen lehnte.

»Wia schuh-schusch-suchen ein Anntä-Attntäter«, platzte Hogshead heraus. Die fünf oder sechs Krüge Starkbier, die die Jungen so hastig weggepichelt hatten, um ihren Durst zu löschen, zeigten allmählich Wirkung und lösch … lösten ihnen die Zunge.

Hogsheads Antwort war ihm wie von selbst und ohne sein Zutun herausgerutscht. Und das genau in einem jener außerordentlich unpassenden Momente, da jeder im Raum schwieg, der eben noch gesprochen hatte, um kurz einmal Luft zu holen. Innerhalb von drei Nanosekunden geschah jetzt folgendes:

1. Alle im Raum befindlichen Wurf-, Schlitz- und Zerwirkmesser wurden aus der Scheide gezogen und zum Werfen, Schlitzen und Zerwirken bereitgehalten.
2. Sämtliche Ausgänge wurden versiegelt und dichtgemacht.
3. Hogshead wurde vom Stuhl gehoben, auf den Boden hingestreckt und mittels zweier außerordentlich langer und scharfer Schwerter dort festgehalten, so lang und scharf, wie er sie länger und schärfer wohl nie wieder sehen würde.
4. Firkin wünschte nichts sehnlicher, als daß Hogshead den Mund gehalten hätte.
5. Hogshead machte sich die Hose naß und wünschte sich nichts sehnlicher als das, was sich auch Firkin so sehnlich wünschte.
6. Die *Schtimmung* hielt die Luft an.

»Schtob!« schrie Firkin.

Alle im Raum Anwesenden blickten auf ihn. Gelegentlich blitzte kalter Stahl im Dunkel.

»Assso – ich denk, ich sollte dasch, schollte das bischen genauerrrerkläean. Hicksch!«

Aus Hogsheads Augen leuchtete alkoholbefeuerte Panik. Alle im Raum Anwesenden blickten auf Firkin. Und sagten kein einziges Wort.

»Assoowiegesagt ...« Er nahm einen kräftigen Schluck und stellte sich auf die Theke. Schwankte sanft nach links, nach rechts, nach rechts, nach links und schielte – ein Auge geöffnet, das andere halb geschlossen. Holte dann tief Luft und grinste sein erwartungsvoll lauschendes Publikum an. Jetzt oder nie.

»Wir hamm eine Mischjon su erfülln!« schrie er.

»O nein ... Missionare!« hörte er jemand in den hinteren Reihen aufstöhnen.

»Nein, nein, nein. Gampffalsch ...« Er blickte verschwörerisch um sich und legte den Zeigefinger an den Mund. »Wir schh ... schchinin, hick, sind in geheimer Mischjon unnerwexx.«

»Spitzel!« schrie einer von den ängstlicheren Gelegenheitsdieben. Man hat ihn nie mehr wieder ein Wort sagen hören.

»Sag schon endlich, warum ihr hier seid! Sonst müssen wir uns ein Spielchen ausdenken, wie wir's aus euch rauskitzeln«, hörte er ganz nahe an seinem Ohr Raphgyr schleimig flüstern.

Firkin fuhr zusammen. Nahm dann, zur Stärkung der Nerven, einen kräftigen Schluck ... Die Menge wurde unruhig.

»Bidde, meine Herrn, bidde«, schrie er, »wir brauchen, hick, brauchen ...«

»Einen Kübel!« kam es aus dem Publikum. Ohrenbetäubendes rauhes Gelächter hallte durch den *Spucknapf*.

»... Ihre Unnerschtüsssung«, führte Firkin den Satz zum schwachen Ende. Hogshead konnte von dort, wo er am Boden lag, nicht allzuviel sehen. Trotzdem wurde er das ungute Gefühl nicht los, daß die Sache nicht sonderlich gut lief. Außerdem war ihm ziemlich komisch. Beinahe so, als hätte er seinen Körper nicht mehr richtig unter Kontrolle. Der Boden schwankte. Oder? Doch, ganz bestimmt: Der Boden war in Bewegung! Vielleicht war es besser, die Augen zu schließen. Er schloß die Augen. Und riß sie sofort wieder auf: Tatsächlich – der Boden bewegte sich. *O nein, nicht schon wieder!* Hoch über sich sah er Firkin (er schien sich von einer Minute auf die andere weiter von ihm zu entfernen), Firkin, der eben zu einer Rede ansetzte, von der er inständig hoffte, sie möge ihm so aufrührerisch gelingen, daß er mit ihr jene zu allem bereiten Attentäter anwerben konnte, die er für seine Mission brauchte.

»Meine Herrn, ichsssehe Finnssschernis und Dunklheit vor uns …«

»Meine Rede! Hab ich doch schon immer gesagt, daß die Beleuchtung hier drin nix taugt?« brüllte einer von seinen Zuhörern.

»Das Königreich is in eim misch … hick, miserablen Ssuschtand …«

»Wie du, Kumpel, wie du. Hab doch gesagt, er braucht'n Kübel! Hab ich doch, oder?« Erneut brüllendes Gelächter.

Firkin kämpfte sich tapfer weiter: »Die Schteuersässe, Schteuersätze sin bluzz … bluzzsau … hick, blutsaugerrr … sin sehr hoch. Wir ham nix zum Essn, un meine Schweschter hungert und is krank …«

»He Gnorm! Hol' schon mal die Geigen raus!«

Firkin nahm noch einen Schluck. »Fassalle, hick, fast alle Leehmsmittl verschwindn auf Nimmawiedasehn: im Schloß! Beim König! Das Schloß muß voll sein mit Schätze und Leehmsnittl! Gibs überhaupp kein Ssweifl!«

Das Publikum hörte jetzt kaum noch zu.

»Unn dessch … deshalb schtehe ich jezz vor Ihnen,

meine Herrn! Meine sehr verehrten Herrn: Wir brauchen ein Tiiim, hick, ein Team fachkunniger Attat… Attättt… Männer, die bereit sind, mit unssu… mit uns zu kommen und das Königreich von diesem schlechten, gemeinen und niederträchtigen König zu befrein – und sswar ein für allemal!«

Die Menge hatte endgültig jedes Interesse verloren. Schätze: gut und schön. War natürlich nicht uninteressant, die Vorstellung, Reichtümer zu besitzen, die selbst das noch übertrafen, was man sich in seinen wildesten Träumen zusammenphantasierte; die Vorstellung, Macht und Ansehen zu besitzen, wie nur Geld sie verschaffen und garantieren kann – bitte, immer her damit, nix dagegen… Aber nur, wenn man dafür einen König umlegt? Nein. Das dann doch nicht. Viel zu anstrengend.

Der Stimmengewirr wurde zunehmend lauter, der Lärm immer größer, das Publikum hatte sich endgültig anderen Konversationsthemen zugewandt.

Entweder ignorierte Firkin die Tatsache, daß ihm keiner mehr zuhörte, oder er war schlichtweg so betrunken, daß es ihm gar nicht auffiel.

»… winkt jedem, der schich unsch anschliisss, eine phantasssische Belohnung«, machte er weiter, ungehört und unbeachtet. »Wir garantiern angemessene Gewinnbeteiligung. Aber erss gilt es, hick, mantsch… mancherlei Gefahr ssu beschteehn. Die Palasswache iss mit riesign, scheussslich schpitzzn Schwertern gerüssset, mit gewaltign Ä… Äkss… Ähhxxnnn…«

Firkins flammende Appelle gingen hoffnungslos unter im Lärm, der in einer Pinte herrscht, in der sich ein Haufen desinteressierter Leute drängelt.

»… Moment, ein Augnblick noch«, mühte er sich brav. »Jeder, der mit unsch kommt, wird schagenhafte Reichtümer erlangn. Hicksch! Wird scho schagenhaff reisch werdn, wie er schischs schelbsch in scheinen küüühnschen Träuen nich…«

Er hob seinen Krug, rutschte in einer Bierpfütze aus und war mitten im Satz unter der Theke verschwunden. Was mit Ausnahme von Hogshead und Raphgyr niemand bemerkte. Der Wirt sah den auf dem Bauch liegenden Hogshead an, der von zwei nadelspitzen Schwertklingen wie ein präparierter Schmetterling am Boden festgespießt war, schüttelte mitfühlend den Kopf und winkte die Schwertträger zu sich. Die beiden wurden für ihren Pflichteifer mit je einem Krug Bier vom feinsten belohnt, und hatten im selben Augenblick schon den bibbernd am Boden liegenden Hogshead vergessen. Innerhalb weniger Minuten spielte sich das Leben wieder dort ab, wo es sich im *Silbernen Spucknapf* üblicherweise abzuspielen pflegte: in den tiefsten Tiefen des Lasters und der Verworfenheit.

Fisk schlenderte lässig durch die cranachische Fernmeldezentrale, trommelte mit behandschuhten Fingern gegen die Käfige an der Wand und scheuchte damit das gefiederte Telepac auf: Das dumpfe Gurren wurde lauter, das Gerassel, mit dem Schnäbel gegen blecherne Futtertröge pickten, wurde heftiger. Der Schwarzgekleidete konnte die blöden Viecher nicht ausstehen. Es machte ihn krank, daß die Effizienz der cranachischen Tele-Kom davon abhing, ob eine Taube von weiß-Gott-wo und von weiß-Gott-wie-weit-entfernt wieder hierher zurückfand. Für ein leitendes Mitglied des Cranachischen Rates, für jemanden, der so ehrgeizig war wie er, arbeitete dieses System deprimierend langsam und unerfreulich unilinear. Fisk haßte es. Immerhin schrieb man das Jahr 1025 MEZ und war noch immer auf diesen grauenhaften Anachronismus angewiesen. Und nie wußte man, wie lange die Nachrichtenübermittlung dauern würde! Der Tauberer konnte ja vielleicht irgendwo gemütlich Pause machen... oder war einem räuberischen Wandervogel zum Opfer gefallen... oder einem drallen, brütigen Täubchen... Und wer garantierte einem, daß der verdammte Vogel mit einer Information von größter Importanz nicht einfach auf- und davon- und weiß-der-Himmel wohin flog? Nur so – weil es ihm Spaß machte?

Was ihn aber am meisten ärgerte und deprimierte, war die Tatsache, daß selbst in außergewöhnlichen und aufregenden Zeiten, zu Zeiten militärischer Operationen etwa, dieser flügellahme Nachrichtenverkehr nur ausschließlich in einer Richtung funktionierte. Wer ausrückte, nahm einen Vogel mit und schickte ihn mit einer Nachricht wieder zurück. Schickte damit Nachrichten an *ihn*, Nachrichten und Aufträge, die *er* dann auszuführen hatte! Was taugte ein Kommunikationssystem, wenn man niemanden anbrüllen konnte? Wie sollte man führen, wenn man nicht befehlen konnte? Es war ein System, das auf Treu und Glauben angewiesen war. Und das waren Artikel, in denen Fisk nichts vermochte.

Er blieb stehen und schnitt dem nächstbesten Käfiginsassen eine Grimasse. Klopfte an das Gitter und kicherte vergnügt, als die Taube ängstlich zurückwich.

»Graaaa!« schrie er, um ihr noch etwas mehr Angst einzujagen. »Graaaa! GRAAAA!«

»Herr!« Die Tür zur Nachrichtenzentrale stand offen, ein Fernschreiber war eingetreten. Fisk blickte auf und strich sich die Haare glatt.

»Was ist?«

»Herr, eben kommt eine Nachricht rein.«

»Endlich!« Fisk rannte an dem Fernschreiber vorbei und stürzte in den Landeraum. Eine hellgraue Taube flatterte eben elegant zum offenen Fenster herein und setzte mit scharrenden Krallen auf dem breiten Steinsims auf. »Schnapp sie dir!«

Ein Mitarbeiter des Fernschreibers stürzte sich auf den Vogel, hatte ein bißchen Mühe, die flatternden Flügel festzuhalten und gab ihn – Füße voran – an Fisk weiter. Fisk zerrte ungeduldig an der Kapsel, die die Taube am Bein trug, nahm sie – nach viel Gekreisch sowohl von seiten des Vogels als auch von seiner Seite – ab und setzte sich an den Tisch. Er fluchte ausgiebig über die Kratzer und Schrammen an seinen Handschuhen und wunderte sich wieder einmal über dieses System, das so dumm war, Vögel zu beschäftigen, die keine Hemmungen hatten, ihre Krallen auch einzusetzen. Dann öffnete er die Kapsel, zog ein Pergamentröllchen heraus und las:

> *Auftrag ausgeführt – Stop – Armee Isolon in Gefangenschaft – Stop – Dauer der Aktion: zweieinhalb Minuten – Stop – Du schuldest mir vierzig Schillinge – Stop – Thatarr*

Verdammt! Er wußte ja, daß die in Isolon Einfaltspinsel waren. Daß sie aber so blöd waren und auf die in der Augustnummer des *Strategen* veröffentlichte Kampfplanung hereinfallen würden – das hatte er nicht glauben wollen. Zwanzig Schillinge darauf zu setzen, das hatte er sich eingehen lassen. Und für den Fall, daß der Sieg in weniger als drei Minuten errungen würde, hatte er seinen Einsatz verdoppelt. Er hatte es riskiert, weil er nie daran geglaubt hatte, daß die in der Augustnummer des Strategen publizierte Strategie funktionieren könnte. Er fluchte wieder. Schüttelte den Kopf. Diese isolonschen Waschlappen waren schuld, daß er vierzig Schillinge in den Sand gesetzt hatte! Er fluchte noch einmal und verlängerte damit seine sowieso schon ziemlich lange Liste verabscheuungswürdiger Kreaturen um das gesamte Isolon und noch einiges andere mehr.

Der rasende Paukenschläger war zurückgekehrt und fegte, wie besessen hämmernd und Wirbel schlagend, durch die immens empfindlichen Nervenbahnen in

Hogsheads benebeltem Hirn. Firkin ging es auch nicht gerade gut.

Die Jungen lagen im Rinnstein einer miesen, feuchtglitzernden Seitenstraße vor der Tür des *Silbernen Spucknapfs*. Überall sonst in der Welt ging jetzt – und wenn vielleicht nicht genau jetzt, dann doch zu irgendeiner anderen Tageszeit – die Sonne auf. Wie der kahle Schädel eines orangeroten Riesen hatte sie sich über der Östlichen Lausee erhoben und blickte herab auf die wenigen unter den stämmigen Frauen der Kanutenvölker, die sich nach den anstrengenden nächtlichen Ausschreitungen (um keine Mißverständnisse aufkommen zu lassen: es handelte sich selbstverständlich um eine Aktion militärischer Natur) noch auf den Beinen halten konnten. Ihre Strahlen funkelten und tanzten silbrig und blau über die Gletscheröden der Angstarktik, beschienen, wärmten und besonnten jeden Winkel auf jener Hälfte der Erdkugel, die nicht in ihrem Schatten lag. Jedes Fleckchen – nur nicht Guldenburg. Hier, im feuchtkalten, finsteren Herzen der Festungsanlage, hätte es gut und gern noch Mitternacht sein können. Nur für zwei ganz bestimmte Menschen, die leider nicht weit, weit von diesem Punkt entfernt waren, war es selbst hier noch viel zu hell.

»OOHHHHGNNOHHHH!« stöhnte Firkin, als er versuchsweise die verquollenen roten Augen aufschlug. »NICHT SCHON WIEDER!« Während er geschlafen hatte, mußte jemand einen Teppich auf seiner Zunge verlegt haben. Der Paukist dengelte ungerührt immer weiter auf sein Instrument ein.

»OHHHGOTTO-GOTTO-GOTTO-GOTT!« Zunächst nur ganz schwach, dafür aber vom ersten Moment an zutiefst demütigend, meldete sich die Erinnerung zurück, die Erinnerung daran, was in der vergangenen Nacht geschehen war. Beschwingten Schritts flanierte sie hinauf in die Gedächtniszentrale in Firkins Kopf und piekste mit dem, was in der neuronalen Welt des Gehirns einer Schirmspitze entspricht, haarscharf in die synaptischen Spalten. Trat dann einen Schritt zurück und wartete die Wirkung ab.

Firkins Gesicht nahm eine äußerst merkwürdige Farbe an, verfärbte sich, als peinlichste Verlegenheit und Brechreiz um die Vorherrschaft kämpften, auf irgendeine Weise rot und grün zugleich. Die Gesichtsmuskulatur ruckte und zuckte in einfühlsame Anpassung an das kämpferische Hin und Her, als Unglaube und offenkundige Klarheit einander einen Halbnelson ansetzten. Firkin verlor den Kampf. Er sah Hogshead an, öffnete den Mund und sagte: »Wa …?«

Und so, mit offenem Mund, starrte er Hogshead noch immer an, nachdem der ihm (es mochte zwei, drei Minuten lang gedauert haben) erzählt hatte, daß sie, nachdem man sie auf eine sehr nachdrückliche Art und Weise aus dem *Spuckschloß* gewiesen habe, die Nacht auf der Gasse gelegen hätten. Der Wirt habe sich ein klein wenig unfroh gezeigt, als er hatte feststellen müssen, daß sie kaum so viel Geld in der Tasche gehabt hatten, um ihr Bier bezahlen zu können. Von den Speisen, die sie konsumiert hatten, und den diversen gehaltvolleren Getränken ganz zu schweigen. Sie könnten froh sein, daß man ihnen nicht die Knochen gebrochen habe. Der Wirt habe sich aber letztlich doch als liebenswürdiger Mensch erwiesen und sie ziehen lassen. ›Weil‹, so habe er wortwörtlich gesagt, ›weil schließlich ham wir schon ewich nich mehr so viel gelacht, was, Gnorm?‹

›Arr‹, habe Gnorm ihm daraufhin beigepflichtet.

Firkin sah übel aus. Und es war ihm noch viel übler, als er aussah. Er wünschte sich sehnlichst, der Boden möge sich auftun und ihn verschlucken.

»Warumtussudichnichaufunverschluxmich, Bodn?« fragte er und steckte den Kopf zwischen die Knie.

Hogshead holte den Kübel.

Hoch oben, in einem Zimmer in einem der höchsten Türme von Schloß Isolon, war ein Mann emsig beschäftigt. Er säuberte die unzähligen Käfige, die dort standen, die dünnen, knochigen Hände bewegten sich flink und geschickt. Es war ein Drecksjob. Der Mann trug einen alten Overall, hohe Stiefel, eine Schiebermütze und eine lederne schwarze Augenklappe. Mit schwungvoller Gebärde wischte er den letzten Käfig aus, warf die Taube wieder hinein und schloß schleunigst die Tür. »Graaaa!« schrie er erleichtert. Es war eine lästige Pflicht, aber irgend jemand mußte sie tun. Nicht irgend jemand. Nur er konnte das tun. Niemand sonst im Schloß wußte von den etwa dreißig Tauben, die er dort oben hielt. Es war sein Geheimnis.

Er hörte das Geräusch flatternder Flügel, das Scharren von Vogelkrallen – eine Taube war auf der steinernen Fensterbank gelandet. Ängstlich griff er sich den Vogel und holte ihn, den Arm weit ausgestreckt, ins Zimmer. Er kauerte auf den Boden nieder, hielt das Geflügel mit dem Kopf nach unten in der Hand und band ihm das Stück Papier vom Bein los. Dann öffnete er den nächstliegenden leeren Käfig und warf die Taube hinein. Eine Handvoll Federn schwebte sanft zu Boden.

Er dröselte den schmalen Streifen Papier auf und las:

> *Wg. bevorstehendem kgl. Festmahl Abholung nächste Nachschublieferung am Morgen des Neunzehnten – Stop – Kümmert Euch drum, daß Ladung komplett ist – Stop*
> *SONST – Stop*

Er rechnete kurz nach.

»Heute!« Er spuckte die Taube an.

Wie er sie haßte, diese Cranachier! Die nichts Besseres zu tun hatten, als ihm immer wieder seine Pläne über den Haufen zu werfen! Und dann auch noch von einer

Sekunde auf die andere! Er haßte seine Arbeit, er haßte das ganze Königreich, er knirschte mit den Zähnen, er mußte raus hier! Raus aus Isolon, so bald wie möglich.

»Graa!« Eine Handvoll Tauben flatterte erschrocken auf, eine Handvoll Federn schwebte sanft zu Boden.

Swinehunt zog sich um, stahl sich aus dem Turmzimmer und verriegelte das Dreifachschloß.

›Diejenige soll meine Gemahlin werden, an deren Fuß dieser Schuh paßt. Sie ist die rechte Braut und soll Königin …‹

›Mach dir nix draus, Scherbett, morgen ist auch noch ein Tag.‹

›… Junge, wiste ne Birn? …‹

Da! Da waren sie wieder: die Stimmen!

›… knuspär, knuspär, *schlllupp* …‹

›… Mann ey! Tach für Tach bisse damit beschäfticht, dat de dir die Jungfern un Maiden vom Leibe hälz …‹

Sie wurden immer lauter.

Plapperten wirr in seinem Kopf durcheinander, schnarrten eine konfuse Aneinanderreihung zerpflückter Floskeln und Zitate herunter …

›… und bald vermählte er sich mit der schönen Jungfrau; da ward eitel Freude und Lust …‹

Es wurde unerträglich.

Der schlimmste Alptraum, den er je gehabt hatte.

›… sag mir doch: Wieviel Finger halt ich hoch?‹

Erschrocken fuhr er auf. Träume, Stimmen – sie kamen immer häufiger, sie wurden immer mehr. Er zitterte und bebte wie vom Fieber geschüttelt. Warum gerade ich? Warum gerade jetzt? Stimmen aus all den Büchern, die er jemals gelesen (genauer gesagt, verschlungen) hatte, riefen im Schlaf nach ihm. Er hatte Bauchweh. War völlig ermattet.

»Vom Essen kommen nur kann es!« stöhnte das Bücherwürmchen voll Selbstmitleid.

Recht hatte es.

Seit jenem Festmahl, das es sich ergaunert hatte, als Whintz, der Fahrende Zauberer, sein nachmittägliches Nickerchen hielt, wurde es von diesen Träumen geplagt. Sie waren zunehmend schlimmer, waren zunehmend geräuschvoller geworden und traten immer häufiger auf.

Was der harmlose Bücherwurm nicht gewußt hatte, als er damals so ausgehungert über das ledergebundene alte Buch herfiel: daß es sich bei diesem Buch um einen Ergänzungsband mit dem Titel *Anhang IIIb* handelte. Was er nicht geahnt hatte: Es war

(a) das Buch einer Zauberers,
(b) ein magisches Buch,
(c) ein sehr, sehr altes Buch,
(d) ein sehr, sehr magisches Buch und
(e) etwas, das ihm noch sehr, sehr schwer im Magen liegen sollte.

Und genauso hatte er keine Ahnung davon, was jetzt passieren sollte.

Magische Bücher können nur von ganz bestimmten Druckern hergestellt werden. Von Druckern, die die Druckerschwärze nicht nur auf das Papier *auf*drucken, sondern den Text in einer ganz besonders *ein*drücklichen Art und Weise dem Papier *nach*drücklich und wesenhaft *ein*binden und damit den thaumaturgischen Farbstoff mit der innersten Natur des Pergaments verweben, wodurch ein Netzwerk eindeutig und für immer festgelegter Wellenleitern erzeugt wird, das die Verstärkung spezifisch magischer Signale maximiert. Der kritische Punkt bei diesem Verfahren ist die exakte Einhaltung der Abstände zwischen den einzelnen Wörtern.

So verursachte zum Beispiel während des Andrucks

einer bestimmten Auflage von *Die Wahrhaft HIstoria von denen ZAubrischen und MAgischen Künsten* ein zu spät bemerkter, nie korrigierter banaler Spationierungsfehler beim Satz einer *Formula Relocationis** eine Rückkopplungsschleife. Was zur Folge hatte, daß sich augenblicklich zwei Druckerpressen, drei Schreibmaschinen und sämtliche in der betreffenden Druckerei vorhandenen Büroklammern in Luft auflösten und auf Nimmerwiedersehen verschwanden.

Und jetzt gingen tief im Innersten des Bücherwurms Dinge vor sich, die in der natürlichen Ordnung der Dinge niemals vor sich gehen hätten dürfen. Der Holzstoff, aus dem Pergament im wesentlichen besteht, zersetzte sich rapide und unwiederbringlich und befreite so die Wörter aus dem Kerker einer zweidimensionalen Existenz, wie sie durch die Eingrenzung auf ein Blatt Papier, auf *eine Seite* in einem Buch vorgegeben war. Dadurch wurden die Wörter zum Spielball des Chaos. Sie verschmolzen zu neuen Gruppierungen und ordneten sich zu einem nie gekannten Muster an. Zu einem Muster, das unendlich bedeutungshaltiger war als alles bisher Dagewesene; zu einem Muster, das auf allen Ebenen so höllisch komplex war, daß Skalen, Maßstäbe, Größenordnungen bedeutungslos wurden; zu einem Muster, das das makroskopisch Erfaßbare weit übersteigt und das *Raum-Seitliche Kontinuum* überbrückt. Wäre es sichtbar gewesen, es wäre vielleicht wie eine Garnitur umgedrehter kleiner Milchschüsseln erschienen, die, eines neben dem anderen, an einem Gebilde hingen, das einem Kleiderbügel nicht unähnlich war.

Eines war dem Bücherwurm nicht so ganz klar: Seine Bauchschmerzen und seine Traumgesichte waren erst

---

* *Formula Relocationis*, vulgo Hokuspokus Verschwindibus: Zauberformel, durch deren Artikulation das Verschwinden von Lebewesen und Gegenständen bewirkt wird

der Anfang. Der Moment, da die Masse der freigesetzten Wörter eine so hohe Dichte erreicht hätte, daß der kritische Punkt einträte, näherte sich mit Riesenschritten.

Und dieses Ereignis sollte im Buch der Geschichte ein neues Kapitel aufschlagen.

Dieses Ereignis sollte die Grundfesten der Realität erschüttern.

Dieses Ereignis sollte für alle, die davon betroffen waren, ein ganz neues, beispielloses Erlebnis bedeuten.

König Klayth saß in seinem Empfangszimmer. Bekleidet war er, wie immer zu dieser frühen Stunde, mit seinem schlechtsitzenden, dafür aber ungemein gemütlichen Morgenmantel. Und der war (›zwangsläufig‹ möchte man beinahe sagen – schließlich hielt der König damit den nobelsten Brauch, den sein verschollener Vater begründet hatte, in Ehren) – der war schwarz. Neben ihm stand das Tablett mit dem Frühstücksgeschirr; er nippte vorsichtig an einer Tasse mit dampfendem Tee.

»Sire, mich verlangt an diesem herrlichen Morgen aufs sehnlichste nach Eurer königlichen Gesellschaft. Erlaubt Ihr mir, einzutreten und das Wort an Euch zu richten?« adressierte Swinehunt den König mit der altehrwürdigen Grußformel und trat ein, ohne erst lange auf eine Antwort zu warten.

»Nein. Erlaube ich nicht!«

»Sire?«

»Ich sitze noch beim Frühstück.«

»Aber Ihr sitzt in Eurem Empfangszimmer, Sire! Weswegen auch jedermann gestattet ist, von Euch Gehör zu erbitten. Säßet Ihr in Euren Privatgemächern – ich hätte nicht gewagt, auch nur daran zu denken, eintreten zu wollen. Es wäre ein undenklicher …«

»Schon gut, schon gut, schon gut! Was wollt Ihr?« fragte Klayth gereizt.

»Sire«, sagte Swinehunt mit geheuchelter Fröhlichkeit, »ein prächtiger Morgen heute morgen! Ich habe mir erlaubt, die Pferde zu satteln. Darf ich mir des weiteren noch erlauben, Königliche Hoheit darauf hinzuweisen, daß es uns ein morgendlicher Ausritt, ein längerer Jagdausflug, ganz erheblich erleichtern würde, den Zehnten – äh, verzeiht! Ein dummer Versprecher, äh – erleichtern würde, die, äh, equestrischen Fähigkeiten, wie sie gerade für einen Herrscher von so, so – *zent* ... *zent*raler Wichtigkeit, hatte ich sagen wollen – äh, sind, in geeigneter Weise zu üben.« Nervös rieb er sich die behandschuhten Hände und schluckte aufgeregt. »Und, und ... Und mit *Juhei!* und *Joho!* durch den grünen Tann, damit der Fuhrknecht endlich anspannen ka ... äh ... Pardon, Sire! Es ist ein Kreuz mit diesen Volksliedern, klingt eins wie's andere ... äh Tann, Tann ... Da fängt doch der Tag gleich ganz anders an, nicht wahr, Hoheit, halten zu Gnaden, mein König, Halali, Majestät!« Er rang sich ein gequältes Grinsen ab.

Der König nippte schweigend an seinem Tee.

»Die Pferde stehen bereit, Sire! Auf, auf zum fröhlichen Jagen, wie man so sagt, Sire. Sonst wird es noch zu spät sein, die schönste Zeit des Tages dahin!« Swinehunt sah besorgt aus dem Fenster.

Der schwarze Morgenrock knarzte leise, der König nahm einen weiteren Schluck.

»Es schickt sich für eine Person von allerhöchstem Stand, Sire, für jemanden, wie Ihr es seid, Sire, höchste Meisterschaft in den Künsten des hochnoblen Amüsements zu erwerben und zu erhalten, Sire!«

»Mir ist nicht danach. Laßt mich allein.«

Ein Ausdruck des Entsetzens trat auf das Gesicht des Erzkanzlers. Kurz nur – er unterdrückte ihn umgehend.

»Aber, Eure Sireschaft, es ist wichtig! Es geht um Leben und Tod, äh, ich meine, solltet Ihr einmal in eine Situation geraten, in der es um Leben und Tod geht – es ist nur zu Eurem Besten, wenn ihr dann fest im Sattel sitzt!«

Swinehunts Stimme klang jetzt fast quängelig. Kläglich, winselig beinahe.

»Es ist noch viel zu früh.«

»Aber, durchlauchteste Hoheit, ich – will sagen, die Pferde – sie werden enttäuscht sein, wenn …«

Swinehunt fing an, linkisch an den Knöpfen seiner Jacke herumzufummeln. Es war nicht zu übersehen: er war aus dem Tritt geraten. Klayth kam ein leiser Verdacht, er war neugierig geworden.

»Also das – das wollen wir aber ganz bestimmt nicht! Unsere prächtigen Zossen aufregen! Das doch auf keinen Fall, hab ich recht, Swinehunt?«

Swinehunt blickte auf – ein Stein schien ihm vom Herzen zu fallen, die steil hochgezogenen Schultern senkten sich um einige Zentimeter.

»Bestimmt nicht, Sire. Absolut nicht. Darf ich Euch so verstehen, daß Ihr uns dann heute morgen begleiten werdet?«

»Aber ja. Veranlaßt nur gleich alles Nötige und gebt Börrnhadt und Mattsches Bescheid.«

Klayth nippte dampfenden Öhrlgrej.

»Schon geschehen, Sire.«

»Sehr gut.«

»Wir werden uns an der Zugbrücke vor dem Haupttor versammeln und erwarten Euch dort so bald wie möglich …« Er drehte sich um und stürzte davon. »… Sire«, fügte er noch nachträglich hinzu.

Der König nahm wieder einen kleinen Schluck und wunderte sich. Swinehunt hatte irgend etwas an sich, das ihn mißtrauisch machte. Und das nicht zum ersten Mal. Er war überzeugt davon, daß der Erzkanzler etwas im Schilde führte. Er sinnierte noch eine Weile vor sich hin. Dann stellte er die Tasse ab, stand auf und verließ das Zimmer, um sich für die Jagd umzuziehen.

Geduldig warteten die zur Jagd aufgezäumten und geschirrten Pferde an einer Stelle zwischen dem äußeren Befestigungswall und der inneren Ringmauer, über die der Wehrgang lief. Börrnhadt und Mattsches, die stämmigen Schloßwächter, fütterten sie mit Zuckerstückchen und tätschelten ihnen die samtweichen Nüstern. Swinehunt hantierte nervös an den Sattelgurten herum, kickte Steine durch die Gegend und brummelte gereizt vor sich hin. Wäre die Armbanduhr schon erfunden gewesen, er hätte unablässig auf dieselbe geblickt; hätte geflucht, wenn er hätte feststellen müssen, daß unerbittlich eine Sekunde um die andere vertickte, daß wertvolle Zeit verstrich. Dann rannte er plötzlich davon, sah vor das Schloßtor, rannte wieder zurück und zupfte und rupfte dabei unausgesetzt an seinen Jackenknöpfen. Offensichtlich trieb ihn irgend etwas ganz gewaltig um.

»Ahhh! Welch überaus erfreulicher Anblick an diesem herrlichen Morgen, Hoheit!« Seine Stimme klang dünn und angespannt.

Klayth beachtete ihn nicht. Er ließ ihn links liegen, trat zu einem von den Pferden und tätschelte es liebevoll.

»Morgen, Börrnhadt. Morgen Mattsches«, begrüßte er die Schloßwächter.

»M-M-Moing, Sire.«

»Moing, Hoheit.«

»Wollen wir aufbrechen, Sire? Jetzt gleich? Ja? Sofort, Sire?« Wieder schielte Swinehunt gehetzt zum Schloßtor.

Der König trat in den Steigbügel und schwang sich in den Sattel. Er herrliches Gefühl! Er ritt für sein Leben gern.

Börrnhadt und Mattsches kraxelten schwerfällig auf ihre mächtigen Streitrösser, und Swinehunt, zapplig wie ein überdrehter Klammeraffe, war mit einem Satz auf seinem Zelter.

Kurze Zeit später ritten die Reiter zum Schloß hinaus und ließen ihre Pferde im Schritt über die Zugbrücke gehen. Unter ihnen lag – grün und mit einem Lilienteppich bedeckt – der Schloßgraben. Swinehunt kam der Ritt über das Wasser wie eine Ewigkeit vor. Immer wieder sah er über die linke Schulter zurück. Anscheinend suchte er etwas. Oder jemanden.

Sobald die Brücke hinter ihnen lag, stieß Swinehunt laut schmetternd ins Jagdhorn und brachte seinen Gaul auf Trab. Die anderen jagten hinter ihm her, hinein in den Wald, galoppierten davon und hatten das Schloß schon bald weit hinter sich gelassen.

Wenige Augenblicke später trotteten zwei Pferde aus ihrem Versteck hinter einer Gruppe dichtstehender Bäume. Sie zogen einen leeren Planwagen und zockelten gemählich auf das Schloßtor zu.

Einige Meilen von Schloß Isolon entfernt und nur wenige Minuten nach diesen Vorfällen, lümmelten sich zwei Kerle im Schatten des Waldes ins Gras. Der eine, der etwas kleinere, molligere, keuchte noch von der Anstrengung, die es ihn gekostet hatte, den anderen, größeren und dünneren, aus dem Rinnstein in jener schäbigen Seitenstraße vor dem *Silbernen Spucknapf* hochzuscheuchen, ihn abzuschleppen und anzutreiben, hinter sich herzuziehen und ihm immer wieder von neuem Dampf zu machen.

»Ich hab Hunger«, sagte Hogshead, um die Konversation nicht ganz versanden zu lassen.

»Hmmpf!«

»Du nicht?«

»Hmmpf!«

»Ich wette, du hast auch Hunger.«

»Hab ich. Und außerdem geht's mir scheußlich! Weil ich versagt habe. Tut mir leid, Hogshead, ich hätte dich nie in dieses Schlamassel mit reinziehen dürfen. War blöd von mir! Du bist mein bester Freund – ich hätt dich nie nachholen dürfen«, flennte Firkin.

»Hast du auch nicht. Ich bin dir nachgelaufen.«

»Dann hätt ich dich zurückschicken müssen.« Leise kullerte eine Träne über die schmutzige Wange.

»Ich hätt mich nicht zurückschicken lassen. Wir gehören zusammen.«

»Na ja, aber – ich hab dich enttäuscht, und ich hab Dawn enttäuscht.« Firkin schniefte trübsinnig. »Sieh uns doch an! Schau dir doch an, wie weit wir's gebracht haben!«

»Wie weit hab'n wir's denn schon gebracht?«

»Kein Ahnung! Keine Ahnung, wo wir sind und was wir machen sollen! Wir haben kein Geld, nix zu essen und keine Karten! Ich weiß nicht, wo wir sind. Und Attentäter hab'n wir auch keine. Ich hab immer noch einen Brummschädel, und wenn ich den Weg wüßte, wär ich auf der Stelle wieder zu Hause!« Firkins Stimme zitterte ergriffen. »Aber ich kann gar nicht zurück – selbst wenn ich könnte! Ich könnte Dawn nicht in die Augen sehen. Ich habe dich enttäuscht und ich habe sie enttäuscht. Ich bin ein Versager!« Er warf sich zur Seite und schluchzte herzzerreißend ins Gras. Ein Ellbogen stieß platschend in eine unerquickliche braune Masse.

Hogshead zappelte unbehaglich hin und her. *Klar,* dachte er, *stimmt schon. Aber andrerseits hab'n wir's auch ganz schön weit gebracht und ganz schön viel geschafft.*

Ein leises Geräusch riß ihn aus seinen Überlegungen. Er horchte ...: Ganz schwach und sehr weit entfernt, hörte er durch das Rascheln der Blätter den Klang eines Jagdhorns. Dann wieder. Lauter diesmal. Es kam näher. Und zwar schnell. Der Boden bebte leicht.

Er rüttelte Firkin an der Schulter. Doch der hatte es bereits selbst bemerkt und blickte verstört, mit tränennassen Augen um sich.

Begleitet wurde das Horn vom dumpftrommelnden Hufschlag vier schwerer Pferde. Das Trommeln wurde lauter. Firkin setzte sich auf, schniefte und wischte sich die Augen aus.

Hogshead kauerte sich hinter dem Baumstamm nieder, auf dem er gesessen hatte. Das Getrappel der Pferde war jetzt deutlich zu hören. Nur sehen konnte man nichts – die Bäume standen zu dicht. Die Pferdehufe: Sie donnerten jetzt noch lauter; das Jagdhorn: Es schmetterte jetzt noch lauter. Firkin kauerte sich ängstlich zusammen, der Boden bebte, als stünde ein Vulkanausbruch bevor.

Und dann brachen sie aus dem Wald: vier Pferde, die größten Pferde, die Firkin und Hogshead jemals gesehen hatten. Firkin duckte sich noch tiefer und starrte wie gebannt auf die riesigen Tiere, die direkt auf sie zu galoppierten – keuchend, mit bebenden Nüstern und jagenden Flanken. Sechzehn Hufe jagten stampfend und dröhnend und schnell wie der Blitz über den Waldboden. Die Reiter trugen Schwarz. Alle vier. Der erste riß hart am Zügel, beugte sich tief über den mächtigen Hals, und das riesige Tier sprang, flog beinahe über den Baumstamm. Der Reiter stieß einen Freudenschrei aus. Und noch bevor Pferd und Reiter auf dem Boden aufsetzten, sprang das zweite Pferd mit einem gewaltigen, atemberaubenden Satz und schwebte wie in Zeitlupe, beinahe schwerelos im weiten Bogen über die Jungen hinweg. Dann das dritte Pferd, das vierte ... Ihre Bäuche schienen eine Ewigkeit lang hoch über den Köpfen der Jungen vorbeizuziehen, von ihren Hufen prasselte es wie ein Hagelschlag aus Erdklumpen auf Firkin und Hogshead herab.

Firkin sah mit wachsender Verärgerung dem Reitertrupp nach, der mit wildem Geschrei und wehenden Umhängen durch den Wald davongaloppierte. Er war sich ganz sicher, daß der erste Reiter eine kleine Krone getragen hatte. Er starrte ihnen nachdenklich hinterher und putzte sich den Dreck von den Schultern.

»Was zum ...? Wer war ...? Sie hätten uns beinahe niedergetrampelt!« Hogshead war hochrot im Gesicht, wurde immer röter und rappelte sich mühsam hoch.

Firkin schwieg. Er starrte finster vor sich hin, hatte die Stirn in tiefe Falten gelegt und überlegte angestrengt.

Dann wandte er sich zu Hogshead um und sagte leise: »Jäger. Und der König. Nur andersrum.«

»Hä?«

»Du hast mir eine Frage gestellt. Zwei Fragen. Und ich hab dir geantwortet.«

»Uiii ... Du meinst, es war der ... DER KÖNIG?«

»Bin mir ziemlich sicher.«

»Woher willst du das wissen?«

»Tja also ... Ist doch wohl klar: starke Pferde, gut im Futter; bullige Wächter, auch gut im Futter; schwarze Rüstungen ... Ach ja: und eine Krone! Irgendwie ziemlich königsmäßig. Und dabei hätt er uns beinahe niedergetrampelt! Er hat uns nicht mal gesehen! Er hätte uns ummähen können, und wär einfach weiter ...«

Firkin war aus dem Takt gekommen. Er kam sich klein und häßlich vor und hatte eine Mordswut. Wie der Blitz hatte es ihn getroffen, als ihm plötzlich klargeworden war, wie gewaltig die Aufgabe war, die er zu erfüllen hatte. Doch gleichzeitig hatte diese Erkenntnis das Feuer des gerechten Zorns wieder aufflammen lassen. *Wie kann er es eigentlich wagen, mich mitten im Wald über den Haufen rennen zu wollen? Warum nimmt er uns überhaupt nicht zur Kenntnis und behandelt uns wie lästiges Ungeziefer? Was bildet der sich überhaupt ein? Wie kommt er dazu, Dawn und alle die anderen in Khucaph wie Vieh zu behandeln? Nein: Diesmal ist er zu weit gegangen! Diesmal kommt er nicht ungestraft davon! Diesmal nicht und nie wieder!*

Firkin wußte sehr gut, daß sie dringend Hilfe und Unterstützung brauchten. Ohne Unterstützung könnten sie ihre Aufgabe nie erledigen. Aber noch wollte er nicht aufgeben, noch glühte ein Fünkchen Entschlossenheit im düsteren Sumpf der Mutlosigkeit. Er *mußte* weitersuchen. Er mußte weitermachen – allen Menschen zuliebe. Das war er Hogshead schuldig. Guldenburg war ein Reinfall gewesen, aber irgendwo anders mußte es bestimmt einmal klappen. Weitersuchen – es war alles nur eine Frage der Zeit. Er stand auf, nahm seinen Reisesack und machte sich entschlossen an die Verfolgung der vier Reiter.

Irgend etwas zupfte ihn am Ärmel. Es war Hogshead.

»Bitte! Nicht jetzt. Nicht gleich. Ein bißchen später vielleicht – gern, jederzeit. Aber jetzt ...«, heulte er los, »... ich sterbe vor Hunger!«

Firkin hatte eigentlich sofort aufbrechen wollen. Aber jetzt sah er plötzlich ein, daß er Hogshead schon viel zu sehr strapaziert hatte. Und außerdem: Die Reiter hatten eine deutliche Spur hinterlassen, eine Fährte aus Hufabdrücken (in sechzehnfacher Ausführung) und einer Unmenge abgerissener Zweige schlängelte sich durch den Wald.

»Also gut«, sagte er. »Du gehst da rüber, ich geh da rüber, und in zehn Minuten treff ich dich hier wieder, und du hast alles dabei, was du an Nüssen und Beeren gefunden hast. Aber verlauf dich nicht! Ach ja, noch was: Waidmannsheil!«

»Ha, ha! Sehr witzig«, antwortete Hogshead, und es klang beinahe ein wenig sarkastisch. Der Schock, den die Reiter ihnen versetzt hatten, war noch nicht ganz überwunden. Die Jungen grinsten sich an und machten sich an die lebensnotwendige Aufgabe der Nahrungssuche.

Die zwei Zugpferde mußten sich schwer ins Geschirr legen. Der Wagen war bis unters Dach vollgeladen, quietschend und knarrend rumpelten die eisenbeschlagenen Räder über die holprigen Holzbohlen der Zugbrücke. Die beiden Männer, die vorn auf dem Wagen saßen, machten sich nichts aus dem Lärm. Das Schloß war verwaist, es gab niemanden, den der Krach hätte mißtrauisch machen können. Ein kurzer Ruck an den Zügeln signalisierte den Pferden, nach links abzubiegen. Eigentlich war es unnötig, die Pferde zu dirigieren. Sie kannten den Weg, sie hatten ihn schon einige hundert Male zurückgelegt und hätten ihn auch ohne die Anweisungen des Fuhrknechts gefunden. Es war der Weg, der zurückführte in den heimatlichen Stall, der Weg über die Grenze, die Tour über die krapathischen Berge.

Als der Wagen von der Zugbrücke herunter auf den Fahrweg rollte, ruckte und rüttelte er noch einmal so heftig, daß aus einem der Säcke zwei kleine Karotten fielen. Der Fuhrknecht, der seinen Auftrag erfolgreich zu Ende geführt hatte, lenkte das Gespann sicher in die ausgefahrene Spur, der Wagen holperte und schlingerte den Fahrweg entlang, und Schloß Isolon lag bald schon weit zurück.

Sie suchten in Bäumen und Büschen. Suchten unter Bäumen und hinter Büschen und fanden – nichts. Sie durchforsteten in erstaunlich kurzer Zeit einen beträchtlichen Geländeabschnitt. Und trotzdem – als Firkin wieder auf die Lichtung zurückkam, stand er mit leeren Händen da.

»Reine Zeitverschwendung«, nörgelte er.

Kurz darauf stakste Hogshead durchs Unterholz. Er hatte die Hände fest zusammengepreßt. Anscheinend hatte er etwas gefangen und wollte verhindern, daß es ihm wieder entwischte.

»Wirst gleich sehen, was ich gefunden habe. Viel ist es ja nicht. Aber immerhin besser als gar nichts. Kannst schon mal dein Messer rausholen.«

Er nahm die Hände auseinander und legte seine Beute auf den Baumstumpf, der vor ihnen aus dem Boden ragte.

Firkin blieb vor Erstaunen der Mund offen stehen.

»Mehr hab ich leider nicht gefunden«, sagte Hogshead kleinlaut.

»Wir wollten doch Nahrungsmittel suchen! Etwas zum essen! Und nicht irgendwelche kleine Viecher, die man in eine Streichholzschachtel stecken und in der Hosentasche rumtragen kann!«

»Hab doch gesagt, daß es nicht viel ist. Aber immerhin ...«

Firkin starrte das Ding wieder an, das Hogshead zum Schlachtopfer ausersehen hatte. Es war klein, blaßgrün und sah mit zwei großen runden Facettenaugen unerschrocken und trotzig zu ihnen auf. Aus seinem Kopf wuchsen zwei Fühler, an deren Enden zwei kugelige Gebilde saßen. Das winzige Maul war unablässig in Bewegung, es zuckte und schnappte aufgeregt. Kein sehr appetitlicher Anblick. Firkin wandte sich angewidert ab.

»... besser als gar nix«, beendete Hogshead seinen lahmen Rechtfertigungsversuch.

»Ich mach mir nichts draus. Nimm's du ... Ich bin nicht hungrig.«

»Du kannst aber gern die Hälfte davon haben.« Hogshead fuchtelte vielsagend mit dem Messer.

»Danke, nein.« Firkin suchte sich ein Plätzchen, wo die Bäume ein wenig dichter standen. »Ich muß mal.«

Hogshead faßte sich ein Herz, beugte sich über den winzigen Grünling und grinste ihn kaltblütig an. »Hallo, Mittagessen.« Er leckte sich die Lippen und hob das Messer.

Er hielt die Klinge neben den Wurm, schätzte Größe, Länge und Umfang ab.

»Willst du wirklich nichts?« fragte er noch einmal.

»Nein.« Firkin verschwand hinter den Bäumen. »Beeil dich!«

Hogshead machte sich Mut. Er redete sich ein, daß ein Leckerbissen auf ihn wartete. Ein Happen, der zum größten Teil aus Eiweiß bestand, aus purem, gesundem Eiweiß… plus einem kleinen Anteil aus Ballaststoffen. Franck hatte ihm von Pygmäenstämmen erzählt, die sich ausschließlich von Würmern ernährten. Die ganze Berge von Würmern aßen. Von lebendigen Würmern. Plötzlich bereute er, daß ihm die Sache mit den Ballaststoffen eingefallen war.

»Ich bin sehr hungrig«, sprach er sich selbst Mut zu. »Jetzt gilt es: Er oder ich.« Er biß die Zähne zusammen, hob das Messer und schloß die Augen. Und als er zustechen wollte…

»Nicht! Nein! Aufhören!« piepste ein winziges Stimmchen.

Hogshead sah sich verwundert um. Aber alles, was er sah, waren ein paar Bäume und sein Mittagessen, das er sich vor kurzem beschafft hatte. *Muß wohl der Wind gewesen sein,* dachte er.

Wieder hob er das Messer…

»Nicht! Nein! Aufhören! Nicht gehört hast du mich denn?«

Hogshead riß die Augen auf. Das Würmchen hatte sich zu voller Größe aufgerichtet (zwei Zentimeter etwa) und starrte ihm aufmüpfig ins Gesicht.

»Dein Mittagessen nicht bin ich!« piepste es.

Hogsheads Mund stand sperrangelweit offen. Er bot einen hochgradig schwachsinnigen Anblick.

»Essen nicht willst du mich.«

»…«, sagte Hogshead.

»Nicht sehr gut ich schmecke. Bäh.« Der Wurm zog

ein Gesicht, als wolle er ausspucken. Bei einem Maul, das voll spitzer, scharfer Zahnreihen steckte, war das ein äußerst eindrucksvolles Bild.

»…«, sagte Hogshead wieder und zuckte mit dem Messer.

»Nein, nein. Drei Wünsche du hast frei.«

»Wa …«

»Drei Wünsche … du … weg leg das Messer.«

»Was soll das heißen: *drei Wünsche*? Wie denn?« Er ließ das Messer fallen.

»Hmmmm. Nicht wohl ich fühle mich seit meiner letzten Mahlzeit. Nicht in Ordnung etwas ist. Zeug wirres träume ich, Figuren merkwürdige in diesen Träumen tauchen auf und kommen in den Sinn mir. Beunruhigend ist es. Hmmmm!« Der Wurm legte den Kopf schief und starrte Hogshead unverändert in die Augen.

»Schon komisch, aber … Wie war das noch mal mit den Wünschen?«

»Ein Trick es war. Verzögerungstaktik. Um abzuhalten dich, Gebrauch zu machen von deinem Messer. Diese Figuren … Hier herholen ich kann sie.«

»Welche Figuren? Und woher?«

»Aus Büchern … Ein Bücherwurm ich bin schließlich. Aus der Dimension der Buchkapitel ich holen kann sie, daß auf deine Wirklichkeit Einfluß ausüben sie!«

»Mann … große Töne, die du da spuckst!«

»Auch etwas anderes mache ich noch mit Büchern! Nicht essen nur!« Der Bücherwurm runzelte auf seine Art die nicht vorhandene Stirn und sah gekränkt drein.

»Heißt das, du kannst Menschen aus Büchern hervorzaubern?«

»Beliebigen jeden … mit dem raum-seitlichen Kontinuum etwas es hat zu tun.«

»Jeden? Und … wie?«

»Deine Augen mach zu und wen immer du willst, nenn mir …«

»Wenn du mich verarschen willst, dann verbrate ich dich doch noch. Als Mittagessen!« drohte Hogshead. Um klarzustellen, wer hier das Sagen hatte. Er nämlich! Und nicht dieser Wurm! Oder?

Hätte der Wurm Finger besessen, er hätte sie hinter dem Rücken gekreuzt. Ganz fest.

V

SCHLOSS ISOLON

Drei Dezibel unter der Schwelle des menschlichen Hörvermögens entstand ein winziges Geräusch. Hättest du, lieber Leser, in diesem Augenblick auf jener kleinen Lichtung gestanden, die etwa eine halbe Meile von Guldenburg entfernt in jenem großen Wald liegt, auf jener Lichtung, auf der sich jetzt äußerst seltsame Dinge ereignen sollten – du hättest es hören können: Es war ein schwirrendes Geräusch, zirpend wie das Sirren der Zikaden an einem heißen Abend am Mittelmeer. Ein gläsern-spröder, schneidender Klang, der zunehmend lauter wurde. Und dann hättest du ein zweites Zirpen mit der gleichen Schwingungszahl gehört. Dann ein drittes. Dann noch eines. Und es hätte dich in den Ohren gekitzelt wie das Geräusch eines schlecht eingestellten Transistorradios.

Hogshead hörte es. Firkin glaubte, daß er etwas hörte. Das Gezirpe nahm an Lautstärke zu, sirrte aber nach wie vor in perfekter Unisono-Stimmführung. Hogshead versucht herauszufinden, woher diese Geräusche kamen … Allem Anschein nach von nirgendwoher. Oder von überallher. Allmählich driftete die Unisono-Stimmführung auseinander, die einzelnen Geräusche bildeten ein harmonisches Intervall. Wieder nahm die Lautstärke zu – eine absolut rein gestimmte verminderte Terz war zu hören. Die Lautstärke stieg stufenweise an.

Firkin hörte es jetzt deutlich. Er kam hinter den Bäumen hervor und stellte sich neben Hogshead.

Eine Quint kam dazu und fügte sich mit den anderen Tönen zu einem harmonischen Dreiklang, zu einem Moll-Akkord. Es klang wunderschön. Und trieb einen gleichzeitig zum Wahnsinn – wie die Darbietungen einer Chorgemeinschaft von Stechmücken.

Hogshead sah, wie ein winziges silbernes Pünktchen am äußersten Rand seines Blickfelds entlangflitzte. Dann wieder eines. Die Quinte klang jetzt mächtiger, brauste wie eine riesige Glasharmonika, summte wie Hunderte von Cognacgläsern, über deren Ränder Hunderte von Fingern rieben und kreisten. Es war ein Klangereignis von hypnotischer Kraft. Wieder blitzten silberne Pünktchen auf, kamen diesmal von links und drehten sich wirbelnd umeinander wie eine winzige Milchstraße. Im Einklang dazu fingen Firkins Nackenhaare zu vibrieren an.

Die Jungen hatten die Augen vor Erstaunen weit aufgerissen. Der Bücherwurm hatte die Augen fest geschlossen. Zwischen den beiden Antennenarmen seiner Fühler blitzten winzige statische Entladungen auf. Noch einmal schwoll die Lautstärke an, als weitere Silberpünktchen auf die Lichtung sausten, wo sie sich sammelten und miteinander verschmolzen.

Über den Grundton des Akkords erhob sich die Septime. Ein Intervallschritt, der Spannung erzeugte. Das Geräusch wurde unangenehm (die Jungen spürten es wie ein stechendes Jucken im Kopf), wurde noch lauter, noch unangenehmer. Die wirbelnden Silberpünktchen trübten die Sicht, es wurde zunehmend schwieriger, auf der Lichtung noch etwas zu erkennen. Die Septime klang immer mächtiger, wurde immer lauter, bis dann plötzlich …

Stille. Absolute, vollkommene Stille. Der Akkord hatte sich in Nichts aufgelöst, und die Abertausende winziger Silberpünktchen verschmolzen augenblicklich zu ... zur Gestalt eines rundlichen, dicken Herrn, der eine fettige Schürze umgebunden hatte, eine nicht mehr sehr weiße Kochmütze auf dem Kopf trug und ein Tablett in den Händen hielt, auf dem die allerköstlichsten, allerknusprigsten Pastetchen und Fleischküchlein angerichtet waren. Hogshead wollte nicht glauben, was er vor sich sah. Er rieb sich die Augen, blinzelte maßlos verwundert, starrte den Bücherwurm an, dann wieder den Pastetenbäcker, der in voller Lebensgröße über die Lichtung spazierte, so selbstverständlich, als wäre er hier zu Hause.

»Treten Sie näher, meine Damundherrn! Sie werden es nit bereuen! Prima Pastetschen, meine Damundherrn, IA Fleischküchelschen! Sie da, mein Herr, Sie seh'n mir so aus, als hättn'Se ewisch nix mehr abjekriescht, wenn isch dat ma so sagen darf. Ein lecker Pastetschen für den Herrn – dat Beste, wat Se sisch antun können! Können Se mir ruhisch glauben!«

Firkin und Hogshead waren sprachlos.

»Ich seh's zwar, aber ich ...«, wollte Firkin sagen.

»Pas ... Pastet ... Fleischküch ...«, wimmerte Hogshead, der nichts anderes mehr wahrnahm, als das Angebot auf dem Tablett des Pastetenbäckers.

»... glaub's einfach nicht!« sprach Firkin zu Ende.

»Mit Schweinefleisch, mit zarten Nierschen, wat vom Wild könnt isch den Herrn auch anbieten ...«

Sabbernd, wie in Trance ging Hogshead auf den Pastetenbäcker zu, magisch angezogen vom Anblick der zart dampfenden goldbraunen Pastetenkruste. Er konnte es einfach nicht glauben.

Der Bücherwurm genausowenig.

Es hatte geklappt. Und es war nicht einmal schwer gewesen. Nicht ein einziges Zauberwort hatte er sprechen müssen. Er hatte lediglich an den Pastetenbäcker gedacht, und schon war es passiert. Er hatte gespürt, wie sich sein winziges Bewußtsein in abertausend noch winzigere Bewußtseinsfragmente aufgespalten hatte, die in alle Himmelsrichtungen davongeschossen waren und sich auf die Suche gemacht hatten. Hatte gespürt, wie unendlich kleine silberne Pünktchen in eine andere Dimension gerast waren. Um zu forschen, um auszukundschaften. Wie verzauberte Gewehrkugeln, die den Namen des Pastetenbäckers trugen, waren sie in den leeren Raum davongejagt und hatten nach den klitzekleinen Fragmenten aller Figuren gesucht, die in Büchern hausen. Waren in Bibliotheken gestürmt, hatten Buchhandlungen geplündert, waren Regale entlanggerast, hatten sich die Bruchstücke aus den Büchern geschnappt und sie an einer Stelle wie im Brennpunkt einer Linse vereinigt. Und dann hatte sich, so wie Kupfersulphat in einer gesättigten Lösung augenblicklich kristallisiert, jedes einzelne Fragment in einem nonentropischen, implosionsenergetischen Impuls dem nächstliegenden angeschlossen, bis plötzlich, so als hätte er nie etwas anderes getan, der Pastetenbäcker durch den Wald spazierte. Zusammengetragen aus allen Kinderbüchern dieser Welt stand er jetzt wahrhaftig und leibhaftig vor dem ungläubig staunenden Firkin, einem ebenso ungläubig staunenden Hogshead und einem nicht weniger ungläubig staunenden Bücherwurm.

Laut hallten die Hufschläge durch die Stille, als die vier Reiter von der Jagd zurückkehrten und über den grünen Rasen vor dem Schloß sprengten. Schweratmend zügelte König Klayth sein Pferd und hielt vor der Zugbrücke an. Das erschöpfte Reittier schnaubte heftig und stampfte unruhig auf den weichen Boden. Die beiden Schloßwachen jagten auf ihren Streitrössern donnernd vorbei, galoppierten polternd über die Brücke und verschwanden im Schloß. Swinehunt folgte knapp hinter ihnen. »Prächtiger Ritt, Sire!« brüllte er. »Kolossales Vergnügen!«

Noch bevor Klayth hätte antworten können, hatte der Erzkanzler die Brücke überquert und war nicht mehr zu sehen.

Kaum zu glauben, dachte er. *Er hat gelächelt! Ganz bestimmt! Erstaunlich, was so ein Spazierritt doch bewirken kann.*

Und gerade als er ebenfalls ins Schloß reiten wollte, fiel ihm etwas auf. Er hielt noch einmal an. Auf dem Boden, nur ein paar Meter vor ihm, lag im Dreck, mitten in einem frischen Hufabdruck, eine kleine Karotte.

Beim Ausritt hatte er sie noch nicht gesehen.

Aber da, sagte er sich, *da habe ich auch nicht so genau hingesehen. Sie ist ja auch wirklich nicht übermäßig auffällig.*

Wieder sah er sich den weichen Boden an. Ganz sicher war er sich nicht – aber es sah so aus, als wäre ein schwerer Wagen aus dem Schloßtor gerollt und dann auf dem Fahrweg weitergefahren, der ins Gebirge führte. Er schüttelte nachdenklich den Kopf. Dann nahm er sich vor, Swinehunt danach zu fragen, und ritt über die Zugbrücke ins Schloß.

»Jetzt mal ganz langsam! Damit ich auch alles richtig verstehe …«, sagte Firkin zu dem komplett durchgedrehten Hogshead. »Willst du mir etwa erzählen, an der ganzen Sache ist der Bücherwurm schuld?«

»Ch'tin.«

»Was?«

»So heißt er.«

»Ch'tin?«

»Hat sich wenigstens so angehört. Er hat irgend so

ein komisches Geräusch zwischen Ober- und Unterkiefer rausgeknirschelt, das geklungen hat wie ... wie ... eben: wie ›Ch'tin‹.«

»Na schön ... An der ganzen Sache ist also Ch'tin schuld?«

»Kannst du Gift drauf nehmen!« Hogshead wackelte so wild mit dem Kopf, als hätte er diese Prozedur bereits hinter sich.

»Und du willst mir weismachen, daß die Pasteten, die wir gerade gegessen haben, von einem Pastetenbäcker gebacken wurden, der vor drei Minuten noch nichts anderes war als eine Ansammlung von Wörtern, die in Büchern gestanden haben, die über alle Welt verstreut waren?«

»Genau«, sagte Hogshead.

»... und jetzt ist er so wirklich wie du und ich ...«

»Ja.«

»... und du hast ihn dir herbeigewünscht?«

»Ja.«

»... und jetzt haben wir noch zwei Wünsche frei ...«

»Ja.«

»... und können uns herbeiwünschen, wen immer wir wollen ...«

»Ja.«

»... jeden ...?«

»Ja.«

»... und du glaubst wirklich, daß ich dir das abnehme?«

»Ja.«

»Hab ich mir doch fast gedacht, daß du das sagst.«

Ch'tin nickte beinahe genauso wild wie Hogshead.

Firkin setzte sich und sah den Bücherwurm an. Sehr nachdenklich sah er ihn an. Der Wurm sah Firkin an. Sehr selbstgefällig sah er ihn an.

»Tschulljense, meine Herrn«, sagte der Pastetenbäcker. »Aber wenn Se im Augenblick nix mehr brauchen, dann jeh isch jetzt mal auf den Rummelplatz. Die Herren wissen dann ja, wo Sie misch finden können. Also dann: Bis die Tage!«

»Nein, nein! Sie müssen bei uns bleiben«, bettelte Hogshead. »Bitte!«

»Aber hört doch ma Jungs! Isch muß doch schließlisch verkaufen! Isch kann doch meine Pasteten nit alle allein essen! Dat müßt ihr doch einseh'n, oder?«

Firkin stand auf, ließ Ch'tin vorsichtig in seine Tasche gleiten und schlenderte auf den Pastetenbäcker zu. Er legte ihm den Arm um die fettige Schulter und erklärte, ihm, daß sie auf dem Weg nach Schloß Isolon seien, und fragte ihn, ob er sich denn nicht vielleicht vorstellen könne, *königlicher Hoflieferant* (Spezialität *Königspasteten)* zu werden. Er solle doch nur einmal daran denken, wieviel Kundschaft im Schloß auf ihn warte! Es gebe dort zum Beispiel... nun ja, Ritter zum Beispiel, dann die ganzen Schreiber und Sekretäre, dann... ach ja: Jungfern und Maiden! Jungfern und Maiden in rauhen Mengen! Müßte doch einen gutaussehenden Mann wie ihn ganz besonders reizen! Bei diesem Haufen Jungfern und Maiden könne er wahrscheinlich gar nicht so viel backen, wie sich verkaufen lasse! Und habe dazu noch ein bißchen... »Wir verstehen uns doch?« fragte Firkin. Und dann schwiegen sie, und jeder hing seinen eigenen Gedanken nach.

Der Pastetenbäcker träumte von neuen Rezepten, von Rezepten *à la Roi*... wenn er nicht gerade von Jungfern und Maiden träumte.

Hogshead träumte von duftenden heißen Pasteten.

Firkin dachte an all die Helden in all den Büchern, die er jemals gelesen hatte. Und dachte dabei – dort, auf jener Lichtung im großen Wald – zum ersten Mal in seinem Leben tatsächlich ganz ernsthaft über Zauberei und Magie nach...

Courgette saß auf dem riesigen Eichentisch in der Schloßküche und baumelte versonnen mit den Beinen. Vorwärts, rückwärts, vorwärts … Dann hielt sie still, nahm einen Löffel, drückte ihn sich gegen die Beine und sah zu, wie die kleinen roten Ovale langsam wieder verblaßten. Val Jambon war damit beschäftigt, letzte Hand an den Jagdimbiß für den König zu legen. Während der letzten Viertelstunde hatte er emsig alle möglichen verschiedenen Lebensmittel kleingehackt, geschnitzelt und in Würfel geschnitten. Diverse Töpfe simmerten sanft auf dem riesigen schwarzen Herd vor sich hin. Val Jabon hatte zu tun. Courgette langweilte sich.

Langweilte sich *unsterblich, unsterblich, unsterblich. Ich will jemanden, mit dem ich spielen kann,* dachte sie. *Und wenn's nur ein Schoßtier ist*. Und laut sagte sie: »Ich geh mal Wasser holen.« Sie sprang vom Tisch, nahm den Eimer und hopste aus der Küche.

»Prima Idee«, stimmte Val Jambon zu und sah sich kaum dabei um.

Die Tür, durch die Courgette die Küche verließ, führte selbstverständlich nicht unmittelbar ins Freie. Wäre es so gewesen, hätten plündernde Horden ein allzu leichtes Spiel gehabt. Die Tür führte in ein kleines Vorzimmer, dessen Mauern dreißig oder vierzig nach innen gerichtete Pfeilschützenlöcher aufwiesen. Von dort ging es durch eine andere Tür in einen finsteren Geheimgang, der gerade so breit war, daß Courgette in ihm dahinhopsen konnte. Dieser Geheimgang führte unter den inneren Wehrmauern hindurch, verlief dann unterhalb des Schloßgrabens, stieg danach ein wenig an und endete schließlich in einer unverdächtig natürlich aussehenden Höhle in einem Hügel nicht weit vom Schloß.

Dieser Geheimgang war in der Vergangenheit von unschätzbarem Wert gewesen. In Zeiten der Belagerung etwa konnten auf diesem Weg Lebensmittel und anderer Nachschub ins Schloß geschmuggelt werden. Natürlich war auch der Gang mit Verteidigungsvorrichtungen ausgestattet, war über die ganze Strecke mit Schießscharten gerüstet und konnte mit dem Wasser aus dem Schloßgraben geflutet werden. Diese Möglichkeit hatte man allerdings nur einmal (und mit verheerendem Erfolg) genutzt – damals, als während der Belagerung im Jahre 936 MEZ König Klemm der Ausweglose ... aber das ist wieder eine ganz andere Geschichte.

Courgette blinzelte ein- oder zweimal in die helle Morgensonne und lauschte dem vielstimmigen Chor der Vögel, die mit munterem Gezwitscher (und erheblicher Verspätung) den neuen Tag ankündigten und ihre Gebietsgrenzen absteckten. Und während die eine oder andere Lerche trällernd ihre himmelhohe Überlegenheit verkündete, schnarrten sich im niedrigen Gebüsch die Zaunkönige ihr *Teck-teck* zu, war in der Ferne ein Kuckuck zu hören. Courgette liebte das Zwitschern der Vögel. Verträumt sah sie zu den Baumkronen hinauf und machte sich leise summend auf den Weg zum Brunnen.

Es ging sehr schnell, und es geschah gleichzeitig überall auf der Welt: Aus jedem Buch, in dem ein ganz bestimmtes Märchen stand, wurden leise und im Handumdrehen Bestandteile einer ganz bestimmten Figur fortgeschafft. Hättest du dich, lieber Leser, in diesem Augenblick in einer ganz besonders stillen Bibliothek aufgehalten, und hättest du genau hingehört und in das richtige Buch gesehen, dann hättest du möglicherweise einen beinahe unendlich kleinen silbernen Streif in das Buch eingehen sehen, hättest nur eine Mikrosekunde später einen um eine Winzigkeit größeren silbernen Streif das Buch wieder verlassen und in dieselbe Richtung, aus der er gekommen war, wieder davonsausen sehen. Vielleicht hättest du in diesem Moment sogar ein kaum vernehmliches *Wwwusch!* gehört. Hätte das Buch aufgeschlagen vor dir gelegen, dann kann nicht ausgeschlossen werden, daß eine Seite ein klein wenig geflattert hätte – so als hätte der denkbar winzigste Windstoß sie angeweht.

Alle diese Bruchstücke, die von der Oberfläche jener Buchseiten, auf der sie seit Jahren still gelegen hatten, fortgenommen worden waren, wurden von den verzauberten Silberkugeln mitgerissen und an den Ort ihrer Bestimmung geführt, wo sie sich in einem Punkt vereinigten.

Dieser Punkt lag etwa zwei Meilen von einem riesigen, außerordentlich geräumigen Schloß entfernt auf einer Lichtung im tiefen Wald. Auf dieser Lichtung standen Firkin und Hogshead, der Pastetenbäcker und ein winziger Bücherwurm. Sie hatten an diesem Morgen eine ansehnliche Strecke zurückgelegt. Der hohe Nährwert der Pasteten und Firkins Entschlossenheit, seine Mission zu Ende zu führen, hatten diese Leistung möglich gemacht.

Staunend sahen die vier, wie vor ihren Augen die winzige, silberne Galaxie entstand. Der Stechmückenchor stimmte sich wieder ein, summte den Grundton, dann die verminderte Terz und schließlich – als eine weitere Schar silberner Pünktchen von links heransauste – die Septime. Der Pastetenbäcker kratzte sich den Kopf, statische Elektrizität entlud sich in einem Lichtbogen, der von den Fühlern des Bücherwurms zur Erde reichte, die Atmosphäre war geladen, als bräche jeden Moment ein schwerer Gewittersturm los. Das Geräusch wurde lauter, schriller. Die Luft war ein silberner Wirbel. Sie hielten den Atem an. Firkin wünschte flehentlich, der Akkord möge sich endlich auflösen. Es kitzelte ihn in der Nase, er mußte dringend niesen. Das Geräusch wurde lauter. Und lauter. Und …

Plötzlich herrschte Grabesstille auf der Lichtung. So als wäre das Geräusch in einen schalltoten Raum eingetaucht. Firkin nieste. Als er die Augen wieder aufschlug, stellte er fest, daß sie Gesellschaft bekommen hatten. Vor ihnen stand ein hochgewachsener Mann in glänzender mittelalterlicher Galarüstung. Mit leicht gespreizten Beinen stand er vor ihnen, seine schimmernde Wehr blitzte und funkelte im Schein der Nachmittagssonne. Das Helmvisier war geschlossen. Beinahe salopp wirkte die Art und Weise, wie er sich den mächtigen Bihänder auf den breiten Rücken geschnallt hatte. An der Hüfte hing das reichverzierte kürzere Nahkampfschwert, mit dem linken Arm hielt er den mit einem Wappen (bronzefarbene Krone, zwei Ordensbänder auf beigem Grund) geschmückten Schild.

Firkin und Hogshead zappelten vor Aufregung: Es hatte wieder geklappt! Ch'tin sah blasiert um sich. Hätte er Fingernägel gehabt, er hätte sie sich an der Brust blankpoliert.

Zaghaft trat Firkin vor die Figur hin, erhob die Stimme und grüßte in der – wie er hoffte – angemessenen Weise: »Heil, Majestät!« Er verbeugte sich tief und ausdauernd.

Der gepanzerte Narziß stand reglos und wie in Eisen gegossen.

Firkin sah sich ängstlich um. Hogshead und der Pastetenbäcker grinsten dümmlich, gestikulierten ermunternd und flüsterten: »Los! Mach schon!«

»Ähem – heil Euch, Majestät! Äh, untertänigst flehen wir um die Gunst, Euch treuergeben Gefolgschaft leisten zu dürfen bei der Durchführung jener gerechten und ehrenvollen Aufgabe, die wir – mögen wir auch schwach sein – auf uns zu nehmen uns erdreisteten. Herr.«

Firkin mühte sich erbärmlich, den historisch korrekten Tonfall höfischer Diktion zu treffen.

»Inständigst bitten wir Euch«, sprach er weiter zu

dem metallisch glänzenden Monolithen, »möge Euer starker Arm, mit Hilfe Eures zuverlässigen Schwertes, zu unser Schutz und Wehr sich verwenden, damit wir an Eurer Seite …«

Die Gestalt nahm die vor der Brust verschränkten Arme auseinander und klappte langsam das Visier hoch. Stechende blaue Augen leuchteten aus dem dunklen Innern des Helms.

»… uns befähigen, in Treue fest … ooooh!« Firkin starrte in die stechenden Augen. »Heil!« sagte er noch. Es klang eher matt.

»Bwwoah ey! ›Oich‹ un ›Oir‹ un ›Oia‹ – hab schon ewich nich mehr son Stuß gehört!«

Firkin war sprachlos. Hogshead zappelte aufgeregt.

»Möschten Sire vielleischt eins von mein leckeren Pastetschen versuchen?« brach der Pastetenbäcker das Schweigen. Er witterte ein Geschäft.

»Ey, hasse auch ein mit Kohl un Pinkel? Geht echt nix drüber!«

»Bedauerlischerweise nit, Sire. Kann isch leider nit mit dienen.«

»Mach dir nix draus. Hab sowieso kein Kohldampf.« Der Ritter setzte sich auf einen Baumstumpf. »Asso jetz sach ma, was war'n das für komisches Gesülze? War da was mit ›gerechtem Kampf‹? ›Im Dienste der guten Sache‹ oder so irg'ndwie?«

»Äh, ja«, stotterte Firkin und kratzte sich entgeistert den Kopf. Franck hatte nie etwas von diesem komischen Akzent erwähnt. Wirklich gewöhnungsbedürftig. Der Ritter nahm den Helm ab und legte ihn auf den Boden. Langes, wallendes, pechschwarzes Haar fiel ihm auf die Schultern. Sein Gesicht war glattrasiert, das Kinn nobel geschnitten. Ehrbar und clever zugleich – der Traum aller Jungfern und Maiden. Hochgewachsen, dunkles Haar, glänzende Rüstung: ein Ritter wie er im Buch steht. Vielmehr stand.

»Nun, Sire, es handelt sich dabei …«, begann Firkin und schilderte die mißliche Situation, in die sie durch sein Gelöbnis geraten waren.

Prinz Chandoon hörte aufmerksam zu und stellte gelegentlich (aber immer mit schwerem Akzent) interessierte Fragen. Als Firkin mit seiner Geschichte fertig war, stand der Prinz auf, zog mit elegantem Schwung den Zweihänder aus der Scheide und hielt ihn himmelwärts. Es war ein phantastischer Anblick: kein Glanzpunkt war an ihm, der nicht die Strahlen der Sonne reflektiert hätte; wie in gleißendes Scheinwerferlicht getaucht stand er auf der Lichtung – eine märchenhafte Erscheinung.

»Gebongt. Ich, Prinz Chandoon, werd bei euch mitmachn. Könnt'a euch drauf verlassn! Kann euch nix passiern!«

»Oooh. Danke«, sagte Firkin.

»Nett von Euch, Sire.« Hogshead war der gleichen Meinung.

»Is ja woll das mindeste, was ich für euch tun kann«, sagte der Prinz bescheiden. »Außerdem hab ich seit ewign Zeitn nicht mehr richtig hingelangt. Nur eins muß klar sein: Ich bin eigntlich inkognito hier! Darf also keiner wissn, wer ich wirklich bin. Bin in so ner Art Geheimmissjon unterwegs. So wir ihr irg'ndwie. Und deshalb: Nix mehr Prinz un nix mehr Chandoon! Von jetz ab sacht ihr einfach ›PC‹ zur mir. Klaa?«

PC – so wie er es aussprach, hörte es sich eher wie ›Pezzi‹ an.

»Geht in Ordnung, Pezzi. Aber warum so geheimnisvoll?« fragte Firkin, obwohl er befürchtete, daß er die Antwort sowieso nicht verstehen würde.

»Ja asso – soll ehm keiner wissn, daß ich hier bin. Iss nich aus Unhöflichkeit. Echt nich! Is nur weil … asso die Sache is die, daß es sich dabei um eine Sache handelt, wo sich ein Mitglied des Königshauses nich so ausm Fenster hängn soll.«

Firkin sah ihn verdutzt an. In etwa hatte er verstanden, worum es ging. Vermutete er wenigstens.

»Ich mein jetzt nich Heldentaten oder so. Echt nicht. Das is absolut okee. Überhaupt nix dagegen!« Der Prinz sah sich vorsichtig um und senkte verschwörerisch den Kopf. »Is wegn die Mädels. Die lassn mich einfach nich in Ruhe! Echt nich! Is eine Knochenarbeit, wenn de Tach für Tach damit beschäfticht biss, dat de dir die Jungfern un Maiden vom Leibe hälz! Ich mein, ich hab ja gaa nix dagegen, daß ich sie retten muß. Is ein Morzspaß. Ehrlich! Wenn se hinterher nur nich so verdammt dankbar sein wüadn! Zu Hunderten sind se hinter mia hea! Könnze manchmal echt Anxt kriegn!«

Der Pastetenbäcker starrte ihn neidisch an und brummelte etwas von »Hätt isch manschmal janz jerne, solsche Angst« in seinen Bart.

»Wenn ihr jez noch'n Wunsch frei habt«, wechselte der Prinz das Thema, »wer sollsn dann diesmal sein, hä?«

Firkin sagte es ihm. Merkwürdigerweise hörte sich sein Akzent auf einmal auch ziemlich sonderbar an.

»Bwwoah ey! Echt gut, die Idee, Mann!«.

Hogshead nannte dem Bücherwurm den dritten Wunschkandidaten.

Erwartungsvoll standen sie auf der Lichtung. Ch'tin richtete sich zu voller Größe auf (zwei Zentimeter etwa), schloß die Augen und konzentrierte sich. Inzwischen hatte er den Dreh heraus. Und weil er ein aufmerksames Publikum hatte, konnte er der Versuchung nicht widerstehen, leise und dumpf zu stöhnen und geheimnisvoll mit den Fühlern zu wackeln – reine Effekthascherei! Er schwankte hin und her, als wäre er von einem absonderlichen Geist besessen. Er wußte genau, daß alle Augen auf ihn gerichtet waren.

»Expialligetis«, piepste er (reine Effekthascherei!) und klappte die Fühler zusammen.

Und wieder explodierte sein Bewußtsein und wurde zum Brennpunkt, in dem sich Literaturfragmente sammelten. Beinahe im selben Moment setzte das Summen der Cognacschwenker ein und wurde, als sich das morphogenetische Feld bildete, rasch stärker. Deutlich erklang über dem Grundton die Terz, kurz darauf auch die Quint. Firkin, Hogshead und Pezzi beobachteten gespannt die immer größer werdende Wolke aus Silberstäubchen, die sich zunehmend schneller zu einer Gestalt verdichtete. Jeder wollte der erste sein, der diese Gestalt erblickte.

Als dann immer deutlicher die Septime zu hören war, als sich die Dichte der Zauberkugeln dem kritischen Punkt näherte, fing Firkins Kopfhaut zu jucken an. In atemloser Spannung wartete er auf die Auflösung. Der Akkord, den sie mittlerweile so gut kannten, klang jetzt schrill, beinahe dissonant, und riß unvermittelt ab. Totenstille lag über der Lichtung, auf der jetzt eine andere, eine neue Figur stand.

»Ihr…«, sagte die Gestalt. Und war auf der Stelle wieder verschwunden. Zurückblieben das leuchtende Nachbild einer großen Menge hellen, weißlichen Haars und der Nachklang einer Symphonie aus Farben.

Lastendes, betretenes Schweigen lag über der Lichtung.

Jeder starrte den Bücherwurm vorwurfsvoll an, und der mühte sich verbissen, mit den nicht vorhandenen Schultern zu zucken.

»Mich nicht so anschaut!« piepste er. »Meine Schuld nicht ist es. Auch nicht das verstehe ich!«

»Versuch's noch mal.«

Ch'tin schloß die Augen und versuchte es erneut. Das gläserne Gewimmer setzte wieder ein, wurde schnell lauter und stärker. Die Terz erhob sich über dem Grundton, brausend und mächtig, und brach unversehens wieder ab. Die bläulichen Funken, die zwischen

Ch'tins Fühlern hin und her sausten, bildeten einen Lichtbogen, über den der piepsende Empfänger geerdet wurde, und ließen einen schwachen Ozongeruch zurück. Geknickt sah der Bücherwurm auf.

»Leid mir tut. Nicht möglich jetzt. Interferenzen dort, wo er ist jetzt, zu stark. Jemand über ihn gerade liest vielleicht.«

»Pah!« machte Firkin verbittert, zog die Knie an und umklammerte sie niedergeschlagen.

Hogshead blickte auf den winzigen grünen Bücherwurm hinab und empfahl ihm, die Sache weiter zu versuchen (»Im Zehnminutenabstand oder so«), so lange, bis er durchkäme.

Das Quartett setzte sich ins Gras, lehnte sich an die Baumstämme und lauschte dem Prinzen, der ihnen von den Jungfern und Maiden erzählte, die er aus den Klauen von Drachen befreit oder vor bösen Hexen gerettet hatte, von edlen Fräulein, die er davor bewahrt hatte, auf den Scheiterhaufen gebunden und verbrannt zu werden, etc. pp.

Auch von den Heldentaten anderer Ritter erzählte er ihnen. Im Augenblick kam er gerade zum Ende einer Geschichte, in der ein Ritter eine Jungfer davor bewahrt hatte, bei lebendigem Leib in einem riesengroßen Turm gesotten zu werden. Anschließend hatte er feststellen müssen, daß er mit dieser Tat seinem Namen keine Ehre gemacht hatte: Das Ganze war nur ein Trick gewesen, mit dem die Maid ihn in ihr Bett gelockt hatte.

»Kannze ma sehn, Mann«, sagte er zum Schluß, »Pastetnverkaufn is vielleich nich das Überding – is aber echt viel weniger riskant. Echt!«

»Äh, schon möschlisch«, stimmte der Pastetenbäcker zu. Insgeheim aber wäre er ganz gern einmal derlei Risiken ausgesetzt gewesen. Einmal wenigsten. Ein bißchen zumindest.

Dann plötzlich: ein hoher winselnder Ton – Ch'tin

war durchgekommen. Der Chor der Stechmücken meldete sich zurück. Als sich die vier dann in einer Art konzertierten Aktion die Figur herbeiwünschten, nahm das Gewinsel rasch an Intensität zu. Der Akkord schwoll gewaltig an, aus allen Himmelsrichtungen flitzten Silberpünktchen auf die Lichtung, nach wenigen Sekunden schon schien es ihm, als wären sie in einen silbernen Schneesturm geraten. Die Tonhöhe stieg immer weiter an, stieg bis knapp an die Schmerzgrenze, der Klang wurde lauter und stechender … Im selben Augenblick erschien die Gestalt – komplett, fertig, vollendet – auf der Lichtung; im selben Augenblick stand *Er* vor ihnen. Reglos und unbewegt …

Sein Umhang hatte die Farbe von E-Dur und war mit den Zeichen des Tierkreises geschmückt, mit Sternen, Monden und anderen astromagischen Symbolen. Pelzkragen und Ärmelaufschläge glänzten in den Farben des c-Moll Septakkords – ein Kolorit, das gleichermaßen schreiend wie zurückhaltend mißtönend war. Passend zu dem wallenden saxofranfarbenen Gewand der hohe Hut, der verwegen schief auf dem strubbeligen langen Haar saß, das mehr oder weniger weiß war. Er hatte einen verfilzten langen Rauschebart und hielt in der Armbeuge einen Zauberstab.

Eiskalte Augen musterten Firkin.

»Du mußt wohl Firkin sein, nicht wahr?«

»Äh, ja …«, antwortete Firkin erschrocken.

»Ich heiße«, sagte der Alte, »ich heiße Merlot. Wiste ne Birn, Junge?«

»Funktioniert hat es! Doch gleich gesagt ich hab, oder?« fiepte der Bücherwurm.

Sein Gefiepe ging unter im Lärm des Tumults, der in einem nahegelegenen Gebüsch ausbrach. Zweige schwankten, Blätter raschelten, und Äste schüttelten sich wild, als etwas immens Übellauniges versuchte, sich den ihm zustehenden Platz zu verschaffen. Plötzlich brach, wie aus der Pistole geschossen und eingehüllt in einen Wirbel aus Federn, Blättern und verdutzten Insekten, ein Waldkauz aus dem Gebüsch. Er flog mit Höchstgeschwindigkeit schnurstracks auf Merlot zu, breitete im allerletzten Moment die Flügel aus, flatterte aufgeregt und ließ sich dann melodisch auf dessen in c-Moll 7 gestimmter Schulter nieder. Richtete sich dann zu voller Größe auf, glättete die Schwanzfedern und klappte ordentlich die Flügel zusammen. Nach kurzer Zeit hatte der Vogel die ihm üblicherweise eigene Ruhe und Gelassenheit wiedererlangt.

»Uiii!« schrie Hogshead. »So eine hübsche Eule!«

Die Eule reckte sich und schloß die Augen. Nicht ganz.

»Hat sich was mit Eule!« sagte die Eule kategorisch.

»Also Arbutus! Das ist aber nun wirklich nicht nett von dir!« tadelte Merlot.

»Hmmpff!« knurrte Arbutus. »Aber so mir nichts dir nichts mitten in einem Kapitel zu verschwinden – ist das vielleicht ›nett‹?« Arbutus schloß die Augen und gab eine hervorragende pantomimische Vorstellung mit dem Titel: ›Eule, eingeschnappt‹. Was nicht nur Schauspielerei war.

»Das war, wie du ganz genau weißt, nicht meine Schuld.« Merlot blickte den Bücherwurm an. »Du warst das! Hmmm?« Er starrte den Winzling, der eingeschüchtert auf seinem Baumstumpf saß, lange und durchdringend an.

»War schon ganz gut. Aber du hast wohl den Mund ein bißchen zu voll genommen, was?« Er lachte über seinen kleinen Scherz, und aus seinem Bart rieselten ein paar Krümel. »Du wirst noch eine ganze Menge lernen müssen, was die Etikette der Zauberei angeht, mein kleiner grüner Freund. Du bleibst jetzt wohl besser ein Weilchen bei mir.« Der Zauberer hielt den winzigen Wurm in der runzligen alten Hand und wandte sich an Firkin.

»Also«, sagte er, »ihr seid mir schon ein munteres Völkchen, mein lieber junger Freund! Wirklich ein munteres Völkchen!«

»Äh, ja, danke. Ich bin sehr froh, daß Sie gekommen sind«, erklärte Firkin beinahe schüchtern.

»Habt wohl keine andere Wahl, was? Berufen und auserwählt, wie man so sagt, was? Ja also, wenn ihr wirklich diesen Job erledigen müßt – Tyrannenmord, mein ich –, dann sollten wir uns wohl besser auf die Socken machen. Das Dingsda schmieden, solange es äh...«

»Heiß ist«, kreischte Arbutus und pickte nach einem Mäuseschwanz, der unter dem Hut des Zauberers hervorspitzte.

»Genau«, sagte Merlot abschließend. »Dann also vorwärts, Männer!« Und ohne lange zu warten, drehte er sich um, fuchtelte mit seinem Zauberstab und marschierte davon.

»Was du zuallerst wissen solltest, wenn du einen Zauberspruch zitierst«, hörten sie Merlot, der immer weiter im Wald verschwand, zu dem Bücherwurm auf seiner Hand sagen, »ist folgendes: Sobald du ihn ausgesprochen hast, kannst du ihn nicht mehr abstellen. Genauso, wie du... Also stell dir zum Beispiel ein Telefon vor... nein, kannst du ja gar nicht... also stell dir einfach irgend etwas vor, das sich nur sehr, sehr schwer verdrängen läßt. Und wenn du dir das vorgestellt hast, dann versucht du ganz, ganz fest, es zu verdrängen – verstehst du, was ich meine? Kolossal schwierig, was? Als ich einmal mitten in ein riesengroßes...«

Merlot, der sich anscheinend mit seiner Hand unterhielt, und auf dessen Schulter ein stolzer Arbutus hockte, war im Wald verschwunden, seine Stimme war kaum noch zu hören.

Der Rest der Gruppe folgte ihm achselzuckend.

In einer ansonsten fast verwaisten Küche, irgendwo in den unteren Etagen von Schloß Isolon, bewegte sich etwas. Pirschte, genauer gesagt, verstohlen durch den Raum. Dieses Etwas wußte genau, daß es eigentlich nicht hier sein durfte. Daß es in der Klemme säße, falls man es ertappte.

Für einen Sekundenbruchteil nur erlahmte seine Aufmerksamkeit, und schon trat sein Fuß laut knackend auf den Splitter einer Nußschale. Wie angewurzelt blieb es stehen. Laut hallte das Echo durch die Küche. Viel zu laut. Und viel zu lange. Vorsichtig sah es sich um.

Hinter einem zitterndem Schnurrbart, versteckt in einem Küchenschrank, lugten zwei winzige schwarze Augen hervor. Der Eindringling sah die Maus nicht, er fürchtete sich vor Menschen. Und die paßten normalerweise nicht in ein Mauseloch.

Das Nagetier beobachtete, wie der große dünne Eindringling vorsichtig seinen Weg fortsetzte und sich heimlich und verstohlen an den Getreidevorrat auf der anderen Seite der Küche heranschlich. Und wenige Minuten später sah die Maus, wie er denselben Weg wieder zurückkam und einen Jutesack voll Vogelfutter schleppte.

Ein paar Körner fielen auf den Boden, als der Dieb am Schloß der Küchentür herumfummelte, in den Geheimgang lugte, nach links sah, nach rechts blickte, und schließlich davonschlich. Einen Augenblick später war die Maus wieder allein.

Ch'tin hatte seinen ersten Studientag hinter sich gebracht und schnarchte leise in Merlots Rocktasche. Es war ihm gelungen, sich unter den Bindfäden, Strohhalmen und den verschiedenen Stoffresten und Papierfetzen, die Merlot dort verstaut hatte, einigermaßen bequem einzurichten. Der Zauberer haßte es, irgend etwas wegzuwerfen. Er war der Meinung: ›Nur weil ich mir nicht vorstellen kann, wozu etwas gut ist, muß das noch lange nicht heißen, das es zu nichts gut ist! Was?‹ In den Taschen seines saxofranfarbenen wallenden Gewands schleppte er allen möglichen Ramsch mit sich herum, unsinniges Zeug, das jeder normale Mensch, ohne mit der Wimper zu zucken, auf den Müll geworfen hätte. Wie er es eigentlich fertigbrachte, sich trotz dieser Gerümpelladung nach wie vor gerade zu halten, konnte sich niemand so recht vorstellen.

Merlot hatte einige Besonderheiten, von denen sich andere Menschen keine rechte Vorstellung machen konnten. Nicht zuletzt jene außergewöhnliche Fähigkeit, Dinge zu wissen, von denen er eigentlich nicht die geringste Ahnung hätte haben dürfen. Man sagte ihm nach, daß er sein Leben rückwärts lebte, daß er Dinge nicht erkannte, sondern *wieder*erkannte. Merlot konnte sich gut daran erinnern, daß er diese Gerüchte, irgendwann in ferner Zukunft einmal, wiederholt dementiert *hatte*.

Was der Zauberer aber ganz aktuell erkannt hatte, war folgendes: Firkin und Hogshead hatten erbärmlich wenig Ahnung von Kampf und Krieg. Was sie davon wußten, stammte ausschließlich aus den Geschichten, die ihnen ihre Eltern oder Franck erzählt hatten. Merlot verstand sehr gut, warum sie sich Prinz Chandoon gewünscht hatten: er war ein mächtiger Ritter, hatte ein oder zwei mächtige Schwerter und konnte ihnen in zweifacher Hinsicht nützlich sein – als Beschützer und als Attentäter. Was sie nicht im geringsten verwunderte, war die Tatsache, daß die Rüstung des Prinzen blitzte und glänzte, als wäre sie funkelnagelneu. Das daran lag, daß sie es war – funkelnagelneu. Eine Galarüstung, papierdünn und federleicht, Designerware. Ein einziger Hieb oder Stoß, und sie hätte sich verbogen und wäre in Fetzen gegangen.

Was den Prinzen selbstverständlich nicht bekümmerte. Warum auch? Seine Großtaten auf dem Schlachtfeld waren zur Legende geworden, er hatte Hunderte mit seinem Schwert gefällt, ganze Schlachten im Alleingang oder fast im Alleingang gewonnen, hatte komplette Königreiche durch seine tapferen, heroischen und unglaublich heldenmütigen Einsätze gerettet. Die ganze Welt wußte davon, die niedrigsten Bauern genauso wie die Erhabensten unter den gekrönten Häuptern. Prinz Chandoon beschäftigte einen hervorragenden Presseagenten und ein außerordentlich kreatives Team von Legendendichtern, die dafür sorgten, daß die Tatsächlichkeit seiner Heldentaten nie in Zweifel gezogen wurde.

Er dachte auch gar nicht daran, in den Kampf zu ziehen. Das hatten andere zu erledigen: Sklaven zum Beispiel oder Leibeeigene, illegale Einwanderer... Sie waren es, die Schlachten schlugen. Aber nicht jemand aus königlichem Haus! Ganz bestimmt nicht Prinz Chandoon! Was nicht hieß, daß er es verabscheut hätte, die Klingen zu kreuzen. Er war sogar überraschend gut, wenn es darum ging, ›echt hinzulangen‹, wie er sich auszudrücken pflegte. Doch damit meinte er Turnierkämpfe, sportliche Wettkämpfe, für die verbindliche Regeln galten, an die sich jeder hielt. Wo es kein Treten, kein Hacken, keine Faustschläge gab, wo mit dem Abpfiff die Sache zu Ende war, wo der Spruch des Schiedsrichters galt, ohne jedes Wenn und Aber. Unbesorgt gelobte er Firkin und Hogshead Beistand und Schutz. Etwas wie ›Angst vor Gefahr‹ oder ›Risikoscheu‹ kannte er nicht. Er kannte es tatsächlich nicht, er hatte keine Ahnung: ›Gefahr‹, das bedeutete für ihn die Gefahr, sich bei einem besonders anstrengenden Turnier den Knöchel zu verstauchen, und das ›Risiko‹, das er fürchtete, war das Risiko, bei einem Fußballspiel ein Eigentor zu schießen.

Firkin und Hogshead verstanden etwas vom Schwertkampf. Glaubten sie wenigstens – in ganz Khucaph gab es keine besseren Stockfechter. Außerdem beherrschten sie die einschlägige Terminologie: Fachbegriffe wie ›Ausfall‹, ›Parade‹ oder ›Ongachchd‹ gingen ihnen glatt und fehlerfrei von der Zunge. Nur: Ein echtes Schwert hatten sie noch nie gesehen. Ganz zu schweigen davon, daß sie irgendwann einmal versucht hätten, eines hochzuheben. Was den Pastetenbäcker anging … Warum der an dem Unternehmen teilnahm, war Merlot gelinde gesagt ein Rätsel. Auf jeden Fall machte er nicht den Eindruck, als besitze er den erforderlichen ›Mumm‹, ohne den ein Meister im Schwertkampf nicht auskam.

Nein, befand Merlot, die direkte Methode: *Tor stürmen – Wachen überwältigen – König umbringen – anschließend Königreich mit roher Gewalt regieren*, daran war mit diesem Haufen nicht zu denken. Er kaute auf seinem Bart herum und dachte angestrengt nach. Die Angelegenheit mußte man ein wenig geschickter angehen … ein bißchen pfiffiger, was?

Plötzlich drehte er den Kopf und lächelte den Waldkauz an, der lässig auf seiner in c-Moll 7 gestimmten Schulter hockte.

»Arbutus, mein teurer Freund, ich denke, wir sollten etwa folgendermaßen …«

Es ging nicht. Er konnte sich einfach nicht konzentrieren. Am Buch konnte es nicht liegen. Es war spannend, war voller Abenteuer und enthielt die richtige Dosis gefährlicher Situationen. Trotzdem gelang es ihm nicht, bei der Sache zu bleiben, seine Gedanken schweiften immer wieder ab. Immer wieder überlegte er, wie ein Haufen Lebensmittel, ein Vorrat, der sechshundertzweiundvierzig Jahre reichen würde, wohl aussah. Alle möglichen Vorstellungen gingen ihm durch den Kopf, seit er auf der letzten Ratsversammlung, nach einer hitzigen Auseinandersetzung, Swinehunt jene Informationen entlockt hatte, an denen er im wahrsten Sinne des Wortes ›schwer zu beißen‹ hatte. Er stellte sich Zehntscheuern vor, die bis unters Dach vollgestopft waren. Reihenweise Gemüse, in Kisten und Steigen, gestapelt, getürmt bis hoch an die Decke; Regal an Regal, darauf Leerdamerlaibe und Schalgetier; Pyramiden aus Kuchen, aus Erbsen, Kartoffeln, dazu Berge von Fleisch! Essen in Hülle und Fülle – es mußte ein unglaublicher Anblick sein. Er schlug das Buch zu und verließ die Bibliothek. Sein Entschluß stand fest: Er wollte es mit eigenen Augen sehen!

Die Zehntscheuern standen außerhalb der eigentlichen Schloßanlage in einem riesigen Hof, der von den Mauern der großen Wehrganganlage umschlossen war. Sie waren vor feindlichen Angriffen gut geschützt, ein vollbesetztes Schloß hätte im Fall einer Belagerung gut ein Jahr durchgestanden.

Es dauerte eine ganze Weile, bis Klayth in diesem Hof ankam. Ein dreißigminütiger Fußmarsch lag hinter ihm, als er aus einer kleinen Tür am äußersten nördlichen Ende des Schlosses trat und endlich die Scheuern sah. Er machte sich daran, den Hof zu überqueren. Sie waren riesig, noch riesiger, als er sie sich vorgestellt hatte. In zwei Reihen standen sie, jeweils sechs einander gegenüber, und zwischen ihren Giebelseiten lag eine freie Strecke, die wie eine Straße auf das Nordtor zulief. Jede von ihnen war so groß, daß gut und gern zwei Zeppeline und ein halbes Dutzend Heißluftballone darin Platz gefunden hätten.

Es war eindrucksvoll.

Er ging weiter und näherte sich schließlich, nach einem Marsch, der ihm ziemlich lange vorkam, der ersten Scheuer. Die Eingangstore hingen in Laufschienen und waren beinahe so hoch wie die Frontmauern. Und wirkten ungeheuer schwer. Als er näher kam, entdeckte er zu seiner großen Erleichterung, daß in diese gigantischen Türen eine kleinere, etwa mannshohe Tür eingelassen war.

Klein kam er sich vor, sehr klein, als er vor diesem Scheunentor stand. Und wieder überschlugen sich die Gedanken in seinem Kopf, als er sich vorstellte, welche Mengen hinter dieser Tür verborgen lagen. Er streckte die Hand aus, drehte den kleinen Türknopf und trat in den dunklen, unendlich weiten Raum. Das war der Augenblick, auf den er gewartet hatte. Mit geschlossenen Augen stand er da, und erst nachdem er sich auf die Dunkelheit eingestellt hatte, schlug er sie schnell auf und sah sich um. Er konnte es nicht glauben, ihm wurde schwindlig beim Versuch, diese Dimensionen zu erfassen.

Stellagen, Regale und Borde, so weit das Auge reichte. Bis hoch hinauf unters Dach, wo sie im trüben Licht verschwanden. Es war beinahe, als sähe er eine perspektivische Studie vor sich: Parallelen, die sich allmählich einander annäherten, bis sie schließlich das Dunkel der monumentalen Höhle verschlang. Die Scheuer war gigantisch. War gewaltig. War ungeheuerlich. Sie war …

Leer. Absolut und vollkommen leer.

Genauso leer wie die anderen elf.

Courgette schlenderte gemählich durch den Wald, streifte durch das kühle Gras und wanderte langsam in Richtung Brunnen. Sie spielte. Sie spielte ›Eichhörnchen‹ und suchte sich einen Weg, der über Äste und Zweige führte, und zwar so, daß sie, um den Brunnen zu erreichen, nicht einmal den Boden berühren mußte. Das ging ganz hervorragend. Hier diesen Ast entlang, dort an der morschen Stelle nach links, den dünnen Zweig hinunter, dann: Anlauf und – Sprung! Aber vorsichtig, ganz vorsichtig. Es waren ein weiter Sprung und eine schwierige Landung. Jetzt diesen Ast hinauf, an der Eule vorbei, dann herunter über die ... die ... *Eule!*

Ihre Augen liefen die Strecke auf dem Ast wieder zurück ... Da saß sie! Reglos und still und wunderschön: eine Eule. Eine männliche Eule. Ein Vogelmännchen. Ein Waldkauz! Courgette wollte es nicht glauben. Wie versteinert stand sie da, starrte zu dem Vogel hinauf und versuchte, sich jede Einzelheit genau einzuprägen. Die Eule öffnete ganz langsam ein orangerotes Auge und starrte von ihrem Ast auf sie hinunter. Der Blick traf sie wie ein Lanzenstich – durchdringend, durchbohrend und mitten ins Herz. In diesem Augenblick empfand Courgette ein Gefühl, das man – wie sie später einmal erfahren sollte – ›Liebe‹ nannte. Ihr Herz flatterte. Erschrocken schnappte sie nach Luft und hielt den Atem an. Sie zitterte vor Aufregung, nur mit großer Mühe gelang es ihr, ruhig zu bleiben, um den Vogel nicht zu verscheuchen. Jetzt öffne die Eule – wieder ganz langsam – das andere Auge. Es war, als öffnete sich – Zentimeter um Zentimeter – ein schwerer Samtvorhang; es war, als ... es war ... es war wunderschön.

Aber auch gefährlich. Courgette hatte gehört, daß gerade schöne Tiere oft sehr gefährlich waren. Schwarze Panther zum Beispiel, die so ein glattes Fell hatten und so sanft aussahen. Und wenn man sie streichelte – ein kurzer Prankenhieb, und man hatte eine Hand weniger. Winzige Frösche, so bunt wie Ostereier und dabei giftig von oben bis unten – wenn man sie anfaßte, fiel man auf der Stelle tot um. Es sah beinahe so aus, als wären gerade die schönsten und prächtigsten Tiere immer auch die gefährlichsten Tiere. Wäre Courgette ein Kaninchen gewesen, dann hätten Artengedächtnis und Instinkt jetzt Alarm geschlagen: Sie wäre in panischer Angst, mit trommelnden Hinterläufen, hakenschlagend davongeschossen. Vermutlich wäre sie nicht sehr weit gekommen: Geflügelte Krallen hätten sie in die Luft gerissen und ihr den Garaus gemacht. Unvermittelt, vollkommen geräuschlos stürzte sich die Eule von dem Ast, auf dem sie hockte, und stieß mit weit vorgestreckten Krallen nieder. Diabolisch funkelnde grausame Augen rasten auf Courgette zu, die vor Schreck erstarrt und wie gelähmt war (hypnotisiert, wie sie später ganz sicher glaubte). Augen, die größer wurden, immer größer und größer wurden, und ... Einen entsetzlichen Augenblick lang – es war ein Augenblick, der ihr wie eine Ewigkeit schien – war alles um sie ein Wirbel aus gefiederten Schwingen und ohrenbetäubendem Flügelgeflatter. Sie schloß die Augen und wartete auf den letzten, den endgültigen Krallenhieb, der ihr das Fleisch aufreißen sollte ... Sie wartete auf den Todesstoß.

Stille. Nichts geschah. Sie hielt den Atem an und rührte sich nicht von der Stelle. Eine Ewigkeit später riskierte sie einen Blick und schlug vorsichtig ein Auge auf. Nichts. Langsam drehte sie den Kopf und spähte über die rechte Schulter. Nichts. Sie drehte den Kopf wieder nach vorn, dann ein Stückchen weiter nach links, sah über die andere Schulter und fuhr erschrokken zusammen: Auf der linken Schulter saß, in ihrer ganzen Pracht und Herrlichkeit und überlebensgroß – die Eule.

Sie war so sanft gelandet, daß Courgette nicht das geringste gespürt hatte. Die Eule sah sie an und knabberte sanft am Ohr. Furcht und Angst lösten sich in Wohlgefallen auf.

»Ooooh, bist du aber hübsch ... Wie heißt du denn?«

Arbutus hätte es ihr beinahe verraten.

»Du hast bestimmt einen sehr hübschen Namen. Vielleicht so was wie Schuhubert? Oder Waldormar? Oder ...

Arbutus krümmte sich.

»Aha! Hier bist du also, du schräger Vogel!« schrie

Firkin, der wie aufs Stichwort hinter einem Baum hervorrannte. »Du kommst jetzt auf der Stelle hierher! Sofort, Arbutus!«

»Arbutus!« kreischte Courgette. Sie war entzückt. »Siehst du: Wußt ich's doch, daß es etwas Hübsches ist. Und noch viel hübscher als Schuhubert oder …« Arbutus hatte genickt! Bestimmt! Courgette war sich ganz sicher. Aber gegrinst? Können Eulen grinsen?

»Ach, Arbutus! Ich liebe dich!« verkündete sie. »Du mußt unbedingt meinen Vater kennenlernen. Komm schon. Was bist du aber auch für ein schlauer Kauz! Und so hübsch! Weißt du, ich finde, du bist wunderschön und …«

Und so ging es weiter. Ohne Punkt und Komma.

Arbutus genoß, wie man sich vorstellen kann, jedes Wort. Courgette war komplett aus dem Häuschen. Eine Eule! Eine echte Eule! Saß auf *ihrer* Schulter! Sie marschierte nach Hause, wanderte zu dem versteckten Höhleneingang und trat ein – ohne nach links, rechts, hinten oder vorn zu sehen. Daß ihr zwei Jungen folgten, daß einem von ihnen die Eule gehörte – das wußte sie zwar, aber es kümmerte sie nicht weiter. Nicht jetzt, da sie ein echte Eule hatte, mit der sie angeben konnte.

Eines allerdings hatte sie tatsächlich nicht bemerkt: Den Jungen folgte ein Mann, der eine Schürze umgebunden hatte und ein Tablett mit Pasteten trug, ein Ritter in glänzender Rüstung und, mit einem kurzem Abstand, der wirkliche Herr von Arbutus.*

Sie säuselte und schmalzte und wisperte dem Kauz auf ihrer Schulter allerlei verliebten Unfug ins Ohr und führte so die ganze Bande von Möchtegern-Tyrannenmördern ins Schloß.

---

* Niemand ›besitzt‹ Arbutus wirklich. Er bleibt nur ganz gern bei Leuten, die ihm sympathisch sind. Und das sind vor allem diejenigen Leute, die ihm einen anständigen Mäusevorrat garantieren können.

Man schrieb das Jahr 1025 MEZ. Drei Monate waren vergangen seit jenem mittlerweile legendären Zweieinhalb-Minuten-Krieg gegen Isolon. Die rund dreitausend Kriegsgefangenen hatten sich, ganz so, wie man es von ihnen erwartet hatte, in ihren Hochsicherheitsquartieren gut eingelebt. Das Ergebnis der Lemmingpelz-Produktion war ausgefallen wie geplant, nur wegen des Kontrakts mit Maney Hauweck gab es Streit. Zum einen deswegen, weil die Abtragung des Berges an der ehemaligen Reichsgrenze inzwischen überflüssig geworden war, zum anderen, weil Hauweck durch diese Abräumarbeiten mit dem Projekt Ödlanderschließung schwer in Verzug geraten war – weswegen der Minister für Handel und Gewerbe die vereinbarte Honorarsumme nicht bezahlen wollte. Beide Seiten rechneten fest damit, daß die Angelegenheit noch ein handfestes gerichtliches Nachspiel haben werde... Von derlei Petitessen einmal abgesehen, lebte man in Cranachan wie im Paradies.

Fisk war vom Erfolg seiner Idee so begeistert gewesen, daß er nicht im mindesten daran zweifelte, daß über kurz oder lang eine Beförderung ins Haus stand. Tatsächlich lebte der cranachische Innenminister im großen und ganzen* auch jetzt schon ganz angenehm. Doch das sollte sich ändern. Und zwar sehr schnell und sehr nachhaltig.

Die Debatte im Konferenzsaal des befestigten Reichspalastes zu Cranachan schleppte sich matt und fade dahin. Auch das sollte sich ändern.

»... und die Kriegsgefangenen benehmen sich recht anständig, Sire«, berichtete der Hochverheerenswerte

---

* Diese Einschränkung bezieht sich auf jenen Unfall, der sich ereignet hatte, als Fisk auf eine für ihn untypisch fahrlässige Weise mit einer aufgeregten Taube hantierte. Immerhin aber hatte er es diesem Unfall zu verdanken, daß er jetzt stolzer Träger einer ledernen schwarzen Augenklappe war.

Thatarr dem Vorsitzenden des Rates, König Erdrosselbart. »Wir haben von Anfang an für Zucht und Ordnung gesorgt. Wir haben die erforderlichen Anordnungen erlassen und die Gefangenen höflichst ersucht, sich an diese zu halten.«

»Sehr gut. Ein ordentlicher Sieg. Gut gemacht.« Der König war begeistert.

»Nicht ganz, Sire«, meldete sich Frandl, der Erzkanzler kaum vernehmbar.

»Und wie darf ich diese Zwischenbemerkung verstehen?« fragte der König.

»Nun, Sire, Hohes Haus, wir werden die dreitausend Kriegsgefangen wohl ernähren müssen, solange sie bei uns, äh, zu Gast sind. Hat man schon einmal bedacht, wie das bewerkstelligt werden könnte?«

Seine vier Ratsmitglieder stellten plötzlich fest, wie ungeheuer interessant es doch war, sich die Fingernägel einmal genauer anzusehen, oder den Riß im Verputz an der Decke, oder diese Kerbe in der Tischplatte ...

»Also?« Frandl ließ nicht locker.

Undeutliches Gebrummel setzte ein. Fisk schnalzte mit dem Gummiband der Augenklappe.

»Entschuldigung, Fisk. Aber ich habe das eben nicht ganz verstanden. Ein Geistesblitz? Irgendwelche famosen Vorschläge?«

»Äh, selbstverständlich! Ha! Kein Problem!« Der Innerminister mußte feststellen, daß er plötzlich im Brennpunkt der Aufmerksamkeit stand. Im Brennpunkt der Aufmerksamkeit des Erzkanzlers vor allem. »Mit Hilfe der, äh, zusätzlichen Einkünfte aus dem Verkauf der Lemmingpelzwaren wird es uns ein leichtes sein, die entstehenden Kosten mehr als ...«

»Soll das ein Witz sein?« unterbrach ihn Gympl. »Habt Ihr Euch die Verkaufsstatistiken einmal angesehen?«

»Je nun, äh, nicht in letzter Zeit, äh, ich hatte anderwär …«, verhaspelte sich Fisk und starrte ihn wütend und einäugig an. »Sind sie, äh, schlecht?« fragte er. Und wußte im selben Moment, daß er nicht hätte fragen sollen.

»Schlecht?! SCHLECHT?! Selbst wenn wir unsere Kunden dafür bezahlen würden, daß sie uns das verdammte Zeug abnehmen, könnten sie nicht viel schlechter sein!« tobte, puterrot vor Zorn, der Minister für Handel und Gewerbe.

»Worum geht es denn eigentlich?« fragte der König.

Gympl legte ein Diagramm vor, auf dem eine Kurve eingezeichnet war, die eher der Fallgeraden eines handelsüblichen Ziegelsteins glich als der steil ansteigenden Linie, die die Entwicklungstendenz eines florierenden Unternehmens darstellt, das schwarze Zahlen schreibt. Es war keine unangemessene Übertreibung, wenn man das Ergebnis des Geschäftsjahres 1025 MEZ mit folgendem Wort kommentierte: katastrophal.

Fisk schluckte heftig.

»Und warum ist das so?« wollte der König wissen.

»Keine Ahnung«, sagte Gympl. »Kurz nachdem man angefangen hatte, den Berg zu schleifen – ein aberwitzig teures Unterfangen, die Anregung stammt von unserem allseits hochgeschätzten Freund hier« – er holte Luft und starrte Fisk boshaft an –, »ging es mit den Verkaufsziffern bergab. Weltweit. Es hat Gerede gegeben, Gerüchte wurden verbreitet.«

»Pah! Gerüchte«, höhnte Fisk.

»Welche Gerüchte denn?« fragte der König Gympl und ließ Fisk dabei nicht aus den Augen.

»Es wurde gemunkelt, das Tragen von Lemmingpelz stehe in ursächlichem Zusammenhang mit einer Serie mysteriöser Unfälle – es ging dabei um hohe Gebäude …«

»Absurd!« kommentierte Fisk.

»… und mit dem Verlust vieler Brief- und Handtaschen, die sich anscheinend wie von selbst – es war sogar von selbstmörderischer Absicht die Rede! – aus Taschen und von Schultern gestürzt haben sollen.«

»Richtig«, bestätigte Frandl. »Ich habe ähnliches gehört.«

»Ich habe sogar von Leuten erfahren, die ihren Balg von einem Medium …«

»Wie – medium? Medium dry?« schaltete sich Thatarr ein, dem allmählich fad wurde.

»Nein – von einem Medium! Einem Kontaktmann, Mittler zwischen Geistwesen und …«

»Geistwesen? Weingeist, oder was?« grinste der Oberste Chef des Ministeriums für Sicherheit und Kriegsführung.

»Nein – Medium! Medium wie … wie Kristallkugeln und Hokuspokus und Kokolores! Anscheinend waren sie der Meinung, daß in ihren Pelzen nach wie vor etwas, äh, also ein klitzekleines Stückchen von jener Qualität, hmm, eingeschlossen ist, die das Wesen des Lemmings so einzigartig …«

»Und was soll das sein?« wollte der König wissen.

»Ja also, Sire … Es gibt eigentlich kein richtiges Wort dafür …«

»Dann denkt Euch eins aus! Los, macht schon!« forderte ihn der König auf.

»Lemmineszenz.«

»Soll das heißen, sie fangen an zu leuchten, wenn das Licht ausgeht?« kicherte Thatarr.

»Nein. Ich meine – genauer gesagt, *sie* meinen, also die Leute meinen, daß in den Fellen so etwas wie, nun … na ja eben Bestandteile des Geists eines Lemmings eingeschlossen sind, und immer bei Vollmond …«

»Kommen die raus und tanzen Ringelreihen«, äffte ihn Thatarr bissig nach. »Also hör mal, das kannst du meiner Großmutter erzählen! Ob die dir das abnimmt, weiß ich nicht. Aber vielleicht hast du ja Glück.«

Fisk war wie vor den Kopf gestoßen und zupfte nervös an seiner Augenklappe. »Wollt Ihr damit etwa sagen, daß *das* – ein Haufen gegenstandloser, aus der Luft gegriffener Gerüchte – der Grund dafür ist, warum die Leute keine Artikel aus Lemmingfell mehr kaufen?«

»Es scheint so«, sagte Gympl.

»Daß *deswegen* das Vertrauen der Konsumenten in die Ware Lemmingfell ruiniert ist?«

Frandl und Gympl nickten. Thatarr riß der Geduldsfaden. Er sah nicht mehr ein, warum sie sich noch länger mit dieser – wie er es sah – ›Lappalie‹ befassen sollten.

»Na, wenn schon?« brüllte er los. »Diese jämmerliche Unternehmung war von Anfang an nichts anderes als Zeitverschwendung. Gebt es doch zu! Ab mit Schaden und Schwamm drüber!«

»Bedauerlicherweise ist uns das nicht möglich«, erklärte Frandl. »Dafür sind wir schon zu weit gegangen. Wie denkt Ihr, sollen wir das anstellen? Die Kriegsgefangenen freilassen? Uns entschuldigen – ›Tut uns leid, falls wir Ihnen Unannehmlichkeiten verursacht haben sollten‹? Wäre das nach Eurem Geschmack, Thatarr?«

Der Oberste Chef des Ministerium für Sicherheit und Kriegsführung mußte sich eingestehen, daß etwas dran war an dem, was der alte Zausel da sagte.

»Auch auf die Gefahr hin, daß ich mich wiederhole«, schaltete sich König Erdrosselbart wieder ein, »was sollen wir jetzt unternehmen?«

Gympl zuckte kläglich die Achseln und sah Frandl an. Thatarr trommelte mit den Fingern auf den Tisch und stierte Fisk militärisch-scharf an. Frandl starrte Löcher in die Luft.

»Irgendwelche Vorschläge? Fisk?«

»Äh – wer? Ich, Sire?« *Warum ich*, dachte Fisk, *warum ausgerechnet ich?*

»Ja Ihr! Immerhin seid Ihr es gewesen, der uns auf

diesen hirnrissigen Gedanken gebracht hat!« Wütend blitzte ihn der König an.

Wie eine Sturzflut raste eine Woge der Panik über die Festlandränder jenes Kontinents, der ›Gehirn‹ heißt und in Fisks Kopf lag. Land unter! Fisk war im Nu vollständig isoliert, war wie ein Schiffbrüchiger auf einer kleinen einsamen Insel. Gesichter, die ihm eben noch vertraut waren, wurden ihm fremd. Alle starrten ihn an – er kam sich vor wie ein Tier in einem Käfig. Wie ein winzig kleines Tier in einem verschlossenen Käfig. Und draußen stand ein riesiger Löwe, dem irgend jemand die Schlüssel gegeben hatte ...

»Nun ... Ich ... äh ...«, stotterte er.

»Sehr hilfreich«, knurrte der König.

Fisk sah sich verzweifelt um, suchte irgendeine Anregung, irgend etwas, das ihn inspirieren könnte. »Vielleicht könnten wir ... ihre Vorratsspeicher plündern! Ich will damit sagen – zu Hause, in Isolon, haben sie sich ja auch selbst ernährt. Also muß bei ihnen Zeug rumliegen, von dem sie sich ernährt haben.« Mit einem matten Grinsen versuchte er gegen die Mauer aus Schweigen anzurennen. »Nein ... haha ... eine dumme Idee ... würde wohl eine Truppenstärke erfordern, die wir gar nicht ... wie dumm von mir!«

»Verlangen wir zuviel von Euch? Ist die Belastung zu hoch für Eure grauen Zellen?« spöttelte Gympl.

»Moment mal ... Genau! Das ist es!« schrie Fisk.

»Was? Was heißt ›es‹? Etwas genauer, wenn ich bitten darf«, stöhnte der König, der den Kopf in die Hände gestützt hatte.

»Zu hohe Belastung! Wie heißt das? Wie sagt man dazu? Na?« Er schnippte mit den Fingern. »Richtig: *Stoier!*«

Frandl war plötzlich hellwach.

»Steuer!« wiederholte Fisk zur Verdeutlichung. »Sie zahlen ihrem König Steuern, den sogenannten Zehnten.

Und diese Zehntenlieferungen werden in den Zehntscheuern gespeichert. Alle!«

»Woher wißt Ihr das eigentlich?« fragte Frandl.

Fisk kannte da Mittel und Wege ... Aber diese Kenntnis wollte er den anderen nicht gerade auf die Nase binden. Versonnen tippte er sich mit dem schwarzbehandschuhten langen Zeigefinger ans Kinn.

»Und was haben wir davon, wenn alle diese Zehntenlieferungen in Isolon drüben liegen?« fragte Gympl.

»Wir brauchen lediglich«, fuhr Fisk fort und sah mit wildfunkelndem einäugigen Blick in die Runde, »jemanden, der auch im Ausland seinen Mann stehen kann. Jemanden, der sich in einem fremden Königreich – in unserem Fall hieße das genaugenommen im Schloß Isolon – eine Machtposition zu verschaffen weiß. Wenn wir diesen Jemand hätten – dann hätten wir gut lachen.«

Die vier anderen Mitglieder des Rates blickten sich nachdenklich an, sahen Fisk an und fingen dann tatsächlich zu lachen an. Den Innenminister befiel die dunkle Ahnung, daß er gerade etwas gesagt hatte, das er zu gegebener Zeit noch einmal zutiefst bedauern sollte.

Wenn sie noch einmal ›Was bist du aber auch für eine süüüße Eule!‹ sagt, reiß ich ihr ein Ohr ab! dachte Arbutus, der immer noch auf Courgettes Schulter hockte. *›Süß‹! Ich bin nicht ›süß‹! Prächtig, majestätisch, stattlich ... Himmel, es gibt doch wirklich genügend Wörter! Warum muß sie sich ausgerechnet ›süß‹ aussuchen?* Courgettes endloses Gesülze war ihm ziemlich schnell auf die Nerven gegangen.

»Ihr wollt also behaupten, daß die Eule euch gehört«, sagte Courgette. Ihre Stimme klang hohl in dem engen Tunnel, der ins Schloß Isolon führte.

»Na ja, nicht direkt«, sagte Firkin. »Wir passen nur manchmal auf sie auf.«

»Nicht sehr gut, wie mir scheint«, gab sie schnippisch zurück.

»Sie ist uns weggeflogen. Arbutus ist manchmal ziemlich unartig.«

Pfff! – so hätte es sich angehört, wenn Arbutus etwas gesagt hätte.

»Kann ich mir vorstellen. Aber er ist doch soooo... reizend!« gurrte Courgette.

Knapp... Sehr knapp, dachte Arbutus. *Glück gehabt! Sonst würde sie jetzt nur mehr halb so gut hören!*

»Es ist ein Freund von uns«, sagte Hogshead.

»Wer?« fragte Courgette.

Jetzt klaut sie mir auch noch meinen Text! dachte Arbutus. *Typisch!*

»Der Mann, dem Arbutus gehört.«

Gehört! Pah. Hast du eine Ahnung. Arbutus war entrüstet. Er trommelte leicht mit einer Kralle.

»Und? Wo ist dieser Mann?« fragte Courgette.

»Er ist uns die ganze Zeit gefolgt.«

»Du wirst ihn bestimmt gleich zu sehen bekommen«, versicherte Firkin.

»Und mein Vater wird *dich* gleich zu sehen bekommen.« Courgette sah Arbutus an. »Ich kann es schon kaum mehr erwarten.«

Sie öffnete die große Holztür am Ende des Geheimgangs und betrat die Schloßküche.

Firkin und Hogshead folgten ihr, blieben wie angewurzelt stehen und sahen sich staunend um. Sie hatten das Wort ›Küche‹ schon so oft gehört, hatten es schon so oft selbst ausgesprochen, daß sie genau zu wissen glaubten, was es bedeutete.*

Und doch schien ihnen dieses vertraute Wort nicht

* Küche die; pl. -n: winzige Ecke in einer heruntergekommenen Holzhütte, in der Rübeneintopf aufgewärmt wird; enthält zwei Pfannen, vier Teller und ein wahllos zusammengewürfeltes Sammelsurium aus Messern, Gabeln und Löffeln. Das Lexem ‹Küche/-n› kann im Falle zusammengesetzter Wörter als Präfix vor ein anderes Lexem treten, wodurch dieses eine semantische Spezifizierung erfährt. – Beispiel: ‹Präfix›-abfall.

geeignet, um mit ihm den Raum zu bezeichnen, in den sie jetzt eingetreten waren.

Es war vermutlich der größte Raum, den sie jemals gesehen hatten. Sowohl die Hütte, in der Firkin lebte, als auch die Hütte, in der Hogshead lebte, hätte man hier bequem in einem der kleineren Winkel unterbringen können. Vor einer Wand stand ein riesiger, gußeiserner schwarzer Herd, auf dem mehrere Töpfe leise vor sich hinsimmerten. Sie sahen Küchenregale, die bestückt waren mit glänzenden Kupferpfannen, Terrinen, Schöpfkellen, mit Back- und Bratformen, von deren Verwendung sie nicht die leiseste Ahnung hatten.

Auf einem der Regale lag ein Tablett mit Keksen, die zum Auskühlen dort abgestellt waren. Krüge, Töpfe, Säcke – alles war ordentlich in die Fächer an den Wänden eingeräumt, Geflügel und Wild hing an Fleischerhaken an der Decke. Es roch phantastisch. Eine Fülle unbekannter Düfte wirbelte wie eine Horde wildgewordener olfaktorischer Dämonen in diesem Raum durcheinander. Was sie hier rochen, was sie sahen und auf der Zunge schmeckten, war das atmosphärische Gegenstück einer Minestrone. Nur eines fehlte …

In einer Küche, die beinahe so groß war wie das Dorf, in dem man aufgewachsen war, rechnete man verständlicherweise damit, dem einen oder anderen Menschen zu begegnen. Doch diese Küche war – abgesehen von zwei Jungen, einem Mädchen, einer Eule und einer im Augenblick zu Tode erschrockenen Maus – vollkommen leer.

Seit jeher, beinahe seit Anbeginn der Zeit, haben Philosophen, Dichter, Naturkundler, -gläubige und -schützer sie wahrgenommen und beobachtet: jene Kräfte, die die Welt umtreiben. Sie haben ihnen Namen gegeben, haben sie ›Schicksal‹ genannt oder ›Los‹, oder ›Hormonhaushalt‹. Sie haben sie nach Gruppen und Klassen geordnet und Differenzierungsmöglichkeiten geschaffen: ›Erkannte und genutzte Chance‹ versus ›Massel‹, ›Déjà vu‹ versus ›Zufall‹, ›Testosteron‹ versus ›nackte Lust‹. Und manchmal, wenn auch nur in sehr seltenen Fällen, haben sie jenes Gespinst aus Wirkungen und Konsequenzen sogar erkannt, in das diese Kräfte ihre ahnungslosen Opfer verstricken. Doch eines ist ihnen, selbst wenn sie sich noch so sehr bemühten (einige von ihnen hatten dafür sogar Forschungsaufträge vom SERC* erhalten) – eines ist ihnen nie gelungen: diese Kräfte wirklich zu verstehen.

---

* SERC: Sonderforschungszentrum Exzentrische und Redundante Chosen. Eine Vereinigung von Magiern, ursprünglich gegründet zum Zweck der Kontakt- und Geselligkeitspflege, die sich insbesondere für die Bereitstellung eines geeigneten Vereinslokals verwendete, um einen Tagungsort zu schaffen für die vielen verschiedenen Symposien, an denen ein Zauberer so häufig teilnehmen mußte.**

Das Vereinslokal des Sonderforschungszentrums war eine kleine Holzhütte, lag fünf Kilometer von jeder größeren Ansiedlung entfernt, war schalldicht isoliert und hielt ein Bier-, Wein- und Spirituosensortiment vorrätig, mit dem man ein kleineres Heer hätte in die Knie zwingen können. Dummerweise mußte aber das SERC als Forschungseinrichtung zumindest nach außen so erscheinen, als würde dort auch noch etwas anderes erforscht als nur die Böden von Flaschen oder Gläsern. Deshalb erteilte es – sofern die Bestechungssumme stimmte – Forschungsaufträge. Sehr selten zwar und äußerst widerwillig. Und wenn die Aufträge auch erbärmlich unbedeutend waren – das SERC galt als Förderer und Gönner von Forschung und Wissenschaft.

** Es handelte sich bei diesen Symposien um Veranstaltungen, die schon nach kürzester Zeit zu volltrunkenen und überaus rüpelhaften Lustbarkeiten auszuarten pflegten, so daß man sich jedesmal wieder – nach den üblichen Wortgefechten mit dem Gastwirt, nach den üblichen Zündeleien, nach den üblichen lautstarken Darbietungen althergebrachten zauberischen Liedgutes, mit denen man jedermann im Umkreis von einem Kilometer einem zermürbendem Härtetest unterzog, dem selbst der friedfertigste und toleranteste Charakter nicht standzuhalten vermochte – nach einem neuen Veranstaltungsort umsehen hatte müssen.

Wenn auch manche Menschen das Wirken dieser Kräfte eindringlicher erfahren als andere, so spürt sie doch ein jeder von uns von Zeit zu Zeit.

Es sind dies die Kräfte, die den Lachs antreiben, gewaltige Strecken in den Flüssen Schottlands stromaufwärts zu schwimmen, um sich zu paaren und dann zu sterben. Es sind die Kräfte, die Kindern, die kaum den Windeln entwachsen sind, die musikalischen Fähigkeiten verleihen, unvergängliche Symphonien zu komponieren. Es sind die Kräfte, die einen Schwächling in einen verwegenen, romantischen Helden verwandeln und ihn mit solcher Kühnheit begaben, daß er durch Schloßgräben schwimmt, in denen es von Piranhas wimmelt, daß er Schloßmauern erklimmt, die Schloßwachen bezwingt und erst dann wieder flieht, wenn er der sehnsüchtig wartenden Jungfer die dunkelblaue Schachtel mit Konfekt überreicht hat.

Es waren diese Kräfte, die jetzt auf einen von den dreien einwirkten, die unerlaubt in das Schloß eingedrungen waren. Nicht zum erstenmal. Er hatte ihr Wirken schon manchesmal erfahren. Es mußte – davon war er überzeugt – irgend etwas mit der ganz eigenen Natur von Schlössern zu tun haben. Möglicherweise mit der Art, wie die Mauersteine zu mächtigen hohen Türmen aufgeschichtet waren, zu himmelstürmenden, weithin sichtbaren Verherrlichungen menschlicher Schöpferkraft. Eine nervöse Unruhe hatte ihn erfaßt. Und als er dann in dem Geheimgang, der unter dem Schloßgraben hindurchführte, um die letzte Kehre bog und durch die Holztür in die Küche eintrat, schossen ihm Bilder von hohen Türmen und engen Wendeltreppen durch den Kopf. Visionen von stabilen Holztüren, die unter den wuchtigen Stößen einer eisengepanzerten Schulter zu Bruch gingen. Bilder von spärlich bekleideten Jungfern und Maiden in Bedrängnis, die hohe, spitze, schleierbesetzte Hüte trugen; deren Busen heftig wogte, in deren Gesicht ein Ausdruck lauterster Dankbarkeit stand und – eine winzige Spur ewig unerfüllter Sehnsucht und heftiger sinnlicher Begierde.

Ouuh Mann, dachte Pezzi, *nich schon wieda …*

Sie sollte wirklich einmal einen Blick ins Wörterbuch werfen! dachte Arbutus, nachdem ihn Courgette zum n-ten Mal mit dem Prädikat ›hübsch‹ bedacht hatte. Wobei *n* eine große und außerordentlich positive Zahl ist.

Courgette saß auf dem riesigen Küchentisch aus Eichenholz und baumelte mit den Beinen. Firkin und Hogshead warteten in der leeren Küche nervös auf die Ankunft ihrer Begleiter. Arbutus drehte den Kopf um annähernd 360 Grad und überlegte noch einmal, wie er am besten und ohne allzuviel Federlesens Courgette ein Ohr abtrennen könnte. Nur für den Fall, daß … Er war gern auf alle Eventualitäten vorbereitet.

»Wo bist du, mein Vater, da ich dich brauche?« deklamierte Courgette schwülstig und seufzte (reine Effekthascherei!).

»Wo sind eigentlich die anderen alle?« fragte Hogshead.

Courgette sah auf.

»Welche anderen?«

»Na ja, das … das Küchenpersonal eben«, verdeutlichte Firkin, der sich da auskannte. Er wußte es von Franck.

»Welches Küchenpersonal?«

»Na, die Tellerwäscher, die Konditormeister, die Fleischer, die …«, zählte Hogshead auf.

»Wovon redet ihr eigentlich?« Courgette verstand kein Wort.

Arbutus verdrehte die Augen und machte laut und deutlich *Pfff!*

»Du bist doch nicht zum erstenmal in dieser Küche, oder?« fragte Firkin.

»Natürlich nicht! Mein Vater ist doch der Küchenchef«, antwortete sie. »Chefkoch des Königs!« ergänzte sie stolz.

»... und was ist mit den anderen Leuten?«

»Selbstverständlich! Für die kocht er auch. Für alle.« Courgette kitzelte Arbutus. An einer Stelle, wo sich ihrer Meinung nach sein Kinn befinden mußte.

»Äh ...«, versuchte es Hogshead noch einmal. Er hatte das Gefühl, irgend etwas nicht so ganz verstanden zu haben. »Wächst ihm die Arbeit nicht manchmal über den Kopf, wenn er für so viele Menschen kochen muß?«

»Wieso denn? Ich helfe ihm doch.«

»Großartig. Und wer noch?« Firkin kam der Sache jetzt schon etwas näher.

»Niemand. Nur ich«, erklärte sie stolz.

»Ihr kocht ganz allein für die gesamte Schloßbewohnerschaft? Nur ihr zwei?« fragte Firkin mit ehrfürchtigem Staunen.

»Ja«, sagte sie schlicht.

Plötzlich öffnete sich knarrend die mächtige Holztür. Ein hochgewachsener Zauberer in saxofranfarbenem Gewand spazierte in die Küche, ohne daß sich auch nur andeutungsweise ein Schlüssel im Schloß gedreht hätte. Ihm folgte ein Ritter in glänzender Rüstung, der sogar noch ein Stück größer war, und dem Ritter ein kleiner dicker Pastetenbäcker. Auch er glänzte. Leicht speckig – wie von Brat- oder Backfett.

»Aha, Arbutus! Schon wieder eine neue Freundin gefunden, was?« rief Merlot überschwenglich und streckte die Hand aus.

Ein Ausdruck der Erleichterung lief über das Gesicht der Eule, sie flatterte auf der Stelle auf die von ihr so sehr geschätzte, in den Farben von c-Moll 7 gestimmte Schulter.

»Du mußt wohl Courgette sein, was? Kumm man röwer, lütt Dirn, ick gew di ne Birn.«

Arbutus pickte nach dem Mäuseschwanz, der unter dem Hut des Zauberers hervorspitzte.

»Vielleischt will dat junge Fräulein liewwer ein lecker Pastetschen?« wurde Courgette gefragt.

»Ach ja! Das hier, mein liebes Fräulein«, unterbrach Merlot, »ist unser treuer Gefährte, der auf unserer beschwerlichen Reise mit feinsten Kuchen und Pasteten allzeit für unser leibliches Wohl sorgt.« Er legte dem rundlichen Männlein den Arm um die Schulter. »Meister Ehrbäck, spezialisiert auf erlesenstes Backwerk«, gab er bekannt.

»Freut misch«, strahlte der Pastetenbäcker und tupfte sich die Stirn.

Courgette wußte vor Verwunderung nicht, wohin sie zuerst sehen sollte. So viele fremde Menschen! Und alle auf einmal!

»Und hier zu meiner Rechten: Unser Schutzherr, unser tapferer, heldenhafter Ritter! Ein Mann mit Geschichte und glänzenden Umgangsformen, der lange und starke Arm der Sage, wenn man so, äh, sagen kann: Prin ... ahem ... Pezzi!«

Courgette war hingerissen. Ein Ritter. Ein echter Ritter! In ihrer Küche! Noch nie hatte sie einen Ritter gesehen. Prachtvoll stand er vor ihr, mächtig und so groß, daß er mit dem Kopf beinahe an das Deckengebälk stieß. Strahlend und hell – trotz der feinen Kondenswasserschicht, die sich auf ihm niederschlug.

»Was'n los, Mann? Ey – hasse ehm was gesacht?« Pezzi blickte wirr um sich.

»Ja doch«, sagte Merlot herablassend. »Ich habe Euch eben dieser bezaubernden jungen Dame vorgestellt. Nicht wahr, mein Fräulein?«

Pezzi richtete die stechendblauen Augen auf Courgette und musterte sie scharf.

»Nä.« Er schüttelte den Kopf. »Iss nich. Iss keine von den. Nich wirklich in Bedrängnis.«

Jeder in der Küche blickte verwundert auf den Gepanzerten.

»Was steh ich'n eign'tlich da inner Küche rum? Wett'n, daß sie da oben is?« Er zeigte auf die Tür, die ins Schloß führte, und wollte losmarschieren.

Firkin war entsetzt.

»Pezzi! Warte doch! Wo willst du denn hin?«

Der Ritter marschierte los.

»Was machst du denn da? Du kannst jetzt nicht einfach gehen! Was ist mit dem König? Und was ist mit uns?«

Firkin stolperte rückwärts vor dem eisenbewehrten Riesen her und versuchte, ihn mit wildem Händefuchteln auf sich aufmerksam zu machen.

»Jungfern«, war alles, was er zur Antwort bekam.

Allmählich machte sie Firkin wirklich Sorgen. Er rannte voraus und legte sich dem Ritter in den Weg. Pezzi stieg ruhig, wie in Trance über ihn hinweg.

»Du darfst jetzt nicht gehen!« schrie Firkin. Er sprang den Ritter von hinten an und klammerte sich an einem seiner gewaltigen Beine fest. Pezzi machte zwei Riesenschritte, faßte mit seiner mächtigen gepanzerten Hand nach unten, trennte sich vorsichtig von dem Jungen, der an seinen Fußknöchel zappelte, und klappte das Visier zu. Nichts und niemand konnte Prinz Chandoon jetzt noch aufhalten, alle konnten nur zusehen, wie er langsam voranstapfte und schließlich zu laufen anfing – wie eine Lokomotive in Rittergestalt, die mit Volldampf aus einem Bahnhof ratterte.

Kurz darauf, nachdem die letzten Eichenholzsplitter zu Boden gefallen waren, war nur noch das dröhnende Stampfen von Stiefelsohlen aus feuerverzinktem Eisenblech zu hören, das allmählich in einem leeren Korridor verhallte.

Nein – nicht nur. Von Zeit zu Zeit hörte man es rufen: »Is okee, Kleines. Bin schon untaweeeex!«

Das leise Gurren aus den etwas über dreißig Käfigen hoch oben in luftiger Höh auf dem höchsten Turm von Schloß Isolon wurde lauter, als die Käfiginsassen hörten, daß sich im Dreifachschloß der Tür ein Schlüssel drehte. Als das dritte und letzte Schloß entriegelt war und als sich die Tür öffnete, mischte sich unter das Gegurr der gespannt abwartenden Tauben ein anderes Geräusch. Ein Fluch. Der Fluch eines Menschen.

Obwohl dieser Fluch nur sehr leise ausgestoßen wurde, war nicht zu überhören, welcher Ekel, welche maßlose Bitterkeit sich in diesem Fluch Luft machten.

Swinehunt war wütend. Das allein wäre nicht der Erwähnung wert gewesen. Der Erzkanzler schien zu jenen Menschen zu gehören, die sich dann, wenn es nichts gab, worüber sie sich hätten ärgern müssen, schleunigst etwas ausdachten, worüber sie sich ärgern konnten. Swinehunt lebte, so hatte es den Anschein, in einem Zustand permanenter chronischer Vergnatztheit.

Seine aktuelle Verfassung entsprach also ganz seiner normalen Verfassung.

Es war schlimm genug, so überstürzt einen Jagdausflug für den König und die beiden Deppen von der Schloßwache arrangieren zu müssen.

Es war gelinde gesagt – sehr gelinde gesagt – ›unerfreulich‹, diese Unmengen von Stufen und Treppen in diesem verfluchten Turm hinaufklettern zu müssen, um diese widerwärtigen Tauben zu füttern! Heute ganz besonders. Heute sah es hier noch wüster aus als sonst: Dieses blöde Pack verstreute mehr Vogelfutter, als es ihm Schnabel behielt!

Am schlimmsten aber war, daß er das alles tun mußte, nur damit König Erdrosselbart von Cranachan sein Festbankett ausrichten konnte …

Er fluchte wieder, noch wütender diesmal, und trat zur Verstärkung gegen die Käfige.

Die Tauben flatterten erschrocken und gurrten noch lauter.

Er füllte ihre Futterschälchen und blickte sie drohend an. »Graaaa!« schrie er gellend. »GRAAAA!« Dann nahm er sich einen Federkiel und ein Stück Pergament und schrieb:

Auftrag ausgeführt – Stop – Festbankett unterwegs – Stop – HEID! – Stop – S.

Er rollte die Notiz zusammen, steckte sie in eine Briefkapsel und band sie einer Taube ans Bein. Wobei er respektvoll Abstand hielt. Er wußte nur zu gut, wie scharf Vogelkrallen sein konnten – beim Gedanken an sein Auge zuckte er gepeinigt zusammen.

Wenig später, als er zusah, wie der Vogel davonflog und sich auf den langen Weg nach Cranachan machte, lächelte er. Es war ein kaltes, böses Lächeln. Jetzt, nachdem er seine Botschaft abgeschickt hatte, ging es ihm ein ganz klein wenig besser. Nach allem, was er heute durchgemacht hatte – das Gehetze mit dem Jagdausflug, diese verdammten Tauben, das ganze verdammte Königreich –, hatte er sich einen kleinen Triumph verschafft. Zugegeben, einen sehr kleinen, erbärmlich kleinen Triumph, etwa so befriedigend, als zeige man jemandem einen Vogel durchs Telefon. Trotzdem – es ging ihm besser. Er hatte das Gefühl, der Überlegene zu sein.

Er lachte gackernd, als er an seine Nachricht dachte: *HEID!*

»Ach, wie gut, daß niemand weiß, daß … das kein Schreibfehler ist. Keiner weiß, was das heißen soll! Nur ich! Und keiner kriegt's raus – so unterbelichtet, wie die sind«, flüsterte er leise und gehässig.

Er lehnte sich aus dem Fenster und brüllte, so laut er konnte, brüllte dort hinüber, wo hinter dem krapathischen Gebirge das Königreich Cranachan lag: »*H*offentlich *E*rstickt *I*hr *D*ran! Ha, ha, ha!«

In einer der unteren Etagen des weiträumigen, verschachtelten Schloßbaus fand ein Turnier statt. In der schmucklos nackten Wachstube lieferten sich die beiden größten Bewohner von Schloß Isolon einen verbissenen Kampf. Börrnhadt studierte die gegnerischen Stellungen. Er zerbrach sich den Kopf: Es gab ihn, den zugkräftigen Schlachtplan – es gab ihn ganz bestimmt! Wenn er ihn fand, konnte er mühelos und im Handumdrehen die ganze Situation zu seinem Vorteil verändern. In seinem Gehirn keimten diverse Konzepte und Pläne auf, trieben in der sirupzähen Fruchtwasserbrühe seines Bewußtseins kurz an die Oberfläche, lösten sich dann sehr schnell auf und versanken wieder im neuronalen Matsch.

Doch dann starrte Börrnhadt seinen Gegner plötzlich scharf an und grinste verschlagen. Die Coenzyme ›Zweifel‹ und ›geistige Verwirrung‹, die seinem Gehirn so hart zugesetzt hatten – sie hatten sich vergeblich gemüht. Trotz aller ihrer Anstrengungen und entgegen allen Gesetzen der Wahrscheinlichkeit hatte Börrnhadt einen Plan entwickelt. Einen Plan mit Erfolgsgarantie. In einem Moment blendendheller Klarsicht war die Erkenntnis über ihn gekommen, jetzt wußte er, was er zu tun hatte. Und wie der Donner auf den Blitz, so folgten jetzt auf seinen Geistesblitz mehrere klickende Geräusche – Börrnhadt sammelte seine schwarzen Steine vom Spielbrett. »Gewonnen!« schrie er triumphierend und erleichtert.

»Was?«

»Gewonnen.«

»Warum?«

»Weil du verloren hast. Drum.«

Mattsches' Gesicht umwölkte sich, betrübt mußte er

feststellen, daß tatsächlich kein einziger weißer Stein mehr auf dem Brett lag.

»Oh«, machte er traurig. Laut hallte seine Stimme in der schmucklos kahlen Wachstube. Aber dann fragte er – und seine Stimme klang schon wieder etwas fröhlicher: »Noch mal drei Runden? Zur Endausscheidung?« Börrnhadt nickt zustimmend. Eifrig machten sie sich daran, ihre Steine wieder auf das Spielbrett zu legen. Dann unterbrachen sie kurz noch einmal, debattierten eine Weile und einigten sich schließlich darauf, diesmal die Steine auf den schwarzen Feldern zu plazieren.

»Verlierer fängt an«, grinste Börrnhadt.

»Dann stell dich schon mal drauf ein, daß du beim nächsten Mal anfängst«, spöttelte Mattsches, nahm den ersten Stein und überlegte, auf welches Feld er ihn setzen sollte.

»Hör mal!« sagte Börrnhadt und starrte Löcher in die Luft. »Da war doch was!« Er kratzte sich den Kopf.

»Bring mich nicht raus! Ich denke.«

»Hörst du nix?«

»Nix.«

»Ich schon«, behauptete Börnnhadt.

Mattsches legte seine gewaltige Pranke ans Ohr und lauschte. Börnnhadt bohrte mit dem gewaltigen Nagel des kleinen Fingers im Ohr.

»Was soll'n da sein?« fragte Mattsches. »Ich kann nix hör…« Ein Leuchten lief über sein Gesicht – er hatte es gehört.

»Siehsse. Sag ich doch«, meinte Börnnhadt selbstgefällig. Mattsches versuchte angestrengt, das ungewöhnliche Geräusch zu identifizieren.

Zuerst war es nur sehr leise gewesen. Ein weitentferntes *Tripptrapp*, so verhalten wie das Herzklopfen einer Maus. Doch dann war es lauter geworden, mächtiger, hallender, und mittlerweile dröhnte es so gewaltig, daß es selbst einem Tauben schwer gefallen wäre, es zu überhören. Ein regelmäßiges, metallisch tönendes Stampfen auf Stein: unverkennbar das Geräusch, das ein sehr großer Mann erzeugte, der mit Eisenstiefeln über den Steinfußboden des menschenleeren Korridors stürmte, der genau hinter der Wand der Wachstube lag.

Wie synchron geschaltet, drehten sich die Köpfe von Börnnhadt und Mattsches (der immer noch lauschend die Hand ans Ohr hielt) von rechts nach links, als das dröhnende Geräusch der eisernen Stiefel keinen Meter von ihnen entfernt vorüberdonnerte. Und beinahe genauso schnell, wie es sich genähert hatte, verhallte es auch wieder.

»War'n *das*?«

»Keine Ahnung.«

»Geht's dir wie mir.« Börnnhadt zuckte die massigen Achseln und sagte: »Du bist dran.«

»Ah ja! Genau.«

Mattsches überlegte. Überlegte lange. Und schwer. Und plazierte endlich seinen weißen Stein auf dem Spielbrett.

Leise und kaum noch vernehmbar hörten sie, wie ein Mann etwas rief, das sich anhörte wie »Alles okee, Kleines. Keine Panik! Bin schon untaweeee ...!«

In der Schloßküche fand eine erregte Debatte statt. Firkin, Hogshead und Courgette standen dicht zusammen, Firkin nahm das Mädchen in die Mangel.

»Sechs!«

»Ja, sechs!« gab Courgette energisch zurück.

»Aber wieso denn?« schrie Firkin. »Das Schloß ist riesig«, er spannte die Arme weit aus. »Es müßten doch Tausende hier wohnen!«

»Woher soll ich denn das wissen? Is eben so!«

Sie verschränkte die Arme und drehte sich um. Hogshead lief um den Tisch und redete dort mit ihr weiter. Nicht ganz so grob wie Firkin.

Firkin stöhnte abfällig und stampfte auf Merlot zu, der die Überreste der Tür studierte.

»Blöde Ziege!« schimpfte er.

Arbutus nickte weise.

»Äh, wie meinen?« Merlot starrte geistesabwesend auf ein Häufchen Körner auf dem Fußboden.

»Blöd. Wie kann man bloß glauben, daß nur sechs Leute im Schloß leben?«

Wieder nickte Arbutus.

»Weil es so ist«, sagte der Zauberer und stieß mit seinem Schnabelschuh die Körner hin und her. Das Glöckchen an der Schuhspitze klingelte leise.

»Aber ...«

»Kein ›Aber‹. Es ist so.«

Arbutus wand sich verlegen und starrte an die Decke. Firkin trat aufgeregt und zappelig auf der Stelle.

Schließlich blickte der Zauberer auf und sah Firkin mitfühlend an.

»Na, junger Mann? Es läuft wohl nicht so, wie es laufen soll, was?«

Firkin schwieg eine Weile. Dann sagte er: »Nein. Ich mache mir Sorgen.«

»Aha.«

»Ich weiß nicht mehr, was ich machen soll.«

»Soso.« Merlot kaute an seinem Bart.

Firkin zuckte die Achseln. »Ich weiß nicht mehr weiter. Ich habe Hogshead soviel zugemutet, und jetzt sind wir hier, im Schloß, und ... tja ...« Er schwieg einen Moment. Dann sah er Merlot an – er war wütend, enttäuscht und verletzt.

»Es ist wegen Pezzi. Ich bin wirklich sauer auf ihn! Er hat uns hängenlassen! Erst verspricht er, daß er uns hilft, und dann haut er einfach ab. Das ist nicht fair! Ohne ihn sind wir ... Er ist ein Schuft!«

»Na, na, na! Nicht so voreilig, junger Mann!« Merlots

Stimme war warm und tröstlich, heimelig wie ein gemütliches Sofa.

»Ich weiß nicht mehr, wie es weitergehen soll«, fing Firkin wieder an. »Jetzt sind wir so weit gekommen, und jetzt weiß ich nicht, wo der König ist!«

»Ohoo! *Das* ist das Problem?« rief Merlot aus. »Junger Mann! Warum hast du das denn nicht gleich gesagt?« Er lächelte weise. »Wo …«, fuhr er dann fort, »… wo pflegen Könige zu wohnen?«

Firkin blickte den Zauberer scharf an.

»In Schlössern«, antwortete er bissig.

»Und wo sind wir jetzt?«

»Ich weiß schon!« Firkin stampfte ungeduldig mit dem Fuß auf. »Ich weiß aber nicht, wo ich suchen soll. Wir sind schließlich zum ersten Mal hier. Ich weiß nicht, wo man … in einem …« Er verlor den Faden, weil ihm aufgefallen war, daß Merlot in eine ganz bestimmte Richtung blickte – dorthin, wo Hogshead und Courgette standen.

Er hatte das Mädchen schon die ganze Zeit über angesehen … Firkin faßte wieder Mut: Eine bessere Führerin konnten sie nicht finden.

Jungfern und Maiden in Bedrängnis – schon ihr Name weist daraufhin, daß sie nicht in den sicheren und behüteten Bezirken der Schloßgesellschaft leben. O nein! Der Komfort eines feudalen Appartements im Erdgeschoß, dessen Verandatüren den ganzjährigen Ausblick auf die gepflegten Anlagen des Schloßparks ermöglichen – ihnen ist er nicht vergönnt. Genausowenig das Vergnügen, teilnehmen zu dürfen an den Diners und Bällen der High-Society, zu denen der perückentragende, puderbestäubte Adel sich versammelt. In Freiheit zu leben – was für viele so selbstverständlich ist, ihnen bleibt es vorenthalten.

Das Prädikat ›in Bedrängnis‹ steht genaugenommen

nur jenen Jungfern und Maiden zu, deren Leben in einem genau definierten Ausmaß von folgenden Faktoren bestimmt ist: Not, Qual und Spinnrad. Als ›Jungfer‹ respektive ›Maid in Bedrängnis‹ gilt ausschließlich jene ›Jungfer‹ respektive ›Maid‹, zu deren Füßen ein klappriges kleines Spinnrad steht.

Um aber den größtmöglichen Zustand der Bedrängnis zu erreichen, ist es unabdingbar, daß die betreffende Maid respektive Jungfer diese Bedrängnis an einem ganz bestimmten Ort erleidet. Wie jedermann weiß, erfährt der ›Bedrängnis-Koeffizent‹ der in verbrecherischer Absicht zugefügten diversen garstigen Qualen eine synergetische Verstärkung, wenn der Koeffizient ›Wohnsituation/Aufenthaltsort‹ dazutritt. In einer Bar am Strand von Hawaii an eine Wand gekettet zu sein, mag vielleicht ein wenig lästig erscheinen – der Vorstellung, die man üblicherweise mit dem Ausdruck ›Qualen leiden‹ verbindet, entspricht dies jedoch nicht unbedingt. Verlegt man nun diese Wand in ein dreckiges Kerkerloch, in dem es von Flöhen wimmelt, in dem möglicherweise ein Haufen stinkender Eingeweide vor sich hinfault, dann kommt man der Sache schon näher. Deswegen sind Jungfern und Maiden, sollen sie wirklich ›Jungfern‹ respektive ›Maiden in Bedrängnis‹ sein, stets in die Dachkammern zugiger hoher Türme eingekerkert oder hinabgestoßen in die tiefsten Tiefen der Erde, dorthin, wo schwarze Ratten hausen, wo ihnen allenfalls Kellerasseln und gelegentlich vielleicht ein Drache mit üblem Mundgeruch Gesellschaft leisten.

Genau diese Bilder sah Pezzi vor sich, als er mit gezogenem Schwert die Wendeltreppe im höchsten Turm von Schloß Isolon hinaufstürmte.

Ganz oben in der Dachkammer wartete die bedrängteste aller je in Bedrängnis geratenen Jungfern respektive Maiden auf ihn. Pezzi war sich da völlig sicher: Der Turm war hoch, es zog wie Hechtsuppe – alles perfekt. Er trampelte die dreieckigen Steinstufen hinauf und keuchte vor Anstrengung. Höher und immer höher wand sich die Treppe, höher und immer höher stürmte Pezzi hinauf und kontrollierte en passant jede Tür, an der er vorbeikam. Die Abfolge zersplitterter, zu Klump geschlagener Türen zeigte anschaulich, welchen Weg er genommen hatte.

Zwei Stockwerke höher, noch vier Türen entfernt, starrte eine dürre knochige Gestalt gedankenverloren aus dem Fenster: Swinehunt sah der Taube nach, die er eben auf den Weg geschickt hatte.

»Hoffentlich erstickt Ihr dran«, flüsterte er leise vor sich hin und stellte sich vor, wie seine per Luftpost beförderte Injurie ihrem Ziel entgegenflatterte, stellte sich das Gesicht des cranachischen Königs vor, wenn der …

Plötzlich zerplatzten seine Tagträume wie Seifenblasen: die Wirklichkeit hatte sich zurückgemeldet. Mit donnernden Schlägen. Seine Schultern verkrampften sich. Er horchte.

Das Geräusch von splitterndem Eichenholz hallte dröhnend von unten herauf. Swinehunt wurde starr vor Schreck.

Der Prinz brummelte verärgert – wieder nur ein leeres Zimmer! Er rannte weiter die Wendeltreppe hinauf.

Swinehunt war entsetzt. Und empört! Das waren Schritte! *Schritte in meinem Turm,* dachte er.

Wieder kapitulierte eine Tür geräuschvoll vor Pezzis Forscherdrang.

Was geht da vor sich? wunderte sich Swinehunt. *Schritte! Mein Turm! Wie können sie es wagen … Ich werde ihnen zeigen, was … Ich werde mich darum kümmern …*

Die vorletzte Tür. Krachend erlag sie Pezzis wuchtigem Ansturm.

Nur *eine* Tür noch! ›Entrüstung‹ ließ ›blinder Panik‹ den Vortritt und flüchtete sich in eine Ecke, dicht gefolgt von Swinehunt.

Dichtauf war auch ein Paar Eisenstiefel (Schuhgröße fünfzig, mindestens), in denen der Prinz die letzten Treppenabsätze hinaufpolterte.

Dann: Ende der Treppe, eine verschlossene Tür, die Turmspitze!

Keuchend stand der Prinz auf der letzten Stufe. *Da drinnen,* dachte er, *da drinnen!*

Ein Dreifachschloß, massive Eisenscharniere – mit einem Blick (dem Expertenblick des erfahrenen Türenzertrümmerers) hatte er die diesem Modell eigene Belastungs- und Spannungsverteilung erfaßt, seine Schwachpunkte, den kritischen Punkt, und hatte im selben Augenblick auch schon das Moment aus Kraft und Hebelwirkung errechnet, mit dem er auf diesen Punkt einwirken mußte, wollte er eine rasche und vollständige Vernichtung erzielen.

Hinter der Tür suchte Swinehunt verzweifelt nach einer Möglichkeit, wie und wo er sich verstecken konnte. Er wußte, daß er in der Falle saß.

»Aug'nblick noch. Is gleich so soweit!« schrie der Prinz.

Swinehunt erstarrte zur Salzsäule. In seiner Angst faßte er die Ankündigung als Drohung auf. Zwischen den Vogelkäfigen an der Wand entdeckte er eine winzige Lücke. Mochte der Zwischenraum auch noch so schmal sein, in seiner Panik erschien er ihm als Versteck groß genug. Er warf sich in Deckung. Erschrokken rückten die Tauben von dem wild um sich schlagenden Erzkanzler ab. Sie fragten sich, auf jene mild verwunderte Art und Weise, wie sie an geflügelten Wesen so häufig beobachtet werden kann – sie fragten sich, wovor sich der Kanzler denn bloß verstecken wollte.

Blitzartig kam ihnen die Erleuchtung.

Fünf schwere Stiefelschritte – und nach diesem Countdown die Explosion: Die Welt versank in einem wirbelnden Chaos aus Eichenholzsplittern, Scharniereisen, Türschlössern und verdutzten Holzwürmern.

Im Türrahmen stand der Prinz und blickte drohend um sich. Als sich der Staub legte, segelte die eine oder andere Feder sanft schaukelnd zu Boden.

Ansonsten hielt sich alles mucksmäuschenstill. Selbst die Tauben rührten sich nicht.

Swinehunt hatte die Augen geschlossen. So fest geschlossen, wie nie zuvor: Sogar seine Augenklappe schlug Falten. Er steckte zwischen den Käfigen, gut zur Hälfte für jedermann sichtbar, und rechnete fest damit, daß er im nächsten Moment von einer eisernen Faust, die in einem Panzerhandschuh steckte, gepackt würde; daß er – noch schlimmer – spüren würde, wie kalter Stahl in warmes Fleisch eindrang. Entsetzliche Angst erfaßte ihn. Panische Furcht lähmte ihn. Sein Herz setzte aus. Als hätte ihn ein elektrischer Schlag …

»Leck mich! Ein Taub'nschlach!«

Der Prinz sah sich rasch um, drosch – als er nirgendwo ein Spinnrad entdeckte – mit der Faust gegen die Reste des Türstocks, und rannte die Treppen wieder hinunter, um seine Suche woanders fortzusetzen.

Swinehunt steckte zwischen Taubenkäfigen fest und zuckte schwach.

»Und jetzt?« fragte Firkin mürrisch. Hohl hallten seine Worte von den nackten Steinwänden des Korridors zurück.

»Was *und jetzt?*« blaffte Courgette.

»Wie geht's jetzt weiter? Du kennst dich doch hier aus!«

Das Häuflein der Invasoren war an einem Punkt angekommen, von dem fünf Korridore abzweigten, einer genau wie der andere. Ihre Schattenbilder zitterten unsicher, als die Fackeln an den Wänden im unsichtbarem Luftzug flackerten.

»Ich weiß nicht. Ich war hier noch nie«, behauptete Courgette.

»Du hast dich also verlaufen«, fauchte Firkin. Es war hauptsächlich die Enttäuschung, die ihn so unleidlich machte, nicht sosehr Ärger oder Wut.

»Hätt ich doch bloß ein Garnknäuel mitgenommen«, jammerte Hogshead.

»Ich hab mich nicht verlaufen«, meuterte Courgette. »Überhaupt nicht... nur...« Ihre Stimme wurde immer schwächer. »... ich weiß nur nicht... äh... bin mir nur nicht mehr ganz sicher, wo wir sind... Aber sonst...«

»Toll!« Firkin verschränkte die Arme und überlegte, ob er sich den Luxus leisten und den Beleidigten spielen sollte. Courgette blickte verschüchtert ihre Schuhspitzen an.

»Wieviel Finger halt ich hoch?« fragte Merlot plötzlich und brach damit das lastende frostige Schweigen.

»Was hat denn das damit zu...«, begann Firkin.

»Wieviel Finger halt ich hoch?« wiederholte Merlot beharrlich.

»Was soll denn...«

»Keine Widerrede, junger Mann! Wieviel?« Der Zauberer blickte Firkin durchdringend an.

»Na schön: drei. Aber...«

»Danke.« Merlot richtete sich auf und zählte, einen nach dem anderen, im Uhrzeigersinn die Korridore ab: eins, zwei, drei... Er zeigte auf den dritten Korridor.

»Da lang«, verkündete er. »Los!«

Swinehunt schüttelte sich die Rückstände einer einstmals mit einem Dreifachschloß gesicherten großen Eichentür aus den Haaren. Schüttelte sich die restlichen Federn vom wallenden schwarzen Ledergewand, und dann... schüttelte es ihn.

Angst, Wut und ein drückendes Gefühl der Beklommenheit versetzten seinen krankhaft dürren Körper in unkontrolliertes Zittern und Zucken.

Fragen stürmten auf ihn ein, forderten Antwort – unnachgiebig wie der fanatisierte Mob, der nach erfolgreicher Hexenjagd ›gerechte Bestrafung‹ fordert.

Wer war das? Oder *was* war das?

Warum war es hier?

Was wollte es?

Kam es wieder zurück? Um zu Ende zu bringen, was es sich vorgenommen hatte?

Und viele andere Frage mehr, Hunderte von Fragen, viel zu viele, um mit ihnen fertigzuwerden.

Mit starker Hand hieb die reine Vernunft den Hammer der Stille auf den Richtertisch, rief den schreienden Mob in seinem Kopf zur Ordnung und brachte ihn allmählich zur Ruhe.

In der angespannten Stille, die daraufhin einsetzete, hörte er sich selbst denken. Alle seine Gedanken gingen den immer gleichen schmalen Weg, der sie jedesmal zu einer sehr ähnlichen Schlußfolgerung führte: Wenn der wahre Grund seiner nun dreizehnjährigen Anwesenheit in Schloß Isolon ans Tageslicht gekommen war, dann… Nicht auszudenken, was dann!

Ein Bild schoß ihm durch den Kopf, in dem sich Gedanken und Befürchtungen überschlugen: das Bild eines speicheltriefenden, erwartungsvoll gierigen Löwenrachens… Eiskalte Schauer liefen ihm über den Rücken. Wer oder was auch immer die Tür eingetreten und in den Turm eingedrungen war, er mußte ihn – oder es – auf irgendeine Weise aufhalten.

Höchste Zeit, etwas zu unternehmen.

»Du bist dran.«

»Echt?«

»Echt!«

»Warum?«

»Weil ich eben dran war.«

»Ja, dann…« Das war eine Erklärung, die Mattsches einleuchtete. Langsam rückte er einen Stein ein Feld vor.

»He! Du bist weiß. Leg den sofort wieder zurück!« Börnnhadt zeigte entrüstet auf den anstößig schwarzen Stein.

»Echt?«

»Echt!«

»Ich hab gemeint…«

Börnnhadt sollte nie mehr erfahren, was Mattsches gemeint hatte. Und Mattsches vergaß es noch im selben Augenblick. Die Ankunft des Erzkanzlers setzte der Unterhaltung der Schloßwachen ein jähes Ende. Wie ein Wirbelsturm brach Swinehunt in die Wachstube ein, riß beinahe die Tür aus den Angeln, keuchte schwer und starrte die beiden irre an.

»Auf! Los! Schnell! *Invasion!*« Schweißperlen glitzerten ihm auf der hohen Stirn. »Marsch! Sofort!« brüllte er.

Börnnhadt und Mattsches erhoben sich langsam und glotzten den tobenden Erzkanzler verwundert an, der aufgewühlt von einem Bein auf das andere hüpfte.

»Jetzt?« fragte Mattsches, hellwach wie immer. »Aber wir spielen doch gerade!«

»Ja, jetzt!« Swinehunt packte das Spielbrett und warf es in die Ecke. Schwarze und weiße Spielsteine kullerten und kugelten durchs Zimmer.

»Es hat sich ausgespielt!« Der Erzkanzler grinste grimmig. »Etwas mehr Bewegung, meine Herren!« Er versuchte, ruhig und souverän zu wirken. Der Versuch schlug fehl. Rastlos rollten weißblitzend die Augen in den Höhlen. »Spione! Eingebrochen! Zu Hunderten! Schnappt sie euch! Bringt sie um! Vernichtet sie!« Seine Stimme überschlug sich, schrillte in einem Frequenzbereich, der empfindlich hoch über Normaltonhöhe lag.

Er rannte hinter Börnnhadt her und fing an, ihn wütend zu schubsen und zu stoßen.

»Willst du dich jetzt vielleicht endlich einmal in Bewegung setzen!?«

Er rannte wieder nach vorn und zerrte ihn ungeduldig am Ärmel. »Marsch, jetzt! Oder ich bring *dich* um!«

Das wirkte. Er war durchaus dazu im Stande. Achtung vor dem Leben – so etwas kannte der Erzkanzler nicht. Mattsches hatte ihn einmal beobachtet, wie er einem Weberknecht die Beine ausriß. Alle Beine, bis auf eins. Der Weberknecht hatte sich verzweifelt auf der Stelle im Kreis gedreht, Swinehunt hatte zugesehen und dabei wie ein Irrer gekichert.

Im Augenblick hopste und hüpfte er auf und ab, ballte die dürren knochigen Hände zur Faust und öffnete sie wieder, ballte sie wieder und öffnete sie wieder und warf wirre Blicke um sich. Er war von panischer Furcht beherrscht. Sie setzte ihm zu, trieb ihn an – unbarmherzig, ohne Ende. Der Erzkanzler wirkte beinahe wie ein Kaninchen, das ins Scheinwerferlicht eines ungebremst herandonnernden Vierzigtonners geraten war. Doch dieses Kaninchen war anders als seine Artgenossen. Dieses Kaninchen würde die Augen nicht verschließen und darauf hoffen, daß das Ungetüm um wenige Millimeter an ihm vorbeiraste. Dieses Kaninchen würde nicht kehrtmachen und mit aufgeregt auf- und abtanzendem Stummelschwanz davonhoppeln. Dieses Kaninchen würde keinen Millimeter von der Stelle weichen. Dieses Kaninchen wußte, was es wollte. Dieses Kaninchen hatte einen Plan!

Swinehunt rannte aus der Wachstube, Börnnhadt und Mattsches folgten ihm langsam.

»Durchsucht das Schloß! Schnappt sie euch! Sperrt sie ein!« schrie er wild. »Anschließend zum Rapport in mein Quartier!« Er blieb stehen, zitterte wie Pudding auf Amphetamin, machte dann blitzschnell kehrt und jagte durch den langen Korridor davon.

Swinehunt stieß die Tür auf, stürmte – die Stirn schweißnaß – in seine spartanische Unterkunft, schlug die Tür hinter sich zu, fiel erschöpft mit dem Rücken dagegen und schnappte keuchend nach Lauft. Wie Nebelfetzen zog die Angst in wirbelnden Kreisen um seine Fußknöchel, wie der Nebel aus Trockeneis in einem billigen Horrorfilm. Er schloß die Augen und zitterte. Ein entsetzliches, grauenhaftes Bild suchte ihn heim: Er, Swinehunt, auf den Boden geduckt, blickte aus zwei winzigen Augen nach oben. Ein Gesicht, bösartig und voll majestätischer Feindseligkeit, starrte auf ihn herab. Er hämmerte mit den Hinterpfoten auf den Boden – das Hämmern verursachte kein Geräusch. Der Rachen des Löwen verzog sich zu einem hämischen Grinsen, tat sich auf und zeigte gelbe Zähne, von schwarzen Lippen gerahmt. Das Firmament: eine gelbe Mähne. Sie kam auf ihn zu. Er starrte nach oben und blickte in das rot-schwarze Maul des Todes. Er roch den Atem, der ihm aus diesem höhlenartigen Schlund entgegenschlug: Es war ein Atem, in dem hundertfach das Schreien seit langem schon toter Säugetiere eingeschlossen war. Er hörte, wie sich seine Stimme diesem kakophonischen Chor anschloß. Sie schrie. Der feixende Rachen kam näher, immer näher. Und dann, in jenem entsetzlichen Augenblick, in dem er den Atem erstickend heiß im Gesicht spürte, zerfloß das Löwengesicht, verformte sich scheußlich, verflüssigte sich und setzte sich quecksilbrig schnell wieder zusammen, zu jenem Gesicht, das vor dreizehn Jahren …

Mit einem Schrei riß Swinehunt die Augen auf und zitterte wie vom Fieber geschüttelt. Hell leuchtend stand ihm das Nachbild von König Erdrosselbarts Gesicht vor Augen, war ihm tief in die Netzhaut eingebrannt. Schlangengleich glitt es mehrgliedrig unter dem Türspalt ins Zimmer: Fangarme, mit denen die Panik ihn an den Fußknöcheln zu fassen suchte. Er stürzte zum Schreibtisch, rettete sich auf einen Stuhl, zog die Beine an und umklammerte sie fest. Steckte den Kopf zwischen die Knie und schaukelte langsam hin und her.

Zum ersten Mal in dreizehn Jahren hatte Swinehunt Angst. Entsetzliche Angst.

Er hatte fast schon vergessen, wie das war. Dreizehn Jahre mußte er zurückdenken, vor dreizehn Jahren hatte er zum letzten Mal Vergleichbares erlebt und empfunden: Damals, als er sich (nachdem er im Alleingang die Krapathen überquert hatte) darauf vorbereitete, Eingang zu finden in Schloß Isolon, dem Bollwerk des Feindes – mit nichts anderem bewaffnet als einem Haufen falscher Papiere, einer Absichtserklärung, seinem hellen Kopf und seinem Talent, das Blaue vom Himmel herunterzulügen. Vor Angst mehr tot als lebendig, äußerlich aber selbstsicher und anmaßend, war er vor die Schloßwache hingetreten und hatte Audienz beim König gefordert. Jetzt gleich? Selbstverständlich *jetzt gleich!* Es handelt sich um eine wichtige Angelegenheit und – nein, ich werde nicht genauer erklären, worum es sich handelt. Nein, ich bin kein Vertreter! Mein Name ist Swinehunt – das muß genügen! Bringen Sie mich jetzt zum König. Ja, *jetzt*! Sofort!

Seit jenem Augenblick war selbst er beinahe davon überzeugt, daß er Swinehunt und nicht der vormalige cranachische Innenminister war. Fisk gab es nicht mehr. Fisk war tot – lang lebe Swinehunt! Nur wenige Jahre hatte es dann gedauert, und die Macht hatte ihn vollkommen und restlos korrumpiert und verdorben. Nach einer Reihe durchtriebener, fachmännisch durchgeführter Manöver, viel zu abgefeimt, als daß der junge König

Klayth Verdacht hätte schöpfen können, hatte sich Swinehunt eine Machtposition verschafft, die es ihm ermöglichte, alles zu steuern, was im Schloß vor sich ging. Jeder, der sich auch nur im geringsten verdächtig machte, *verschwand*, alle anderen wurden *entlassen. Ich bin es, der das Zepter schwingt*, sagte er sich, *nicht Klayth! Nicht dieser Marionettenkönig, der alles, was er kann, von mir gelernt hat; den ich – wie alles andere in diesem jämmerlichen, schäbigen Königreich – nach meinen Vorstellungen geformt und gezogen habe!* Und während er das dachte, zensierte sein Gehirn säuberlich die eher unangenehme Erinnerung daran, wie unmißverständlich und anschaulich bei seiner Entlassung aus cranachischen Diensten König Erdrosselbart und die Mitglieder des Rates geschildert hatten, welches Schicksal ihn erwarten würde, sollte seinem Vorhaben kein Erfolg beschieden sein; was ihm drohte, sollte er dann auch nur daran denken, jemals wieder einen Fuß auf cranachisches Territorium setzen zu wollen.

Aber es hatte funktioniert, alles war wie von ihm geplant gelaufen! Je mehr er darüber nachdachte, um so weniger verstand er es. Er hatte seine Arbeit gemacht – so gut gemacht, daß auch für ihn das eine oder andere dabei abfiel. Cranachan bekam seine Zehntenlieferungen, er hatte die Invasion von Isolon verhindert… Und wozu das alles? Dreizehn Jahre lang hatte er sich abgeschuftet, dreizehn Jahre lang hatte er es auf einem Thron ausgehalten, der sich jeden Augenblick in einen Schleudersitz verwandeln konnte… und jetzt wollten sie ihn einschüchtern und hetzten ihm riesige Ritter auf den Hals, die nie gelernt hatten, wie man auf ganz normale Art und Weise eine Tür öffnet! *Nicht mit mir*, dachte er. *Damit kommen sie nicht durch! Sie werden schon sehen, was…*

Swinehunt brummelte, jammerte und nörgelte still vor sich hin, umklammerte fest seine Knie und schaukelte auf dem Stuhl hin und her.

»Horch!« Hohl hallte Hogsheads Stimme durch den langen düsteren Gang.

»Was?« fragte Courgette.

»Da kommt jemand.«

»Na endlich«, knurrte Firkin gereizt. »Wir gehen ja auch schon ewig durch diesen Korridor!«

»So lang auch wieder nicht!« nahm Hogshead Courgette in Schutz.

In weiter Ferne war das Geräusch von Schritten zu hören, regelmäßig und schwer. Es wurde zunehmend lauter.

»Vielleicht ist es mal jemand, der sich hier auskennt«, bemerkte Firkin sarkastisch. Die Bemerkung war ganz gezielt an Courgette gerichtet. Und sie saß.

»Was kann ich denn dafür, daß ich hier noch nie war?« schrie Courgette und stampfte mit dem Fuß. »Ist eben ein riesiges Schloß!«

»Du hast dich also schon wieder verlaufen!« stichelte Firkin weiter. Die Belastung war zu groß für ihn, er war gereizt und angespannt. Courgette sah zur Seite.

Das stampfende Geräusch wurde immer lauter. Firkin blickte das Mädchen drohend an.

»Na, na, na! Was ist das denn für ein Benehmen? So geht das nun aber wirklich nicht!« Mit melodischem Rascheln war Merlot zwischen die beiden Kinder getreten. »Auf gar keinen Fall!«

Arbutus nickte bekräftigend.

Firkin fuhr herum und sah dem prächtig gekleideten Zauberer ins Gesicht. »Und wie soll's Eurer Meinung nach gehen?« Es war nicht zu übersehen, wie gereizt er war, sein Nervenkostüm franste immer mehr aus.

»Wir müssen zusammenarbeiten!« schrie Hogshead.

»Bei Gott, jetzt hat er's! Was, Arbutus?« bekräftigte der Magier.

Die Eule nickte verständig.

»Isch frach misch bloß, wat dat is, wat da so entsetzlisch laut trampeln tut«, meldete sich der Pastetenbäcker und brachte damit die Unterredung auf den im Augenblick hörbar erschütterten Boden der Wirklichkeit zurück.

Gleichbleibend hallte das Geräusch der Schritte durch den Korridor. Jeder versuchte herauszufinden, aus welcher Richtung dieses Geräusch kam: der Pastetenbäcker drehte die Augen zur Decke, Merlot blinzelte ins dämmrige Dunkel, Firkin und Hogshead blickten verwirrt in alle möglichen Richtungen, und Arbutus schlug langsam ein Auge auf, lugte kurz in den Tunnel, schloß das Auge und hielt wieder still.

»Ich erkenne nichts …«, sagte Courgette.

»Ich weiß gar nicht, ob ich überhaupt was erkennen will«, flüsterte Hogshead.

»… dabei ist es hier drinnen doch gar nicht mal so dunkel«, setzte Courgette noch hinzu und sagte dann: »Ich hab Angst.«

»Was mich interessieren würde …«, sagte Firkin leise. »Warum rennt dieser Mensch eigentlich? Und …«

»Mmmmm«, antwortete Hogshead aufschlußreich.

»… außerdem frage ich mich, ob wir uns nicht vielleicht besser nach einem Versteck umsehen sollten«, beendete Firkin seine Überlegungen.

Merlot sah ihn stumm und streng an.

»Ich meine … äh … Vielleicht will man uns einsperren … vielleicht weiß man, warum wir hier sind …«

Von überallher hörten sie jetzt die Schritte. Sie starrten angestrengt in den Korridor. Das hämmernde Geräusch wurde lauter, wurde von den Steinwänden zurückgeworfen. Es klang beinahe so, als dröhne es *durch* die Wände. Inzwischen hätten sie eigentlich auch jemanden sehen müssen – dem Geräusch nach zu schließen jemanden, der sehr groß war. Es wurde lauter. Es kam näher. Kam näher …

»Spukt's hier eigentlich?« schrie Hogshead über den Krach hinweg.

»Ich hab Angst«, kreischte Courgette.

... kam immer näher. Wer es auch war – inzwischen hätte er eigentlich mit ihnen zusammenstoßen müssen.

»Ich seh nämlich nix«, setzte Hogshead erklärend hinzu.

Konzentriert versuchten sie, die Schallquelle zu orten. Das Geräusch kam näher. Noch näher. Ganz nahe – jetzt hörten sie es über sich! Sie sahen nach oben und verfolgten das hämmernde Stampfen der unsichtbaren Füße, das über die Decke polterte und irgendwo weit in der Ferne verklang.

Ganz schwach hörten sie aus dem Korridor, der genau über ihnen verlief, durch Mauern und Wände hindurch, das gespenstische Rufen einer Stimme: »Alles okee, Kleines. Bin schon untaweeee ...!«

Die beiden Schloßwachen rannten durch einen anderen der vielen tausend menschenleeren Korridore in Schloß Isolon. Börnnhadt war gereizt. Invasion – das bedeutete Arbeit. Außerdem ärgerte er sich über sich selbst. Er hatte einen Befehl erhalten. Von Swinehunt persönlich. Und hatte gehorcht. Nun wußte er zwar, daß dagegen eigentlich nichts zu machen war – Swinehunt war immerhin der Erzkanzler. Börnnhadt ärgerte sich nur, daß er so selbstverständlich gehorcht hatte, ohne auch nur versucht zu haben, Swinehunt auf die Palme zu bringen. Es gab nur eins, was Börnnhadt wirklich genoß, wenn ihm Swinehunt Befehle gab: jene kostbaren Momente, in denen er es mit Hilfe vieler schwerfällig vorgebrachter und unverständig gebrummelter ›Mhmms‹ und ›Ahas‹ beinahe geschafft hatte, seinen Befehlshaber auszumanövrieren; in denen er beobachten konnte, wie sich der Zorn dieses Widerlings zur Weißglut steigerte, wie sich sein Gesicht langsam rot und immer röter verfärbte. Auf Börnnhadt wirkte das beinahe so anregend, wie ein hochkonzentriertes Aufputschmittel. Und diese Gelegenheit, Swinehunt zu piesacken, hatte er sich entgehen lassen! Ärgerlich!

Es gab einen Grund, warum er sich dieses Mal dieses erfrischende Erlebnis nicht gegönnt hatte: Er hatte bemerkt, daß der Erzkanzler Angst gehabt hatte. Und das war etwas, was Börnnhadt in den dreizehn Jahre, die er Swinehunt jetzt kannte, noch nie gesehen hatte. Zumindest nie wirkliche Angst. Nie jene Angst, die jemandem die Augen aus den Höhlen quellen läßt und ihn in ein zitterndes, bibberndes Wrack verwandelt – eben genau jene Angst, die Börnnhadt in diesem Moment an Swinehunt bemerkt hatte.

Die Aussicht, irgend etwas oder irgend jemanden treffen zu dürfen, der – oder das – fähig war, Swinehunt eine so gewaltige Angst einzujagen, diese Aussicht erfüllte Börnnhadt mit größter Begeisterung. Er wollte diesem Jemand – oder diesem Etwas – unbedingt die Hand schütteln und ihm ein Bier spendieren.

Börnnhadt und Mattsches bogen um eine Kurve und standen vor einer Stelle, an der mehrere Korridore sich kreuzten.

»Wohin jetzt?«

»Äh … rechts«, sagte Börnnhadt bestimmt.

Sie bogen nach rechts ab, rannten weiter und suchten dabei nach Spuren, die die Eindringlinge möglicherweise hinterlassen hatten. Hinweise wie etwa ein mit Kreide gezeichneter Pfeil, Stoffetzen, die an scharfen Steinkanten hingen, oder auch eine lange Schnur, die einen zum Ausgang führte – irgend etwas in dieser Art wäre jetzt ganz hilfreich gewesen. Natürlich fanden sie nichts dergleichen. Wäre auch zu einfach gewesen.

»Was meinst du, wie viele es sind?« Börnnhadts tiefe Stimme dröhnte in dem hallenden Korridor.

»…«, bekam er zur Antwort.

»Wie viele, glaubst ...«, fragte Börnnhadt, sah über die Schulter zurück und blieb wie angewurzelt stehen. Mattsches war verschwunden. Börnnhadt stand allein in dem Korridor und kratzte sich den Kopf. Wo war er bloß? Er blickte nach vorn: nichts. Seit der letzten Kreuzung hatte es keine weiteren Kreuzungen gegeben. Also ...

Er sah nach hinten, blickte die Strecke zurück, die er gekommen war, und dort – weit hinten, noch vor der Kreuzung – stand Mattsches, zuckte mit den Schulter und winkte schüchtern.

»Kein Orientierungssinn!« brummte Börnnhadt. »Nächstes Mal heißt das einfach ›Mir nach‹!«

In jedem Schloß gibt es einen Bereich, dem der Architekt seinen ganz spezifischen, individuellen Stempel aufdrückt. So baut etwa der eine Korridore, die ohne ersichtlichen Grund als Sackgassen enden, macht der zweite eine von zehn oder zwölf Türen fünf Zentimeter niedriger als die anderen und versieht sie mit einem lustigen Hinweisschildchen, auf dem etwa zu lesen steht: ›Kopf runter, sonst ist die Rübe ab, ha, ha, ha!‹, schmückt ein dritter die Brüstungen an Balkonen und Türmen mit obszön gestikulierenden Wasserspeiern, leistet sich ein vierter einen optischen Scherz und setzt einem sich hochaufschwingenden Strebebogen Flügelchen an.

Keiner von ihnen aber wußte so verblüffend irreführende Spuren seines Wirkens zu hinterlassen wie das Ämze Ächzer verstand, der Erfinder des Strebebogen-Senkrechtstarters, des endlosen Wasserfalls und der Möbiustreppe. Ohne jeden Zweifel war er der einsame Meister der ›Archivextur‹, wie die von ihm begründete Schule der Baukunst später genannt wurde. Schon als Kind zeigte Ämze jene beispiellose räumliche Kognitionskompetenz, die es ihm ermöglichte, dreidimensionale Räume in vierdimensionale umzuwandeln. So spielte er etwa einmal – es war an einem Sommertag, seine Eltern hatten ihn zu einem Picknick ins Grüne mitgenommen – mit seinen Bauklötzchen und kicherte dabei leise vor sich hin. Als seine Eltern, neugierig geworden, was ihn denn wohl so belustigte, nachsahen, wollten sie ihren Augen nicht trauen! Jetzt erst verstanden sie, warum sie bei ihrem Picknick nicht wie üblich von Ameisen heimgesucht worden waren: Hunderte von ihnen kletterten verbissen eine vierfach gedrehte Wendeltreppe hinauf, deren eine Ebene ins Nichts führte. Jahre später hatte Ämze Ächzer dann den Auftrag erhalten, Schloß Isolon nach seinen Vorstellungen zu bauen und einzurichten. Es war ein Meisterstück geworden, voll archivextonischer Streiche und wunderlicher Phänomene, ein Opus, wie wohl nie wieder eines ersonnen und ausgeführt werden wird.

Ungefähr im Mittelpunkt des Schloßbaus lag der zentrale Verbindungsknoten aller Korridore, eine Anlage, die von ihren Erbauern den Spitznamen ›Der Drehkreisel‹ erhalten hatte. Stand man an dieser Stelle und blickte nach oben, sah man aus allen Richtungen und Winkeln Korridore aufeinander zu laufen. Manche waren über kurze Treppenfluchten miteinander verbunden, andere über Möbius-Rolltreppen, wieder andere durch längere Treppengänge, die in einem Winkel von neunzig Grad auf die kürzeren stießen. Dann gab es Korridore, die unvermittelt endeten und senkrecht nach unten stürzten. Es war ein Meisterstück in 3-D-Hyperraumgeometrie, nach Meinung gewisser Mathematikphilosophen sogar etwas, das noch weit darüber hinausging: etwas, das den Zutritt ermöglichte in eine Welt, in der es noch andere, unerklärliche Dimensionen gab. Um diesen Zutritt zu erhalten, brauche man sich – so meinten sie jedenfalls – lediglich auf den ›höchsten‹ Punkt der ›höchsten‹ Treppe zu stellen, die Augen zu schließen und sich dann ganz entspannt nach hinten, ins Nichts zu lehnen. Dann wäre es möglich, im paradimensionalen Fall alle Gesetze der herkömmlichen Geometrie zu umgehen und einzutauchen in eine Welt, in der weiß der Himmel wie viele Dimensionen sich tummelten. Seltsamerweise hat aber nie jemand den Mut gefaßt und festzustellen versucht, ob das denn tatsächlich der Fall war.

Unglücklicherweise haben Entwurf und Bau des ›Drehkreisels‹ einen schlimmen Tribut von ihrem Schöpfer gefordert. Mit Ämze Ächzer ging es bergab – unaufhaltsam und in rasender Geschwindigkeit wie auf einer spiralförmig gewundenen Rutschbahn. Als man ihn nach Jahren dann endlich wieder fand, hockte er hochgradig verwirrt am Fußende mehrerer Treppenhäuser. Man brachte ihn in ein Heim für wahnsinnige Architekten, in dem er für den Rest seines Lebens verblieb und still für sich versuchte, Mosaike aus Reptilien und Fröschen zusammenzusetzen.

Inzwischen war auch das Häuflein der Eindringlinge an dieser Stelle angekommen. Klein kamen sie sich vor, sehr klein und unbedeutend, als sie in den riesigen Raum traten, nach oben blickten und das Gewirr aus Treppen, Korridoren und gewundenen Rolltreppen sahen. Firkin blieb vor Erstaunen der Mund offenstehen. Hogshead wurde entsetzlich schwindlig. Der Pastetenbäcker kippte um.

»Tut… tut… mir leid, Courgette«, flüsterte Firkin, der jetzt die Dimension der Schloßanlage erkannte. »Es ist riesig.«

»Hab ich doch gesagt.«

»Ich wette, du hast keine Ahnung, wo es jetzt weitergeht.«

»Nein.«

»Wie viele Finger hast du eigentlich, Merlot?« fragte Firkin.

»Auf jeden Fall nicht viel genug, was?« antwortete der Zauberer, der gerade zusah, wie sich der Pastetenbäcker wieder aufrappelte.

»Dieser Korridor sieht hübsch aus.« Hogshead zeigte auf einen Gang, in dem man mehr Fackeln brannten als in den übrigen.

»Aber da jeht et ja unendlisch viele Treppen rauf«, jammerte der Pastetenbäcker.

»Klar. Könige leben schließlich nicht im Erdgeschoß«, erläuterte Hogshead.

Der Pastetenbäcker zuckte die Achseln, die Gruppe machte sich an den Aufstieg.

»Seht immer nur genau auf die Stufen vor euch«, riet Merlot. »Wir haben es hier mit Magie zu tun!«

Firkin stieg als erster die schmalen Stufen hinauf.

Nach kurzer Zeit schon kamen sie auf einem Treppenabsatz an, bogen ab und stiegen auf einer Treppe weiter, die unmittelbar neben der nach oben verlief, die sie heraufgestiegen waren. Die Treppe wurde steiler.

Firkin blickte nach ›oben‹ und spürte im selben Augenblick, daß sich die Stufe, auf der er stand, hob und senkte, wieder hob und wieder senkte – es war wie ein Kamelritt bei einem Erdbeben. Er packte den Handlauf; ihm wurde schwindlig und entsetzlich schlecht. Er spürte nach wie vor die vertraute Wirkung der Schwerkraft und war sich deshalb sicher, daß er ›nach oben‹ sah. Und trotzdem meldete ihm sein restliches Empfindungsvermögen überdeutlich, daß er ›nach unten‹ blickte – weit nach unten, sehr tief nach unten! Er schüttelte den Kopf, sah zur Seite und blickte ins Leere. Keine gute Idee. Alles drehte sich, sein Magen geriet in Aufruf, er blickte in einen Abgrund, der gleichzeitig nach unten und oben zu stürzen schien. Er blieb stehen, drückte sich eng an die Wand, umklammerte den festen Stein und preßte schutzsuchend die Wange dagegen. Sein Puls raste. Die Wand bewegte sich. Bewegte sie sich wirklich? Oder war er es, der hin und her schwankte? ›Oben‹ und ›unten‹ wurden zu tückischen Gerüchten, von denen er vor langer Zeit einmal gehört hatte. Er drehte sich, stürzte und purzelte in einer wirbelnden Spirale zum Himmel hinunter. Oder vielleicht zum Boden hinauf …? Eine Hand legte sich auf seine Schulter, hielt ihn fest …

»Alles in Ordnung?« fragte Hogshead.

»Schau bloß … bloß … nicht hinunter. Oder … oder hinauf«, antwortete Firkin. Er war bleich und zitterte.

»Warum nicht?«

»Tu … tu's nicht! Es ist schrecklich!«

Firkin klammerte sich so verzweifelt an die Wand, als befürchte er, ab- oder hinaufzustürzen in einen Mahlstrom, aus dem es kein Entrinnen gab. Dantes *Inferno* gab es tatsächlich. Und es war gar nicht einmal so weit weg – es lag knapp einen Meter hinter ihm.

»Geh endlich weiter!« drängte Hogshead. »Du stehst im Weg. Mach schon! Geh weiter!«

»Wohin?«

»Nach oben.«

»Wohin?«

Hogshead schubste Firkin sanft die Treppe hinauf, lenkte jeden seiner Schritte, sprach ohne Ende auf ihn ein – so lange, bis sie endlich auf dem nächsten Treppenabsatz angelangt waren. Firkin fiel auf die Knie und küßte den Boden. Küßte ihn wie einen lange vermißten Freund, der irgendwann in Urlaub gefahren und weggeblieben war und erst jetzt wieder nach Hause kam – nur ungern und nur deshalb, weil ihm das Geld ausgegangen war. Er legte sich auf dem Boden, sprach flüsternd auf ihn ein (es war ein erbärmlicher Anblick), hielt die Augen fest geschlossen und spürte die beruhigende Kraft der Erdanziehung. Sie zog in *eine* Richtung. Er nannte sie ›unten‹.

Mit der Zeit kam auch der Rest der Gruppe auf dem

Treppenabsatz an, als letzter der Pastetenbäcker, der wie eine Dampflokomotive schnaufte.

Merlot blickte Firkin vorwurfsvoll an: »Du hörst wohl nie darauf, was man dir sagt, was?«

Vor ihnen erstreckte sich ein großer Korridor und bog um eine nicht einsehbare Kurve, rechts von ihnen bog ein kleinerer Korridor ab. Firkin zuckte die Achseln, schlich sich, ein Bild des Jammers, in diesen kleinen Gang, setzte sich auf den Boden und lehnte sich an die Wand. Der kalte Stein gab ihm ein Gefühl der Sicherheit. Allmählich wurde er ruhiger, sein gefoltertes Wahrnehmungsvermögen erholte sich wieder. Bald darauf wurde ihm bewußt, daß er einer Unterhaltung zuhörte.

Er hörte eine leise Stimme fragen: »Was ißt du denn da?« Es war Courgette.

Er hörte Hogshead antworten: »Kekffe.«

Verwirrt schlug er die Augen auf und sah Hogshead an einem großen, goldbraunen Haferkeks knabbern.

»Woher hast du den?« fragte Courgette.

»Äh … ich … hab ich gefunden«, log Hogshead und schluckte.

»Wo?«

»Er ist so rumgelegen und … äh …«

»Mein Vater tobt, wenn er das merkt.«

»Es waren viel zu viel für sechs Leute.«

»Das nenne ich Diebstahl!«

»Ich nenne es Steuer«, sagte Hogshead trotzig. »Wird Zeit, daß wir mal was zurückbekommen! Hab ich recht, Firkin?«

Er lächelte seinem Freund zu und reichte ihm einen Keks. Firkin biß hinein.

»Sind woll meine Pasteten nit mehr jut jenuch?« stichelte der Pastetenbäcker.

»Mir war nur eben mal nach …«

»Pssst!« Firkin legte den Zeigefinger an die Lippen.

»Was?« flüsterte Hogshead.

»Ich höre Stimmen.«

Hinter der Biegung war Gemurmel zu hören – tiefe bedächtige Stimmen. Firkin schlich sich vorsichtig an, lugte um die Ecke und war im selben Moment wieder zurück.

»Zwei von der Schwarzen Garde!« Seine Stimme zitterte leicht.

»Was tun wir jetzt?« fragte Hogshead. Die Angst hatte ihn wieder gepackt.

»Überlaßt das ruhig mir«, sagte Merlot bestimmt. »Ich habe Erfahrung in derlei Angelegenheiten.« Und damit schritt er, begleitet vom leisen Geklingel der Glöckchen an seinen Schuhen, melodisch voran. Firkin, Hogshead und der Pastetenbäcker sahen mit offenem Mund, wie der Zauberer um die Ecke bog.

»Oooh«, flüsterte Courgette bewundernd, »was für ein tapferer Mann!«

Merlot war nicht mehr zu sehen. Die vier lauschten gespannt, erwarteten jeden Moment jene gewaltigen thaumaturgischen Donnerschläge zu hören, mit denen Merlot ihre Feinde vernichtet hätte. Statt dessen aber hörten sie hinter der Wegbiegung die besänftigend milde Stimme des Zauberers: »Guten Tag, die Herren. Ich gehe doch sicher nicht fehl in der Annahme, daß Sie mir sagen können, wo ich den König finde, was?«

Börnnhadt und Mattsches sahen sich ungläubig an, nickten sich stumm zu und rannten hinter dem fliehenden Zauberer her, der mit wehenden Rockschößen und dem wild flatternden Arbutus an der Seite um die Ecke sauste.

»Hier entlang!« rief er Firkin zu und deutete auf den kleinen Korridor zur Rechten. Im nächsten Moment waren sie auf den Beinen und rannten, was das Zeug hielt, vor den beiden riesigen Schloßwächtern davon, die gerade um die Kurve stürmten.

»Sie sind in diese Richtung«, gab Merlot zuvorkommend Auskunft und zeigte auf den kleinen Korridor. Die Wachen bedankten sich mit einem Kopfnicken und jagten, ohne das Tempo zu verringern, an ihm vorbei.

Nach erstaunlich kurzer Zeit schon war der Krach verklungen, den sechs Paar trampelnder Füße verursachten, war von den Schreien wie »Hallo, Moment mal!« oder »Stehenbleiben!« oder sehr häufig auch »Hilfe!« nur noch ein schwaches Echo zu hören.

»Nun denn, Arbutus«, sagte Merlot, lehnte sich lässig an die Mauer und lauschte auf die rasch leiser werdenden Geräusche, »damit wären wir die erst einmal los. Und jetzt: ans Werk!« Er rieb sich begeistert die Hände.

»Zu Befehl, Käpt'n!« kreischte Arbutus albern.

»Wärst du jetzt so freundlich, dich mit der einen oder anderen Taube zu unterhalten ...«

König Klayth hielt sich wieder einmal dort auf, wo er sich am liebsten aufhielt – in der Bibliothek – und tat das, was er am liebsten machte: Er las.

Er saß an einem gewaltigen Lesepult, hatte ein großes Buch aufgeschlagen vor sich liegen und starrte angestrengt auf die Seiten ... Es hatte keinen Zweck, er war nicht bei der Sache. Den Kopf in die Hände und die Ellbogen auf den Tisch gestützt, saß er über das Buch gebeugt, kratzte sich am Kopf, starrte zur Decke, trommelte nervös auf die Tischplatte und seufzte tief. Seine Gedanken schweiften immer wieder ab und wanderten von der Bibliothek hinüber zu den Zehntscheuern. Noch immer konnte er nicht glauben, wie groß sie waren, und noch immer wollte es ihm nicht den Kopf, warum sie leer waren. Er stand auf und wanderte ziellos durch die Bibliothek. Geistesabwesend lief er an Regalreihen entlang, in denen dicht an dicht und hoch bis unter die Decke verstaubte Bücher standen, deren Rücken mit winzigen Titeletiketten beklebt waren. Benommen ließ er sich weitertreiben, nahm aufs Geratewohl den einen oder anderen Band heraus und stellte ihn dann kopfschüttelnd wieder zurück. Schließlich gelangte er in einen Bereich der Bibliothek, in dem erst ein- oder zweimal gewesen war, in die Abteilung ›Register und Verzeichnisse‹. Wie schwarz gewordene Zähne standen hier dickleibige ledergebundene Geschäftsbücher nebeneinander. Er las die Aufkleber auf den alterskrummen Buchrücken, las Aufschriften wie ›Außenstände‹, ›Viehbestand 993 bis 1014 MEZ‹, ›Belegschaft‹.

Er nahm den Band ›Außenstände‹ aus dem Regal und starrte niedergeschlagen auf die Seiten an der Stelle, wo das Buch sich selbst aufgeschlagen hatte. Er sah seitenweise Kolonnen aus winzigen handschriftlichen Zahlen und am rechten unteren Seitenrand die Summen dieser Zahlenreihen. Bei manchen Zahlen mußte es sich aber um Daten handeln – die Abkürzung ›geb.‹ stand wohl für ›geboren‹. Soviel verstand er nach einiger Zeit, alles andere aber war ihm so unverständlich wie Hieroglyphen. Er brummelte bedrückt, schlug das Konvolut wieder zu und stellte es ins Regal zurück. Dann nahm er sich, aus bloßer Neugier, die Akte ›Belegschaft‹ vor. Der schwere Band öffnete sich auf der Seite mit den Eintragungen zum Geschäftsjahr 1025 MEZ. Klayth sah sich die Eintragungen eine Zeitlang an und versuchte herauszufinden, worum es sich handeln mochte. Wieder waren die Seiten mit langen Kolonnen beschriftet. Doch diesmal waren es kein Zahlen, sondern Wörter, geschrieben mit derselben ordentlichen kleinen Handschrift wie die Ziffern in der Akte ›Außenstände‹. In der Akte ›Belegschaft‹ waren Namen aufgeführt, Adressen, eine Liste mit Tätigkeitsbeschreibungen, Spalten mit Lohnsummen, mit den Daten ›Beginn der Beschäftigung‹ und ›Ende der Beschäftigung‹ und schließlich eine breite Spalte, die Rubrik ›Grund für die Beendigung des Arbeitsverhältnisses‹. Das Buch interessierte ihn, er nahm es mit und setzte sich an das nächste Lesepult.

Der Blick in diesen mächtigen Band war wie ein Blick in eine andere Welt. Seitenweise standen dort, in ordentlichen, enggesetzten Zeilen, Listen mit Namen und Adressen, von denen er noch nie gehört hatte. In der dritten Spalte entdeckte er Bezeichnungen, die ihm vollkommen neu waren: ›Stallknecht‹ stand da etwa oder ›Hufschmied‹, ›Schmiedegeselle‹, ›Flickschuster‹, ›Waffenschmied‹, ›Knappe‹, dann ›Dienstmädchen‹, ›Näherin‹, ›Höfling‹ ... Ihm wurde schwindlig von diesen vielen neuen Wörtern und Berufsbezeichnungen. Dann wendete er wieder eine Seite um und – beinahe hätte es ihm den Atem verschlagen: keine sauber gezogenen Buchstaben mehr, die ordentliche Handschrift war verschwunden! Statt dessen machte sich jetzt auf den Seiten ein Schriftbild breit, das schlampig und krakelig über die Trennlinien lief; eine Klaue, die Kerben und Furchen im Papier hinterlassen hatte; das Gekritzel eines Schmieranten, dem scheinbar jeder Sinn für feinere Nuancen und Eleganz fehlte. Das Ganze sah eher aus wie jene Schweinerei, die eine Spinne anrichtet, die – nachdem man sie in ein Tintenfaß getaucht und anschließend über das jungfräulich weiße Papier gescheucht hat – wild um sich zappelt und wütend versucht, die Tinte wieder loszuwerden. Und – es war eine Handschrift, die Klayth auf irgendeine sehr beunruhigende Weise bekannt vorkam.

Ganz oben am Seitenrand stand der erste Eintrag in dieser neuen Handschrift: ›S. Ch. Reiberling, Silbenstechergasse, Isolon; Sekretär; 1012 bis 1025 MEZ – entlassen‹.

Plötzlich fiel es Klayth wie Schuppen von den Augen. Er hörte zu lesen auf und überlegte: Jedes dieser unbekannten Wörter bezeichnete einen Beruf, jeder

Name stand für einen Menschen, alle diese Menschen hatten hier gearbeitet… Er sah sich die Spalte ›Grund für die Beendigung des Arbeitsverhältnisses‹ genauer an und stellte fest, daß dort – mit Ausnahme eines gelegentlichen ›verstorben‹ oder ›verbannt‹ – immer wieder der gleiche Eintrag auftauchte: ›Entlassen‹. Und alle diese Entlassungen waren in der zweiten Hälfte des Jahres 1025 MEZ vorgenommen worden… Fragen über Fragen! Fragen, die auf ihn einstürmten, die sich auf ihn stürzten wie die Motten aufs Licht.

Wo waren diese Menschen jetzt?

Wer hatte sie entlassen?

Warum kam ihm die Handschrift so schrecklich bekannt vor?

Warum wurde er das Gefühl nicht los, daß hier etwas ganz entschieden nicht in Ordnung war?

Wie hieß doch gleich wieder dieses Wort, mit dem man jene unbehagliche Empfindung bezeichnete, die sich aus Informationsbruchstücken, bestimmten Vorfällen und einem mulmigem Gefühl im Bauch zusammensetzte, dieses vage Gespür, das nur eine ganz bestimmte Schlußfolgerung zuließ? Erster Buchstabe ›V‹. Fünfter Buchstabe ›A‹. Insgesamt acht Buchstaben?

Ein Wörterbuch wäre jetzt ganz brauchbar gewesen.

Vermutung. Nein. Zu lang.

Verifikation. Imposantes Wort. Aber falsch.

Skepsis. Zu kurz. Fängt außerdem mit ›S‹ an.

Verdauungsstörung. Blödsinn!

V… a… Nicht rauszukriegen!

Ver… a… Genau! Das ist es!

Verdacht.

Klayth stand auf und rannte los – ohne daß er eigentlich sagen hätte können, warum –, rannte hinüber zu den Zehntscheuern. In diesem Augenblick öffnete sich am anderen Ende der Bibliothek die Tür, ein hochgewachsener Mann trat ein und begann zu suchen. Soweit er sich erinnerte, würde er in wenigen Minuten gefunden haben, wonach er suchte.

Ein, zwei Flügelschläge und das scharrende Geräusch von Vogelkrallen auf einem steinernen Fenstersims zeigten an, daß Arbutus im obersten Stockwerk des höchsten Turms gelandet war. Er hüpfte ein Stück nach vorn, sah sich um, flog dann wieder auf und ließ sich schließlich auf einem verstaubten Holzbrett nieder.

Die Trümmer der mächtigen Eichentür lagen immer noch, wie sie gefallen waren, eine einsame Fußspur zog sich durch die dicke Schicht aus Holzsplittern und Staub, die den Boden bedeckte.

Gut dreißig Augenpaare sahen aus den Käfigen auf den Ankömmling, musterten ihn mit jener begriffsstutzigen Neugier, wie sie bei gefiederten Wesen so häufig beobachtet werden kann.

Arbutus legte die Flügel auf dem Rücken zusammen, machte kurz ein paar Kniebeugen und stieß eine Reihe gurrender Geräusche und geistloser Triller aus – was im Taubenidiom etwa soviel hieß wie ›Ach, du meine Fresse! Was is'n hier passiert?‹

»AAAAAAAAaaaaaah!« schrie Hogshead, der, wild mit den Armen fuchtelnd, durch den dämmrigen Korridor stürmte. Knapp hinter ihm kamen Courgette und der Pastetenbäcker, die vermutlich etwas Ähnliches geschrien hätten, hätten sie noch die nötige Puste gehabt. Den Schluß bildete Firkin, der verzweifelt versuchte, an irgend etwas anderes zu denken als an die beiden riesigen Schloßwachen, die ihm dicht auf den Fersen waren, beziehungsweise an das, was die beiden mit ihnen anstellen würden, wenn sie sie schnappen sollten. Es gelang ihm nicht. Doch dann …

Sie gelangten an eine Kreuzung. Eine Millisekunde

nur, dann hatten sie sich entschieden und die rechte Abzweigung genommen.

»AAAAAAAAA!« schrie Hogshead wieder. Doch noch bevor diesmal der Dopplereffekt einsetzen konnte, blieb er wie angewurzelt stehen: Vor seinen Zehenspitzen tat sich ein Abgrund auf, die Wege und Bahnen des ›Drehkreisels‹ stürzten senkrecht nach unten und fielen in schwindelerregende Tiefen ab. Gerade noch rechtzeitig gelang es ihm, von der Kante zurückzutreten, Courgette zu packen, sie herumzureißen und sie so vor einem Schwindelanfall jener Art zu bewahren, wie ihn nur der Biß eines hochgiftigen Drehwurms verursachen konnte. Mit aufgeregtem Gefuchtel versuchte er, die anderen davon abzuhalten, weiter auf den tückischen Steilabfall zuzurennen. Der Pastetenbäcker hatte die Augen ängstlich zusammengekniffen und hoppelte hakenschlagend wie ein Hase, damit ihm seine Pasteten nicht vom Tablett rutschten. Firkin bemerkte plötzlich, daß sich direkt vor ihm, jenseits der Stelle, an der Hogshead stand, ein weiterer Zugang zum ›Drehkreisel‹ auftat. Und beinahe im selben Augenblick fiel ihm auf, daß der Pastetenbäcker ungebremst weiterrannte. Firkin spurtete los, stürzte sich wie ein Rugbystürmer auf ihn und warf ihn um. Gesicht nach unten und fest aneinander gekrallt, schlitterten sie über den Boden. Schlitterten immer schneller – es war wohl die Massenträgheit des Pastetenbäckers, die ihre Rutschpartie beschleunigte. Verbissen und zähneknirschend hielt er die Knöchel des Bäckers umklammert. Ihm war bewußt, daß nur noch wenige Meter zwischen ihnen und dem Punkt lagen, hinter dem es dann um einige Meter mehr nach unten gehen würde. Blitzartig schoß ihm wieder die Erinnerung an jenen qualvollen Zustand während ihres Aufstiegs durch den Kopf. Bei ihrem Absturz würde er wenigstens nicht wieder so lange andauern.

»Ihr Kräfte der Reibung, laßt mich nicht im Stich!« flehte Firkin verzweifelt.

Sie sausten auf einer spiegelglatten Spur dahin – die Bäckerschürze hatte genügend Fett und Schmalz aufgesogen, um die Gleitbahn, die sie entlangschlitterten, fortwährend anständig zu schmieren. Sie waren nicht zu bremsen. Firkin versuchte es mit den Zehen. Es tat höllisch weh. Nur ganz langsam, für ihren Geschmack viel zu langsam, verringerten sie allmählich die Geschwindigkeit. Firkin blickte auf. Das Loch raste auf sie zu, die Grabenwand lag bereits viel zu nahe vor ihnen. Firkin hatte das Gefühl, als werde es ihm die Zehen zerfetzen. Die Kante kam unaufhaltsam näher. Zu schnell, zu nahe. Es war nicht möglich, er konnte es nicht schaffen. Hogshead packte den Tragriemen des Bäckertabletts, spreizte sich ein und zog aus Leibeskräften. Erst jetzt und sehr, sehr langsam (so langsam etwa, wie Versicherungen zu zahlen pflegen) kamen sie rutschend und schlingernd zum Stehen – die Schultern des Pastetenbäckers ragten über die Grabenwand hinaus, Firkin schlitterte unter seinen Füßen hindurch und steckte fest. Er starrte in den Abgrund und sah entsetzt, wie eine Pastete an ihm vorbeitrudelte und wie im Zeitlupentempo in die Tiefe stürzte. Es dauerte lange, bis sie unten aufschlug: Sie fiel und fiel und fiel – und hinterließ schließlich weit unten einen winzigen Fettfleck. Es war ein entsetzliches Erlebnis. In diesem Augenblick schwor der Pastetenbäcker, von jetzt an den Fettgehalt seiner Produkte drastisch zu reduzieren und nur noch ›*Du darfst*-Pasteten‹ zu backen. Es war dies ein Vorsatz, der sich einzig und allein seinem Entschluß verdankte, einen Beitrag leisten zu wollen zu einer Ernährungsweise, die ein langes und gesundes Leben ermöglichte.

Firkin lag keuchend am Boden und wünschte sich nur eins: Er möge sich auf der Stelle in Luft auflösen. Jeden Moment würden nämlich, und zwar schon sehr bald …

»Ha! Ha'm wir euch endlich!« röhrte Börnnhadt. »Keine Bewegung! Ihr seid umzingelt!«

»War ein Mordsspaß!« schwärmte Mattsches. »Könn' wir das nicht gleich noch mal machen?«

»Geht nicht. Wir müssen Swinehunt holen.«

»Das ist gemein!« quengelte Mattsches. »Wo ich so gern rumrenn und rumschrei und ...«

»Befehl ist Befehl! Jetzt mach schon endlich!«

Der bullige Wächter zog brummelnd ab.

»Und wa ... wa ... was machen Sie jetzt mit uns?« japste Hogshead.

»Ich? Nix«, sagte Börnnhadt. »Für alles andere ist Swinehunt zuständig.«

»Was heißt das – ›alles andere‹?« fragte der Pastetenbäcker und bereute noch im selben Moment, daß er die Frage gestellt hatte.

»Folter und Inquiz ... Quisiziz ... Ausfragen und so Sachen.«

Courgette brach in Tränen aus.

Mattsches tauchte wieder an der Kreuzung auf und grinste verlegen.

»Hoppla! War wohl der falsch Weg«, murmelte er und verschwand wieder. Nachdem ihm Börnnhadt geschwind noch einen Tritt verpaßt hatte.

Es war nicht zum ersten Mal seit seinem Abschied von Khucaph, daß Firkin sich von ganzem Herzen wünschte, er hätte damals soviel gesunden Menschenverstand besessen, daß er all diese hehren Anwandlungen von Heldenmut und gerechtem Zorn zur Seite geschoben und das getan hätte, was jeder vernünftige Mensch in solchen Fällen tat: im Bett bleiben, Decke über den Kopf ziehen und darauf hoffen, daß sich alles von selbst erledigt.

Die Gruppe war schweigsam geworden. Nur Courgettes todunglückliches Schluchzen war noch zu hören und gelegentlich jene seltsamen Geräusche, mit denen Hogshead sie zu trösten versuchte.

Börnnhadt stand reglos am Ende des kleinen Korridors. Der Pastetenbäcker sah hinaus über die Abbruchkante, blickte in die Tiefen des ›Drehkreisels‹ und überlegte kurz, ob er alles in allem nicht vielleicht besser dran wäre, wenn Firkin *nicht* verhindert hätte, daß er unendlich weit dort unten als winziger Fettfleck gelandet war. *Nein*, befand er, *keine gute Möglichkeit*. Und dann dachte er kurz daran, ob er nicht vielleicht in einem Akt beispielloser Kühnheit aufspringen, die Wachen angreifen und überwältigen und sie so alle retten und in Sicherheit bringen sollte. Weil er aber nach der mörderischen Rennerei immer noch nicht wieder richtig zu Atem gekommen war, verwarf er auch diese Überlegung.

Er machte es sich gemütlich und entschied sich für Möglichkeit Nummer 3: Wenn's schon nicht anders geht, dann spar dir die Aufregung und mach das Beste aus der Sache!

Kurz darauf blickte Firkin auf: Mattsches, der Koloß, war wieder da und bezog erwartungsvoll neben seinem Kollegen Posten.

»Weg da, ihr Schwachköpfe! Laßt mich durch!« schrie Swinehunt. Er prügelte, zerrte, schlug und versuchte, sich zwischen den Wachen durchzuzwängen. Börnnhadt trat einen Schritt zur Seite – Swinehunt kam hinter den beiden hervorgeschossen und hielt sich nur mühsam im Gleichgewicht. Er warf den Wächtern vernichtende Blicke zu, zupfte sich die Ledermontur zurecht und starrte die Gefangenen wütend an.

»Das Spiel ist aus! Die Waffen nieder!«

Schweigen.

»Los, los! Das gilt für alle!«

Schweigen.

»Tempo! Auf den Boden damit!« schrie er. »Legt sie hier rüber!« Er zeigte hinter sich.

Die vier Gefangenen sahen ihn mit großen Augen an.

»Macht endlich! Worauf wartet ihr noch? Habt ihr nicht gehört?« kreischte er mit zornrotem Gesicht.

»A ...«, fing Hogshead an.

»Her mit den Waffen! Sofort!«

»Ähmm, wenn wir aber ...«

»Keine faulen Ausreden! Ich lasse nicht mit mir handeln! Keine Tricks!«

»... gar keine Waffen haben?« brachte Firkin seine Frage zu Ende.

»Lügen! Invasoren ohne Waffen – das gibt es nicht! Es sei denn« – Swinehunt klopfte sich nachdenklich ans Kinn –, »ihr seid Spione! Genau, das ist es! Spione! Wache ...!« Er drehte sich zu Börnnhadt und Mattsches um: »Abführen!«

Es gab kein Entkommen. Sie saßen in der Falle. Unwiderruflich.

Als die Wache anrückte, rückte die Hoffnung ab.

Ch'tin war sprachlos. Und hungrig. Er traute seinen Augen nicht: Vor ihm lag ein ledergebundenes Buch, so groß und appetitanregend, wie es ihm im Lauf seiner 2-cm-Existenz noch niemals untergekommen war. Aufgeschlagen lag es vor ihm und verströmte den betörend aromatischen Duft vollreifen Lignins, jenes Stoffs, aus dem edles Pergament gemacht ist. Sein Magen knurrte leise und wurmfräßig, die Produktionsabteilung ›Verdauungssäfte‹ arbeitete mit Volldampf. Essen in Hülle und Fülle, mehr, als er sich je hätte träumen lassen – kein Mensch konnte da widerstehen. Erst recht kein Wurm. Heimlich stahl er sich näher heran.

Noch einer war mit diesem Buch beschäftigt: Beim trüben Schein der Bibliotheksbeleuchtung hockte ein hochgewachsener Mann über dem Folianten und las. Las schweigsam und konzentriert und ließ nur gelegentlich ein nachdenkliches »Mhmmm« hören, manchmal auch – wenn sein suchender Zeigefinger auf einen interessanten Eintrag stieß – ein etwas geistvolleres »Aha!«.

Arbutus hockte auf einem Regalbrett, sah zu, wie der Zauberer versunken an seinem Bart kaute, und putzte sich die Schwungfedern. Nach seinem Aufenthalt in dem verstaubten Taubenschlag hatte er eine ganze Menge zu putzen.

»Wie lange soll das noch dauern?« fragte die Eule leicht gereizt. Sie war im Moment mit der Reinigung einer ganz verschmutzten Schwungfeder beschäftigt.

»Äh, wie?« Merlot hatte zwar gehört, daß man ihn etwas gefragt hatte. Er war aber viel zu sehr in seine Lektüre vertieft, als daß er verstanden hätte, *was* er gefragt worden war.

»Wie lang dauert's noch?«

»Bis ich fertig bin«, raunzte Merlot. »Du hast wirklich keine Ahnung, welch großen Genuß der Umgang mit Büchern bereiten kann.« Dann blickte er auf. Zum ersten Mal seit langer Zeit sah er Arbutus an und fügte – schon wieder ein wenig freundlicher – noch hinzu: »Ganz besonders dieses hier: ein wahrer Leckerbissen!« Ch'tin, der sich eben ein Häppchen genehmigt hatte, konnte nur zustimmen. Es war wirklich ein ganz ausgezeichnetes Buch!

»Wie schön für dich«, brummelte die Eule und klappte verdrießlich die Flügel zusammen.

Merlot zog eine Maus aus dem Hut, warf sie Arbutus hin und vertiefte sich wieder in seine Lektüre. »Hör sofort auf damit!« schrie er, als er den Wurm entdeckte. »Das ist Beweismaterial!« Er nahm ihm das Buch weg, speiste ihn mit einem Fetzen Pergament ab und versuchte es aufs neue.

Ein faszinierender Lesestoff! Der schwere Lederband enthielt eine komplette Aufstellung aller Leute, die jahrelang im Schloß gearbeitet hatten, einschließlich genauer Tätigkeitsbeschreibung und – was besonders bemerkenswert war – einer Darstellung der Gründe, warum sie den Dienst quittiert hatten. Es war das Buch, das auch Klayth studiert hatte. Und alles, was Klayth gefunden hatte, fand jetzt auch Merlot. Die ganze Geschichte war hier dokumentiert – klar und für jedermann deutlich erkennbar hatte hier einer dargelegt, wie hinterhältig er alles eingefädelt, wie perfekt er alles durchgeführt hatte. Beinahe perfekt: Merlot konnte sich nicht genug wundern über die Anmaßung dieses Menschen, der in seiner Dreistigkeit sogar so weit gegangen war, die Chronik seiner Schandtaten mit seinen Initialen zu versehen.

Swinehunt hatte während der letzten dreißig Jahre die Kündigung von mehr als zweihundert Schloßangestellten veranlaßt und sich so den Posten des Obersten Militärberaters verschafft, den Posten des Obersten Rechnungsführers, Buchhalters und Steuerberaters, den Posten des Erzkanzlers, des Obersten Lehrmeisters etc. pp., um nur einige zu nennen.

Kurz gesagt: Es war ihm gelungen, die Schloßbelegschaft so zu dirigieren und zu lenken (beziehungsweise sich ihrer zu entledigen), daß es ihm jetzt möglich war, die Politik des Königs auf eine Weise zu steuern, die exakt seinen Wünschen und Vorstellungen entsprach. Es gab niemanden mehr, der sich dagegen verwehrt hätte.

Aber damit wußte Merlot noch nicht alles, zwei große Fragen waren damit noch nicht beantwortet. Einmal die Frage: Woher war Swinehunt gekommen? Und zweitens: Warum hatte er es darauf angelegt, sich diese übermächtige Stellung zu verschaffen?

Er wußte allerdings, von wem er Antwort auf diese Fragen erhalten konnte: von Arbutus, der nach seinem Besuch bei den Tauben sicherlich über alles bestens informiert war. Ch'tin sah mit Entsetzen, daß Merlot das Buch wieder in das Regal zurückstellte.

»Nicht bitte!« winselte er heißhungrig. »Der Magen mir knurrt!«

Merlot nahm einen harmlosen Liebesroman aus dem Regal, hob Ch'tin auf, steckte ihn zusammen mit dem Schmöker in die Tasche und machte sich auf den Weg zu den Zehntscheuern. »Schmecken dir laß es und verarbeite innerlich es gut, mein kleiner grüner Freund«, sagte er. »Und – *bon appetit*, wie man so sagt!«

Arbutus flatterte los und ließ sich sanft auf der euphonischen Schulter des Zauberers nieder.

»Nun laß mich hören«, sagte Merlot, »was dir deine gefiederten Vettern so alles zu erzählen wußten ... Und komm mir bloß nicht mit ›Gru-gru‹!«

Swinehunt plapperte und schwatzte unentwegt und wie aufgezogen. Seine Phantasie war mit ihm durchgegangen, er war getrieben und beflügelt von der Aussicht, den vier Gefangenen, die wie das sprichwörtliche Häufchen Elend vor ihm hertappten, in kurzer Zeit schon empfindliche Qualen zuzufügen. Sie hatten lange Strecken in düsteren Korridoren zurückgelegt, waren Treppen hinuntergestiegen, waren immer wieder gestürzt, weil die Fackeln der Wachen die düsteren Fluchten nur mäßig erhellten ... Und immer war es abwärts gegangen, abwärts, abwärts – immer tiefer nach unten. Mittlerweile befanden sie sich tief unter der Erde. »Dalli, dalli!« trieb Swinehunt sie an. »Es gibt noch eine ganze Menge zu tun bis zur Morgendämmerung! Messer schleifen, Eisen ins Feuer legen, Galgen aufrich ...«

»Aufhören, aufhören!« rebellierte Hogshead. »Das reicht jetzt!« Er legte Courgette den Arm um die Schulter.

»Nein, wie rührend!« spottete Swinehunt. »*Schluß damit!* Aus! Dergleichen dulde ich nicht! Absolut nicht! Nicht, solange ihr meine Gefangen seid!« Er versteckte sich hinter der bulligen Gestalt von Mattsches und feixte und griente. Es war erschreckend, wie schnell Swinehunt die Rollen wechselte.

Courgette war den Tränen nahe.

»Wie gefällt euch eigentlich das Wort ›inhaftieren‹?« sinnierte Swinehunt auf dem Weg zum Verlies laut vor sich hin. »Oder ›arretieren‹? Oder ›traktieren‹, ›malträtieren‹, ›seckieren‹? Oder – auch sehr schön – ›kujonieren‹?« Er stieß ein irres, kreischendes Lachen aus. Die Fackeln blakten und flackerten, es war ein gespenstischer Anblick.

»Ich persönlich«, setzte der Erzkanzler seine stilistischen Überlegungen fort, »ich persönlich habe allerdings immer den Klang eines anderen Wortes ganz besonders geschätzt: *›Strangulieren‹!* Ha! *›Aufknüpfen‹!* Es klingt so, so … endgültig! Hab ich nicht recht?«

Es war zuviel für Courgette. Sie konnte die Tränen nicht mehr zurückhalten und weinte und schluchzte haltlos. Mühsam schleppten sie sich weiter.

Swinehunt rieb sich die Hände, die Lederhandschuhe knarzten böse. »Ich sehe schon, ich werde noch viel Spaß mit euch vieren haben. Ihr werdet noch lernen, was es heißt, sich mit mir oder dem König von Isolon anzulegen! Wer das versucht, der schneidet sich ins eigene Fleisch! Oder«, brüllte er los, »wird geschnitten!« Swinehunt bog sich vor Lachen – es war das grausame, schrille, heulende Lachen eines feigen Sadisten, der sein Handwerk liebte.

Firkin blickte sich vorsichtig um. Swinehunt hatte eben etwas gesagt, das ihn nachdenklich stimmte. Er zählte: Eins, zwei … vier!

Plötzlich wurde ihm klar, daß er seit dem Augenblick der Gefangennahme an niemand anderen mehr gedacht hatte als ausschließlich an sich. *Ich* muß fliehen, *ich* brauche Hilfe, *ich* muß gerettet werden …!

Wo waren Merlot und Arbutus? Er hatte nicht einmal bemerkt, daß sie verschwunden waren. Er schämte sich entsetzlich. Möglicherweise hatten sie sich verirrt, waren verletzt, vielleicht sogar to…

»Da wären wir!« schrie Swinehunt, nachdem sie in dem dämmrigen Korridor um eine scharfe Kurve gebogen waren. »Endlich am Ziel!« Er rannte voraus, hinein in das nur noch wenig genutzte Verlies und schloß die Zellentüren auf. Kleine Scharen glänzender schwarzer Kreaturen huschten hastig vor ihm davon und verkrochen sich. Kluge Geschöpfe. Swinehunt lachte gräßlich.

»Nun kommt schon! Kommt doch schon! Eure Zimmer sind fertig.« Im Dunkel leuchtete der Wahnsinn aus seinen Augen, glänzte wie Quecksilber auf einer nachtschwarzen Öllache.

Der feuchte Mief in den Zellen war umwerfend. Die Wände schwitzten, sie waren von einem dicken Teppich aus Moder und Schimmel bedeckt, der im Fackellicht grün und orangerot glitzerte. Aus dem nackten Mauerstein der Decke wuchsen Stalaktiten und bildeten schimmernde Nester, in den trockeneren Winkeln lauerten unsichtbar zahllose Spinnen. Und dazu tropfte und tröpfelte es ohne Ende, laut und hallend.

Swinehunts behandschuhte Faust stieß den zu Tode geängstigten Firkin in die erste Zelle und warf die Tür hinter ihm zu. Der Riegel wurde vorgeschoben, das rostige Schloß quietschte und knarrte.

»Hier kommt keiner mehr raus«, bekam Hogshead zu hören, der in die zweite Zelle geworfen wurde. Die Wächter verriegelten die beiden anderen Zellentüren, deren vom Rost zerfressene Angeln kreischend protestierten.

»Nun macht schon. Tempo, Tempo! Wir müssen schließlich noch den Prozeß vorbereiten. Die Galgen aufrichten. Ein Schuldspruch will gefällt werden! Die Gerechtigkeit nimmt ihren Lauf! Unaufhaltsam – sie wartet nicht auf uns!« Swinehunt lachte abscheulich und stürmte aus dem Verlies.

Die Schloßwachen tappten hinter ihm her, nahmen ihre Fackeln mit und ließen die Gefangenen im Dunkeln zurück. Es wurde still, nur das nie endende Geräusch fallender Tropfen war noch zu hören, das leise hastende Huschen und das Weinen und Schluchzen von Courgette.

Im Konferenzsaal von Schloß Isolon klingelte ein Tischglöckchen. Das Geräusch stieß klirrend gegen steinerne Mauern, sprang scheppernd von Säulen zurück, prallte von den Waffen und Kampfgeräten ab, die die Wände schmückten. Es war auf der Flucht, es wollte nur eins: raus.

Kurze Zeit später betrat der in schwarzes Leder gekleidete Herrscher von Isolon den Konferenzsaal.

»Sire, ich bitte um Anhörung!«

»Ich hoffe für Euch, Ihr habt etwas zu melden, das auch tatsächlich anhörenswert ist!« schrie der König und schwang dabei das schwere Richtschwert in der durch die Tradition vorgeschriebenen Weise.*

»Das ist es! Das ist es ganz bestimmt! Sogar außerordentlich, ganz außerordentlich ...«, faselte und flüsterte der Erzkanzler aufgewühlt. Er keuchte, als wäre er gerannt. Er war gerannt.

---

* Es handelt sich dabei um eine Tradition, die König Klemm begründete, der erste und bis dato auch grausamste König von Isolon, nachdem es der damalige Erzkanzler für recht und billig erachtet hatte, ihn in einer Angelegenheit von höchster Dringlichkeit aus dem Schlafgemach zu holen und um Audienz zu bitten.

Unglücklicherweise aber hatte der König im Unterschied zu seinem Erzkanzler die Angelegenheit als ganz und gar nicht so wichtig angesehen – verglichen mit den Freuden, die ihm sein Bett, eine Flasche Hochprozentiges und seine überaus leidenschaftliche Lieblingskonkubine zu bereiten vermochten. Im Handumdrehen war das über einen Meter lange Richtschwert von der Wand genommen und seinem Verwendungszweck entsprechend zum Einsatz gebracht worden. Der Erzkanzler wurde ordnungsgemäß gekündigt. Auf Lebenszeit.

»Nun denn – was habt Ihr mir zu sagen? Oder soll ich vielleicht raten?«

»Hoheit, ich komme hic et nunc aus dem Verlies, eilenden Fußes gewissermaßen, hierher zu Euch.«

»Aus dem Verlies? Was habt Ihr denn da unten gesucht?«

»Spione!« Der Erzkanzler weidete sich regelrecht am Klang dieses Wort.

»Spione?« Klayth legte das Schwert zur Seite. Es sah leider so aus, als handle es sich tatsächlich um eine wichtige Angelegenheit.

»Ich habe vier Spione inhaftiert!« schrie Swinehunt, ohne den König in der gebührenden Weise zu titulieren. In seiner Aufregung kannte er keine ›Sire‹ oder ›Hoheiten‹ mehr. »Ich habe sie auf einem der von mir routinemäßig durchgeführten Patrouillengänge entdeckt. Sie waren gerade dabei, schwerste Verbrechen zu planen. Ich habe sie festgenommen.« Mit keinem Wort erwähnte er die nicht unwichtige Rolle, die Börnnhadt und Mattsches bei dieser Aktion gespielt hatten.

»Wer sind diese Leute? Was wollen sie? Warum sind sie hier?«

Es war nicht zu überhören, daß Klayth verwirrt und verängstigt war. Die Sache gefiel ihm nicht. Erst sein Verdacht und jetzt Spione – irgend etwas stimmte da nicht.

»Drei Unbekannte und eine Schloßbewohnerin: die Tochter des Kochs«, antwortete der Erzkanzler, der nur mit großer Mühe den Wahnsinn unter Kontrolle halten konnte, der in ihm tobte.

»Art ihres Auftrags: unbekannt«, fuhr er fort, nachdem er es einigermaßen geschafft hatte, den tumultuarischen Aufruhr in seinem Innern niederzuhalten, dieses explosive Gemisch aus Wut, Angst und Rachedurst. »Ziel ihres Auftrags: unbekannt. Sie sitzen in der Zelle und warten auf ihren Prozeß.«

»Wann soll der stattfinden?« fragte Klayth, obwohl er sich davor fürchtete, die Antwort zu hören.

Swinehunt holte theatralisch Luft: »Im Morgengrauen«, sagte er mit ausdruckloser Stimme und gespenstisch ruhig. Inwendig kochte er.

Klayth sank auf seinem Thron zusammen.

»Ich bin der festen Überzeugung« – Swinehunt zwang sich, ganz ruhig zu sprechen –, »daß es sich um gefährliche Spione handelt. Ich gehe davon aus, daß Ihr morgen das gebührende Urteil fällen werdet.« Das unkontrollierte heftige Zucken, das ihm über das Gesicht lief, verriet, welch ein enormer Druck sich in seinem Innern angestaut hatte. Es wurde höchste Zeit, die Sache zu Ende zu bringen, er spürte, daß er sich nicht mehr lange beherrschen konnte.

»Wenn Ihr mich jetzt entschuldigen wolltet, Sire. Es gibt noch soviel zu tun, um die Folt… um Fol… um vollendet und fehlerfrei Recht sprechen zu können. Erlaubt mir also, Sire, daß ich mich jetzt zurückziehe, um die Messer zu wetzen… äh, ich meine das selbstverständlich metaphorisch, Sire, im Sinne, äh, um die Waffen des Geistes zu schärfen… um mein verfahrensrechtliches Wissen noch ein wenig, äh, aufzufrischen.« Fanatisch rieb er die gepanzerten Handschuhe aneinander. In seinem Frettchenauge blitzte der Funke des manischen Wahns, es glühte wie das Auge eines unaufhaltsam heranrasenden verheerenden Sturms.

Er drehte sich um und rannte wie von wütenden Dämonen gehetzt aus dem Konferenzsaal. Klayth stierte auf den Fleck, an dem sein Erzkanzler eben noch gestanden hatte.

»Im Morgengrauen. Nein. Nicht im Morgengrauen!«

Er schlug die Hände vors Gesicht, der Kopf sank nach unten: »Ich kann nicht, ich kann nicht!«

Mehrere hundert Meter unterhalb des Königs lag Firkin zitternd auf dem Lattenrost einer hölzernen Pritsche in seiner tropfnassen stinkenden Zelle. Er hörte, wie Hogshead Courgette immer wieder Trost zusprach. Es war phantastisch, wie er sich um sie kümmerte. Und – er hatte Erfolg damit: Courgette schniefte nur noch leise und schluchzte nur gelegentlich einmal kurz auf.

Firkin dagegen hatte ein Gefühl großer Leere befallen. Er war unfähig, Trost zu spenden, er fand keine Worte, die hilfreich oder beruhigend gewesen wären.

Es war alles ganz allein seine Schuld. Wenn er versucht hätte, Trost zu spenden, dann wäre das für alle eine Beleidigung gewesen. Er hätte damit die sowieso schon äußerst kritische Lage nur noch verschlimmert und lediglich eines riskiert: daß man ihm seine Trostsprüche um die Ohren schlug. Schutzlos hätte es ihn getroffen, wenn jenes hocherhitzte Gefühlsgemisch aus Wut, Angst und Enttäuschung, das sich in jedem von ihnen – er selbst nicht ausgeschlossen – angestaut hatte, reagiert und gezündet hätte. Er haßte sich. Er hatte versagt. Er kniff die Augen zusammen und versuchte zurückzuhalten, was an Gefühlen in ihm brodelte.

Doch da gab es noch einen anderen, deutlich spürbareren Grund, warum er keinen Trost spenden konnte: Er würgte an einem Kloß im Hals, der so groß war, wie er es sich nie hätte vorstellen können. Es fühlte sich an, als dränge etwas nach außen, etwas Lebendiges und Kraftvolles. Er bekam kaum noch Luft. Er wagte nicht, den Mund zu öffnen. Hätte er ihn geöffnet, es wären keine tröstenden Worte gewesen, die er geäußert hätte... In dieser Zelle, in diesem tropfnassen finsteren Loch hätte er allenfalls vor Schmerz und Angst geheult und geschrien.

Er biß die Zähne zusammen. Er zog die Knie noch enger an sich, umklammerte sie noch fester. Hätte er den Druck der Umklammerung nur noch ein wenig erhöht, die Knie wären ihm, und ein Regen aus Gelenkschmiere, wie flüssige Lava so heiß, wäre auf ihn niedergegangen. Verzweifelt versuchte er zu vergessen, was am nächsten Morgen auf sie wartete. Es gelang ihm nicht.

Welche Ironie! Wie passend, daß es im Morgengrauen zu Ende gehen sollte. Der Anfang und das Ende – der Kreis war geschlossen. Er dachte an seine Schwester, an den Augenblick, als er sie zum letzten Mal lächeln und lachen gesehen hatte, an die Hoffnungen, die er sich damals gemacht hatte, an seine erbärmlich-unreifen Träumereien. Das alles schien so weit entfernt, schien so lange zurückzuliegen, als stamme es aus einer anderen Zeit, aus einer anderen Welt. Und als jetzt allmählich die Müdigkeit die überwältigend schwere Last, die ihm seine Gefühle verursachten, noch verstärkte und ihm seine Schwäche noch spürbarer machte, verlor er den Zermürbungskrieg und unterlag in der Schlacht mit seinen Gefühlen.

Sanft glitzernd stahl sich eine Träne, Zeichen seiner Verzweiflung, über den Lidrand, rollte über die schmutzige Wange und fiel in die vom Fackelruß verdreckte grüne Pfütze auf dem Boden der Zelle.

Es war still, nichts rührte sich im Schloß. Was nicht weiter verwunderlich war: Es war mitten in der Nacht, und es war dreizehn Jahre lang in Schloß Isolon nicht recht viel lauter gewesen. Und trotzdem – heute nacht war es ganz besonders still. Es war, als warte das Schloß mit angehaltenem Atem auf die Morgendämmerung. Alle schliefen. Hogshead war wie jeder andere eher von den erlittenen seelischen als von den körperlichen Strapazen erschöpft und wälzte und warf sich unruhig auf seiner Holzpritsche hin und her. Courgette steckte den Kopf in die Hände und versuchte, sich vor der Welt zu verschließen. Keiner schnarchte. Es schnarcht sich nicht so leicht, wenn man in wenigen Stunden schon zu einer Verabredung muß, bei der einen mit ziemlicher Sicherheit der Tod erwartet.

Nur aus einem einzigen Raum waren Geräusche zu hören, die von Arbeit und emsigem Fleiß kündeten: aus einem dunklen, in den tiefsten Tiefen der Schloßanlage, weit, weit unter der Erde liegenden Raum. Vier gewaltige Fackeln flackerten hoch auf, tauchten die Steinwände in blutrotes Licht und füllten die Luft mit dichtem Rauch. In diesem Raum legte eine schwarzgekleidete hagere Gestalt letzte Hand an ein Szenario, die als ganz persönliche Variante der Hölle gelten mochte. Sie testete eben Folterbank Nummer fünf. Schlaf war das letzte, woran Swinehunt im Augenblick dachte. In seinem Körper brauste ein mächtiger Adrenalinstrom, sein Kopf war erfüllt von den Gedanken an all das, was er bereits erledigt hatte und was noch zu erledigen war. Die ganze Nacht über war er wach gewesen und hatte die anderen vier Folterbänke auseinandergenommen und neu geschmiert, so daß sie jetzt reibungslos und perfekt funktionierten. Außerdem hatte er die Stacheln der Eisernen Jungfrau gespitzt, die Daumenschrauben poliert, die Fuß- und Handschellen geputzt und die Kamine geschürt – die Brandeisen glühten mörderisch heiß und scharlachrot wie das Feuer der Hölle.

Er beendete die Arbeit an der Folterbank, schob sie laut quietschend über den nackten Steinboden und stellte sie ordentlich in eine Reihe zu den anderen vier. Wenn es um Folter geht, so Swinehunts Meinung, dann sind zwei Sachen unabdingbar: Ordnung und Beachtung selbst des kleinsten Details. Dann rannte er wie toll in die hintere Ecke der Folterkammer und holte von dort mehrere kleine Käfige und fünf blanke Skalpelle, deren Klingen rasiermesserscharf glänzten. Er rüttelte an den Käfigen und sah zu, wie die Skorpione angriffslustig den stachelbewehrten Hinterleib hochschnellen ließen. Er stellte die Käfige auf den Tisch, richtete sie ordentlich aus (während all dieser Verrichtungen sprach er ununterbrochen mit sich selbst) und legte die Skalpelle daneben. Als nächstes rollte er ein Tischchen heran, auf dem zahnärztliches Instrumentarium aus blitzblankem Stahl ausgelegt war. *Zangen, Klammern, Bohrer,* hakte er auf der Liste ab, die er im Kopf hatte, lachte dabei fortwährend leise und irre vor sich hin und hielt nicht eine Sekunde lang still. Irgendein Teil seines Körpers war ständig in Bewegung und zuckte, ruckte oder zappelte unwillkürlich und automatisch. Auf diese Art setzte sein Organismus die gewaltigen Mengen nervöser Energie um, die sich in ihm angestaut hatten. Hätte er tatsächlich einmal stillgehalten, dann wäre er höchstwahrscheinlich explodiert. Swinehunt stellte sich an die massive dunkle Eichenholztür, sah sich im ganzen Raum um und begutachtete sein Werk, prüfte noch einmal, ob auch alles richtig zur Geltung kam. Er rückte eine Fackel noch ein wenig zurecht – so daß das zahnärztliche Instrumentarium auch mit der gewünschten aufsehenerregenden Schärfe aufblitzen würde, wenn die Gefangen hereingeführt und auf die Folterbänke geschnallt wurden. *Eine winzige Kleinigkeit,* sagte er sich, *und dabei so unendlich wichtig!* Er rieb sich die Hände und leckte sich die Lippen.

»Fertig«, sagte er und lächelte kalt. Jenes irre Glitzern stand wieder in seinem Auge, deutlicher diesmal, und leuchtete heller und heller, je stärker Erwartung und Vorfreude ihn erfüllten.

»Also dann: an die Arbeit!«

Er klatschte in die behandschuhten Hände, stürzte aus der Folterkammer, jagte über mehrere Korridore hinauf zur Wachstube, steckte dort den Kopf durch die Tür, bellte den verdutzten Wächtern mehrere Befehle hin und war schon wieder davongebraust.

Ein, zwei Minuten später betrat er – nur ganz leicht keuchend – das Königliche Empfangszimmer.

Der König erwartete ihn bereits. Er saß schon seit Stunden hier. Sein Gesicht war bleich und vergrämt. Er hatte die ganze Nacht kein Auge zugemacht. Immer wieder war es ihm durch den Kopf gegangen, was ein Prozeß im Morgengrauen tatsächlich bedeutete. Er zitterte beim Gedanken daran, was die nächste kurze Stunde bringen sollte.

Nur bei einem Prozeß im Morgengrauen durfte ein Todesurteil gefällt werden. Und das deswegen, weil ein Todesurteil das einzige Urteil war, das bei einem Prozeß im Morgengrauen gefällt werden durfte. So war es Gesetz seit den Tagen von König Klemm dem ebenso Gnaden- wie Ausweglosen, der fortwährend Todesurteile bei Prozessen im Morgengrauen gefällt hatte – selbst wegen der belanglosesten Vergehen. Als man ihn einmal nach seinen Beweggründen fragte, hatte er geantwortet: »Morgen! Ich hasse diese Tageszeit. Wenn ich morgens in den Spiegel seh, denk ich, ich seh eine Leiche auf Urlaub. Tödliche Tageszeit!«

Und jetzt war König Klayth dazu verpflichtet, diese Politik fortzuführen.

Swinehunts unnatürlich gepreßte Stimme riß ihn aus seinen Träumereien.

»Sire! Königliche Hoheit werden gebeten, die jetzo bevorstehende Verhandlung mit Ihrer majestätischen Präsenz zu beehren, ihr vorzusitzen und das Urteil zu sprechen über die gestern abend inhaftierten Gefangenen«, schnarrte Swinehunt.

»Unsinn! Ich habe noch nicht einmal gefrühstückt!«

»Ähmmm, Majestät – Frühstück fällt heute aus.«

»Wieso das denn?«

»Die Tochter des Kochs wurde gestern zusammen mit den vorerwähnten Spionen inhaftiert und dessenthalben noch gestern nacht, auf meine Veranlassung hin, auch Val Jambon, der Koch, der sich heute als Komplize erweisen wird. Auch ihm wird, wie allen anderen, ein gerechter und ordentlicher Prozeß gemacht werden.«

»Das ist doch lächerlich! Wollt Ihr etwa den ganzen Schloßbetrieb lahmlegen? Nur weil er im Schloß angetroffen wurde – ist da ein Todesurteil nicht etwas übertrieben? Wie wollt Ihr das rechtfertigen?« Klayth hätte das alles am liebsten lauthals herausgeschrien. Sein Verdacht, seine Zweifel und seine gewaltige Angst vor dem Moment, in dem er das Urteil fällen mußte, alles das drängte ihn dazu, diese Fragen zu stellen. Doch er hielt sich zurück und sagte nichts. Sagte *jetzt* noch nichts.

Statt dessen sagte er: »Also gut. Bringen wir's hinter uns.«

Er schluckte nervös und machte sich, leicht benommen wie jeder, der sich die Nacht um die Ohren geschlagen hat, auf den Weg in die Folterkammer. Swinehunt heftete sich ihm an die Fersen, rieb geräuschvoll die gepanzerten Handschuhe aneinander, brummelte leise und hopste und hüpfte beinahe auf der ganzen Strecke.

Firkin spürte den Schmerz in den Armen bereits. Er lag auf der Folterbank, Hände und Füße waren an die trommelförmigen Winden an Kopf- und Fußende gekettet, die Streckvorrichtung war bis auf Anschlag gedreht. Die Folterbänke, auf die seine Mitgefangenen geschlossen waren, standen links neben ihm. Ganz außen lag Courgette, die ihrem Vater unter Tränen berichtete, wie es zu dieser Situation gekommen war. Val Jambon reagierte auf diese Erzählung mit einer Mischung aus Mitleid, Bestürzung und Traurigkeit. Und Zorn, nur mühsam zurückgehaltenem Zorn.

Börnnhadt und Mattsches hielten im flackernden Licht der Fackeln Wache und warteten auf die Ankunft des Königs und des Erzkanzlers. Mattsches zuckte und zappelte unbehaglich – das Tischchen mit dem zahnärztlichen Instrumentarium stand genau vor ihm. Mattsches war immer gern Schloßwächter gewesen. Es erfüllte ihn mit Stolz, für Schutz und Wohlergehen des Königs sorgen zu dürfen, und die Uniform war ja auch ganz hübsch. Aber anderen Menschen Schmerz zufügen ... Also das war dann doch eine Sache, die eigentlich nicht unbedingt seine Sache ...

Plötzlich flog die riesige Eichenholztür auf, und Swinehunt platzte in die Folterkammer. Er trug seine schwarze Lederrüstung, dazu gewaltige Panzerhandschuhe, die an den Fingerknöcheln mit Metallkappen beschlagen waren. Die Metallbeschläge waren auf Hochglanz poliert. Klirrend stampfte er in seinen mit Stahlkappen bewehrten Stiefeln über den kalten Steinboden und funkelte die Gefangenen unheilvoll einäugig an.

»Alles aufstehen! Ha ha ha – können vor Lachen! Seine Majestät, König Klayth von Isolon!« Er verbeugte sich übermäßig lange und tief und geleitete den König zum Thron, der mit Blick auf die fünf Folterbänke aufgestellt war.

Der König trug die richterliche Galarüstung: langer schwarzer Lederumhang mit Englischlederbesatz; schwarze, schenkellange, nietenbeschlagene Stiefel, in denen griffbereit je ein einwandfrei ausbalanciertes Wurfmesser steckte; den üblichen Leibpanzer aus schwarzem Leder und dazu – statt einer Krone – eine enggelockte schulterlange Perücke aus weißem Leder. Langsam ging er an den Gefangenen vorbei und sah dabei starr geradeaus. Seine Augen waren – Folge einer schlaflosen Nacht – gerötet.

Firkin strengte sich bis zum äußersten an, um ihn sehen zu können. Ihn, seinen Widersacher, der Anlaß seiner Reise war, der schuld war an ihrem Elend, am Elend seiner Schwester, an Hogsheads Elend, am Elend aller. Und jetzt ... Er wollte seinen Augen nicht trauen. Es lag nicht an der Kleidung des Königs, es lag auch nicht an der Umgebung, es lag daran, daß ... Es konnte doch nicht sein, daß er so *jung* war!

Die fünf Gefangenen starrten den König wütend an. Er ließ sich auf seinem Thron nieder, der schwarze Ornat knarzte beunruhigend ... Klayth blickte auch jetzt wieder starr geradeaus. Er brachte es nicht über sich, nach rechts zu sehen, dortin, wo Courgette und der Koch lagen. Er zog einen kleinen Hammer aus der Tasche und hob ihn unschlüssig hoch. Er sah sich flüchtig um, musterte die Gerätschaften, die auf den Tischen bereitlagen ... Es wurde ihm übel davon. Swinehunt funkelte ihn wütend an.

»Nachdem wir alle vollständig versammelt sind, erkläre ich die ... Verhandlung für eröffnet«, sagte der König leise.

Er schlug mit dem Hammer auf die Armlehne des Thronsessels, haßte sich dafür und hatte doch keine andere Wahl.

Swinehunt plazierte sich so, daß er – wie man es nennen könnte – im Rampenlicht der Öffentlichkeit stand, faßte mit den gepanzerten Handschuhen die Revers seiner Lederrüstung und schritt vor den fünf Folterbänken auf und ab.

»Ich gehe davon aus, daß jeder weiß, warum wir hier versammelt sind!« schrie er. Der scharfe Klang seiner Stimme verhallte im kalten Schweigen. Keiner sagte etwas.

»Wir sind hier, um Gericht zu halten! Um euch widerlichen Kreaturen den Prozeß zu machen! Ihr steht, Entschuldigung, liegt hier vor uns, weil ihr des Verbrechens der Spionage für Cranachan angeklagt seid. Überlegt jetzt sehr sorgfältig, bevor ihr auf die Frage antwortet, die ich euch stellen werde: Bekennt ihr euch schuldig, ihr wehleidigen Kriecher?«

»Nicht schuldig!« schrien alle einstimmig.

»Ah! Ihr wollt es mir also schwermachen? Nun, dann werde ich eure Schuld eben anders nachweisen müssen. Jeder von euch weiß doch, welche Strafe auf Spionage steht, nicht wahr?« Und ob sie das wußten, Swinehunt hatte es ihnen schließlich oft genug erzählt. Schaudernd erinnerten sie sich daran, wie er nachts an die Zellentür getreten war und es ihnen leise, mit heiserer Stimme zugeflüstert hatte. Sie nickten. Courgette liefen Tränen über die Wangen.

Swinehunt trat ganz nahe an sie heran und flüsterte: »Der Galgen wartet schon!«

Alle hatten es gehört. Courgette schrie. Swinehunt lachte gackernd und rieb die gepanzerten Lederhandschuhe laut quietschend aneinander.

»Man hat euch gestern nachmittag festgenommen, nachdem ihr ohne Erlaubnis ins Schloß eingedrungen wart. *Warum?*«

»Wir wollten …«, fing Firkin an.

»Spionieren!« schrie Swinehunt. »Schuldig. Ha, ha, ha.«

Der König rutschte unruhig auf seinem Thron hin und her.

»Nein!« Firkin schrie auf – Swinehunt hatte die Winden um eine Kerbe weitergedreht. »Wir sind keine Sp-Spione! Eure Geheimnisse kümmern uns nicht!«

»Aha! Ihr wißt also um unsere Geheimnisse!« schrie Swinehunt hocherfreut. »Ihr *seid* Spione! Nur Spione wissen um unsere Geheimnisse!«

Der Erzkanzler drehte sich um und zeigte ihnen das Bild auf dem Rücken seines Gerichtstalars. Mit roter Farbe war auf den Lederumhang das Bild einer Frau gemalt, die – neben einem dünnen Kleidchen – eine Krone trug. Sie hatte die Arme ausgestreckt, hielt in der rechten Hand ein Schwert und in der linken eine Henkerschlinge. Ein Prozeß im Morgengrauen war ein hochanständiger, ordentlicher Prozeß – jedem war die freie Wahl der Todesart garantiert.

»Wir sind keine Spione. Wir sind treue Diener seiner Majestät, des Königs; und wollten nur einmal sehen, wie er lebt!« schrie Firkin.

»Wie rührend«, spöttelte Swinehunt. »Dann könnt ihr ja, da ihr nun schon einmal hier seid, eine umfassende und anschaulich-praktische Demonstration unserer Gerichtsbarkeit miterleben!« Mit einem Satz war er an der Folterbank, kurbelte an der Streckvorrichtung und drehte die Winden eine Kerbe weiter. Firkins Körper knackte gräßlich. Mattsches krümmte sich und biß sich auf die Lippen.

»Aber wieso … Aber wieso habt ihr euch dann nicht um eine Audienz bemüht? Um eine Führung mit Schloßbesichtigung?« fragte Klayth, dem die ganze Sache unsäglich zuwider war.

Firkin überlegte rasch. »Aber wir wurden doch herumgeführt …«

»Von eurer Komplizin«, mischte sich Swinehunt schnellstens ein. »Von *ihr*!« Mit theatralischer Geste zeigte er auf Courgette.

»Nein!« schrie Hogshead. »Laßt sie in Ruhe!«

»Ich hab sie noch nie vorher gesehen«, schluchzte Courgette. »Es war ihre Eule. Sie war so hübsch.«

»*Eule?* Hier gibt's keine Eule!« schrie Swinehunt.

»… mein lieber Arbutus … Er gehört Merlot … und …«

»Eule? Merlot? Geschwafel!« brüllte Swinehunt. »Das Geschwafel einer Verrückten! Wir dürfen ihr kein Wort glauben!«

»Laßt sie in Ruhe!« schrie Hogshead in ohnmächtiger Wut.

»Ich wollte ihn dir zeigen«, flüsterte Courgette ihrem Vater zu. »Er war so lieb. Es tut mir leid …« Sie konnte nicht mehr und schluchzte leise vor sich hin.

Ganz gegen seine Absicht war Swinehunt jetzt fast so

weit, daß er ihr glaubte. Mit schluchzenden Frauen hatte er noch nie umgehen können. Er wurde unsicher, fing an zu zweifeln: Wenn sie wirklich unschuldig sein sollte – was wollen die drei anderen dann hier? Warum sind sie im Schloß? Er mußte sie sich vom Halse schaffen. Sie waren hinter ihm her. Die drei da. Es konnte gar nicht anders sein. Vielleicht hatte der König – *sein* König – die Beleidigung, die er ihm geschickt hatte, doch entziffert? Vielleicht war er tatsächlich fast daran erstickt – vor Wut! Vielleicht waren sie hier, um ihn fertigzumachen? Wegen versuchter Fernerdrosselung von König Erdrosselbart? Sein Gesicht glühte zornrot. Er wandte sich wieder an Klayth und sagte mit zitternden Lippen:

»Sire, ich habe keine Eule gesehen. Das Ganze ist ein Komplott, um abzulenken von dem, was hier verhandelt werden soll. Es gibt nicht den geringsten Zweifel, daß es sich bei den Angeklagten um cranachische Spione handelt.«

Courgette schrie vor Angst. Klayth hatte es satt. »Ich habe nicht einen, keinen einzigen Beweis gesehen!« schrie er und starrte den überreizten Erzkanzler unverwandt an.

»Sie sind gefährlich! Bringt sie um! Liquidiert sie!« Swinehunt warf mit aberwitzigen Anschuldigungen um sich und kurbelte die Winden von Firkins Folterbank wieder um einen Dreh weiter. Firkin schrie.

»Und die Beweise? Wo sind die Beweise?« fragte Klayth gebieterisch.

»Da! Vor Euren Augen! Alles Beweise, echte *Corpora delicti!* Man hat sie im Schloß entdeckt. Es *sind* Spione! Sie werden es schon noch zugeben, verlaßt Euch drauf! Sie werden die Wahrheit noch sagen!« Er spielte mit der rasiermesserscharfen Klinge eines Skalpells und zog sie quietschend über seine Lederhandschuhe.

»Und Ihr habt diese ›Spione‹, wie Ihr sie nennt, selbst festgenommen?«

»Aber ja doch, selbstverständlich, natürlich. In flagranti, gewissermaßen«, schwadronierte er und grinste wie ein Totenschädel.

Börnnhadt kratze sich am Kopf und sah Mattsches an.

»Wo?« fuhr ihn der König an. Wenn er zu irgendeiner Zeit einmal tatsächlich so etwas wie Vertrauen zu seinem Erzkanzler gehabt haben sollte, dann war das noch nie sonderlich groß gewesen. Aber jetzt kam ihm selbst dieser winzige Rest noch abhanden. Und zwar rasend schnell.

»Oberster Korridor, Nähe ›Drehkreisel‹.« Swinehunt starrte Hogshead an und fuchtelte ihm feindselig mit dem Skalpell vor dem Gesicht herum.

»Und was, glaubt Ihr, haben sie dort oben getan, als Ihr sie festgenommen habt?«

»Das, was alle Spione machen«, brüllte er. »Sie haben spioniert!«

»Sire ...«, sagte Börnnhadt leise.

»Was soll es denn da oben zu spionieren geben?«

»Was weiß ich denn, warum sie da oben waren? Sie waren jedenfalls da oben, und sie hätten nicht da oben sein dürfen! Wenn ich nicht so wachsam gewesen wäre und sie nicht auf der Stelle arretiert hätte, dann wären sie möglicherweise einmarschiert! Oder würden uns jetzt belagern!«

Plötzlich fielen Klayth wieder die Zehntscheuern ein.

»Sire ... Wir ham sie verhaftet. Mattsches un ich.«

»Ha, selbstverständlich! Natürlich würde ich in einem Fall, der Sache der Sicherheitsabteilung ist, nie persönlich Leib und Leben aufs Spiel setzen!« Swinehunt grinste schmierig. »Weiß der Himmel, welche Gefahren damit verbunden sind. Cranachische Spione sind immer bewaffnet! Dafür ist die Wache zuständig. Und sie hat sich auch außerordentlich wacker geschlagen, die Wache!« Er zappelte unruhig, seine Finger waren unablässig in Bewegung.

»Habt Ihr denn welche gefunden?« fragte Klayth argwöhnisch. Das Verhalten seines Erzkanzler hatte ihn stutzig gemacht.

»Äh – was gefunden, Sire?« Ein Ausdruck panischer Angst zuckte kurz über Swinehunts Gesicht.

»Waffen.«

»Äh, ja also, äh – eigentlich nicht. Nein.«

»Dann sind es also auch keine Spione.«

»Keine Spione! Lächerlich!« Der Erzkanzler knirschte geräuschvoll mit den Zähnen.

»Sire! Wir sind keine Spione!« schrie Hogshead verzweifelt. Es war nicht zu überhören, daß er entsetzliche Angst hatte. »Wenn Ihr die anderen freilaßt, dann sag ich Euch die Wahrheit.«

Die anderen sahen ihn an.

Der König rutschte unruhig auf seinem Thron hin und her. Er wußte nicht, wem er glauben sollte. Börnnhadt und Mattsches blickten ihn erwartungsvoll an.

Swinehunt schäumte vor Wut. »Lügen!« schrie er. »Sie sind Spione! Deswegen leugnen sie ja! Sie lernen das schon in der Grundausbildung. Bringt sie um! Erledigt sie, bevor es zu spät ist!«

Der König wurde noch ein wenig stutziger.

»Die Wahrheit ist«, überschrie Hogshead den kreischenden Erzkanzler, »wir sind wegen der Zehntenlieferungen gekommen!«

Sofort fielen dem König wieder die zwölf riesigen Zehntscheuern ein. Die zwölf riesigen leeren Zehntscheuern. Er setzte sich auf. Warum waren sie leer? Hatte Swinehunt etwa doch recht? Waren diese Spione vielleicht hier, um die Zehntenlieferungen zu stehlen?

Swinehunt dröhnte der Schädel: Das war es! Jetzt wußte er, warum sie hier waren. Jetzt konnte er sie sich vom Hals schaffen. Und jeden Verdacht von sich ablenken.

»Ihr verlangt zu hohe Steuern!« schrie Firkin.

»Und ihr seid gekommen, um sie zurückzuholen! Diebe!« beschuldigte sie Swinehunt.

»Was?« Firkin mußte sich genau überlegen, was er sagen sollte. Schließlich konnte er nicht die ganze Wahrheit beichten. »Wie sollten wir das denn anstellen? Es ist doch viel zuviel!«

»Mit Karren!« schrie Swinehunt. »Wagen volladen und alles zurückholen!« Jetzt sind sie dran, dachte er.

Klayth sah es in seiner Erinnerung wie ein seltsames Puzzle, in dem allmählich ein Stück zum anderen kam. Auch wenn das Bild noch ziemlich verschwommen war, eins zeichnete sich zumindest ganz deutlich ab: Es war etwas faul an der Sache, sehr faul. Das Bild einer Karotte, die in der schlammigen Spur eines Wagenrads lag, schoß ihm durch den Kopf.

»Wir haben keine Wagen. Und wir haben kein Essen!« schrie Firkin verzweifelt. »Das sind alles Lügen!« Seine Stimme klang verzerrt.

Courgette war verwirrt. »Aber ... aber ich habe Wagen gesehen«, sagte leise. Ihre Augen waren tränenblind.

»Was sagst du da?« fragte Klayth entgeistert.

Val Jambon drängte seine Tochter, weiterzusprechen. »Ich habe Wagen gesehen«, wiederholte sie schniefend.

Verschiedene Verdachtsmomente, Bruchstücke nur, wirbelten und kreiselten in Klayths Kopf durcheinander und liefen vor seinem geistigen Auge ab wie die Symbole auf den Trommeln eines Einarmigen Banditen. Nur waren es keine Früchte, es waren andere, realere Objekte. Die linke Trommel lief langsamer, rastete dann ein und zeigte das Bild leerer Zehntscheuern. Die anderen Trommeln drehten sich weiter.

»Unsinn«, kreischte Swinehunt, »Geschwätz!« Etwas war schiefgegangen. Und ging immer mehr daneben.

»Sprich weiter!« drängte der König.

Firkin und Hogshead waren verwirrt. Sie hatten keine Ahnung, wovon Courgette sprach.

»Es sind zwei Männer, sie kommen mit einem großen Wagen. Alle paar Wochen einmal. Gestern früh waren sie auch da«, sagte Courgette leise und schniefte gelegentlich.

Die Trommel neben dem Bild mit den Zehntscheuern lief langsamer und rastete ein: Räderspuren im Schlamm. Die anderen Trommeln drehten sich weiter. Klayth fiel dieser überstürzt anberaumte Jagdausflug wieder ein... Den hatte doch der Erzkanzler anberaumt? Die nächste Trommel drehte sich langsamer und blieb stehen.

Swinehunt wirkte jetzt äußerst beunruhigt. Er hopste von einem Bein auf das andere, rieb sich fieberhaft die Hände und geriet allmählich außer Kontrolle.

Den Jagdausflug konnte gar niemand anders geplant haben. Die Ställe waren verwaist, dort arbeitete niemand. Wieder wurde eine Trommel langsamer und kam zum Stillstand: die langen Listen mit Berufsbezeichnungen in dem Buch aus der Bibliothek.

Courgette erzählte weiter: »Sie laden auf und fahren dann weg.«

»In ganz Khucaph gibt es nur einen Wagen.« Hogshead war vor Angst fast außer sich. »Wir sind die ganze Strecke zu Fuß gelaufen. Wenn Ihr wollt, kann ich Euch meine Blasen zeigen!«

König Klayth beachtete ihn nicht, er hörte gebannt zu, was Courgette zu erzählen hatte.

»... zwei große dicke Männer fahren die Wagen. Ich kann sie nicht ausstehen. Sie sind nicht nett. Sie schlagen die Pferde mit dicken Knüppeln und schreien sie an, in einem ganz komischen Dialekt und ... und das ist überhaupt nicht nett ...«

»Blödsinn!« fuhr Swinehunt dazwischen. »Sie lieben ihre Pferde. Cranachier sind Pferdenarren! Und außerdem ist nichts komisch an ihrem Dialekt! Es ist sehr erfrischend, ihn gelegentlich wieder einmal zu hören! Es ist ein sehr angenehmer Dialekt und … oh!«

Alle starrten den Erzkanzler gebannt an. Plötzlich wirkte er ganz wie der kleine Junge, der beim Plündern der Süßigkeitsvorräte ertappt worden ist. Unvermittelt waren die Scheinwerfer der Wahrheit angegangen und strahlten mit der Kilowattausstattung der Flutlichtanlage der Rechtschaffenheit auf ihn herab.

»Was hast du gesagt?« brüllte der König. Er stand auf. »Du kennst diese Diebe? Du weißt, wer seit Jahren meine Zehntscheuern plündert? Du weißt, wer mein Königreich in den Hungertod treibt und unser aller Leben zerstört?« Der Erzkanzler zuckte bei jeder Frage zusammen und wand sich, als hätte man ihn mit einem langen spitzen Stock gestochen. Sein Auge rotierte wie ein Goldfisch bei einem Sturm im Wasserglas. Die Risse in der Fassade seines Lügengebäudes wurden sichtbar.

Klayth stieg von seinem Thron und ging auf ihn zu. »Und warum findest du Cranachisch so erfrischend? Weil es dich vielleicht an etwas erinnert? An etwas, das hinter den Bergen liegt?« Er zeigte in Richtung Krapathen.

Swinehunts Mund zuckte, er überlegte krampfhaft. Größere Reparatur- und diverse konsolidierende Untermauerungsarbeiten waren jetzt zu leisten, wenn eine schlimme Katastrophe verhindert werden sollte.

»Na?« schrie Klayth.

»Lügen! Alles Lügen! Ich dementiere aufs …«

Swinehunt zitterte, als stemme er sich gegen das Zurückschnellen einer stark überzogenen Feder tief in seinem Innern. Er mußte sehr schnell aufgeben. In seinem Kopf kam etwas in Bewegung, die mentale Entsprechung eines durch die Erosion der tieferliegenden, stabilisierenden Bodenschichten ausgelösten gewaltigen Erdrutsches. Selbst jenes Quentchen Mut, das seinen Füßen befohlen hatte, standhaft und fest auf dem

Boden zu stehen, verließ ihn jetzt. Sein Körper war übersättigt und triefte von Adrenalin. Und dann… Plötzlich war der Vorrat an Ausflüchten erschöpft. Die Panik drückte die Klinke nach unten und hielt ihm die Tür auf. Swinehunt rannte. Er stürmte auf die Tür zu, die Stahlkappen an seinen Stiefelspitzen schepperten und klirrten und schlugen gelegentlich Funken aus dem kalten Steinboden. Er fuchtelte wild mit den Armen und stieß eine Anzahl cranachischer Spitzenflüche aus. Im nächsten Augenblick war er durch die Tür und warf sie mit der wilden Wut des Verrückten hinter sich ins Schloß. Lediglich das Geräusch rennender Füße war noch zu hören – und ein irres, hohes und schrilles Lachen, durchdringend, böse und wahnsinnig.

Als das Geschrei verklang und gerade als es Börnnhadt und Mattsches einfiel, daß es vielleicht gar kein schlechter Gedanke sei, Swinehunt hinterherzurennen und ihn aufzuhalten, genau in diesem Moment flog die Eichenholztür wieder auf. Es gab eine kleine Explosion, und eine Wolke aus blauem Rauch schwebte in die Folterkammer. »Schluß mit dieser erbärmlichen Karikatur eines Gerichtsverfahrens!« Eine hochgewachsene Gestalt stand in der Tür und raschelte melodisch. Auf ihrer Schulter hockte eine Eule.

»Arbutus!« schrie Courgette.

»Merlot!« schrie Firkin und stieß einen tiefen Seufzer der Erleichterung aus.

»Eule? Merlot?« fragte der König. »Dann stimmt es also!«

Arbutus flog zu Courgette hinüber und ließ sich auf der Folterbank neben ihrer Schulter nieder. Zum ersten Mal nach einer Zeit, so lange wie die Ewigkeit, lächelte sie wieder. »Diese Menschen sind unschuldig!« schrie Merlot.

»Diese Menschen sind unschuldig!« schrie Klayth im selben Augenblick. »Laßt sie sofort frei!«

Börnnhadt und Mattsches machten sich an die Arbeit und banden die Exhäftlinge los. Es war eine Beschäftigung, die ihnen vor Augen führte, welch tiefe Befriedigung sie in ihrer Arbeit erfahren konnten.

»Swinehunt!« schrie Firkin verzweifelt, als er gerade erst eine Hand losgebunden hatte. »Er haut ab! Schnappt ihn! Haltet ihn auf!«

»Ja, haltet ihn auf! Er ist an allem schuld!« stimmte Hogshead seinem Freund zu.

Merlot rührte sich nicht von der Stelle. Seine Augen trübten sich, es sah aus, als blicke er weit in die Ferne. Konzentriert runzelte er die Stirn.

Börnnhadt band Courgette los und lächelte sie schüchtern an. »Tschulligung«, flüsterte er. »Ging nicht anders. Ich … äh … Befehl.«

Sie sah ihn an, die Augen noch immer tränennaß, und lächelte. »Ich weiß«, sagte sie schlicht.

Merlot raschelte leise in E-Dur, schlug die Augen auf und grinste Firkin an. »Alles in Ordnung«, sagte er. »Der kommt nicht weit. Verlaß dich auf mich.«

Courgette fiel ihrem Vater um den Hals, vergrub das Gesicht an seinem Bauch und schluchzte vor Erleichterung. Val Jambon tätschelte ihr den Kopf und brabbelte allerlei Tröstliches.

Firkin erhob sich von der Folterbank und sah Merlot an. Dann streckte er die Hände aus und umarmte ihn.

»Ach, Merlot! Als mir auffiel, daß du nicht mehr bei uns warst, hab ich gedacht, du wärst to …«

»Aber nein. Ich doch nicht. Ruhig, ganz ruhig, jetzt ist ja alles wieder in Ordnung, nicht wahr? Nur keine Aufregung, nur keine Aufregung!« Er zupfte sich den Umhang zurecht und wirkte fast ein wenig peinlich berührt.

Wenige Minuten später saßen alle neben Merlot und

dem König auf dem Boden. Die Belastung der zurückliegenden Tage war den Gesichtern von Firkin und Hogshead deutlich anzusehen. Sie massierten sich die Hand- und Fußgelenke und platzten beinahe vor Wißbegier.

»Wer ist Swinehunt?« fragte der König, der unbedingt wissen wollte, ob sein Verdacht berechtigt war.

»Nun, ganz einfach, mit einem Wort und so kurz und bündig wie möglich, ohne längere Präambeln und Vorreden ...«

»Weeer?« fragte Arbutus.

Merlot funkelte die Eule wütend an. »... die denkbar widerlichste aller Kreaturen: ein Spion. Sonderbevollmächtigter der Cranachier.«

Firkin und Hogshead sahen sich bestürzt an. Klayth nickte.

»Vor dreizehn Jahren«, sprach Merlot weiter, »befandet Ihr Euch wegen der Lemmingausbeute im Krieg mit Cranachan. Und habt verloren, wie Ihr aus dem Studium der Geschichte mit niederschmetternder Klarheit ersehen könnt. In zweieinhalb Minuten, glaube ich. Wäre alles wie normal verlaufen, hättet Ihr eine Masseninavsion erlebt, die Cranachier hätten in Eurem Königreich die Macht übernommen und sich mit diversen Vergewaltigungen und Raubzügen eine schöne Zeit gemacht. Aber weil sie bekommen hatten, was sie wollten – die Lemminge –, beließen sie es dabei. Die Cranachier sind von Natur aus faul – alle, ohne Ausnahme. Weswegen es nicht verwundert, daß die Bauernhöfe in Cranachan klein sind und ungewöhnlich unwirtschaftlich arbeiten, nicht wahr? Und weil ihr Königreich sowieso schon fast übervölkert war, war ihnen die Last zuviel, jetzt zusätzlich auch noch die Kriegsgefangenen aus Isolon durchfüttern zu müssen. Sie brauchten Euer Königreich nicht, sie brauchten nur Eure Bauernhöfe. Und weil sie wußten, daß Euer Vater Euch, einem jungen und hilflosen König, den Thron überlassen hatte, schickten sie einen Agenten, durch dessen Wirken der Abtransport der Lebensmittel, die in die Zehntscheuern geliefert wurden, erleichtert werden sollte. Was natürlich nicht schwerfiel, nachdem das Schloß einmal entvölkert war. In den vergangenen dreizehn Jahren sind alle Lebensmittel, die als Steuerabgabe an Euch geliefert wurden, über das Gebirge verfrachtet worden. Und niemand, mit Ausnahme von Euch, mein junger Freund Klayth, hat auch nur den leisesten Verdacht geschöpft.«

»Aber was ist mit der Schwarzen Garde?« fragte Firkin und blickte Börnnhadt und Mattsches neugierig an.

»Vor dreizehn Jahren aufgelöst. Eine Fama, nichts weiter. Am Leben gehalten durch das Geschwätz von Swinehunt.«

Klayth hatte den Kopf in die Hände gestützt. »Ich fühle mich so elend. Ich war so dumm. Ich wurde benutzt und ausgenutzt und ...«

»Von uns auch«, sagte Hogshead.

»Aber was sollen wir jetzt tun?« fragte Firkin verzweifelt.

»Keine Angst«, sagte Merlot zuversichtlich. »Wir haben da schon ein Plan. Haben wir doch, nicht wahr, Arbutus?«

Die Eule, die auf der Schulter von Courgette hockte, nickte selbstgefällig.

Er rannte, getrieben von panischer Angst, blind drauflos und keuchte und röchelte schwer – das Geräusch seines Atems hallte laut durch die kalten Korridore. Die Welt, die er sich eingerichtet hatte, löste sich auf. Sie wurde aufgedröselt wie ein Kaschmirpullover, der sich an einem jener landwirtschaftlichen Geräte verhakt hat, deren Bestimmungszweck dunkel und rätselhaft ist. Nur schneller, sehr viel schneller. Die Zeit seiner Herrschaft, die dreizehn Jahre, während der er die Bewohner von Schloß Isolon sicher und geschickt geleitet, gelenkt und manipuliert hatte, diese Zeit war schlagartig zu Ende gegangen. Es war, als ob sich der kleine Pudel, den sein Herrchen viele Jahre lang gepflegt und gehätschelt hat, unversehens umgedreht hätte und knurrend, mit gefletschten, speicheltriefenden Reißzähnen in wilder Zerstörungswut über alles hergefallen wäre – inklusive der Waden seines Herrchens. Er konnte nicht glauben, was geschehen war. Sie waren ihm auf die Schliche gekommen! Und jetzt... Panische Angst hatte ihn erfaßt. Er wurde sie nicht mehr los, sie hatte sich eingenistet, hatte sich breitgemacht wie ein ungehobelter, unversöhnlicher Hausbesetzer. Swinehunt floh. Er floh aus der Folterkammer, der Tritt seiner schweren, mit Metallkappen verstärkten Stiefel hallte dröhnend durch die dunklen Korridorfluchten. In seinem Kopf überschlugen sich die Gedanken, Fragen stürmten auf ihn ein: Was tun? Wohin jetzt? Und wie dorthin kommen? Was zum...

Plötzlich ging es nicht mehr weiter. Er war um eine scharfe Kurve gebogen und hätte sich beinahe den Schädel eingerannt – an einer hochdekorierten Brust aus massivem Metall. Er konnte sich nicht erinnern, dieses Ding jemals zuvor an dieser Stelle gesehen zu haben. Der Eisenmann blickte aus stechenden blauen Augen auf ihn herab. In der Hand hielt er – Swinehunt sah es mit ungläubigem Staunen – ein allem Anschein nach sehr scharfes, riesiges, zweihändiges Schwert, dessen Klinge im trüben Licht des Korridors hell blitzte und glänzte. Swinehunt überlegte rasch, was ihm jetzt zu tun blieb. Er bedachte diesen Plan, verwarf jenen, wählte schließlich unter den vielen Möglichkeiten, die ihm zur Verfügung standen eine aus und setzte sie umgehend in die Tat um: Er holte tief Luft und schrie. Die Panik hatte sich eingerichtet, hatte eben eine Flasche

Bier geöffnet und machte es sich mit einem guten Buch gemütlich. Swinehunt wollte fliehen, doch der Ritter hielt ihn wie in einem Schraubstock fest, umklammerte mit feuerverzinkten Fäusten die Schultern des Ex-Erzkanzlers, so unerbittlich, wie die eisenharten Schalen einer Riesenmuschel den Stiefel eines Tiefseetauchers umklammern.

»Ey Mann«, sagte Prinz Chandoon, »kannze mir vielleich ma sag'n, wo ihr hier eure Jungfern und Maiden versteckt?«

»D… d… d… d…«, bekam er zur Antwort.

»Soll'n das heiß'n? *D-d-d-das weiß ich nicht* – oder was?«

»… d… d… d… d…«

»*D-d-d-die hamwa hier nich* – oder wie…?«

»… d… d… d… d… dada… dada…«

»Könnze mir vielleich ma 'n Tip geehm? Mit Morseaffabeete kann ich nix anfangen!«

»… d… d… d… dada… dru… drun…«

»Ah ja, klar Mann! Schon verstand'n! *Da drunt'n*, meinze! Im Vaalies, meinze! Meinze das?«

Swinehunt, der vollkommen weggetreten war, nickte kläglich.

»Okee. Dann brinxe mich jez ma dahin, ins Vaalies!«

Pezzi drehte den brabbelnden Swinehunt herum und schleifte ihn, Gesicht nach unten, durch die Korridore, hinunter ins Verlies, in die Folterkammer.

Als Klayth von Firkin hörte, wie groß das Elend und die Hungersnot waren, die im verwüsteten Königreich Isolon herrschten, sank er immer tiefer auf seinem Stuhl zusammen.

»Ich habe nichts davon gewußt, überhaupt nichts«, murmelte er und schüttelte leise den Kopf. »Ich bin damit aufgewachsen und hielt es für normal. Ich kannte nichts anderes und dachte, es müßte so sein.«

»Es ist nicht Eure Schuld«, beteuerte Firkin.

Klayth hörte es nicht. »Ich muß das wieder in Ordnung bringen«, sagte er. »Wenn ich nur wüßte, *wie*!« Er riß sich den richterlichen Haarersatz vom Kopf und warf ihn in die Ecke. »Ich weiß es einfach nicht!«

»Aber Ihr seid doch der König! Ihr könnt alles machen«, piepste Courgette.

Klayth blickte auf. Was Courgette gesagt hatte, ging ihm nicht mehr aus dem Kopf. *Aber Ihr seid doch der König! Ihr könnt alles machen!* Er sprach diese Worte immer wieder vor sich hin. *Ihr seid der König!* Er formte sie mit den Lippen, ließ sie sich auf der Zunge zergehen. *Ihr könnt alles machen! Ihr könnt alles machen!* Zum ersten Mal im Leben begriff er, daß er König war. Der, ohne den nichts ging! *Il Pipifax maximus*! Schwer spürte er sie auf seinen Schulter, die stolze Bürde der Herrschermacht. *Er* war es, der die Entscheidungen traf, nicht Swinehunt! *Ihm* war die Zukunft des Königsreichs in die Hände gelegt, nicht Swinehunt! Plötzlich war verflogen, was an Zweifel und Ungewißheit sein Gemüt wie eine dunkle Wolke verfinstert hatte. Er wußte, daß er – wenn es darauf ankam – herumkommandieren konnte. Er wußte, daß er die Nahrungsmittel denen wieder zurückgeben konnte, die sie gepflanzt, gezüchtet und hergestellt hatten. Er wußte, daß er die Kraft und die Macht hatte, um Isolon wieder in ein blühendes Land zu verwandeln. Er wußte, daß er das konnte. Er war der König. Er konnte alles machen!

Nur …

Wie?

Plötzlich zerplatzten seine Träume wie Seifenblasen: Die Tür flog auf, und durch die Tür flog … Swinehunt.

Zorn, Schmach, Haß, der Wunsch, Vergeltung zu üben, und eine Reihe anderer, wenig angenehmer Gefühlsregungen erfaßten Klayth und stritten um die Vorherrschaft.

»Haltet ihn fest!« brüllte er los und deutete auf die erbärmliche Kreatur, die schleunigst davonkriechen wollte.

Börnnhadt und Mattsches ließen sich nicht lange bitten. Seit Jahren schon warteten sie auf die Gelegenheit, bei der sie es Swinehunt heimzahlen konnten.

Die beiden Kolosse rannten los, bewegten sich so schnell, wie nicht einmal sie selbst es für möglich gehalten hätten, und kamen immer mehr in Fahrt, je weiter sie sich dem winselnden Kriecher näherten. Warfen sich hoch wie Rugbystürmer, schienen einen Augenblick lang wie in Zeitlupe aufzusteigen, schwebten durch die Luft wie zwei Buckelwale in einem Sund an der Küste Alaskas, bis schließlich die Schwerkraft sie wieder erfaßte und sie mit mörderischer Zielgenauigkeit und knochenbrecherischer, zermalmender Wucht …

Als sich der Staub allmählich legte, riskierten die im Raum Anwesenden den einen oder anderen vorsichtigen Blick und schielten zwischen den vor das Gesicht gehaltenen Fingern und hinter Stuhllehnen hervor. Börnnhadt und Mattsches saßen Seite an Seite am Boden und lächelten selig. Unter ihnen, unter dem geballten Gewicht der Schloßwache von Isolon, lugte hier ein Fuß und dort ein spindeldürrer Arm hervor und zuckte gelegentlich.

Und damit das auch keiner übersah, hüpfte Mattsches ein- oder zweimal auf und ab.

»Äh, Tschullijung Majestät, is ja vielleicht nicht der passende Moment, aber … soll ich Euch nich paar Maiden retten, Jungfern in Bedrängnis, oda so?« Pezzi stand schüchtern in der Tür.

Klayth sah den riesigen Ritter an, sah dann auf die grinsenden Gesichter von Börnnhadt und Mattsches, und … seine Schultern zuckten leicht, seine Mundwinkel ebenso, ein Gefühl unendlicher Erleichterung durchströmte den jungen König, der jetzt zum ersten Mal nach vielen Jahren erkannt hatte, wie es weitergehen sollte, der erkannt hatte, daß sein Leben einen Sinn hatte. Dann lachte er. Die anderen hörten es und schwiegen verwundert. Er lachte wieder, lachte mit geschlossenen Augen und hielt sich den Bauch.

Und dann, ein wenig verstohlen noch, lächelte auch Merlot. Firkin griente. Hogshead prustete. Und bald schon hallte schallendes Lachen durch die Folterkammer.

Die gesammelte Erleichterung all derer (Swinehunt einmal ausgenommen), die in der Privathölle des Ex-Erzkanzlers zusammensaßen, fiel über die Spannungen her, die sich in den vergangenen Tage angesammelt hatten, holte sie von den Wänden, riß sie in Stücke und trampelte und hopste ausgelassen auf den Fetzen herum.

Wenige Tage später ging jenseits des krapathischen Gebirges, im Großen Saal des befestigten Reichspalastes zu Cranachan, die Konferenz über Handelsbeziehungen und Güteraustausch allmählich ihrem Ende zu.

Die Delegierten von Isolon saßen ihren Verhandlungspartnern an dem auf Hochglanz polierten Holztisch gegenüber. Männer in langen schwarzen Mänteln sorgten für die Verköstigung der Konferenzparteien mit Kaffee und Gebäck. Sie taten es emsig und tüchtig, und verschwanden nach getaner Arbeit schnell und unauffällig durch eine kleine Tür in der Rückwand des Saals.

»Bevor wir nun die endgültige Fassung unseres Vorschlags skizzieren«, sagte Seine Majestät, König Klayth von Isolon, »wird mein Wirtschaftsberater noch einmal kurz rekapitulieren, was wir alle sehr ausführlich diskutiert haben, und uns eine zusammenfassende Übersicht der relevanten Fakten geben.«

Der korpulente Wirtschaftsberater erhob sich, verbeugte sich leicht vor jedem König und begann mit seinen Ausführungen.

»Isch muß die Herren woll nit darauf hinweisen, dat Isolon in den letzten zehn Jahren hinsichtlisch der Ertragslage seiner landwirtschaftlischen Produktion einen empfindlischen Rückgang hinnehmen mußte.«

Er enthielt sich gewissenhaft jeglicher Formulierungen, die die Cranachier als Kritik ihrer Aktivitäten in der jüngsten Vergangenheit hätten auffassen können. Jede Verhandlungspartei wußte, daß die jeweils andere Verhandlungspartei genau Bescheid wußte. Und beide wußten sie, daß der jeweilige Partner genau wußte, wer letztlich dafür verantwortlich zu machen war.

»Dat hat im wesentlischen zwei Gründe. Erstens hat man für landwirtschaftlische Maschinen und Saatgut kein Jeld mehr investiert, und zweitens hat die Leistungsfähigkeit der landwirtschaftlischen Arbeitskräfte abgenommen. Wat wiederum zwei Gründe hat: erstens zunehmendes Alter, zweitens abnehmende Jesundheit.«

Der Pastetenbäcker pausierte kurz, blickte vielsagend auf den Kristallüster über dem Mahagonitisch, der den üppigen Gobelinschmuck des Großen Saals illuminierte, und biß noch einmal in den Ingwerkeks, der zum Kaffee gereicht worden war.

»Stünden die entsprechenden finanziellen Mittel zur Verfügung und würden diese Mittel im Rahmen eines ökonomisch vertretbaren Förderprogramms zur Verbesserung der Situation der Landwirtschaft einjesetzt; könnte darüber hinaus noch mittels der Zuweisung eines Kontingents von annähernd dreitausend jesunden, leistungsfähigen Männern eine Steigerung des Arbeitspotentials erreicht werden – dann, meine Herren, würde sich innerhalb kürzester Zeit die Ertragssituation der Landwirtschaft von Isolon bedeutend verbessern lassen. Wat uns und unsern Ländern ermöglischen würde, eine für beide Seiten erquicklische Handelsbeziehung zu begründen.«

König Erdrosselbart blickte stirnrunzelnd auf Gympl, den Minister für Handel und Gewerbe, der emsig auf einem Stück Pergament herumkritzelte.

»Und?« flüsterte der König.

Gympl zuckte die Achseln und starrte dann wieder auf sein Pergament. Frandl zupfte sich nervös an den Fingern herum. Ein Hauch von Mißtrauen ging von der cranachischen Seite des Tischs aus.

»Also, meine Herren«, fing der Pastetenbäcker an, »wat halten Sie davon?«

Klayth beobachtete, wie sich Frandl zu Gympl hinüberlehnte und flüsterte, wie der kurze Zeit später nickte und etwas auf sein Pergament kritzelte, dann wieder nickte, sich zu König Erdrosselbart beugte, flüsterte und lebhaft gestikulierte. Vorsichtiges Schweigen lag über dem Raum wie ein schallschluckender dicker Teppich. Nur gelegentlich waren ein knirschendes Malmen, die Kaugeräusche des Pastetenbäckers, zu hören, der unermüdlich das Tablett mit den Ingwerkeksen abräumte.

»Nu machen Sie schon, meine Herren«, drängte er. »Wir hab'n schließlisch nit ewisch Zeit.«

König Erdrosselbart hob die Hand, hörte sich dabei weiter an, was ihm Gympl, sein Berater, zuflüsterte, nickte ab und zu und stellte gelegentlich eine Rückfrage. Schließlich nickte Gympl, dann nickte der König – anscheinend war man sich einig geworden.

Der cranachische Minister für Handel und Gewerbe blickte seinen Fachkollegen aus Isolon an, räusperte sich und sagte: »Verstehe ich richtig, daß Ihr, im Falle, Ihr erhaltet von uns Geld und bekommt Eure Männer wieder zurück, daß Ihr dann alles mögliche anpflanzen und züchten und dieses dann uns verkaufen wollt?«

»So is et«, antwortete der Pastetenbäcker, »janz jenau dat hab isch jesacht.«

»Ah ja.«

»Und? Wat haltet Ihr davon?«

»Eine glänzende Idee!« sagte Gympl. »Im Namen des cranachischen Königsreiches: Ich nehme den Vorschlag an.«

»Na bestens!« applaudierte König Erdrosselbart. Und stieß insgeheim einen tiefen Seufzer der Erleichterung aus – dreizehn Jahre lang dreitausend Kriegsgefangene unterhalten zu müssen, war auf die Dauer doch ganz schön teuer gekommen.

»Nachdem wir uns also prinzipiell einig sind, denke ich, daß wir die lästige Detailarbeit ruhig unseren Wirtschaftsberatern überlassen können, nicht wahr Klayth, mein Freund? Na, wie wär's mit einer Partie Golf?«

»Sehr gern!«

Die Könige standen auf und schlenderten durch die Tür hinaus in die warme Mittagssonne.

Hoch oben, auf einem der Vorberge der Krapathen, plagte sich ein knochendürrer Mensch, der eine lederne schwarze Augenklappe trug, mit einer schweren Spitzhacke ab. Er schwitzte, stieß üble Verwünschungen aus und fluchte ausgiebig – in genau dieser Reihenfolge. Verschwunden war der prächtige Staatsornat, die schwarze Lederrüstung, die gepanzerten Handschuhe. Leute anbrüllen und herumkommandieren – das war vorbei, Ruhm und Ehre waren dahin, ein für allemal dahin.

Ein kleines Loch im felsigen Boden zeigte an, was er heute geschafft hatte. Er sah auf, blickte über die Berge, auf die Arbeit, die noch vor ihm lag, und spuckte voll bitterem Hohn auf die rote Erde.

Dort oben, auf einem gewaltigen Felsbrocken, hockte die Schloßwache, die eben ihr Nachtmahl (Truthahnbraten, frisch zubereitet) beendete und vergnügt beobachtete, wie ihr Gefangener sich abrackerte.

Swinehunt, Ex-Erzkanzler etc. pp. von Isolon, bildete den kleinsten Kettensträflingstrupp, den es in der Geschichte je gegeben hatte. Bei dieser Mannschaftsstärke hätte er voraussichtlich noch eine ganze Weile zu tun, bis die Straßenbauarbeiten auf der Transkrapathischen Handelsroute von Isolon nach Cranachan abgeschlossen waren.

Börrnhadt zeigte hinunter, dorthin, wo jenseits des Tals Schloß Isolon lag. Die Sonnenstrahlen ließen die hohen Türme hell aufleuchten, sie glitzerten auf dem mit Seerosen bedeckten Schloßteich, tauchten die Wehrmauern in rote Glut – es war ein Bild wie aus einem Märchen.

»Oooh«, sagte Börrnhadt, »is das nich schön?«

»Echt schön«, stimmte Mattsches zu, der einen Truthahnschenkel in der Hand hielt. »Is echt ...«

»... wuuunnnerschöööön!« riefen sie im Chor.

»Da will dich jemand sprechen.« Dawns Mutter stand an der Tür, war allem Anschein nach vollkommen verstört und zeigte verdattert auf den Besucher, der eben ins Zimmer trat. Er trug schwere Reitstiefel und stapfte geräuschvoll über den blanken Bretterboden.

Dawn rappelte sich mühsam auf. Sie war immer noch schwach, auch wenn sie das Schlimmste mittlerweile überstanden hatte – das Päckchen, das Firkin und Hogshead gestohlen hatten, hatte Wunder gewirkt.

Der Reiter trat zu ihr und sagte lächelnd: »Eilzustellung.«

Er stellte eine große Schachtel neben sie auf den Boden und überreichte ihr ein Kuvert, das auf der Rückseite ein rotes Wachssiegel mit blauem Band trug. Dawn sah ihre Eltern an. Die zuckten mit den Schultern und drängten sie, das Schreiben zu öffnen. Sie war aufgeregt.

Es dauerte einen Moment, bis das Siegel erbrochen

war. In dem Kuvert steckte ein Pergamentbogen. Ein sehr hübscher Pergamentbogen, mit Goldschnitt und reichverziertem Rand. Zwei Nachrichten standen auf diesem Bogen: die eine eher hingeschmiert, die andere wie gedruckt und mit sauber gezeichneten großen Lettern geschrieben. Dawn las die zweite zuerst. Sie las unsicher, las laut und – mit Hilfe des Zeigefingers – Wort für Wort.

»›Anläßlich der Ratifikazi... tion des Konfö... födörö... föderaz... tionsvertrages mit dem König... reich Cranachan... laden wir zu einer Feierstunde in Schloß Isolon. Uawege.‹«

Schurl kreischte vor Aufregung: »Ich hab überhaupt nichts anzuziehen!« Dann schwieg sie kurz, überlegte und fragte verwundert: »Warum gerade uns?«

»Das ist von Firkin, Mama. Er hat das gemacht. Und alle sind eingeladen.« Dawn sah den Reiter an und fragte: »Was heißt ›Uawege‹?«

»Es bedeutet, daß Ihr Bescheid geben sollt, ob Ihr die Einladung annehmt.«

»Aber ja, natürlich! Ich will doch Firkin wiedersehen!«

»Darf ich das dann so verstehen, daß Ihr der Einladung nachkommen werdet?«

»Auf keinen Fall werden wir nachkommen! Wir wollen von Anfang an dabei sein!« sagte Dawn bestimmt. »Und was ist das eigentlich?« Sie zeigte auf die Schachtel und wurde immer aufgeregter dabei.

»Eine kleine Aufmerksamkeit Eures Gastgebers.«

»O Firkin!« quiekte sie.

Der Reiter stellte ihr die Schachtel auf das Bett. Dawn zupfte und rupfte so lange an der Verschnürung herum, bis an allen Seiten der Schachtel ein wirres Durcheinander aus ausgefransten, heillos verknüpften und verknoteten Schnüren herunterhing. Nachdem sie das geschafft hatte, sah sie den Deckel erst an, hob ihn dann langsam ein wenig hoch und lugte darunter. Dann verschnaufte sie einen Moment und – »Ist es wirklich …?«

Der Reiter zuckte die Achseln.

Dawn hob den Deckel ein Stück weiter an und schnüffelte … Es duftete phantastisch. »Das ist doch nicht etwa …?« fragte sie aufgeregt. Ihre Augen wurden vor Verwunderung ganz groß. Dann schlängelte sich ihr Finger über den Schachtelrand, verschwand in den dunklen Tiefen und kam, beladen mit einem weißen Schaumhäufchen, wieder ans Licht. Dawn steckte ihn in den Mund.

»Tatsächlich! Lemming-Mousse! Firkin hat mir Lemming-Mousse geschickt!« Sie strahlte vor Freude.

»Ich fürchte, ich komme nicht darum herum, hier etwas richtigzustellen«, sagte der Reiter. »Das Päckchen ist ein Geschenk Eures Gastgebers, eine Geste der Entschuldigung. König Klayth würde sich freuen, wenn Ihr diese Entschuldigung annehmen wolltet, und würde sich ebensosehr freuen, wenn man ihm gestattete, gewisse Dinge von jetzt an anders und besser zu regeln.«

»Der Kööö …«, wisperte Schurl und fiel sanft in Ohnmacht. Wylff fing sie auf.

»Ich werde jetzt tun, was mir noch aufgetragen ist, und den Erlaß an Eurem Nachrichtenstab anschlagen.« Der Reiter wandte sich um, stieg vorsichtig über Schurl und Wylff hinweg und ging aus dem Zimmer. Dawn tauchte wieder den Finger in die Lemming-Mousse und lächelte.

Dann sah sie sich die Einladung noch einmal an und las auch den zweiten Text. Diesmal las sie still.

›Mission katastrophaler Reinfall. Lang lebe der König! Bis bald. Party kann starten. Alles Liebe, Firkin. PS: Im Umschlag ist noch was.‹

Dawn drehte den Umschlag um. Zwei leicht ramponierte, aber trotzdem sehr hübsche Schneeglöckchen fielen auf die Bettdecke.

Sie lächelte und steckte ein weiteres Mal den Finger in die Lemming-Mousse.

Auf einem niedrigen Berg in den Ausläufern der Krapathen stand ein Häuflein Menschen und schwieg verlegen. Keiner wußte so recht, was er sagen, und keiner wußte so recht, wie er sich verhalten sollte. Firkin wußte nur, daß die drei Freunde, die ihm und Hogshead in der schwersten Zeit ihres Lebens beigestanden hatten und ihnen geholfen hatten – daß diese Begleiter schon bald nicht mehr bei ihnen sein und sie für immer verlassen würden. Firkin hatte noch nie im Leben eine vergleichbare Erfahrung gemacht. Er hatte Leute weggehen sehen, hatte sich von Leuten verabschiedet und hatte jedesmal gewußt, daß er sie wiedersehen würde – vielleicht nach einem halben Jahr, oder erst nach einem Jahr möglicherweise erst auch nach längerer Zeit… Doch jedes Mal hatte er sich darauf verlassen können, daß sie irgendwann wieder zur Tür hereinkommen, um eine Ecke biegen oder den Berg herunterlaufen würden. So war es immer gewesen. Bisher…

Diesmal war es anders.

Tief drunten im Tal zogen die Menschen in Scharen nach Schloß Isolon. Keiner, der zum Fest geladen worden war, hatte lange überlegt. Aus allen Richtungen strömten sie zusammen, kamen zu Pferd oder gingen zu Fuß, hockten auf und in allen möglichen Fuhrwerken – alles, was rollte, rutschte und rumpelte, mußte als Fahrzeug herhalten. Manche von diesen Fahrzeugen waren mit Bändern und Girlanden geschmückt, mit einem Blumenmeer oder leuchtendbunten Pergamentbahnen bedeckt, und die Garderobe, die die Festbesucher aus den Kleiderschränken geholt hatten, war nicht weniger leuchtend bunt und farbenprächtig. Es war ein prachtvoller Anblick, ein Anblick, bei dem selbst ein pessimistischen Zyniker wenigstens ein bißchen Freude empfunden hätte. Eigentlich hatten Firkin und Hogshead das möglich gemacht. Und eigentlich hätte man es Firkin und Hogshead nicht verdenken können, wenn ihnen vor Stolz die Brust geschwollen wäre, weil ihr Herz voll war von grenzenlosem Glück. So wäre es unter normalen Bedingungen wohl auch gewesen. Doch jetzt, als sie im sanften kühlen Abendwind auf dieser kahlen Bergkuppe standen, von niemandem bemerkt außer einer Feldlerche, die einsam ihr Lied sang – jetzt schien ihnen ›Glück‹ so weit entfernt, als ob sie es nie wieder würden erleben können.

»Aber warum?« fragte Firkin wieder und stellte fest, daß ihm das Sprechen seltsam schwerfiel.

»Bleiben nicht sie können für immer«, erklärte Ch'tin. »Zu viele unvollständige Geschichten sonst gäbe es!«

»Aber sie sind doch jetzt unsere Freunde«, widersetzte sich Hogshead. Firkin schniefte.

»Ich ja weiß das.«

Der mächtige Ritter druckste verlegen. »Kann ich echt nich' ab, so Abschiedsszenen«, murmelte er gedämpft. Und kurz, nur flüchtig blitzte in seinen Augen etwas auf, das heller glänzte als seine Rüstung.

»Jenau«, sagte der Pastetenbäcker überraschend leise. »Bringen wir's hinter uns, ohne langes Jesülze.« Er spielte nervös mit dem Tragriemen seines Tabletts.

Merlot sah Firkin streng an. Im Licht der Abendsonne glänzten und glitzerten die Sterne, die Monde und die anderen astromagischen Symbole, und sogar der nur annähernd weiße Bart strahlte blütenweiß. Sein Mantel raschelte melodisch in E-Dur. Ein prächtiges Erscheinungsbild, jeder Zoll ein Magier. Arbutus öffnete die Augen und richtete sie wie der Zauberer auf Firkin. Firkin schluckte heftig, blinzelte und – schniefte.

»Na, glaubst du noch immer nicht an Magie?« flüsterte Merlot. Dann lächelte er wundervoll, und in seinen Augen blitzte und funkelte es.

Firkin starrte verlegen auf seine Schuhspitzen und lächelte gequält. Er wischte sich mit dem Handrücken schnell über die Augen und hoffte, daß keiner es gesehen hatte.

Drei Dezibel unter der Schwelle des menschlichen Hörvermögens entstand ein winziges Geräusch. Es entstand unerwartet, unaufgefordert und war allen höchst unwillkommen. Die Cognacglas-Zikaden ließen wieder einmal von sich hören. Unmittelbar darauf kamen, begleitet vom Stechmückenchor, die Silberpünktchen. Sie brachten jenes verhängnisvolle Jucken mit sich, waren schon im Handumdrehen überall und bildeten einen silbrig flirrenden Wolkenwirbel. Niemand hatte gesehen, woher sie gekommen waren, es war, als hätte sie eine Explosion im Nirgendwo aus dem Nichts ins Dasein geschleudert. Eben noch nicht vorhanden und schon...

...schon waren Merlot, der Prinz und der Pastetenbäcker von ihnen umgeben. Die Pünktchen blitzten, funkelten und glitzerten im dämmrig-magischen Licht. Und dann beobachteten die Kinder, wie sie glühende Zentren bildeten, zu Glutherden verschmolzen und sich auf einem Punkt zusammenzogen, der genau unterhalb des Herzens der drei Männer lag. Es sah aus, als schwärmten Millionen silberner Bienen aus einem Stock in der Brusthöhle der Gestalten aus. Der Schwarm wurde immer größer und breitete sich in alle Richtungen aus. Mit offenem Mund sahen die Kinder die drei Männer an. Der Silberwirbel hüllte sie immer mehr ein, so schnell und so vollständig, als wäre eine Spinne, die mit Lichtgeschwindigkeit spann, ganz versessen darauf, sie in ein Netz aus Lamettafäden einzuwickeln. Mit offenem Mund sahen die Kinder – durch die drei Männer hindurch! Die Berge, die hinter ihnen lagen, wurden – zuerst nur schwach und verschwommen – sichtbar, dann hatte der Silberschwarm sie vollständig eingehüllt, hatte sie durchsichtig gemacht, und dann – dann hörten sie langsam, quälend langsam beinahe, ganz einfach auf, noch länger dazusein. Wann genau sie über das raum-seitliche Kontinuum gegangen waren, das konnte keiner sagen. Den exakten Zeitpunkt hatten sie genausowenig mitbekommen wie jenen winzigen Moment, in dem die Sonne endgültig hinter dem Horizont versinkt. Firkin und seine Freunde stellten nur irgendwann fest, daß sie über den Hügel hinausstarrten, durch die Stelle hindurch, wo der Zauberer, der Ritter und der Pastetenbäcker eben noch gewesen waren, vorbei an dem Punkt, wo sie gestanden hatten. Nichts war zurückgeblieben außer einem schwachen Ozongeruch, einem leichten Kribbeln im Ohr und dem glühenden Nachbild, das ihnen in die Netzhaut eingebrannt war. Das und ein überwältigendes Gefühl der Leere.

Ihre Freunde waren fort.

Hogshead schniefte. Firkin wischte sich eine Träne vom Gesicht. Courgette wimmerte leise.

»Wenn sie doch bloß bei uns hätten bleiben können«, flüsterte Firkin.

»O Arbutus«, seufzte Courgette und hielt mit großer Mühe einen Wasserfall von Tränen zurück.

»Ich weiß gar nicht, wie ich ohne seine Pasteten auskommen soll«, schniefte Hogshead. Es war ein matter Versuch, die Stimmung durch eine ironische Bemerkung ein wenig aufzuhellen. Aber die Stimmung ließ sich nicht aufhellen, sie blieb, wie sie war: trübe und gedrückt. Klayth schwieg und versuchte anstrengt, majestätisch zu wirken.

Wie lange sie so an dieser Stelle standen – keiner von ihnen wußte das zu sagen. Aber jeder war so lange geblieben, wie er gebraucht hatte, bis er sich allmählich damit hatte abfinden können, daß seine Freunde tatsächlich fort waren. Und dann hatten sie sich – es war einer jener Momente, wie es sie nur allzuselten gibt – umgedreht und waren gegangen, jeder mit seinen Gedanken beschäftigt, jeder für sich allein und doch auf irgendeine Weise zusammen und miteinander verbunden.

Stumm gingen sie hinunter zum Schloß.

»Oi! Bande, warten auf mich gefälligst ihr wollt!«

Zerstreut, fast ein wenig unwillig drehte sich Hogshead noch einmal: Ch'tin kam hinter ihnen hergewuselt, schlängelte und wand sich, so schnell es ihm möglich war, sich zu schlängeln und zu winden. Hogshead hob den Winzling hoch und setzte ihn sich vorsichtig auf die Hand.

»O Arbutus!« seufzte Courgette. Sie mühte sich redlich. Mit viel Geschniefe versuchte sie hinzunehmen, daß er nicht mehr da war.

Das nunmehr erbarmungswürdig geschrumpfte Häuflein machte sich todunglücklich auf den Weg zum Schloß.

»O Arbutus!« kreischte Courgette mit auffällig veränderter Stimme. »Schaut doch nur, schaut euch das an!« Ihre Art, sich mitzuteilen, war in der gegenwärtigen Situation entschieden *nicht* angebracht: Sie hopste und hüpfte vor Freude ausgelassen hin und her. Die anderen blickten sie finster an.

»Schaut doch nur her!« Sie zog eine große braune Schwungfeder aus der Tasche und wedelte aufgeregt mit ihr herum. »Ist sie nicht hübsch?«

Die anderen schwiegen und starrten sie mit unverhohlenem Argwohn an.

Doch dann schrie Hogshead entgeistert auf: Unvermittelt war aus dem Nichts, aus der dünnen kühlen Bergluft, eine Pastete aufgetaucht! Heiß und dampfend lag sie auf seiner Hand. Firkin fuhr erschrocken zusammen: eine saftige Birne schwebte leise vor seinem Gesicht. Die drei grinsten verstört und freudig überrascht. Courgette fuchtelte mit ihrer Feder und ließ sie schwirrend durch die Luft sausen.

Und Klayth… Firkin, Hogshead und Courgette wurden plötzlich still. Es war eine peinliche Situation. Hogshead versuchte, seine Pastete zu verstecken. Klayth, ihr neuer Freund und Gefährte, hatte nichts bekommen. Ch'tin sah verlegen an sich herunter, dorthin, wo – hätte er welche gehabt – seine Füße gewesen wären. Keiner wußte, wie er sich verhalten sollte. Keiner wußte, was er sagen sollte. Jeder hatte Mitleid mit Klayth.

Dann erschien an der Stelle, wo Merlot gestanden war, einen Augenblick lang ein bärtiges Gesicht.

»…auch du, mein junger Freund, bist nicht leer ausgegangen!« Das Gesicht blickte Klayth fest an. »Nun? Was hast du wohl bekommen? Na?«

Der junge König drehte die Hände um: nichts. Er kramte in seinen Taschen: nichts. Er blickte auf, sah das durchscheinende Gesicht des Zauberers an und zuckte die Achseln.

»Und wo hast du noch nicht nachgesehen?«

Klayth starrte stumpfsinnig einen Felsbrocken neben sich an, wollte darunter nachsehen…

»Sei nicht dämlich«, sagte Merlots schwebendes Gesicht. »Wo? Überleg noch mal!«

»Ich habe keine Ahnung.« Klayth war wie vernagelt.

»Ehrlich ist er wenigstens«, sagte der Zauberer. »Und Ehrlichkeit steht Königen gut an, nicht wahr?«

Merlots Gesicht schwebte den Hügel herab, segelte wie ein mit Einfühlungsvermögen begabter Luftballon auf die kleine Gruppe zu und blieb dann vor Klayth in der Luft stehen.

»Sieh doch einmal genau um dich«, sagte es verschwörerisch. »Mach schon, schau dich um! Und dann sag mir: Was siehst du da? Na?«

Der junge König kniff die Augen zusammen und

schaute in die Ferne. Er sah Schloß Isolon… aber das hatte er bereits gesehen. Er sah die vielen Menschen… ein schöner Anblick, zugegeben. Nur glaubte er eigentlich nicht, daß es das war, was Merlot meinte. Firkin lächelte heimlich, stieß Hogshead und Courgette an, und gab ihnen Handzeichen. Hogshead und Courgette grinsten.

»Was?« fragte Klayth, als er die grinsenden Gesichter sah. »Ist es hinter mir?«

Er drehte sich schnell um und sah hinter sich.

»Richtig!« riefen die drei von hinten.

Merlots Gesicht grinste.

»Ich sehe es nicht!« jammerte Klayth.

»Sie«, sagte Merlot knapp. »Ich sehe *sie* nicht.«

Den Körper noch nach vorn gedreht, wandte sich Klayth um und lächelte seine drei neuen Freunde scheu an.

Meine drei Freunde, dachte er. Das klang gut. Es gefiel ihm.

»Jetzt hast du die Freunde, die du dir immer gewünscht hast«, sagte Merlot. Sein Gesicht verblaßte wie die Farbe einer welkenden Rose.

Und als Klayth jetzt begriff, wie recht Merlot hatte, füllten sich seine Augen mit Tränen. Das Herz ging ihm auf, er hätte am liebsten gebrüllt, wollte vor Freude schreien und springen und tanzen. Jetzt gab es keinen Zweifel mehr: Es war phantastisch, ein König zu sein!

Lautlos verschwand das Gesicht.

Klayth rannte auf Courgette zu und umarmte sie.

Ch'tin strahlte. Hogshead steckte ihn vorsichtig in die Tasche.

»Kommt schon«, sagte Firkin, »ein Fest wartet auf uns!« Er sah ins Tal hinunter … Es war ein Anblick, der ihn mit Hoffnung erfüllte.

Immer noch strömten die Menschen in Scharen zum Schloß. Wie Ameisen zu einem Festessen kamen sie aus allen Himmelsrichtungen, um ein neues Zeitalter feierlich zu begrüßen. Klayth war unsagbar stolz. Firkin konnte es kaum mehr erwarten, Dawn endlich wiederzusehen.

Sie brachen auf, marschierten den Berg hinunter und machten sich mit Freude im Herzen auf den Weg zu einem Fest im märchenhaft erleuchteten Schloß. Sie schwebten beinahe, ihre Füße schienen kaum den Boden zu berühren, es war, als gingen sie durch ziehende Nebelschwaden aus Trockeneis. Daß keiner von ihnen ein Wort sprach, das würde sich voraussichtlich sehr bald schon ändern. Im Augenblick jedoch genoß jeder für sich die wunderbare Stimmung, das sichere Gefühl, nie mehr getrennt zu sein.

Courgette und Hogshead bildeten die Nachhut. Sie gingen sehr langsam und lächelten sich an.

Courgette hielt ihre Feder fest und dachte voller Liebe an Arbutus.

Hogshead hielt ihre Hand und dachte voller Liebe an sie.

HEYNE BÜCHER

Terry Pratchett

»Pratchetts Romane - der Stoff, aus dem Kultromane gewoben sind.« PUBLISHERS WEEKLY

»Wirklich witzige Bücher sind rar. Und diese Romane sind nicht nur geistreich, sondern auch wunderbar erzählt. Terry Pratchett ist der Douglas Adams der Fantasy.« THE GUARDIAN

Von Terry Pratchett sind im Heyne-Taschenbuch erschienen:

Das Licht der Phantasie
06/4583

Das Erbe des Zauberers
06/4584

Die dunkle Seite der Sonne
06/4639

Gevatter Tod
06/4706

Der Zauberhut
06/4715

Pyramiden
06/4764

Wachen! Wachen!
06/4805

MacBest
06/4863

Strata
06/4911

Die Farben der Magie
06/4912

Eric
06/4953

Trucker
06/4970

Wühler
06/4971

Flügel
06/4972

Die Scheibenwelt
06/5123

Die Teppichvölker
06/5124

Wilhelm Heyne Verlag
München